BIXING SIWEI YANJIU
DUI ZHONGGUO GUDAI YIZHONG YISHU SIWEI
FANGSHI DE MEIXUE KAOCHA

比兴思维研究
对中国古代一种艺术思维方式的美学考察

李健 著

商务印书馆
The Commercial Press
2019年·北京

图书在版编目(CIP)数据

比兴思维研究：对中国古代一种艺术思维方式的美学考察 / 李健著. — 北京：商务印书馆，2019
ISBN 978-7-100-17303-2

Ⅰ. ①比… Ⅱ. ①李… Ⅲ. ①赋比兴－文学美学－中国－古代 Ⅳ. ①I207.224

中国版本图书馆CIP数据核字(2019)第068945号

权利保留，侵权必究。

比兴思维研究
——对中国古代一种艺术思维方式的美学考察
李健 著

商务印书馆出版
(北京王府井大街36号 邮政编码100710)
商务印书馆发行
艺堂印刷(天津)有限公司印刷
ISBN 978-7-100-17303-2

2019年12月第1版　　　开本 710×1000　1/16
2019年12月第1次印刷　印张 16½
定价：44.00元

序

中国古典文艺学、美学博大精深，很早就引起了我的兴趣。20 世纪 50 年代，我在北大读书的时候，曾在杨晦、宗白华、罗根泽等先生的指点下较为系统地学习过中国古典文艺学、美学。特别是在跟随杨晦先生做副博士研究生时，我从庄子、孔子的著作开始，一路读下去，有三年的时光，对此倾注过全力。我曾沉浸在古人对情景交融、形神兼备、虚实相生、动静结合、刚柔相济、意象融洽、气韵生动、文质彬彬、意境深远的美妙阐释上，积累了许多文艺学、美学的资料，对后来进行文艺美学研究很有帮助。后来，我的主要精力转到文艺美学的研究上，致力于这一门学科的建设。虽然未能专治此道，但却久久不能忘情，还时时将我的点滴感想写成文章，聊以慰藉我内心的渴望。我在治文艺美学的同时，也关注着中国古典文艺学、美学研究的发展，希望它能够为文艺美学的建设发挥出最大的作用。我也要求我的学生们能够更多地学习和研究中国古典文艺学、美学，拓宽自己的学术视野，为文艺美学研究的深化做出自己的贡献。

中国古典文艺学、美学是自成体系的，运用了一套独特的范畴，具有鲜明的民族特色。目前，对中国古典文艺学、美学史的研究已经达到了一定的水平，出版了很多高质量的专著。先是有郭绍虞的《中国文学批评史》，后有罗根泽的《中国文学批评史》和朱东润的《中国文学批评史大纲》以及诸多的文学理论史和美学史等著作，特别是王运熙、顾易生先生主编的七卷本《中国文学批评通史》的出版，标志着文学批评史的完善。而对中国古典文艺学、美学范畴的研究相对来说较为薄弱。虽然早在 20 世纪 40 年代朱自清先生就已经写出了《诗言志辨》，开始了中国古典文艺学、美学的范畴研究，但是，这种研究并没有持续下去。改革开放以来，我的师辈学者徐中玉先生对此下了工夫，王运熙、黄霖、汪涌豪等先生也曾花过心力。我也以为中国古典文艺学、美学确应从体系、范畴、方法三个方面作全面深入的研究，而范畴研究尤为重要，对"现代转换"关系最大。所以，在20世纪80年代初，我曾带着我的首届文艺美学研究生王一川、陈伟、丁涛（后又有王岳川加入）等编过三卷《中国古典美学丛编》，在中华书局出版，基本上按范畴来分类。我招收文艺美学博士生后，一直想有人专治中国古典文艺美学，能把古典范畴的研究深入下去。中国古典文艺学、美学是由众多范畴组成的，可以说是范畴文艺学、美学，各范畴之间并非壁垒森严，而是相互包容、相互交叉的，因此，每一个范畴都涉及一个潜在的文艺学、美学的系统。范畴又是中国古典文艺学、美学的基本理论内核。理清中国古典文艺学、美学的基本范畴，掌握它的完整体系，这已经成为文艺学、美学界密切关注的重要研究课题。当然，这也是一个艰难的课题。这一课题的深化有待于广大同仁集思广益，共同努力。

我欣喜地看到了我的博士生能从事中国古典文艺学、美学范畴的深入研究，写出了高质量的博士论文。李健的博士学位论文《比兴思维研究——对中国古代一种艺术思维方式的美学考察》是一篇典型的范畴研究著作，这篇20多万字的论文，显示了他作为一位年轻学者的锐气。比兴在古代是两个概念，和风、赋、雅、颂并称为"六诗"或"六义"。关于它们的研究成果很多。古今的研究者们视角多种多样，或把它们视为文学的两种表现方法，或将它们视为文学的两种修辞手段，或将它们视为两种教诗的方法，或将它们视为两种形象思维的方式，可是，诸种解说都难以真正服人。"比"和"兴"到底是什么，现在已很难把它们的意义讲清楚。讲不清它们的意义，正说明它们具有无比丰富的内涵，是一个真正的、有价值的问题。李健准确地看到了这一点。他意识到，"比"和"兴"在古今的解释之所以如此纷杂，是因为它们具有复杂的意义结构，二者之间的意义相近。今天，应从整体来认识比兴，摆脱传统的狭隘的观念。因此，他提出了比兴思维这一概念并给它一个具有实际意义的定义，认为比兴思维"是一种受某一（类）事物的启发或借助于某一（类）事物，综合运用联想、想象、象征、隐喻等手法，表现另一（类）事物的美的形象、展示其美的内涵的艺术思维方式"。他的理由很简单：在古代，人们已经将"比"和"兴"连在一起称为"比兴"，用来分析文学创作或评价文学作品，从刘勰开始已经这样做了；而且在具体运用的过程中，往往不辨"比"与"兴"的差异，或者从根本上着意模糊"比"与"兴"的差异。这说明，"比兴"已是一种具有民族特色的艺术思维方式，"比"与"兴"之间是难以分开的。如果再追问"比"和"兴"各自的意义到底是什么，难以得出新颖的结论。选择这个问题作博士学位论文具有一定的冒险性,也具有一定的挑战性。但是,李健最终还是把它作为自己的博士学位论文,从中可以看出他的学术胆识。从他所研究的成果来看,他取得了成功。他将比兴作为一种整体的艺术思维方式来加以对待并深入探讨,同时,又不忽视"比"与"兴"各自的意义,写出了新意。正像答辩委员会的学位评议书所说:"作者在吸收前人研究成果的基础上,将比兴作为艺术思维研究,具有新意,并有新的突破,将比兴研究提高到了一个新水平,有助于中国古代文艺思想的开拓和发展。"

李健具有扎实的古典功底,熟悉中国古典文学和古代文化,对古代的文艺学、美学材料能够驾轻就熟,特别是在材料的辨析上显示了他的精和准的能力。同时,李健又较为熟悉西方文艺学、美学,在学三年,花了不少工夫,研读了西方大量的文艺学、美学著作,并且注意合理地吸纳。这就扩大了他的学术视野。在我看来,他的博士论文有以下几个方面的特点:第一,论文虽然是一个古典文艺学、美学的论题,但并没有局限于古典,更没有局限于中国,而是将比兴放置到整个世界的文艺学、美学的大背景中,进行中西互释。这个难度是很大的,做不好可能又会掉进传统阐释的圈套之中。李健较好地处理了这一环节,在讨论比兴思维的思维特征时,他就运用西方的文艺学、美学观念(诸如想象、象征、隐喻、灵感等)来阐释比兴思维,认为它们和比兴思维有某种对应关系。这是他的范畴研究和传统的范畴研究的区别之所在。依我看,这应是今天的中国古典文艺学、美学研究的一种较好的途径。缺少这一途径,中国古典文艺学、美学的研究很难深入下去。中西互释,意图不在比较,找出它们之间的优劣和异同,而在于运用它们的相似之处,体察中西文艺学、美学相通的文心。当今的文艺学、美学研究必须要有西方视野,从西方的文艺学、美学研究中或得到某种启迪,或获取某种方法,这对推动我们的古典文艺学、美学研究会产生积极的作用。第二,论文始终坚持文艺学、美学话语中国化的立场,不生搬硬套西方的文艺学、美学话语,特别是西方现代的哲学美学话语,给人以真切朴实的印象。李健虽然注意吸收西方的文艺学、美学观念,但是并不以运用西方的概念为时髦,而将西方的一些艰深的理论表述转化为自己的明白和朴实的语言,这种作风是值得赞赏的。正如答辩委员会的学术评语所说:"论文没有'西方理论中国化'的痕迹,始终坚持以中国文艺学的传统话语'比兴'为核心,以中国文学实践为基本材料,在适度时空中建构关于'比兴'思维的理论，体现出中国学术特色。"正是这一态度，才决定了他能够提出一些新颖的学术观点，在比兴的范畴研究上做出了贡献。第三，论文将研究的视觉从古典延伸到现代，考察了比兴思维的现代意义以及它在建设有中国特色的文艺学、美学体系中的重要性，具有很强的时代感。中国古典文艺学、美学的现代运用是当今文艺学、美学研究者极为关注的问题，如何对待传统的遗产，使之具有现代性，学人们正在进行着艰难的探索，提出了许多具有价值的理论观点。多数学者主张应该充分发掘古典的文艺学、美学理论，将之进行"现代转换"，以期为建设我们的具有中国特色的文艺学、美学体系服务。在这一方面，李健的研究无疑具有启发意义。在这篇论文中，他对这一问题的探索可能简单了一点，给人意犹未尽的感觉，这是论题限制了他，使他不可能花去大量的篇幅来深入讨论这一问题。但是，他毕竟具有了这方面的强烈的意识。我相信，在他今后的学术研究中，他会将他的这种意识强化下去。当然，任何研究都不可能是完美的，李健的博士论文可能还存在着不少缺点，欢迎善意的批评和讨论。

　　李健勤奋好学，敏于思考，对学术认真负责。他的博士论文将要付梓，我感到非常高兴。这只是他漫漫学术研究征途的一个足迹，但愿这能鼓励他更上一层楼，为文艺美学的研究多出精品成果。

胡经之
2003 年春月于深圳大学

目 录

第一章 绪 论 ………………………………………………… 1
  第一节 20世纪以来的比兴研究现状概述 ……………………… 2
  第二节 比兴与中国传统思维 …………………………………… 14
  第三节 比兴与艺术思维 ………………………………………… 24
  第四节 比兴的思维研究意义 …………………………………… 35

第二章 溯源：比兴思维与原始思维 ………………………… 42
  第一节 原始兴象的神秘互渗 …………………………………… 42
  第二节 符号的联想与类比 ……………………………………… 50
  第三节 比兴思维脱胎于原始思维 ……………………………… 58

第三章 从解读到创造：比兴思维的发展历程 ……………… 69
  第一节 《诗》的传授、解读与比兴概念的提出 ……………… 69
  第二节 政治伦理隐喻：比兴解诗的理性设定 ………………… 80
  第三节 比兴寄托：弥漫古代的艺术思维主潮 ………………… 91
  第四节 比兴作为一种艺术思维理论的生成 …………………… 103

第四章 比兴思维的思维特征 ………………………………… 114
  第一节 比兴思维与想象 ………………………………………… 114
  第二节 比兴思维与象征 ………………………………………… 127
  第三节 比兴思维与隐喻 ………………………………………… 140
  第四节 比兴思维与灵感 ………………………………………… 153

第五章　比兴思维的诗性品格 ·· 166
　　第一节　感物兴情："兴"的兴发感动机制 ························ 167
　　第二节　托物寓情："比"的诗性创造表征 ························ 175
　　第三节　比兴思维与意境的创造 ·· 184
　　第四节　比兴思维与意象的生成 ·· 198
　　第五节　比兴思维与诗性语言 ·· 209

第六章　比兴思维的现代意义 ·· 218
　　第一节　比兴思维的现代运用 ·· 218
　　第二节　比兴思维的现代追求 ·· 227
　　第三节　比兴思维与中国现代文艺学、美学话语体系 ·········· 235

参考文献 ··· 242
后　　记 ··· 249
修订版后记 ··· 252

第一章 绪 论

在中国古典文艺学、美学中，比兴无疑是最具原创性的核心话语之一。两千多年来，关于比兴的研究话题从未间断过，论说、著述数量之多，难以准确统计。很多研究者能从中国文学艺术的实际出发，探幽发微，虽然收获颇丰，但是，尚无一人能真正讲清楚比兴的意义。正如朱自清先生所言："赋比兴的意义，特别是比兴的意义，却似乎缠夹得多；《诗集传》以后，缠夹得更厉害，说《诗》的人你说你的，我说我的，越说越糊涂。"① 意义的缠夹，往往正是一个问题的价值与魅力之所在。三言两语能讲清楚的问题，很可能不构成一个真正的问题。真正的问题往往具有无限丰富的意义和广阔的阐释空间，让人疑窦丛生，伤透脑筋，却又乐此不疲。尽管比兴的意义缠夹，自古及今，却没有人怀疑它存在的意义，怀疑它的理论价值。这引起我们的思索：比兴作为中国古代一个最具原创性的文艺学、美学范畴之一，具有无比丰富的内涵；这些内涵已经融入到了我们民族的美学与艺术精神之中，成为我们民族文学艺术发育生长的基因。今天，又到了重新审视比兴的时代。我们的审视便从艺术思维开始，通过对这一文艺学、美学范畴的多视角考察，力争取得实质性的突破。

在展开对比兴这一艺术思维方式及艺术思维理论的全面考察之前②，我们有必要首先回顾一下20世纪以来的比兴研究现状，以便获得一个研究的

---

① 朱自清：《诗言志辨》，华东师范大学出版社1996年版，第48—49页。
② 关于艺术思维方式和艺术思维理论，有必要作出简要说明。这两个概念既有区别又有联系，概言之，艺术思维方式是针对具体的创作实践的，艺术思维理论是一种抽象理论。艺术思维方式是文学艺术创作的思维方式，包括文学艺术创作的心理、构思方法及手段等，是具体的、可用于操作的；而艺术思维理论是关于艺术思维的理论，其实也是艺术思维方式的理论，它是对艺术思维方式的理论言说。任何一种艺术思维方式，都有相关的理论作支撑。研究一种艺术思维方式，其实也就是发掘这种艺术思维方式的理论内涵和理论品格。因此，艺术思维方式和艺术思维理论同中有异，异中有同，交叉的内容很多。本人认为，比兴是中国代的一种艺术思维方式，同时，也是一种艺术思维理论，故而，称之为比兴思维。

基点。

第一节 20世纪以来的比兴研究现状概述

20世纪以来的比兴研究，引入了现代意识，拓宽了学术视野，对这一传统的文艺学、美学观念进行了多角度的切入，在传统的基础之上有所创新，取得了丰硕的学术业绩。从这一过程中我们看到，比兴的意涵虽然疑云重重，但是，比兴的观念依旧深入人心。

延续传统的研究方法，20世纪的比兴研究在注重本源考索的同时，又有很大的转变，那就是，更加着力于比兴原创性文艺学、美学思想的探讨，发掘其中蕴含的语言结构，发掘其中蕴含的思维特质，发掘其中蕴含的具有鲜明民族特质的艺术精神和美学精神。学人们的研究热情空前高涨，他们孜孜以求，竭力想给比兴寻求一个合适的意义归属，找到一个令人满意的答案，结果仍是言人人殊，很难达到预期的目的。这就充分证明，比兴的观念已经成熟。因为，一种成熟的观念往往包蕴着无限丰富、多元的意义指向，这是这种观念成熟的标志。在比兴理论中，蕴含着传统的文艺学、美学的潜体系特征，正是这一潜体系的存在，使它意义多元，并非单一的视角能够说尽，一如西方文艺学、美学中的表现与模仿、悲剧与崇高。唯其如此，比兴才能成为一个常说常新的话题。

20世纪的比兴研究开始于"五四"时期。古史辨派首开风气，以顾颉刚为代表的学人以疑古的态度较早将目光聚焦于比兴，开启了这一问题探索的艰难旅程。

1925年，顾颉刚发表了一篇题为《起兴》的文章，引起了热烈的讨论。顾文从反思《诗经》着手，质疑朱熹《诗集传》关于比兴的意义界定。那时，顾颉刚与刘半农等人一起发起了新歌谣运动，征集现代歌谣。通过对他收辑的现代歌谣的分析，"忽然在无意中悟出兴诗的意义"。[①] 他认为，兴的作用主要在于协韵起头，并不像朱熹所说的那样，内涵那么高深。就像歌谣"阳山头上竹叶青，新做媳妇像观音"，"阳山头上花小篮，新做媳妇许多难"，"新做媳妇的美，并不在于阳山顶上竹叶的发青，而新做媳妇

---

① 顾颉刚：《起兴》，顾颉刚编著：《古史辨》（第三册），上海古籍出版社1982年版，第674页。

的难,也不在于阳山顶上有了一只花小篮。它们所以会得这样成为无意义的联合,只因'青'与'音'是同韵,'篮'与'难'是同韵。若开首就唱'新做媳妇像观音',觉得太突兀,站不住,不如先唱了一句'阳山头上竹叶青',于是得了陪衬,有了起势了"。① 由此,他反推《诗经》中的第一首《关雎》一诗:"我们懂得了这一个意思,于是'关关雎鸠'的兴起淑女与君子便不难解了。作这诗的人原只要说'窈窕淑女,君子好逑',但嫌太单调,太率直了,所以先说一句'关关雎鸠,在河之洲'。它的最重要的意义,只在'洲'与'逑'的协韵。至于雎鸠的情挚而有别,淑女与君子的和乐而恭敬,原是作诗的人所绝没有想到的。"② 顾颉刚消解了前人对"兴"的复杂的释义,将之简单化、程式化,虽不失为一种创见,但是,如此消解,未免有草率之嫌。顾颉刚的文章搅动了比兴这潭春水,引起很大的反响,不少学者给顾颉刚写信,或公开发表文章与他讨论。钟敬文就给顾颉刚写信,与他商讨比兴的意义,对顾说做了一些补充。他认为,兴诗可以分为两种:"1. 只借物以起兴,和后面的歌意了不相关的,这可以叫它做'纯兴诗'。2. 借物以起兴,隐约中兼略暗示点后面的歌意的,这可以叫它'兴而带有比意的诗'。"③ 并举《诗经》和民歌的例子加以论证。朱自清则从另外一个角度对顾说进行了补充。他在写给顾颉刚的信中,提出了三点看法:第一,"兴"字本于《论语》"诗可以兴"一语,"其义殆与我们所谓'联想'相似,周岂明先生《谈龙集》里以为是一种象征,颇为近理"。其二,起兴是必要的,它遵循的是由近及远的原则。"所歌咏的情事往往非当前所见所闻,这在初民许是不容易骤然领受的;于是乎从当前习见习闻的事指指点点地说起,这便是'起兴'。又因为初民心理简单,不重思想的联系而重感觉的联系,所以'起兴'的句子与下文常是意义不相属,即是没有论理的联系,却在音韵上(韵脚上)相关连着。"其三,"诗有赋比兴之分;其实比兴原都是赋,因与下文或涵蕴的本义的关系,才有此种区别。赋是直说;比是直说此事以譬彼事,而彼事或见于文中或否(如《诗经》中之《鸱鸮》《黄鸟》),兴是直说此事以象征彼事,——或用

---

① 顾颉刚:《起兴》,顾颉刚编著:《古史辨》(第三册),上海古籍出版社1982年版,第675页。
② 同上书,第676页。
③ 钟敬文:《谈谈兴诗》,顾颉刚编著:《古史辨》(第三册),上海古籍出版社1982年版,第681页。

兄说，直说此事，任意引起他事"①。朱自清的观点在他后来的《诗言志辨》中又有进一步发挥，我们在后文中还要论及，在当时的比兴研究中，他是贡献卓绝的一位学人。

刘大白则从另一角度切入。他首先对六义进行了假设性的解释："古代没有轻唇音，'风''赋'两音都属帮纽，合'比'字同一发音；'颂'字本来就是形容的容字，而古代喻纽归影，容读影纽，合'雅'字也是同一发音；'兴'属晓纽，和影纽不过深喉浅喉之别；所以作《大序》的人依发音底同异而把这六字分为两类。"②刘氏反复申明他的解释是一种假设，但又抱有一种侥幸的希望，希望他的解释或许是可靠的，表达了对这一问题的无奈。尽管如此，刘大白还是从实际出发对赋比兴提出了自己的看法。他说："赋是敷陈，比是譬喻，这是不很发生疑问的。至于兴，似乎比较地费解了。其实，简单地讲，兴就是起一个头，借着和诗人底眼耳鼻舌身意相接构的色声香味触法起一个头，换句话讲，就是把看到听到嗅到尝到碰到想到的事物借来起一个头。这个起头，也许合下文似乎有关系，也许完全没有关系。"③同时，他又强调，这个起头的事物必须是诗人有亲身感触的，并且打动了诗人心灵的。唯有如此，兴方能展示出它的创造魅力。

何定生也参与了比兴的论争，作为顾颉刚的学生，他坚决维护乃师的观点。他说，诗的每篇的起兴与本诗没有多大关系，虽然起兴也可以用 metaphor 或 symbol 来解释，但仍有些东西很难讲得爽快；换章只换韵脚，于本诗意义没有改变，这是《诗经》存在的事实；不同篇之诗，有相同的句子存在，这说明起兴完全是声的关系。④他强调，用于诗的起兴的禽虫草木"完全完全是偶然之偶然"，没有任何意义；兴的定义是"歌谣上与本意没有干系的趁声"，只是把"撞到眼，逗上心，或是鼓动耳朵"的乱七八糟的东西凑凑便成了兴。⑤这种态度武断，带有极强的消解传统阐释的

---

① 朱自清：《关于兴诗的意见》，顾颉刚编著：《古史辨》（第三册），上海古籍出版社 1982 年版，第 683—685 页。
② 刘大白：《六义》，顾颉刚编著：《古史辨》（第三册），上海古籍出版社 1982 年版，第 686 页。
③ 同上。
④ 何定生：《诗经之在今日》，顾颉刚编著：《古史辨》（第三册），上海古籍出版社 1982 年版，第 690—691 页。
⑤ 何定生：《关于诗的起兴》，顾颉刚编著：《古史辨》（第三册），上海古籍出版社 1982 年版，第 698 页以下。

倾向。古史辨派正是在这种带有极端化的研究中显现了他们试图突出传统学术重围的决心。尽管古史辨派对比兴的研究存在表面化、简单化的倾向,但是,这些研究仍给人们以有益的启迪。

相比之下,朱自清关于比兴的研究成绩最为突出。他给顾颉刚的信,亦即我们前面引述的文章《关于兴诗的意见》,仅是一个初步的探讨,而集中的研究成果则呈现在《诗言志辨》中。《诗言志辨》是朱自清从抗战前写到抗战后的一部著作,1947年成书。全书由《诗言志》《比兴》《诗教》《正变》四篇论文组成,其中《比兴》一篇以《赋比兴说》为题最初刊发在《清华学报》第十二卷第三期上(1937年)。在这部著作中,朱自清从《毛诗》着手,对赋、比、兴本义的阐释也主要关切《毛诗》。在他看来,比兴与诗教有密切关系,"比兴有'风化''风刺'的作用,所谓'譬喻',不止于是修辞,而且是'谲谏'了"①。通过对《毛诗》的实际考察,他认识到,"《毛传》'兴也'的'兴'有两个意义,一是发端,一是譬喻;这两个意义合在一块儿才是'兴'"②。同时,他又认识到《毛传》譬喻的无限复杂性,有时兴句是平行的譬喻,又称显喻(simile),有时兴句是孤悬的隐喻,两者的意义特别难以辨明,只能根据《毛传》的理解粗略分析。在区分兴与比时,朱自清说:"只有发端才是兴,兴以外的譬喻是比。"③语义模糊。尽管他花了很多工夫论证,仍给人以雾里看花之感,这恐怕也是他反复强调比兴二义缠夹的主要原因。

朱自清依据《毛传》对比、兴意义的分析并不是比、兴的本义,只能是比、兴意义的流变。这并不表明朱自清不关注比、兴的本义,在《诗言志辨》中,他还花费不少笔墨试图对赋、比、兴的本义进行考察,然而,苦于找不到证据,多推测之语。他说,郑玄对《周礼》"六诗"的解释"是重义时代的解释"。"风、赋、比、兴、雅、颂似乎原来都是乐歌的名称,合言'六诗',正是以声为用。《诗大序》改为'六义',便是以义为用了。"④他又说:"'比'原来大概也是乐歌名,是变旧调唱新辞。"⑤"兴似乎也本是乐歌名,疑是合乐开始的新歌。"⑥对这些推测,朱自清花了不少功夫

---

① 朱自清:《诗言志辨》,华东师范大学出版社1996年版,第49页。
② 同上书,第53页。
③ 同上书,第60页。
④ 同上书,第79页。
⑤ 同上书,第81页。
⑥ 同上书,第85页。

说明。其实，这些推测之语本不是朱自清的发明，在孔颖达之前就有。① 例如，章炳麟在《检论·六诗》中就强调赋、比、兴为歌诗之名，只是不被管弦，被孔子删诗时删去。② 郭绍虞《六义说考辩》汇通诸家，也有类似看法。③ 然而，这些论述毕竟是推测之辞，没有强有力的论据支撑比、兴为乐歌之论，也只能像刘大白一样假设、存疑而已。

与此同时，域外汉学界也非常关注比兴问题，开展了一系列卓有成效的探讨。日本学者青木正儿20世纪30年代著有《中国文学概论》一书，其中论及了赋比兴。他说："关于赋比兴这三个项目，虽然古来有种种的解释，但是可以认为大概是举叙述法的三样式者。把赋作为直叙之体，把比作为比喻之体，这事各家都无异议；但是关于比与兴的区别，则众说莫定了。"④ 他以《关雎》为例解说兴，"关关雎鸠，在河之洲。窈窕淑女，君子好逑"，"以雎鸠之雌雄多鸣于河中之洲之状，比着窈窕的淑女，君子作为好的配偶者而求之。像这样先举比喻然后叙说真意之法叫做兴"。⑤ 而关于比，他例举孔颖达和朱熹之说异同得出自己的结论："像这样只叙述比喻，而真意隐藏着的，便是比了。"⑥ 青木正儿以真意是否隐藏来区分比、兴，认为二者均与比喻有关，并没有真正超越中国传统的观念。相比而言，松本雅明却深入了一步。在他的论著《关于诗经诸篇形成的研究》中，对兴的阐释有所发明。他说："兴本来不外乎是在主文之前的气氛象征。它是由即兴、韵律、联想等引出主文的，不是繁杂的道理，而是直观性的、即兴性的，并且不外乎朴素自然的表现法。"⑦ 兴是气氛象征的表现法，同时又

---

① 孔颖达《毛诗正义》卷一《毛诗序正义》云："……然则风雅颂者，诗篇之异体；赋比兴者，诗文之异辞耳。大小不同，而得并为六义者，赋比兴是诗之所用，风雅颂是诗之成形，用彼三事，成此三事，非别有篇卷也。"此"非别有篇卷"云云，即是针对赋比兴为乐歌种类而言的。孔文见《十三经注疏》，中华书局影印1980年版。

② 章炳麟《检论·六诗说》云："要之，比、赋、兴，宜各自有主名区处，不与四始相牾。鲰生寡材，不识也，以为故无篇什。尚考古者声均之文甚众。瞽矇掌九德六诗之歌，以役大役。九功之德，皆可歌也，谓之九歌，大别为十五流。而三百篇不见九歌，不疑九歌本无篇什，或孔子杂刜其第，独疑比、赋、兴三种，何哉？……外有武王饫诗《新宫》《祈招》《河水》《辔柔》诸名，时时杂见于《春秋传》，今悉散亡。则比、赋、兴被删，不疑也。"见《中国现代学术精典·章太炎卷》，河北教育出版社1996年版，第177页。

③ 参见《中华文史论丛》1978年第1辑，中华书局1978年版。

④ 青木正儿：《中国文学概论》，隋树森译，台湾开明书店1977年版，第59页。

⑤ 同上书，第60页。

⑥ 同上。

⑦ 松本雅明：《关于诗经诸篇形成的研究》，东洋文库昭和三十三年，第949页。

是直观性的、即兴性、充满联想的，这已涉及艺术思维问题。可惜，松本雅明并没有对此深入下去，给后人留下了一连串疑问。

日本另一位学者白川静则从民俗学的角度切入，将"兴"解释为一种宗教礼仪活动。他说："我想对历来在《诗经》修辞学上称为'兴'的发想法加以民俗学的解释。我认为，具有预祝、预占等意义的事实和行为，由于作为发想加以表现，因而把被认为具有这种机能的修辞法称为兴是合适的。这不仅是修辞上的问题，而是更深地植根于古代人的自然观、原始宗教观之上；可以说一切民俗之源流均在这种发想形式中。"① 这与中国学人对"兴"的字源学的考证殊途同归。兴的古体字是"興"。著名语言学家杨树达在《释兴》一文中说："兴之训起，以字形核之，当为外动举物使起之义。""余谓众手合举一物，初举时必令齐一，不容有先后之差，故必由一人发令众人同时并作，字从口者盖以此。"② 杨树达年长于白川静 25 岁，他的说法比白川静早。不知白川静是否受杨树达的启发。从杨树达的解释中可以联想，兴字的构成很可能是先民巫术宗教仪式的反映。

对兴的意义的探索，任教于美国加州大学伯克利分校的陈世骧在中西文化的宽广视野上又找到了一条具有可行性的路径。他曾经用英文撰写了一篇文章"The Shih-Ching: Its Generic Significance in Chinese Literary History and Peotics"，发表于台湾中央研究院史语所集刊第三十九本上，后经他的学生王靖献翻译成中文，收入叶维廉主编的《中国现代文学批评选集》中。在这篇文章中，陈世骧指出："在美学欣赏的范畴里，'兴'或可译为 motif，且在其功用上可见具有诗学上所谓复沓（burden）、叠覆（refrain）尤其是'反覆回增法'（incremental repetitions）的本质。"③ 陈文考察兴义的流变，认为随着时代的发展，兴义也一天远似一天，但后世学者在兴的研究上仍有贡献。他认定，兴是古代诗歌的一种特殊的技巧。"'兴'的因素每一出现，辄负起它巩固诗型的任务，时而奠定韵律的基础，时而决定节奏的风味，甚至于全诗气氛的完成。'兴'以回覆和提示的方法达成这个任

---

① 白川静：《兴的研究》，何乃英译，《中国古代民俗》，陕西人民美术出版社 1988 年版，第 49 页。
② 杨树达：《积微居小学述林》，中华书局 1983 年版，第 91 页。
③ 陈世骧：《原兴：兼论中国文学的特质》，叶维廉主编：《中国现代文学批评选集》，联经出版事业公司 1979 年版，第 15 页。

务，尤其更以'反覆回增法'来表现它特殊的功能。"①同时，陈世骧也试图探讨兴的本义。他指出，兴是"原始的会意字"（primary ideogram），它的基本意义更可以显示在周初对《诗三百》所具有的特殊意义。他引用商承祚的研究成果，以为"兴"的甲骨字形为四手或众手合托一物之象，参之以钟鼎文中有"口"的因素，并做出结论：兴是群众合力举物旋游时所发出的声音，带着神采飞逸的气氛，共同举起一件物体而旋转。陈世骧还例举察恩伯爵士（Sir Edmund Chambers）指出的西语"歌谣"（carol）古字源的两种含义即拉丁语源中的chorus的"圆舞"之意和corrolla的小冠冕、小花环之意作为旁证，证明兴所表达的舞蹈之意是诗歌的起源和特征的表现。无独有偶，美国威斯康辛大学教授周策纵也从"兴"的字源学切入，但却得出了不同的结论。他认为，兴所指代的祭仪，与祈求或欢庆丰产的宗教活动有关。早期的"兴"即是陈器物歌舞，并相伴颂赞祝诛之词，这种习俗逐渐演变成了"即物起兴"的诗法。在他看来，郑众所说的"兴者托事于物"，恰恰证明诗的起兴与陈物而相伴颂赞祝诛的关系。②

台湾学者周英雄运用结构主义诗学的方法研究赋比兴的语言结构，是将中国古典诗学的观念置于西方语言学视野观照的一种尝试。在《赋比兴的语言结构》一文中，他指出，兴的应用是研究中国诗词的核心问题，不仅与修辞有关系，而且间接涉及诗人的基本人生观。历来对赋比兴的研究，大抵只涉及作品中的赋比兴分类，甚少理论内涵的深入发掘。他批评民国以来的兴的研究近乎机械论，"无法囊括兴法错综复杂的语法与语义结构"③，并接着顾颉刚等人的话题作了较为深入的分析。他说："严格说来，兴无所取义，只限于某一程度。事实上，凡是好的诗歌，韵脚或多或少都蕴含有语义的价值。"④周英雄将赋比兴分为两类，赋为一类，比兴为一类。"赋仅牵涉文字与句法的经营，即修辞学上所谓的文字喻（figure of speech）；比、兴则牵涉到字句实际意义的转移，作者往往是'指东'而'道西'，也可以说是修辞学上所谓的思想喻（figure of thought）。"⑤在具体

---

① 陈世骧：《原兴：兼论中国文学的特质》，叶维廉主编：《中国现代文学批评选集》，联经出版事业公司1979年版，第19页。
② 参见周策纵：《古巫医与"六诗"考：中国浪漫主义文学探源》，上海古籍出版社2009年版，第132页以下。
③ 周英雄：《结构主义与中国文学》，台湾东大图书公司1983年版，第122页。
④ 同上书，第146页。
⑤ 同上书，第129页。

论述比兴时，他这样说："比的语言既求表情达意，却又'欲语还休'。"①比即求自白又求自隐，它是选择替代（substitution）的语言表现，兴属于合并（combination）联接的文字技巧。②可见，比与兴是相辅相承、相互为用的。周英雄深入论述了比的选择替代，兴的合并联接的语言结构，给人耳目一新之感。

徐复观著有《中国艺术精神》一书，在海内外产生了广泛的影响。书中，他赞成朱熹关于兴的"感发志意"的解释，并做了具体发挥。他说："'可以兴'，朱元晦释为'感发意志'（笔者按：此处为徐氏误引，应为'感发志意'），这是对的。不过此处之所谓意志，不仅是一般之所谓感情，而系由作者纯净真挚的感情，感染给读者，使读者一方面从精神的麻痹中苏醒；同时，被苏醒的是感情；但此时的感情不仅是苏醒，而且也随苏醒而得到澄汰，自然把许多杂乱的东西，由作者的作品所发出的感染之力，把它澄汰下去了。这样一来，读者的感情自然鼓荡着道德，而与之合而为一。朱元晦释'兴于诗'（《论语·泰伯》）时说'……所以兴起其好善恶恶之心，而不能自已者，必于此而得之'，这便说得完全，这也是古今中外真正伟大的艺术所必会具备的效果。"③如此以来，兴的价值就非同一般了。黄振民在他的《诗经研究》一书中，归纳了古往今来关于六义的讨论，同时也发表了一些自己的看法。总体来说，他并没有摆脱传统关于比、兴的一般性看法，还是想试图糅合前人，给比、兴一个更为明确的界定。他用"有意"和"无意"区分比、兴，认为比、兴都是联想：凡"无意触物，起于无意联想者"为兴；凡"有意索物，起于有意联想者"为比。④

1949年以后的比兴研究严格来说是从1978年开始的。由毛泽东给陈毅谈诗的一封信引发了一场关于比兴与形象思维的广泛大讨论。据不完全统计，围绕这次讨论发表的比兴研究文章多达60余篇，但多千篇一律，众口一词，新意不多。多数文章附和毛泽东的态度，把比兴和形象思维联系在一起，强调诗词创作必须要用比兴，少不了形象思维。因为毛泽东在给陈毅的信中明确说"诗要用形象思维"，"比兴两法是不能不用的"。不少学者从中国古代文学创作的实际出发探讨了比兴的具体运用，对毛泽东所

---

① 周英雄：《结构主义与中国文学》，台湾东大图书公司1983年版，第135页。
② 同上书，第138页。
③ 徐复观：《中国艺术精神》，华东师范大学出版社2001年版，第20—21页。
④ 黄振民：《诗经研究》，台湾正中书局1982年版，第186页。

赞赏的朱熹关于比兴的观点大加推崇。梅运生说："毛主席在谈诗的信中，肯定了朱熹的意见，并从'诗要用形象思维'立论，从揭示诗歌创作的特殊规律着笔，来倡导使用赋、比、兴三法，特别是比、兴两法来写作新体诗歌。这既是推陈出新，别开生面，又是囊括众论，独辟蹊径，赋予了传统的作诗法则以新的生命力。"① 牟世金说："……赋比兴的表现方法和形象思维有着密切的关系。诗歌创作的形象思维，为什么须用比兴两法，形象思维和比兴两法的具体关系何在，这是研究赋比兴这一重要传统所必须加以探讨。"（《诗学之正源，法度之准则》）② 甚至有人断言，赋比兴就是形象思维。无论如何，将比兴与形象思维联系起来，是比兴与现代对接的一种尝试，可算为此一时期比兴研究的重要收获。

这一时期，由于国家已经倡导改革开放，思想解放，有学者开始从美学角度考察比兴，突出的代表是李泽厚和赵沛霖。李泽厚认为，文艺创作中运用比兴是"使情感客观化，对象化的问题"，"要表达情感反而要把情感停顿一下，酝酿一下，来寻找客观形象把它传达出来。这就是'托物兴词'，也就是'比兴'"（《形象思维再续谈》）。③ 同时，他又强调，赋比兴是后人归纳出来的美学原则，"'比兴'都是通过外物、景象而抒发、寄托、表现、传达情感和观念（'情''志'），这样才能使主观情感与想象、理解（无论对比、正比、反比，其中都包含一定的理解成分）结合联系在一起，而得到客观化、对象化，构成既有理知不自觉地干预而又饱含情感的艺术形象。使外物景象不再是自在的事物自身，而染上一层情感色彩；情感也不再是个人主观的情绪自身，而成为融合了一定理解、想象后的客观形象"④。赵沛霖著有《兴的源起》一书，从人类学和美学的角度讨论了原始兴象与宗教观念和兴的起源的关系，指出兴是宗教观念内容向艺术形式的积淀。他说："……从兴起源的整个过程来看，恰恰是复杂的宗教观念内容演化为一般的规范化的诗歌艺术形式，其不同于科学中的抽象和概括之处，即它的根本特点就是积淀——宗教观念内容积淀为艺术形式。"⑤ 兴是多种意识相结合的产物，兴象所体现的习惯联想的规范化的外在表现形式，是一

---

① 梅运生：《试谈古代文论中的赋比兴问题》，《安徽师范大学学报》1978 年第 1 期。
② 牟世金：《雕龙集》，中国社会科学出版社 1983 年版，第 85 页。
③ 李泽厚：《美学论集》，上海文艺出版社 1980 年版，第 566 页。
④ 李泽厚：《美的历程》，中国社会科学出版社 1984 年版，第 69 页。
⑤ 赵沛霖：《兴的源起》，中国社会科学出版社 1987 年版，第 76 页。

种具有鲜明民族特色的深层心理的内在模式。①赵沛霖关于兴的研究具有一定的开拓性意义,是建国以来关于这一领域研究的重要收获。

20世纪80年代初,鉴于前十七年和"文革"学术研究的停顿,关于赋比兴的研究又形成了一个新的热潮。学人们开始执着于比兴本义的追索。从此以后,这一研究的热度持续不下,直到20世纪末。1983年,张震泽发表了《〈诗经〉赋、比、兴本义新探》一文,有感于赋、比、兴解释之纷歧及其运用之混乱,力图作出清理。他指出,六义是《诗经》的六种用途或用法,"把它说成是文学上的体裁和表现方法,乃后起之曲说,并非《诗序》《周礼》之原义"。②他从《诗经》编集和早期用途开始考辨,认为由于用于典礼,形成了《诗》的风、雅、颂三体。这个体,不是文体之体,而是包括诗、乐、舞、礼全部休统之体;《诗》作为教本用于太学教育,风、赋、比、兴、雅、颂都是诗之用。所谓六义之义,是指"治事之宜"。③这就形成了比兴的新看法。几乎与此同时,章必功也发表了《"六诗"探故》一文,认为《周礼》"六诗"是周代诗歌的教学纲领,"反映了周代国学'声、义'并重的诗歌教授内容和由低级到高级、由简单到复杂的诗歌教授过程"。④这个过程分三个阶段,风赋为第一阶段,比兴为第二阶段,雅颂为第三阶段。章必功还对六诗进行了具体的释名。他释"比"是托事于诗,即用诗去喻意,不同于后世"以彼物比此物"的写诗手法。"周大师教诗之'比',就是在教国子如何用诗去切类指事。估计是先讲诗的本义(包括讲清诗本身的比喻),然后讲诗的比喻义。"⑤他释"兴",以为朱熹释《论语·阳货》"诗可以兴"时所言"兴,感发志意"才近乎"六诗""兴"之本义,"周大师教诗之'兴',就是教国子掌握引申诗义、发挥诗义的本领,去为修身治国服务"。⑥张震泽和章必功二文观点使人耳目一新。二人的疑古精神和大胆探索的行为也给人们以有益的启迪。

20世纪80年代中后期,较早对"兴"作出跨文化比较研究的是胡经之先生。他从审美体验的角度考察"兴",将"兴"与西方的"移情"说

---

① 赵沛霖:《兴的源起》,中国社会科学出版社1987年版,第77页。
② 张震泽:《〈诗经〉赋比兴本义新探》,《文学遗产》1983年第3期。
③ 同上。
④ 章必功:《"六诗"探故》,《文史》(第二十二辑),中华书局1984年版,第168页。
⑤ 同上书,第170页。
⑥ 同上书,第171页。

比较，认为"兴"具有三个鲜明的特点，即感兴起情的特点，审美体验的直觉特点，审美体验向神思过渡和交叉的特点，并对这三个鲜明的特点做了比较深入的分析，给人以新鲜之感。① 这无形中拓宽了比兴研究的视野，将兴纳入深层的审美体验之域。进入 90 年代，鲁洪生依然执着于比、兴的本义，对比、兴作出较为深入探讨。他从赋比兴产生的时代背景考察了它们的本义，在他看来，在先秦那个广泛教诗、用诗的时代，赋比兴不可能是诗的体裁或表现方法，而是用诗的方法。兴的本义是"感发志意"，既具有启发联想的思维特征，又包蕴了修身养性的政治功用。比的本义是寻求事理类比，其形式多种多样，运用灵活多变。鲁洪生还从比、兴二义的本义进而推及思维。他说："兴、比二法作为类比思维的具体表现，同样是以其与《诗》某一点的相似而举一反三、触类旁通、主观随意性极强的方法。二法在本质上相同，差异只是细微的、次要的，很难在它们之间找到一条截然分明的界限。"② 鲁洪生特别强调比、兴的类比思维特征，并从思维的角度论述了比、兴从用诗方法转变为表现方法的必然性。无独有偶，叶舒宪从人类文化学的角度论述了"诗可以兴"，探讨了兴的思维特性。早在《符号：语言与艺术》一书中，他就强调比兴用于诗歌创作，最初并非出自修辞学上的动机，而是一种引譬连类的思维方式。③ 后来，在《诗经的文化阐释》一书中，叶舒宪又做了进一步的推论。他说："'兴'的思维方式既然是以'引譬连类'为特质的，它的渊源显然在于神话思维的类比联想。"④ 这种类比联想有别于科学类比逻辑。"一旦引譬连类的联想方式从诗歌创作本身扩展开来，形成某种非逻辑性的认知推理方式，'兴'就不仅仅是一种诗歌技巧，同时也成了一种时髦的论说和证明方式了。"⑤ 叶舒宪宽广的学术视野给兴的研究注入了生机，将这一研究带入了一个新的境域。

笔者也加入了"六义"的讨论行列。1994 年，笔者发表了《诗六义新论》一文，尝试论述了"六义"的内涵。笔者认为，"六义"乃儒家文学创作的指导原则，各义之间的联系是单纯而有序的，有着统一的逻辑内涵。风、雅、颂不仅作为《诗经》乐歌的种类而出现，同时，也和赋、比、兴

---

① 参见胡经之：《文艺美学》第二章，北京大学出版社 1999 年版。
② 鲁洪生：《从赋比兴产生的时代背景看其本义》，《中国社会科学》1993 年第 3 期。
③ 俞建章、叶舒宪：《符号：语言与艺术》，上海人民出版社 1988 年版，第 154—156 页。
④ 叶舒宪：《诗经的文化阐释》，湖北人民出版社 1994 年版，第 409 页。
⑤ 同上书，第 410 页。

一样，作为创作的手法而出现，共同成为儒家文学创作必须遵守的信条，是传统文学创作的"正源"与"准则"。①此前，笔者在一篇论述中国古代艺术思维理论价值和现实意义的文章中，明确地把比兴作为中国古代的一种重要的艺术思维方式加以探讨，只是限于当时的认识与学力，对这一问题的讨论并不细致、深入。②

对诗六义作出"穷源竟委"式探讨的是王昆吾（小盾）。1997年，王小盾在《扬州大学中国文化研究所集刊》上发表了《诗六义原始》的长文，细致描述了从"六诗"到"六义"的发展过程。他认为"六诗"是西周乐教的六个项目，服务于仪式上的史诗唱诵和乐舞。比、兴是用歌唱传述诗的两种方式，分别是赓歌与和歌。从"六诗"到"六义"的演变经过若干历史阶段。"六义"是汉代儒家诗学的概念，在本质上是德教的产物，那是一个含混而残缺的理论系统，由此，导致汉以后出现了"三体三用"的概念。"三体三用"则是《诗》成为经学典籍之后的概念。③

黄霖则从心化的表现方式角度认识赋比兴，发挥了叶嘉莹讨论古典诗歌形象和情意的观点：赋为即物即心，比为心在物先，兴是物在心先。并认为："赋比兴乃是三种不同的心物交互作用的方式，也就是'心化'过程中的三种不同的艺术思维。""'比'的特点是明显地根据创作主体情性的变化和发展去描写和组织笔下的事物；'兴'的特点则是由客观的事物启引创作主体沿着某一思路去不断生发。毫无疑问，'赋''比''兴'应该是文学创作中的三种最基本的形象思维和表现方式。"④

比兴乃至赋比兴的研究构成了一部完整的学术史。在这部学术史中，每一个新的环链都代表这一问题研究的进展。上述综述并不能称作全景式的，仅是粗浅的，但从中也可以看出20世纪以来关于比兴研究成果的丰硕。比兴确实是中国古代诗学的一个热门话题，对这一问题的研究耗费了整整一个世纪学人大量的心血，观点可谓五花八门。我们可将20世纪以来关于比兴研究的观点简略归纳如下：（1）兴是起头协韵；（2）比兴为两种表现手法；（3）比兴是两种乐教方法；（4）比兴是两种乐歌之名；（5）比兴是两种修辞手段；（6）兴是气氛象征；（7）兴是一种宗教礼仪活动；（8）兴

---

① 李健：《诗六义新论》，《阜阳师范学院学报》1994年第2期。
② 李健：《中国古代艺术思维的理论价值和现实意义》，《阜阳师范学院学报》1991年第3期。
③ 参见王昆吾：《中国早期艺术与宗教》，东方出版中心1998年版，第213—309页。
④ 黄霖等：《原人论》，复旦大学出版社2000年版，第105页。

的功用具有诗学上复沓、叠韵，尤其是反覆回增法的本质；（9）比兴是形象思维；（10）兴是宗教观念向艺术形式的积淀；（11）兴是感物兴情、是直觉；（12）比兴是类比思维；（13）比兴是两种不同的心物交换的方式，是"心化"过程中的两种不同的艺术思维。这些观点虽然有得有失，有的并不能够真正服人，但是，整体上还是依据学术研究的规范，逐渐向着学理深层发展。20世纪以来的比兴研究不仅注重对本源、本义的考索，而且还注重对比兴衍义与价值的判断，从诗歌起头协韵到表现手法再到艺术思维，标志比兴研究的深入。这些研究无疑会写入中国古典文艺学、美学研究的学术史中。

第二节 比兴与中国传统思维

思维是一个逻辑学和心理学的范畴，它是人脑对现实的概括和间接的认识过程，是人脑反映现实的高级形式。黑格尔说："试从思维的表面意义看来，则首先就思维的通常主观的意义来说，思维似乎是精神的许多活动或能力之一，与感觉、直观、想象、欲望、意志等并列杂陈。不过思维活动的产物，思想的形式或规定性一般是普遍的抽象的东西。思维作为能动性，因而便可称为能动的普遍。而且既然思维活动的产物是有普遍性的，则思想便可称为自身实现的普遍体。"[①] 思维往往因种族而异，因人而异。由于不同种族、不同的人所处的自然环境、文化背景和风俗习惯不一样，从而导致心理不一样，思维也会产生很大的差异。然而，任何一个民族的思维都有其共同性（普遍性），同时又都有其独特性，长期以来形成了民族独特的思维特征。中华民族也不例外。

中国传统思维是在中国独特的文化土壤中孕育生长的，由这种传统思维主导所形成的思想，是绝异于西方的一大思想体系。概言之，中国传统思维注重整体，喜欢直观，讲究类比，同时，也不乏严谨的逻辑思辨。这诸多的因素组合在一起，便构成了中国传统思维的特征。这些特征，铸就了中华民族的个性。中国传统思维有其自身的优长，对于这些优长，理当发扬。但我们也毫不讳言，中国传统思维也存在一些缺陷。由于民族文化、心理等因素的制约，民族思维存在缺失在所难免。问题是，我们不能把民

---

① 黑格尔：《小逻辑》，贺麟译，商务印书馆1980年版，第68页。

族思维的优长或缺陷孤立对待，看得过于绝对。有学者将中国传统思维与西方比较，以为中国传统思维缺少西方逻辑意义的概念和推理，因而应该抛弃。这种态度就极不严谨。中国传统思维注重直觉，不甚重视概念和推理，这是事实！但是，如果因此便认定中国传统思维没有思辨，并以此作为贬低中国传统思维的理由，则是偏激之论。其实，中国古代并不缺少思辨，只不过，那种思辨的形式与西方不同而已。剖析中国传统思维，指出其缺陷之所在是必要的，目的是矫正这种缺陷。当然，我们更应该努力发扬中国传统思维的长处。在当今全球化的背景下，为了加深与世界各民族之间的交往，我们确实有必要借鉴西方的逻辑概念和推理，以完善我们民族的传统思维。

在这里，我们不拟加入讨论中国传统思维利弊的行列，我们的意图是解决比兴思维的本原性问题，试图从根源上探究作为古典文艺学、美学范畴的比兴与中国传统思维的关系。

中国传统思维是整体性思维。所谓整体性思维就是把认识对象作为一个整体，整一性地看待这一对象，而不是将对象肢解，分别从肢解的部分切入，进而，获得对对象的认识。这从中国古代的经典中可以看得非常真切。古代经典大都以整体性的眼光思考自然、社会与人生，发掘其中所蕴含的深刻的道理。检阅古代的典籍，我们就会发现，古人喜欢思考的问题是天和人，这都是大得不能再大的问题，想细致入微地讨论清楚天是什么，人是什么，几乎是不可能的。可是，古代哲人却能从整体上把握，将天对应于天神、自然，将人对应于人事、人为，从而，拈出"天道"和"人道"的概念，进行形而上的论证。在古人的观念中，"天道"与"人道"虽然差异天壤，但是，实质又是合一的。因此，儒、道、墨诸家皆推尊天人合一。天人合一便成为中国传统哲学的基础，是古人思维开展的依据。在天人合一的思想背景下，古人展开了对"天道"和"人道"的深入探讨。

"天道"是自然和宇宙的观念，"人道"是人事的观念。传统哲学认为，天是由阴阳二气组成的，阴阳二气的和谐促成了万物的运动，万物才得以生存。而作为主体存在的人，同样受阴阳二气的支配。阴阳二气左右着人的生存，并且在阴阳二气的作用下产生了人的主体性情。因此，古人认为，无论天还是人都不能离开道。这个道是天、人的运行与存在之道，其蕴含的意义是无限丰富的。

老子作为道家学派的祖师最钟情于道，也最困惑于道。在《道德经》

开篇中，他就这样说："道，可道，非常道；名，可名，非常名。无名，天地之始；有名，万物之母。常无，欲观其妙；常有，欲观其徼。此两者同出而异名，同谓之玄，玄之又玄，众妙之门。"（一章）[1]这是老子对自然宇宙的看法。他认为，在自然宇宙之中，存在着一个道，它是宇宙万物之母。究竟道是什么？老子并没有明确下判断，只是说它是含混的、不清晰的、玄之又玄的。同时，老子又说："道生一，一生二，二生三，三生万物。万物负阴而抱阳，冲气以为和。"（四十二章）这是肯定道的衍生力量。这也是老子申述道是宇宙万物之母的理由。道的存在是多维的，它无处不在，非常精微，非常神秘，含混，玄妙，却又无所不能。老子以道推演自然与人事，暗示自然人事的纷纭复杂，充分显示了他思想的睿智。

老子的思维就是典型的整体性思维，代表了中国古代的思维模式。这不仅仅因为他是玄虚的道家思想的创始人，更因为他是中国思想的先哲，本身具有强烈的引领意义，唯此，才能够成为典范。老子把道说得非常抽象，这就印证了老子的思想本身包含着浓烈的抽象成分。同时，他的思想也是思辨的。当他说"道，可道，非常道；名，可名，非常名"时，内蕴的思辨便展开了。道为什么"可道"？为什么"可道"之道"非常道"？不能说出来的道不足为道，然而，能够说出来的道都不是大道、真理之道。真理之道是不能穷尽的。这其中蕴含的不是思辨吗？当然，这种抽象与思辨不可能等同于西方。这是整体性思维方式的特点，必须高度重视。再如，老子在言说以心观道时讲了这么一段话："致虚极，守静笃。万物并作，吾以观复。夫物云云，各归其根。归根曰静，静曰复命，复命曰常，知常曰明。不知常，妄作，凶。知常容，容能公，公能王，王能天，天能道，道能久，没身不殆。"（十六章）这是比较经典的思辨。这种思辨充满诗性智慧，它的抽象也令人叹为观止。这一点，我们可以从王弼对老子的注释中进一步体悟。王弼注"吾以观复"句说："以虚静观其反复。凡有起于虚，动起于静，故万物虽并动作，卒复归于虚静，是物之极笃也。"[2]老子与王弼的思辨均简洁有力，其概念的运用可谓形象与抽象兼具。从他们的论述中可以看出，虚静的意蕴极其丰厚，已经成为中国古代的一个代表性的美

---

[1] 朱谦之：《老子校释》，中华书局1984年版。《道德经》又名《老子》。本书援引老子之言，皆出自此书。下文不另出注。

[2] 楼宇烈：《王弼集校释》（上），中华书局1980年版，第36页。《王弼集校释》中老子原文与朱谦之《老子校释》本有所不同。特此说明。

学观念。很多西方学者曾经批判中国缺少思辨，典型者如黑格尔曾经鄙薄中国文字不宜思辨，那是不了解中国，用西方的思辨比附中国，恰恰忽略了民族文化与心理的差异，是典型的话语霸权。中国古代整体性思维蕴含着合理化的抽象和思辨。当然，我们要强调的是，这种抽象与思辨与西方的概念推理不是一回事。它们属于两种不同的抽象与思辨。

同样，儒家学派的创始人孔子也是以整体性思维去看待现实问题的。他用"仁"的理念去观照人的行为，认为人的行为必须符合礼的规范。因此，他强调仁者爱人，忠信孝悌。孔子说："里仁为美。择不处仁，焉得知？""不仁者不可以久处约，不可以长处乐。仁者安仁，知者利仁。""唯仁者能好人，能恶人。"（《论语·里仁》）①可见，仁对一个人来说是多么重要！在《论语》中，孔子曾经具体谈到人应该如何行仁，用的同样是整体性思维。如，他说："人之过也，各于其党。观过，斯知仁矣。""朝闻道，夕死可矣。""君子之于天下也，无适也，无莫也，义之与比。"（《论语·里仁》）孔子教导人如何行仁，强调"观过""闻道"的重要性，只是点到为止，不详加辨析。这是整体对待式思维的又一特征。尽管《论语》以格言语录式的整体对待式思维去讨论人事物理，不是那么雄辩，也不是那么具体，仍然亲切感人。以孔子为代表的儒家思想被后人归结为"中和"（中庸）、"温柔敦厚"，其中就包含着对其整体性思维的肯定。孔子无论高屋建瓴地论道，还是有目的地针对具体人、事，都采取的是整体性的态度。在这一点上，他与老子没有根本性差异。

此后的玄学家和理学家无不如此。玄学家倡导"自然"，理学家高扬"性理"。在老庄那里，"自然"是"天道"的一个组成部分，他们是把"自然"作为社会伦理道德的对立面来看待的。但是，到了玄学家那里却发生了转变。玄学家提倡名教，认为名教本与自然是一体的，于是将社会的伦理道德也糅入自然之中，使自然的意义发生了根本性的变化。"性理"是理学家的终极追求。程颐说："理也，性也，命也，三者未尝有异。穷理则尽性，尽性则知天命矣。天命犹天道也，以其用而言之则谓之命，命者造化之谓也。"②在理学家的眼里，理、性、命是同一的。这依然用的是整体性思维观照他们言述的对象。

---

① 刘宝楠：《论语正义》，中华书局1990年版。本书援引孔子之言，皆出自此书，不另出注。
② 程颢、程颐：《二程集》（上），中华书局2004年版，第274页。

中国古典哲学注重整体性思维，中国古典文艺学、美学也同样注重整体性思维。这是因为，中国古典文艺学、美学在很大程度上脱胎于中国古典哲学，充满哲学的智慧。具体落实到比兴，古代文艺学、美学家在讨论这一问题时，呈现的就是整体性思维。古人常常把比兴作为一个整体来加以对待，这并不意味古人不区分比、兴。其实，在多数场合下，古人是比、兴分论的。其整体性思维表现在，论比不脱离兴，论兴不离开比，在古人的眼里，比、兴是不能独立存在的。孔子所说的"诗可以兴……"（《论语·阳货》），就像他说的"里仁为美"，亦如老子所言"道，可道，非常道"，就是从整体着眼来看待诗的特征的。"可以兴"是孔子论诗的核心思想之一。然而，兴的内涵是什么？孔子不予阐释，只是笼统而论，整体看待。由此，引发了此后两千多年的争论，乃至今天，人们也无法说清楚兴的意义。李泽厚、刘纲纪在详述孔子"兴"的观念时，就把握了孔子的整体性思维："孔子提出'兴'这个总括的概念，播下了一颗有着极大发展可能性的种子，后世中国美学关于艺术特征的理论是从这颗种子逐渐生长起来的大树。"[1]所谓的"总括性"就是整体性、概括性，意谓孔子对兴的认识是一种整体性认识，整体性思维。从现存材料来看，孔子并非第一个提出兴的人。在他之前，这一概念已经出现。先秦时期，《周礼》提出了"六诗"，到汉代，《毛诗序》又提出了"六义"。"六诗""六义"内容一样，均指风、赋、比、兴、雅、颂。究竟"六诗"和"六义"到底指的是什么？它们究竟是不是一回事？这个问题极不好回答。无论《周礼》还是《毛诗序》都没有具体说明，这给后人留下了无限的想象空间。《毛诗序》不辩赋、比、兴，却辩风、雅、颂。众所周知，风、雅、颂是《诗》（《诗经》）的乐歌种类，但《毛诗序》所辩风、雅、颂，并不仅仅将之视为乐歌，还将之视为教化手段。如说风，"风，风也，教也"，风即讽喻，教即教化，这里的风就不是乐歌。作为乐歌的风、雅、颂和作为"六义"的风、雅、颂是不是一回事？从《毛诗序》的行文意图来看，我们无法确定。《毛传》在注《诗》时，特别标注"兴"，似乎给了"兴"一个明确的所指，但是，由于标准混乱，意义仍然不明，由此，导致后人多有诟病。可见，这种整体性思维所带来的问题很多。而从另一个角度来说，也证明兴的内涵的丰富性。就像孔子力倡的"仁"一样，仅仅是一个"仁"学的框架，

---

[1] 李泽厚、刘纲纪：《中国美学史》（第一卷），中国社会科学出版社1987年版，第125页。

由后人去补充，去发展。比兴的文艺学、美学框架在先秦两汉之际已经确立，后来出现的大量的阐释、解读，只是补充发展而已。

在对比兴的整体性认识中，古人显现出极其浓郁的抽象和思辨的色彩，这说明，整体性思维并不缺乏抽象与思辨。为证明这一点，我们来看刘勰对比兴的讨论。《文心雕龙·比兴》云："诗文弘奥，包韫六义，毛公述传，独标兴体，岂不以风通而赋同，比显而兴隐哉！故比者，附也；兴者，起也。附理者切类以指事，起情者依微以拟议。起情故兴体以立，附理故比例以生。比则蓄愤以斥言，兴则环譬以寄讽。盖随时之义不一，故诗人之志有二也。"① 比显兴隐，比附兴起。论比论兴雄辩有力。赋、比、兴是三个独立的内容，它们之间又相互缠绕，令人困惑。刘勰是第一位比兴连称的文学理论家、美学家，尽管在具体讨论比兴时还是比、兴分论，但是，这种行为本身已充分表现出他对比兴的整体对待性态度。他认识到比兴意义的丰富性，所谓"随时之义不一，诗人之志有二"就是这种认识的具体表现。在刘勰身上我们可以看出，中国传统的整体性思维在比兴研究的过程中有极为明显的表现。

中国传统思维有一个显著的特征——类比，堪称为一种类比思维。所谓类比思维是指通过类比、比喻的途径来实现说理的目的。纵观中国古代经典，经常能够看到精彩的类比。古人常常借助于生动形象的物象来说明、阐释抽象的理论问题，构成了传统思维的一大特色。我们从老子、孔子等人的言论中能够非常清晰地看到这种精彩的类比思维。老子云："天地不仁，以万物为刍狗；圣人不仁，以百姓为刍狗。天地之间，其犹橐籥乎？虚而不屈，动而愈出。"（五章）这里彰显的就是极为深刻的类比思维。王弼注云："橐籥之中空洞，无情无为，故虚而不得穷屈，动而不可竭尽也。天地之中，荡然任自然，故不可得而穷，犹若橐籥也。"② 老子就是要借助这一类比来阐释他的自然哲学观，生动形象，直取环中。孔子也是如此。在《论语》中，类比思维的运用随处可见。如人们熟悉的"为政以德，譬如北辰，居其所而众星拱之"（《为政》），则是借北斗星类比，强调为政以德的显赫。再如"知者乐水，仁者乐山，知者动，仁者静，知者乐，仁者寿"（《雍也》），这是借自然山水类比仁者和知（"知"乃"智"之假借）

---

① 王利器校笺：《文心雕龙校证》，上海古籍出版社1980年版，第227页。
② 楼宇烈：《王弼集校释》（上），中华书局1980年版，第14页。

者的品德。"'智者'之所以'乐水',是因为水具有川流不息的'动'的特点,而'智者不惑'(《子罕》),捷于应对,敏于事功,同样具有'动'的特点。'仁者'之所以'乐山',是因为长育万物的山具有阔大宽厚、巍然不动的'静'的特点,而'仁者不忧'(《子罕》),宽厚得众,稳健沉着,同样具有'静'的特点。"[1]这极为深刻地表现了中国传统思维的类比特征。

最为典型展现中国传统类比思维的是《周易》一书。《周易》以"象"来推演天地与人事的变化,通篇充满类比。"象"是卦象和爻象,其基本组成是"--"、"—"两种符号,却有无穷无尽的类比与象征意义。如"—"类比或象征天、刚强、男人等,"--"类比或象征地、柔弱、女人等。所有具象和抽象的事物和概念都在这类比的包容之中,同时又具有很强的思辨意味。如既济卦,卦象是䷾(离下坎上),全卦以渡水为类比,演说成功。卦辞云:"亨。小利贞。初吉终乱。"其初九爻辞云:"曳其轮,濡其尾,无咎。"其上六爻辞云:"濡其首,厉。"杨万里评述此卦说:"如济川焉,舍川而陆,舍舟而轂,危者安,险者济,何忧之有。然人皆敌于洪流,莫或敌于夷涂;人皆惧于覆舟,莫或惧于覆车,是以初吉而终乱也。"[2]杨万里对该卦的类比解释得非常清楚。《周易》里面包含着巨大的象征和隐喻系统,它是传统类比思维成熟的产物。

王夫之曾经归结六经的思维方法,着眼的就是类比思维。他明确指出,《周易》的类比是由"象"所统领的。他说:"乃盈天下而皆象矣。《诗》之比兴,《书》之政事,《春秋》之名分,《礼》之仪,《乐》之律,莫非象也。而《易》统会其理。"[3]这是对《周易》的中肯评价。确实,《周易》对中国传统思维具有统领的作用,对中国传统思维影响极大。在这里,王夫之特意提到《诗》的比兴,把比兴纳入传统的类比思维之中。

比兴之所以能够成为中国传统的一种类比思维是这一特定的文艺学、美学范畴的内涵所规定的。孔安国在注孔子"诗可以兴"的"兴"时,认为是"引譬连类",就是从形象的类比这一角度认识兴的。这一注释引起后来很多人的兴趣,人们纷纷效法,并且多角度的切入,形成了不少有益的看法。郑众释比、兴:"比者,比方于物也,兴者,托事于物。"[4]郑玄释

---

[1] 李泽厚、刘纲纪:《中国美学史》(第一卷),中国社会科学出版社1987年版,第145页。
[2] 杨万里:《诚斋易传》,上海古籍出版社1990年版,第195页。
[3] 王夫之:《周易外传》,中华书局1988年版,第213页。
[4] 郑玄:《周礼注疏》卷二十三引,《十三经注疏》,中华书局影印1980年版,第796页。

比、兴："比见今之失，不敢斥言，取比类以言之；兴，见今之美，嫌于媚谀，取善事以谕劝之。"① 这些解释都看重的是比兴的类比的特征。比兴的类比也像《周易》一样，具有深刻的意义。

值得注意的是，古人在研究《诗经》、讨论比兴类比的特征时，呈现出二种取向：一种是伦理道德的类比取向，即单纯从伦理道德角度去认识类比；一种是文学艺术的类比取向，即宽泛地讨论比兴与取象、取义、表情的关系。这是一种非常有意思的现象。单纯伦理道德的类比是经学家们的片面取向，几乎形成比兴类比取向的主流。这是传统儒家文化深入人心，在思维上的一种不自觉的呈现。这两种类比取向并没有根本的冲突，经常是合二为一，相互启发并相互为用的。

中国传统类比思维追求的是程式化，《周易》就是程式化类比思维的产物。它对各卦的推演方式都是由总到分的，总体上由内到外，从本卦到之卦。"但《周易》的可贵之处，却在于它通过取象比类的方法，努力探求事物的相似规律，各种程式被发明出来，企图用以贯通《周易》，但却没有一个能贯通，而只能适用于部分卦象。"② 比兴对伦理道德的单纯类比行为也成为一种程式。郑玄的"比，见今之失，不敢斥言，取比类以言之"，"兴，见今之美，嫌于媚谀，取善事以谕劝之"已经成为一个程式，而且是融贯古今的恒定程式。直到清代，人们仍以之为信条。吴乔说："'国风好色而不淫，小雅怨诽而不乱。'发乎情，止乎礼义。所谓性情也。兴、赋、比、风、雅、颂，其体格也。优柔敦厚，其立言之法也。于六义中，姑置风、雅、颂而言兴、赋、比，此三义者，今之村歌俚曲，无不暗合，矫语称诗者自失之耳。"(《答万季野诗问》)③ 张惠言说："盖诗之比兴，变风之义，骚人之歌，则近之矣。然以其文小，其声哀，放者为之，或跌荡靡丽，杂以昌狂俳优。然要其至者，莫不恻隐盱愉，感物而发，触类条鬯，各有所归，非苟为雕琢曼辞而已。"(《词选序》)④

中国传统类比思维追求类比的主观任意性，用以类比的物象和被类比的事理之间的关系往往是任意的，即意向化的。只要类比者能够认识到类

---

① 郑玄：《周礼注疏》卷二十三引，《十三经注疏》，中华书局影印1980年版，第796页。
② 姜广辉：《整体·直觉·取象比类及其他》，《中国思维偏向》，中国社会科学出版社1988年版，第87页。
③ 丁福保辑：《清诗话》（上），上海古籍出版社1978年版，第30页。
④ 唐圭璋编：《词话丛编》（第二册），中华书局1986年版，第1617页。

比对象与被类比对象之间的关系，便可不受拘束，随意类比。但在类比者的内心有一个要求，恰当即为合理。如庄子的鲲鹏类比，孔子的流水类比，都具有一定的主观任意性。而最有典型意义的则是董仲舒关于天地自然的类比，不仅主观任意，而且迷信。这种类比，用董仲舒自己的话语指称则是"感应"。他说："美事召美类，恶事召恶类，类之相应而起也。如马鸣则马应之，牛鸣则牛应之。帝王之将兴也，其美祥亦先见；其将亡也，妖孽亦先见。"(《春秋繁露·同类相动》)① 这就是类比思维。这种类比思维是主观任意的，没有任何科学逻辑的依据，说到底是原始思维的一种表现。它以人的主观意向为导引，类似于原始思维的互渗律。这种类比在中国传统思维中却有相当的市场。佛禅思维和宋明理学思维都有不少这种成分。这构成了中国传统类比思维的奇特景观。

比兴受传统类比思维的影响，存在着极为严重的主观任意性。这一点，刘勰早有具体的说明。他说兴："关雎有别，故后妃方德；尸鸠贞一，故夫人象义。义取其贞，无从于夷禽；德贵其别，不嫌于鸷鸟；明而未融，故发注而后见也。"说比："故金锡以喻明德，珪璋以譬秀民，螟蛉以类教诲，蜩螗以写号呼，浣衣以拟心忧，卷席以方志固，凡斯切象，皆比义也。"② 刘勰所罗列的这些现象即是类比主观任意性的实例。这一问题，我们下文还要进一步展开，这里不再讨论下去。

中国传统思维是一种直觉思维，非常注重对对象的直觉把握。因此，古代的哲人们经常用"玄览""体认"等概念来言说思维的现象。和西方民族比较，中华民族的直觉思维可算一大特色。

先秦哲学特别是道家哲学经常用直觉思维来认识问题。老子曾经说过："致虚极，守静笃，万物并作，吾以观复。"所谓"致虚极，守静笃"就是后来的虚静，是一种典型的直觉体悟。庄子更是强调"物化""心斋"。他以一则"庄周梦蝶"的优美故事将直觉思维渲染得非常美妙，一直传颂至今。庄子借用孔子之口说："若一志，无听之以耳，而听之以心，无听之以心而听之以气。听止于耳，心止于符。气也者，虚而待物者也。唯道集虚。虚者，心斋也。"(《庄子·人间世》)③ 心斋是一种心体的斋戒，其中蕴含着

---

① 苏舆：《春秋繁露义证》，中华书局1992年版，第358页。
② 王利器校笺：《文心雕龙校证》，上海古籍出版社1980年版，第227页。
③ 郭象注、成玄英疏：《南华真经注疏》（上），中华书局1998年版，第82页。本书援引庄子之言，皆出自此书，不另出注。

极为深刻的直觉思维方式。庄子认为，只有通过心的斋戒才能实现对本真的观照。"显然，心体的斋戒，旨在致心以虚，将心体还原到那无可再度还原的纯粹之处。这心体的纯粹性也就是老庄反复提倡的人的大朴之性。"[①] 庄子还借助于"象罔"来寻求本真。在《天地》篇中，他曾以寓言故事推演直觉，摒弃理智、语言、视觉所带来的物累，要求以无心直取本真。"黄帝游乎赤水之北，登乎昆仑之丘而南望，还归，遗其玄珠。使知索之而不得，使离朱索之而不得，使喫诟索之而不得也，乃使象罔，象罔得之。黄帝曰：'异哉，象罔乃可以得之乎？'""玄珠"是本真，"知"是理智，"喫诟"是言辨，"离朱"是视觉，"象罔"则是"无心之谓"（成玄英疏）[②]，是直觉。直觉在不经意之中能实现理智所不能实现的目的。庄子对直觉的重视确实超过理智。这种思想弥漫中国古代的思想界。

西方虽然有不少人鄙视直觉，但并没有完全否认直觉的价值，甚至有很多学者把直觉作为研究对象。意大利美学家克罗齐就是非常注重直觉的学者。他曾深入讨论过直觉知识。他认为，知识有两种形式，即直觉和理智，直觉知识是可以离开理性知识而独立的。他说："混化在直觉品里的概念，就其已混化而言，就已不复是概念，因为它们已失去一切独立与自主；它们本是概念，现在已成为直觉品的单纯原素了。"[③] 克罗齐还特别举出哲学和艺术来说明不同的学科对思维形式的综合与选择，思维对学科具有整体的影响。哲学尽管里面充斥着直觉品，就哲学本身来说还是概念的；艺术尽管用了很多的概念，其本身还是直觉的。因此，他强调哲学和艺术之间的差别。而这种观念在老庄身上是不适合的。老庄哲学所表现出来的直觉思维虽然绝异于西方的概念推理，但同样也能达到阐释的目的。可是，老庄身上所表现的直觉思维是艺术的、诗性的。

但是，克罗齐的观念确实有它的纯真之处。艺术在总体上是直觉的产物，它以情感来观照世界，离开直觉，艺术是难以生存的。作为中国古典文艺学、美学核心范畴的比兴同样离不开直觉，一旦超越了儒家思想的藩

---

① 李儒义：《"无"的意义》，人民文学出版社1999年版，第96页。
② 郭象注、成玄英疏：《南华真经注疏》（上），中华书局1998年版，第237页。"象罔"在此本中作"罔象"。此处统一改为"象罔"，是为表述习惯，因为多数论者采用的是"象罔"一语。相比而言，"象罔"更为人们熟知。
③ 克罗齐：《美学原理》，朱光潜译，克罗齐：《美学原理·美学纲要》，外国文学出版社1983年版，第8页。

蓠，它就是一种艺术和美学上的直觉。钟嵘探讨比兴的时候曾这样说过："文已尽而意有余，兴也；因物喻志，比也；直书其事，寓言写物，赋也。"（《诗品序》）[1]他说兴是"文已尽而意有余"，不就是强调言辨的无能为力吗？兴的美在于它所追求的无穷之意，在于它直取本真而超越语言的直觉。持这种看法的中国古典文艺学家、美学家还有很多。唐齐已《风骚旨格》以诗语来言述比兴："……三曰比：'丹顶西施颊，霜毛四皓须。'四曰兴：'水谙彭泽阔，山忆武陵深。'"[2]意在说明比兴的想象丰富，寓意深远。这种言说的方式本身就是直觉。清王夫之说比兴："兴在有意无意之间，比亦不容雕刻。"（《姜斋诗话》卷上）[3]所谓"有意无意之间"正是庄子所言述的"心斋"与"象罔"。王夫之在以情景论诗方面做出了重要的理论贡献，他对比兴的情感和心理直觉意蕴的理解同样是深刻的，有着重要的理论价值。

由此可见，中国传统思维对比兴理论的渗透是全面深入的。在比兴身上，几乎能够看到中国传统思维的所有特征。比兴之成为中国古典文艺学、美学的核心话语，与它广泛收纳中国传统的优秀思维有密切关系，同时，也为它成为独具中国特色的文艺学、美学范畴打下了坚实的基础。离开中国传统思维的土壤，比兴不可能存在，中国古典文艺学、美学也会黯然失色。

第三节 比兴与艺术思维

比兴具有复杂的意义结构。从不同的角度出发，运用不同的材料甚至相同的材料对之进行阐释，往往会得出不同的结论，而每一结论都指向比兴的意义。在中国古代，比兴和赋是连在一起的。说比兴离不开赋，赋比兴很早就被用来言述诗的创作、批评和接受，被视为"诗学之正源，法度之准则"（杨载《诗法家数》）[4]。纵观古人关于赋比兴的认识，从创作方法、艺术心理、艺术思维的角度分析问题的居多。古人普遍将赋比兴视为诗的三种创作方法和表现手段，这样看来，赋比兴说到底又是一个艺术思维的问题，研究中国古典美学、文艺心理学、文艺思维学不可回避。因此，对

---

[1] 陈延杰：《诗品注》，人民文学出版社1961年版，第2页。
[2] 丁福保辑：《历代诗话续编》（上），中华书局1983年版，第104—105页。
[3] 丁福保辑：《清诗话》（上），上海古籍出版社1978年版，第6页。
[4] 何文焕辑：《历代诗话》（下），中华书局1981年版，第727页。

赋比兴进行心理学和思维学的探讨就显得十分必要了。

其实，就赋比兴而言，赋和比兴在多数情形下属于两个不同的范畴，它们只是在创作方法和表现方法上实现了统一。①从另一个方面来说，赋比兴之所以能够相互包容，是因为它们共同服务于诗的创作，并且在创作的过程中，赋之中包含着比兴，比兴之中也包含着赋。赋的内涵从总体上说较为固定，它就是铺陈、叙事的方法。不仅审美的文学作品运用赋，非审美的实用性文章也运用赋。这样，赋作为一种表现方法，内涵相对单一，没有太多的缠绕。而比兴则不同。比兴是审美的文学作品的专利，在非审美的文章中，比兴不会出现。在表现和展示作家、艺术家的心理方面，比兴显现出无可比拟的创造性，具有非凡的魅力。从这个意义上，我们把赋排除在艺术思维之外，只提倡比兴是艺术思维，两者合在一起，成为中国古典文学艺术创作的一种独特的艺术思维方式。

我们把比兴看作一种艺术思维方式，是依据古代对比兴的多元理解和具体应用。为了能深入、明晰地说明这一问题，我们首先必须界定艺术思维这一概念，以澄清艺术思维问题研究中所存在的混乱现象，同时，也给我们的比兴研究确立一个可行性的目标，以期较为准确地揭示比兴与艺术思维的关系。

艺术思维是文学艺术创作所有思维活动的统称，举凡文学艺术创作过程中能够运用得上的所有的思维活动都可以称之为艺术思维。现代文艺学、美学中通常讲到的想象、灵感、意象、象征、隐喻、直觉等，都是艺术思维的一种方式或类型。在文学艺术创作过程中，诸种艺术思维方式或类型的运用并非单一的，而是综合的，往往呈现出来的是群体效应。无论是想象、灵感、意象还是象征、隐喻、直觉都不能涵盖所有的艺术思维方式，然而，各艺术思维方式之间又是相互关联的，每一种艺术思维方式的开展都有众多其他艺术思维方式的参与。只不过是，这种艺术思维方式在此时此刻的此种文学艺术创作中更为凸显而已。

在古今中外的文艺学、美学研究中，迄今为止，还没有哪一位研究者给艺术思维下过一个完全、准确且让人们都能普遍接受的定义。当然，给艺术思维下一个完全、准确的定义确实很难，主要因为艺术思维所包含的

---

① 古代有一种流行极为广泛的看法，认为赋是铺陈，比是比喻，兴是起兴。铺陈是叙述，比喻是修辞手法，起兴是引发方法。虽同为表现方法，三者的逻辑意义却差别巨大。

内容太多，并不是一两句或几句精练的语言就能表述清楚的。在世界近现代文艺发展史上，以苏俄、中国为中心，曾经开展过关于形象思维的大讨论。这场讨论对中国现代文艺理论影响极深。1949年以后，中国学界通行的做法是将艺术思维和形象思维等同，如《辞海》文学分册在释"形象思维"时说"又称艺术思维"。但是，在具体进行理论研究和批评时运用形象思维的居多，提及并运用艺术思维的较少。形象思维逐渐取代了艺术思维，艺术思维成为一个可有可无的概念。究竟以形象思维代替艺术思维具有多大的合理性？文艺学、美学界已有不少探讨。学者们从反思的角度对形象思维的提法和它的理论构成各抒己见，得出了一些有价值的结论，但问题仍然很多。

形象思维是俄国文艺理论和美学家别林斯基较早使用的一个概念。在运用这一概念的时候，别林斯基就显得小心翼翼。他说："艺术是真理的直观，或者是形象思维。""毫无疑问，在我们的艺术定义中，首先使许多读者感到惊奇的一点是：我们把艺术叫作思维，因而把两个最相反的最不能结合到一起的概念结合起来了。"[①] 别林斯基为什么这样说？这是因为，在传统的观念中，艺术和科学是对立的。科学最重要的特征是运用概念进行推理和判断，这就是思维；思维只有科学才运用。而艺术运用的更多的是直觉、激情，不靠理性的推理与判断。这便形成了艺术与科学的对立。别林斯基看到了艺术和思维的矛盾，但是，他又认为，思维的必然条件是主观精神和客观精神的调和、统一和同一，思维必须以思维着的主体和被思维着的客体这两个彼此相反的对象为前提。别林斯基强调艺术的直观性。他说："诗歌是直观形式中的真实；它的创造物是肉身化了的概念，看得见的、可通过直观来体会的概念。""诗人用形象思索；他不证明真理，却显示真理。"[②] 显然，别林斯基提出形象思维的概念主要是想说明艺术的思维特点。形象思维等同于直观，这种观念被后来的文艺理论家、美学家继承下来并加以改造，用以解释文学艺术创作，在中国当代文艺理论、美学领域影响很大。早在20世纪40年代，蔡仪就说过："所谓形象的思维，和一般所谓艺术的想象是一致的。即由具体的概念去结合已知的东西和未知的东西，并借它和已知的东西的关联，我们可以施行形象的判断，借它和未

---

① 别林斯基：《艺术观念》，《形象思维资料汇编》，人民文学出版社1980年版，第175页。
② 别林斯基：《智慧的痛苦》，《形象思维资料汇编》，人民文学出版社1980年版，第190页。

知的东西的关联,我们可以施行形象的推理。犹如科学的论理的思维,借抽象的概念,可以施行论理的判断和推理一样。"①从这段文字中我们可以看出,蔡仪的看法其实和别林斯基关于形象思维的认识差别较大。蔡仪实际上是在质疑形象思维的合法性。文学艺术仅是用形象判断和推理,"犹如科学的论理的思维"。如此以来,形象思维又有什么个性呢?其与科学的思维又有什么界限?难道区别仅仅是形象吗?李泽厚说,形象思维"是一个创造性的综合想象的过程"②。蒋孔阳说,形象思维"以活泼泼的生活本身的感性形式,来对现实生活进行本质的概括,进行典型化"③。他们都高度肯定了形象思维的创造意义。而樊挺岳认为,形象思维似乎有两种含义,一种是专指作家在创作时所特有的思维形式,另一种是泛指一切人们都具有的、不依靠概念的富有形象性的思维活动;为区别起见,一般又把作家所特有的形象思维称之为艺术思维。④黄药眠也认为,形象思维有文学和科学的区别,不仅文学创作要形象思维,科学家也要形象思维,其区别是文学家的形象思维是普遍性的情感的,科学家的形象思维多是冷静的思考。⑤毛星则从反思的角度说,"形象思维这个词是不科学的",其原因是别林斯基的形象思维来自于黑格尔的"绝对理念",是唯心主义的论调,是根本错误的。⑥围绕这场讨论,很多论者强调形象思维与逻辑思维有区别,但同时又强调形象思维离不开抽象的逻辑思维。李泽厚的观点最具有代表性。他说:"逻辑思维是形象思维的基础……形象思维作为思维,已不是感性的东西了,只是不脱离感性而已。"形象思维"作为一种具有美感特性的东西,是必须建筑在十分坚固结实的长期的逻辑思考、判断、推理的基础之上,它的规律是被它的基础(逻辑思维)的规律所决定、制约和支配着的"。⑦这些讨论本身就证明形象思维确实有迷人的魅力。那么,形象思维

---

① 蔡仪:《艺术与科学》,《形象思维资料汇编》,人民文学出版社1980年版,第309页。
② 李泽厚:《试论形象思维》,《美学论集》,上海文艺出版社1980年版,第229页。
③ 蒋孔阳:《论文学艺术的特征》,《形象思维资料汇编》,人民文学出版社1980年版,第317页。
④ 参见樊挺岳:《关于作家的艺术思维》,《形象思维资料汇编》,人民文学出版社1980年版,第321页。
⑤ 参见黄药眠:《问答篇》,《形象思维资料汇编》,人民文学出版社1980年版,第325—326页。
⑥ 毛星:《论文学艺术的特性》,《形象思维资料汇编》,人民文学出版社1980年版,第327页。
⑦ 李泽厚:《试论形象思维》,李泽厚:《美学论集》,上海文艺出版社1980年版,第242—243页。

是否关于文学艺术创作思维的最恰当的描述？从质疑的声音中我们也能体悟一些合理性的见解。形象思维作为一个文学艺术思维的概念不仅不能准确表现文学艺术思维的个性，且内涵充满相互矛盾，因此，不能等同艺术思维，充其量，只能成为艺术思维的一种形式。

杨守森从探究艺术想象的角度着手，对形象思维作了较为深刻的驳议。针对中国学界有人将形象思维等同于艺术想象的观点，他从形象思维和逻辑思维的关系介入，阐发了一些独特的看法。杨守森认为，想象可以分为有意想象和无意想象两类，在中国学界，几乎所有形象思维论者都仅仅看重有意想象，而忽略了无意想象。介入这一问题的朱光潜、李泽厚等大都如此。至于中国学界热闹一时的关于形象思维和逻辑思维关系的讨论，杨守森指出，这是一笔糊涂账。主要因为，多数形象思维论者在界定形象思维时本身已经涵盖了逻辑思维。也就是说，他们认为，形象思维的基础是逻辑思维，逻辑思维经常插入形象思维的过程之中，去指引、规范形象思维，形象思维本身已能把握生活的本质真实，等等，既然如此，逻辑思维另行插入还有什么意义？这确实是一个问题。由此，杨守森断言：艺术思维不等于形象思维。这是因为，文学艺术创作不仅是有意识的行为，而且是无意识的行为，是不自觉的表象运动，倘若按照明确的理性即逻辑思维去创作，往往创作不出优秀的文学艺术作品。[①]

我们也认为，形象思维是一个不科学的概念，形象思维不等同于艺术思维。中国现代学界所开展的这场讨论可能抓住的是一个虚假的问题。形象思维的不科学表现在它以偏概全、机械呆板、毫无理论创见上，之所以如此断言，是因为形象思维在学人们认定的发端者别林斯基那里是非常随意、极不完善的。也就是说，连别林斯基都没有把它当作一个真正的问题。当然，形象思维不能与艺术想象画等号。艺术想象的内涵远比形象思维丰富得多，它已经是艺术思维的一种类型或方式。就艺术想象而言，确实包含着有意识和无意识、自觉和不自觉的意涵，是有意识和无意识的统一，自觉和不自觉的统一，这些统一并不是李泽厚等人所说的形象思维和逻辑思维的统一。关于这一点，别林斯基倒有相对明晰的认识。他曾经这样说过："创作的能力，是自然的伟大的禀赋；创作者灵魂里的创作行为，是伟大的秘密；创作的瞬间，是伟大的圣务执行的瞬间；创作是无目的而又

---

① 参见杨守森：《艺术想象论》第七章，山东人民出版社2016年版。

有目的，不自觉而又自觉，不依存而又依存的；这便是基本法则。"① 又说："现在什么叫做无目的而又有目的，不自觉而又自觉，似乎很容易解释了。当诗人创作的时候，他想在诗的象征中表现某种概念，因而他是有目的，并且自觉地行动着的。可是，不管是概念的抉择或是它的发展，都不依存于他那被理智所支配的意志，因而他的行动是无目的的和不自觉的。"② 在讨论自觉和不自觉，无目的和有目的这一问题时，别林斯基不提形象思维。这就印证了我们上文的判断，形象思维不是他的主导性的文学观念，只不过是他随意提出的一个概念，被后人发挥，显然，这种发挥是建立在误读和歪曲别林斯基文艺学、美学观念的基础上的。杨守森所据以反驳的现代学人的形象思维观忽略无意识、不自觉的事实，别林斯基却讲得很好。这从另一个侧面印证了现代的形象思维理论站不住脚，应该清理。

形象思维不能等于艺术思维，是因为艺术思维不单纯是用形象思考，而且更用情感思考。形象之中贯穿着情感的流动，情感是主导性的因素，形象是具体的工具。没有情感，形象无法站立。杜甫创作《春望》一诗，首先是一种情感的流动，进而是情感引领形象。"国破山河在，城春草木深。感时花溅泪，恨别鸟惊心。烽火连三月，家书抵万金。白头搔更短，浑欲不胜簪。"这里的情感是忧国忧家之情，形象（草木、花、鸟等意象）只是表达这种忧国忧家之情的工具。很多情形下，形象仅起着导情的作用，导引情感的爆发，但形象不可能引领情感，主导着作家、艺术家的情感的发展。

形象思维不能等同于艺术思维，是因为艺术思维不依赖逻辑思维的指导。形象思维论者把形象和逻辑看作是两张皮，认为这两种皮的主导是逻辑，并不符合文学艺术创作的实际。作家、艺术家在进行文学艺术创作之前，可能会有一个整体构思，但不一定确立一个中心目的，做一个理性的设定；往往是一任激情的流动，激情所致，一切物象皆为形象。这也就是创作的无意识、不自觉。陶渊明诗云："今日天气佳，清吹与鸣弹。感彼柏下人，安得不为欢。清歌散新声，绿酒开芳颜。未知明日事，余襟良已殚。"（《诸人共游周家墓柏下》）这首诗的可贵之处在于它一任情感的流动，看不出任何受理性或逻辑支配的痕迹。如果作家、艺术家在创作之前首先

---

① 别林斯基：《论俄国中篇小说和果戈里君的中篇小说》，《形象思维资料汇编》，人民文学出版社1980年版，第197页。

② 同上书，第200页。

有一个理性、逻辑的设定,势必损坏文学艺术自然质朴的韵味,失去了艺术的美的风采。

形象思维不能等同于艺术思维,是因为形象思维缺乏涵盖所有艺术思维的包容性。它不能囊括诸如灵感、直觉、象征、隐喻等丰富多彩的艺术思维方式,仅是偏于形象的一隅。尽管别林斯基曾经说过"艺术是真理的直观,或者是形象思维",貌似直观和形象思维是一回事,但他可能更加注重的是直观。可是,在形象思维讨论的过程中,直观并没有引起足够的重视。更多人关注的是文学艺术的认识功能、逻辑设定以及理性和感性的统一问题,从而,忽略了直观这一艺术思维的最本质的特征。

因此,我们做出这样的论断:形象思维是一个不准确、不合理的概念,它不能等同甚至代替艺术思维。

上文我们花了不少的篇幅讨论形象思维和艺术思维,并没有触及比兴,其真正的意图是为揭示比兴和艺术思维的关系找到一个突破口。比兴与形象、情感及灵感、直觉、隐喻等有密切的关系。从艺术思维的角度切入,可能会抓住比兴的本质特征。当然,对艺术思维具体的清理工作不是本文的任务,本文要解决的是比兴与艺术思维的关系。

现在,不少学者已经把比兴作为一种艺术思维方式来对待了。有人认为,比兴是形象思维,是直觉,是艺术思维,就是具体实例。上文我们已经有了一些简略的归纳。李泽厚说:"近来,好些文章喜欢用'比兴'来解说形象思维,把'比兴'说成即是形象思维,但很少说明文艺创作为什么要用'比兴'。'比兴'为什么就是形象思维的规律?在我看来,这里正好是上述使情感客观化、对象化的问题。"[①] 这里的形象思维是等同于艺术思维的。胡经之先生说,"兴"是感兴起情,是一种直觉,是向神思的过渡和交叉。"我们认为'兴'有两个层次,一是诗人感物、触物而兴情,我们称之为初级的直觉或是情与物初步相契。其二是高级直觉,尤其是对审美体验能力强的人(如敏感的艺术家),在感物的瞬间马上就达到了'神游式的超越'——即达到灵感程度。"[②] 这都是从艺术思维的角度去看待比兴的。因此,比兴是古代文学艺术创作的一种思维方式。

其实,古人对比兴的讨论也基本上是站在艺术思维的角度的。尽管古

---

① 李泽厚:《试论形象思维》,李泽厚:《美学论集》,上海文艺出版社1980年版,第565—566页。
② 胡经之:《文艺美学》,北京大学出版社1999年版,第83页。

人不用"思维"一词（古代也没有我们今天心理学意义上的"思维"概念），但是，却常常从思维出发讨论文学艺术创作的比兴问题。《周礼》提出了"六诗"，其意义到底是什么？今天，恐怕没有人能准确回答。郑玄在注比兴时说："比见今之失，不敢斥言，取比类以言之。兴见今之美，嫌于媚谀，取善事以喻劝之。"并引郑司农（众）语："比者，比方于物也；兴者，托事于物。"其实都认为比兴是《诗》(《诗经》)创作的思维问题，围绕着《诗》是如何在创造的过程中弥纶美刺的。这是经学家的创作观。晋挚虞《文章流别论》亦论比兴："比者，喻类之言也。兴者，有感之辞也。"① 表面上，这似乎是从修辞学的角度来论述的，但他说兴是"有感之词"，显然已不是一个简单的修辞学问题，已是一个艺术思维的问题。唐皎然谈六义："今且于六义之中，略论比兴。取象曰比，取义曰兴，义即象下之意。凡禽鱼、草木、人物、名数，万象之中义类同者，尽入比兴。"(《诗式》)② 也就是说，在诗的创作中，有取象和取义之别，取象是为了更好地表现义。这是典型的艺术思维过程。皎然却说得亲切朴实。宋代李仲蒙云："索物以托情谓之比，情附物者也。触物以起情谓之兴，物动情者也。"③ 比是借助于外物寄托情感，亦即情感附着在外在物象上；兴是由外在事物的激发所引起感动，亦即外在物象打动了人的情感。这比较准确地指出了在文学艺术创作过程中的情与物的关系，同样是在言述艺术思维的过程，较为深刻。明代袁黄《诗赋》说得就更具体了。他说："假幻传真，因人喻已，或以卷石而况泰山，或以浊泾而较清济，或有义而可寻，或无情而难指，意在物先，斯谓之比。感事触情，缘情生境，物类易陈，衷肠莫馨，可以起愚顽，可以发聪听，飘然若羚羊之挂角，悠然若天马之行径，寻之无踪，斯谓之兴。"④ 这已涉及艺术想象、意象的创造以及艺术直觉等问题。以羚羊挂角、天马行空比喻直觉思维的了无踪迹，眼光独到。清人陈廷焯说，比是"托讽于有意无意之间"，兴是"意在笔先，神余言外，极虚极活，极沉极郁，若远若近，可喻不可喻"(《白雨斋词话》卷六)。⑤ 同样言述的是文学创作的思维过程。从汉至清，将比兴作为一种艺术思维

---

① 郭绍虞主编：《中国历代文论选》（第一册），上海古籍出版社1979年版，第190页。
② 何文焕辑：《历代诗话》（上），中华书局1981年版，第30页。
③ 胡寅：《致李叔易书》引，《斐然集》卷十八，文渊阁四库全书本。
④ 袁黄：《诗赋》，《古今图书集成》文学典，第二〇一卷。
⑤ 唐圭璋编：《词话丛编》（第四册），中华书局1986年版，第3917页。

的方式对待是古人通常的做法。在两千多年的发展中，比兴已经成为内涵极其丰富的艺术思维方式，在中国古代文学创作中起着巨大的、不可替代的作用。

比兴作为一种艺术思维方式，我们可以称之为比兴思维。它是一种受某一（类）事物的启发或借助于某一（类）事物，综合运用联想、想象、象征、隐喻等手法，表现另一（类）事物的美的形象、展示其美的内涵的艺术思维方式。在古代，比兴就是连在一起的。尽管古人在解说时仍是分说，但是两者的意义是相互关联的。离开比，不能很好地说兴，同样，离开兴，也不能很好地说比。这从我们上文所引的材料可以看出。在这种情形下，我们将比兴二义合一，称之为比兴思维，似无多大误解。将比兴连说是从刘勰开始的。《文心雕龙》专列《比兴》一篇，将比兴合在一起，抛开了赋。此后，人们经常比兴合起来说诗，就是一种心理的默契。或有人会问，古人经常是赋比兴连在一起说的，为何不把赋和比兴合起来称之为艺术思维？这是我们依据赋比兴各自的意义而定的。赋与比兴相比，其意义在古代比较固定，就是指铺陈、叙述。将之作为一个古典叙事学的理论问题加以讨论是适宜的，而将之作为一个艺术思维问题讨论则是不适宜的。而比兴则不同。比兴具有复杂的意义结构，比兴二义的意义相近，古人一直难分。当用比兴概念言述语言的表现时，与赋是同一范畴；当用比兴概念言述具体的文学创作构思时，与赋的意义就相差太远了。即使从修辞方法上讲，赋也不能算作一个严格的修辞手法，而比兴却是。这就决定了比兴是一种艺术思维方式，而赋却不是。有学者说，"赋也是一种形象思维"，并批评社会上流行的将比、兴两法当作形象思维、否认赋也是形象思维的做法是贵曲轻直的倾向，因为比、兴是曲写，赋是直写，"正言直述"。[①]如果从赋所表现的形象上来认识，这种看法是有一定的道理的。但是，艺术思维并不仅仅是形象的塑造问题，而包含着更为深刻的心理内容。从文学的表现手法这一角度看，赋和比兴相比，确实有一个直与曲的问题，但是，直与曲并不是厘定艺术思维的标准。（上述观点论者是将形象思维和艺术思维混同的。）关键应看其有没有审美心理的内容，对文学的整体创作有没有架构作用。艺术思维注重的是文学艺术创造的心理活动，而且这种心理活动对整个创作过程具有统领和贯穿的作用。赋的这种作用是不存在

---

① 参见黄霖等：《原人论》，复旦大学出版社2000年版，第93页。

的。尽管赋能够铺陈、描写出某种心理的活动，而且可能会描绘得十分精彩，但是，这并不是思维的问题。况且，它要想真切描写人的心理，必须借助比兴。我们承认上述论者的观点有部分真理性："赋往往具有更大的广泛性、常用性和兼容性"，它能够兼容比兴。[①]作为语言的表现手段，赋确实如此，而作为艺术思维活动却不可轻易这么说了。赋是比兴思维所役使的一种语言的手段，它不能兼容比兴，反而为比兴所驱使。上述观点的一个致命的缺隐是混淆了修辞手段、写作技法与艺术思维的界限，这是两个不同层面的问题，将这两个不同层面的问题搅在一起，必定会出现误解。

比兴作为一种艺术思维方式，首先对整个创作的心理活动具有统领作用。当然，这种心理活动并不是无缘无故就能产生的，它是受外在事物的启发，并借助于这一事物进行整体创作的思维。比如，被人们说了很多的《关雎》一诗确实可称作是比兴思维的典范。抛开汉儒对它的歪说，我们说这首诗是一首优美的爱情诗。整个诗的情感基调就是"关关雎鸠，在河之洲"这两句引领诗所奠定的。这两句诗被《毛传》和朱熹《诗集传》称之为"兴也"。两句诗描写的是成双成对的雎鸠鸟在水洲之中关关鸣叫，隐喻夫妻生活恩爱幸福，暗示全诗所表现的主旨即是赞美幸福美满的爱情。"参差荇菜，左右采之。窈窕淑女，琴瑟友之。参差荇菜，左右芼之，窈窕淑女，钟鼓乐之。"由关雎启发，并借关雎的活动产生了类比的心理，通过想象的弥纶，形成全诗优美的情感基调。这就是比兴思维的作用。这种艺术思维方式在中国古典诗词中广泛地运用。再如白居易《长相思》："汴水流，泗水流，流到瓜洲古渡头，吴山点点愁。思悠悠，恨悠悠，恨到归时方始休，月明人倚楼。"这首词便受汴水、泗水水流的启发描写相思之情，以水流的悠悠比喻情思的悠悠，水流起着统领的作用。这也是典型的比兴思维。因此，受某一（类）事物的启发或借助于某一（类）事物的统领是比兴思维的重要特点。

其次，比兴思维综合运用联想、想象、象征、隐喻等手法。想象、象征、隐喻都是现行的艺术思维的重要方式，同时，也是一种艺术的手段，或构思、或语言的手段。想象、象征、隐喻在具体运用到创作中的时候，往往也有某一类物象作依托，但这一物象并不一定启发和统领整个思维活动的开展。这就导致了中国古代传统的比兴思维与想象、象征、隐喻等艺

---

① 参见黄霖等：《原人论》，复旦大学出版社2000年版，第93页。

术思维方式的根本差异。比兴思维有时是包含想象、象征、隐喻等艺术思维方式的。《关雎》一诗借关关鸣叫的雎鸠比喻幸福的爱情，这是靠想象；《长相思》一词，将水流和思念联系在一起，这是一种象征。而《关雎》一诗所描写的那左右流之的荇菜则是隐喻了，隐喻对爱情追求的艰难、痛苦和甜蜜。《长相思》一词中的"吴山点点愁"也是隐喻。吴山何来忧愁？忧愁的依然是人。在这里只不过是借山来隐喻，但是，隐喻的主体含而不露，仅仅一个喻象而已。想象、象征、隐喻等具有无比的包容力量，离开它们，比兴思维不足以形成并发挥作用。在文学艺术创作的艺术思维过程中，各种思维方式的协作是一种正常的现象。虽然，我们在谈具体艺术思维方式的时候，往往分而论之，其实，在具体运用的时候，它们之间是密不可分的。离开此，此不足为此；离开彼，彼也不足为彼。只不过在具体创作过程中，一种思维方式显得凸出而已。

再次，比兴思维创造的是美的形象，展示的是美的内涵。任何一种艺术思维创造的都是美的形象，都展示美的内涵，但是，这些美的形象和美的内涵不一样。比如，想象是西方浪漫主义文学常用的艺术思维方式。英国诗人布莱克认为，整个自然就是"想象本身"，它"仅仅是介于感觉和理性之间的形象化的能力"。想象是"一种创造能力"，通过想象，大脑"获得了深入真实的洞察力，将自然解释为一种隐藏在自然后面或自然之中的某些东西的象征，而不是作一般的理解"。[①] 这样想象就成了一种极其重要的审美创造的手段。华兹华斯称想象是"绝对力量的另一个称呼，/最明彻的洞察力，阔大的心智，/以及推理，存在于她昂扬的心绪之中"[②]。他也将想象看作是一种创造的能力，是一种观察、协调、联合的力量。这种力量能重建宇宙的新形象，富有强烈的艺术力量和美的形式。想象无所不能，仿佛想象就是一切。在想象的努力下，浪漫主义文学呈现出一派蓬勃的朝气，展示了激情和活力。这种艺术思维创造出来的美的形象就不可能等同于比兴思维创造的美的形象。运用比兴思维所创造的美的形象多具有宁静的特点。如《关雎》中的"窈窕淑女"和"君子"，《长相思》中的柔情主人公以及那柔美的情思。比兴思维同样具有艺术的创造力。但是，这种创造力多表现在"有意无意""意内言外"和"文已尽而意有余"的空谷传响

---

① R·韦勒克：《批评的诸种概念》，丁泓、余徵译，四川文艺出版社1988年版，第171—172页。

② 同上书，第173页。

上。这种美的意蕴绝然不同于想象主导下的西方浪漫主义的热情似火。由此可见，比兴思维创造美的形象，展示美的内涵不是一句通常的套语，其中丰富的思想，我们将在后面各章节中细致论述。

比兴思维的产生源头极其复杂。如果简单地将之归为儒家源头，似有草率之嫌。正是因为其源头的复杂，才导致了这一艺术思维方式具有普遍的意义。但是，比兴也仅是传统艺术思维的一种方式。在中国古代，并非仅有这一种艺术思维方式存在，比兴之外，还有物化、神思、虚静、应感、妙悟等，它们都是中国古代的艺术思维方式。这诸多艺术思维方式之间，并非纯然隔膜，而是相互打通的。它们之间常常相互协作，相互为用，共同完成美的创造。而且，这些艺术思维的方式并不与西方的艺术思维方式在思想精神上绝然相异。我们在论述的过程中会不时运用西方的艺术思维的概念来阐释比兴，进行中西互释，这一做法本身就说明，中西艺术思维方式在思想精神上有相通之处，并非水火不容。

第四节　比兴的思维研究意义

思维是哲学、心理学、逻辑学的研究对象，也是一切科学包括文艺学、美学必须探讨的问题。上文我们曾引述黑格尔《小逻辑》的说法，称思维是精神的许多活动或能力之一，不过思维活动的产物，即思想的形式或规定性一般是普遍的抽象的东西。思维不能摆脱普遍的抽象。当别林斯基将艺术和思维放在一起时，他就产生了一种困惑，认为是"把两个最相反的最不能结合到一起的概念结合起来了"。但是，为了研究艺术的最一般的普遍的规律，又不能不把这两个东西放在一起。这便形成了有意义的悖论。

思维作为精神的活动或能力之一，是与感觉、直观、想象、欲望、意志等并列杂陈、关联密切的。它的涉及面非常广泛，触及的都是人类的最基本的能力。思维作为一种高级的认识形式，是普遍的、抽象的，它包括感性和理性两个方面。感性的方面是指感觉、直观、想象等，理性的方面是指观念、意志、欲望等。一般认为，感觉、直观、想象等是思维开始的初级阶段，有心理学家称之为低级认识过程。有学者曾经这样说："思维活动成为高级认识过程，得力于两个因素：第一，它包括着较低级的感觉、知觉、记忆、学习等过程；第二，它与低级认识过程又有质的不同，能从已知信息中推断出未知的信息。"[1] 这虽然是描述思维的一般发展，但有点贬低感性意识、直觉的企图。其实，在人的思维中，感性和理性是相互交织的，有时很难分清哪是感性，哪是理性。文学艺术所研究的思维并不同于哲学、心理学、逻辑学所研究的思维，它虽然研究的也是一个抽象的对象，但是又要从中总结出文学艺术创作这一感性活动的最一般的规律，因此，文学艺术的思维研究重心又不得不放在对感觉、直观、想象等这些被认为是"较低级"的认识阶段的研究上，与思维原本的阳春白雪的高雅姿态极不和谐，这就形成了一个悖论。

对人类认识与思维的高级和低级的分法，我们在这里持怀疑态度。对有正常思维的人来说，本无所谓高级和低级之分，只有认识的阶段之分，但这还要看具体情况。比如，认识一个科学问题，往往要经过大量科学的实验，实验的不同阶段所显示的结果是逐渐深化的，逐渐向本质靠近。不能说前阶段是低级的，后阶段才是高级的。人类对事物的认识首先是从表象开始的，通过对表象的分析综合，得出了事物发展的规律，是不是说，对表象的认识是低级的认识，对本质的认识是高级认识呢？也不能！整个过程都是高级的认识。高级认识和低级的认识只能相对于人和动物。人的认识是高级认识，高级思维；动物的认识才是低级认识，低级思维。即使是人的感觉、直观、想象等，也是一种高级的认识，不是低级认识。文学艺术是人的高级认识，但是，它就有意识地运用感觉、直观、想象等表象运动。因此，感觉、直观、想象等也是高级的思维活动。

黑格尔曾经指出，精神的最高内在性是思维的满足，思维是它的原则，它的真纯的自身。"当思维对于依靠自身的能力以解除它自身所引起的矛盾表示失望时，每退而借助于精神的别的方式或形态（如情感、信仰、想象等），以求得解决或满足。"[2] 这就等于间接肯定了艺术等思维方式对于人类的认识和精神满足所具有的价值。艺术同样是人类不可缺少的存在形式，对艺术思维的研究同对哲学思维的研究一样，也是人类的一大任务。

目前，学术界对艺术思维方式如直观、象征、想象、灵感、隐喻、意象等的研究，已经取得了很大的进展。然而，对于中国古代艺术思维方式的研究，整体上并不尽如人意，多停留在肤浅和表面化的阶段。对比兴

---

[1] 杨治良：《当代思维研究》，王甦编：《当代心理学研究》，北京大学出版社1993年版，第68页。

[2] 黑格尔：《小逻辑》，贺麟译，商务印书馆1980年版，第51页。

的研究就是一个很好的例子。在本章第一节中,我们已对这一问题作了综述与分析。尽管我们的综述不全面,也可能不准确,但是,多少能够看出其中存在的一些问题。真正从艺术思维这一角度研究比兴的成果所占的分量极小,而且,还有一个明显的缺陷,那就是,即使从思维的角度来研究比兴,大多也停留在表面化的肤浅阶段,无法准确说明比兴思维所特有的理论价值和理论意义。这就决定了对比兴的思维研究是必须的,也是必要的。

首先,对比兴进行思维的研究意在探讨中国传统的艺术思维规律,以便给当下的中国和世界的文学艺术创作提供一个可参照的法则。这或许堪称我们的"野心"。究竟能不能起到这方面的作用?要看我们努力的程度。因此,我们对比兴的思维研究所秉持的是一种实用主义的态度。我们一直坚信中国古典文艺学和美学对当下仍有价值,其中的艺术思维理论价值尤其高。在我们看来,中国古典文艺学、美学的价值就是"用",不能用,它的价值何以体现?这也是当今不少治中国古典文艺学、美学的学者的困惑。针对此,一位学养颇深的古代文论研究家曾提出这样的忠告:"以一颗平常心对待古文论研究,求识历史之真,以祈更好地了解传统,更正确地吸收传统的精华。通过对于古文论的研究,增加我们的知识面,提高我们传统文化的素养;而不汲汲于'用'。具备深厚的传统文化的根基,才有条件去建立有中国特色的文学理论。这或者才是不用之用,是更为有益的。"[①]这种平淡的态度颇有道家之韵致,追求学术的无功利,追求学术研究的境界。确实,古代的有些东西不是拿来就能用的,因为它已经无用,只能作为历史来对待。但是,古代能够用的东西我们不妨拿来用。当下中国的情形是,凡是从外国引进的都是有价值的,哪怕是出口转内销的。很多人根本不关心古典,不钻研古典,从而导致很多中国古代已有的东西也要到外国、西方去寻找(这已成为当下时髦的做法),化用古人岂不更好!

比兴是经过古人长期发展所形成的具有充实的理论内涵和极强实用价值的一种艺术思维理论,这种理论蕴含着古代文学艺术创作的最一般的规律。比兴思维非常注重外物的启发、引领作用,推崇情感表达的含蓄委婉,余味曲包,具有迷人的诗性品格。这是充分运用想象、灵感、直觉的结果。比兴思维的具体表现非常复杂,有时很难言说。这与古代文学艺术创作的

---

① 罗宗强:《古文论研究杂识》,《文艺研究》1999年第3期。

复杂性有关，与古人对文学的认识有关。古人对于文学艺术的一般要求是经世致用、有补于世的，作家、艺术家在创作时常常在文学艺术作品中"比兴寄托"，就是比兴思维的具体运用。在这种运用的过程中曾经产生了"意在笔先"的观念，对后世的文学艺术创作影响很大。作家、艺术家将之作为创作的规律来遵守，奉之为神明。今天，对于比兴寄托、意在笔先的创作现象，我们应认真整理，从思维的角度对之归整，透辟分析，去其糟粕，取其精华，对当下的文学艺术创作会有极大的帮助。

比兴思维对意象的创造同样表现出这一思维的规律性，对当下的文学艺术创作有重要的参考价值。意象的创造离不开联想、想象、象征、隐喻等手段，这些手段本身也是艺术思维方式，只不过在比兴思维的大的系统中处于从属地位而已。我们前面已经说过，中国古代的艺术思维方式很多，各思维方式之间并非孤立的，而是相互协作的。在此创作中处于从属地位，在彼创作中可能处于主导地位。比兴思维创造的意象往往是一个群落，这一意象群有一个统一的品格，有共同的指向，从而表现较为鲜明的意图，如屈原《离骚》所创造的草木意象、美人意象等。汉人王逸总结了屈原《离骚》的创作特点："《离骚》之文，依《诗》取兴，引类譬喻，故善鸟香草，以配忠贞；恶禽臭物，以比谗佞；灵修美人，以媲于君；宓妃佚女，以譬贤臣；虬龙鸾凤，以托君子；飘风云霓，以为小人。其词温而雅，其义皎而朗。凡百君子，莫不慕其清高，嘉其文采，哀其不遇，而愍其志焉。"[①]这就抓住屈原创造意象的特征，从而，也抓住了比兴思维创造意象的特征。

其次，对比兴进行思维的研究意在探索传统创作的心路历程，以便深入展开对古代创作心理的研究。比兴是一种直觉。无论从原始兴象还是从儒家解诗来看，比兴都被看成是一种直觉。这种直觉的表现就是以情感观照世界，将外在的物象与人的心理、情感类比，借助于外在物象表现人的情感、心理。外在物象的形象表征或活动情状往往暗示人的心理和情感的发展，在古人对比兴的运用过程中，这种表现极其明显。法国的唐纳德·霍尔兹曼也看到这一点，他将孔子"可以兴"之"兴"译为隐喻性暗指（metaphorical allusions），并指出"兴"在指涉诗歌时具有"类比"（analogy）或"暗指"

---

① 洪兴祖：《楚辞补注》，中华书局 1983 年版，第 2—3 页。

（allusion）的意义，源头很古。① 在《诗经》的众多作品中，我们依然能洞察这种含有类比和暗示的直觉心理。如《邶风·燕燕》：

> 燕燕于飞，差池其羽。之子于归，远送于野。瞻望弗及，泣涕如雨。

赵沛霖说，玄鸟即燕，是商民的祖先神，而燕地名称的得来正是来自于图腾崇拜的对象燕，因此，这首诗是怀念和赞美祖先的。循着这种思路理解，这首诗显然是一种直觉思维。而如果依据字面通常来理解，这是一首送别诗，借助于远去的燕子引领、兴起，表达了依依惜别之情。在这里，燕子的飞去和人的离去是一种类比关系，燕子同时还起着一种暗示的作用。诗人创作的心理历程通过外物的类比和暗示便一览无余，这种类比虽没有高深的哲理，但却颇有意味。

同时，创作心理还体现在作品中所运用的丰富的联想、想象、象征、隐喻上。古人正是通过这一系列艺术手段的运用，实现审美的目的，满足心理的诉求。联想、想象、象征、隐喻所形成的艺术的意境是极为复杂的，它可能具有空灵的意蕴，也可能是充实的，作家、艺术家依据此时此地的不同心绪来展示其不同的心理。《古诗十九首》堪称比兴思维的硕果。钟嵘《诗品》曾经这样评说《古诗十九首》："文温以丽，意悲而远。惊心动魄，可谓几乎一字千金！"② 这是他自己对于"兴"义解释（"文已尽而意有余"）的形象而具体的说明。《古诗十九首》展现的不是诗人的空灵的心境，而是诗人充实悲凉的心绪。

> 明月皎夜光，促织鸣东壁。玉衡指孟冬，众星何历历。白露沾野草，时节忽复易。秋蝉鸣树间，玄鸟逝安适。昔我同门友，高举振六翮。不念携手好，弃我如遗迹。南箕北有斗，牵牛不负轭。良无磐石固，虚名复何益？（其七）
>
> 冉冉孤生竹，结根泰山阿。与君为新婚，兔丝附女萝。兔丝生有时，夫妇会有宜。千里远结婚，悠悠隔山陂。思君令人老，轩车来何

---

① 霍尔兹曼：《孔子与古代中国的文学批评》，参见叶舒宪：《诗经的文化阐释》，湖北人民出版社1994年版，第410页。

② 陈延杰：《诗品注》，人民文学出版社1961年版，第17页。

迟！伤彼蕙兰花，含英扬光辉。过时而不采，将随秋草萎。君亮执高节，贱妾亦何为。（其八）

这其中的想象、象征、隐喻极为亲切、自然，不露丝毫的刀斧之痕。皎洁的月、历历的星、冉冉的竹、秋蝉、玄鸟、蕙兰花、秋草等都具有象征和隐喻的意味，而兔丝、女罗之喻则凸显了诗人奇特的想象。抒情主人公哀怨而柔美的情思通过这一系列外在的物象得到充分表现，再现了诗人创作的心路历程。

创作心理是一个极为复杂的现象，对创作心理的研究是艺术思维的任务。由于作家、艺术家的创作心理具有一定的隐蔽性和模糊性，给研究带来了很多困难，但是，只要努力展开对艺术思维的探索，发掘各艺术思维方式的独特的运行规律，创作的心路终究会被揭示。

再次，对比兴进行思维的研究意在探索比兴所具有的思维的特点，并以此发掘中国传统艺术思维的独特性。比兴思维是一种综合性的艺术思维方式，它的综合性就在于它的整体性和引领性，对整个文学艺术创作的开展有启发作用，同时又贯穿整个文学艺术创作的过程始终。启发引领这种艺术思维的可能是一个（类）物象，一种情思或者一个动作，一个故事。这些物象、情思、动作和故事激发了作家、艺术家内心深处的感情，由此产生创作的冲动，在创作的过程中又综合运用联想、想象、象征、隐喻等艺术的手段，促使美的形象和内涵的生成。比兴思维作为一种艺术思维，首先是直观的，起初就调动了人的视觉、听觉、嗅觉、想象等，并且，整个过程还夹杂着理智的判断和抽象。在比兴的身上，表现了直觉和理智的统一，具象和抽象的统一。那些坚持凡是艺术思维必是直觉的、感性的、与理智和抽象无缘的观念注定是一种落后保持的观念。当今，这种观念鲁道夫·阿恩海姆在《视觉思维》中以科学的事实已经进行了比较全面、彻底的批判。这种批判足以使人警省。

比兴思维的理性设定缘于直觉的意象。在中国古代，作家、艺术家创作了大量隐喻的哲理诗，可视为比兴思维创造的典范作品，足以证明艺术思维的直觉蕴含着理性。朱熹《观书有感》诗云："半亩方塘一鉴开，天光云影共徘徊。问渠哪得清如许？为有源头活水来。"半亩方塘的意象引领了整个创作的思维过程，那种"天光云影共徘徊"的生动景致构成了全诗美丽鲜活的情调。特别是后两句，以彻头彻尾的议论形成了全诗的理性，并以其深刻的哲理隐喻成为千古流传的名句。全诗以半亩方塘的鲜活之水隐喻学习的重要，知识是人之生存不可缺少的血液，必须不断地涵养、充实。

比兴思维的理性设定不是中国古代艺术思维所独有的内容，在几乎所有的中西艺术思维方式中都存在，只不过有时人们不愿意正视它而已。以前，人们在谈到这一问题时，都是将艺术思维和抽象思维（逻辑思维）对立起来的，认为文学艺术的创作中有抽象思维存在，抽象思维支配着艺术思维（形象思维）的开展，成为艺术思维的主导。那么，如果这样，文学艺术与哲学及其他科学还有什么本质区别呢？这就在不经意中抹杀了文学艺术。实际上，在中西文化史上，文学艺术最初都是在哲学的夹缝中生存的。柏拉图要把诗人逐出理想国，孔子把《诗三百》当成传播伦理道德的工具，都是抹杀文学艺术思维特性的做法。直至今天，这种观念仍没有得到根本性的扭转。

尽管比兴思维的理性设定不是中国古代艺术思维理论所独有的，但是，比兴思维作为一个综合性艺术思维的整体性和引领性却是中国古代艺术思维中独有的。这与中华民族的独特的思维方式有关。而且，这种独特性几乎形成了一种程式。比如，许多运用比兴思维创作的诗歌头一两句诗都具有引领作用，也就是古人所说的起兴作用。这是一种奇特的景观。这种景观不仅在以《诗经》为代表的古今民歌中出现，即使在文人作品中也大量涌现。这种诗歌创作的独特性首先得益艺术思维的独特性，对这种独特性，我们必须投以深深的关注。

对比兴的思维研究，无论是对总结传统，继承传统，抑或满足当下具体的应用，都具有重要的理论意义。深刻发掘比兴思维的理论内涵，在历时性的、动态的系统中对之进行多元的观照是本研究必须做到的。我们力争做好。我们热切盼望着有益的、善意的批评声音。

第二章 溯源：比兴思维与原始思维

任何一种完善的思维方式都不可能是自然而然形成的，都有一个漫长的发展历程。自从人类与猿相揖别，进化为人，人类的思维即宣告诞生。人类初始阶段的思维叫原始思维。列维－斯特劳斯称之为"野性的思维"，以与"文明的思维"相对应。这种思维，是以表象为主要运动方式的思维。正是这种思维，发展演变为较为完善的具象思维和逻辑思维，同时，也发展演变为较为完善的艺术思维。在原始思维中，人们能够找到所有思维方式的源头，作为中国古典文艺学、美学中的一种重要的艺术思维方式——比兴思维也不例外。

第一节 原始兴象的神秘互渗

原始思维是对原始人类思维形态的描述。作为人类早期的思维方式，它是粗糙的，诗性的；是原逻辑的，神秘的。但这并不表明它就是一种低级思维，是一种迥异现代人的思维方式。原始思维也讲究秩序。列维－斯特劳斯说："我们称作原始的那种思维，就是以这种对于秩序的要求为基础的，不过，这种对于秩序的要求也是一切思维活动的基础，因为正是通过一切思维活动所共同具有的那些性质，我们才能更容易地理解那类我们觉得十分奇怪的思维形式。"[①]

原始思维的集体表象具有神秘的性质。人类学的研究表明，原始人的集体表象与我们的表象或者概念有着深刻的差异。这种差异主要表现在它没有逻辑的特征，不是真正的表象，"它们暗示着原始人在所与时刻中不仅拥有客体的映象并认为它是实在的，而且还希望着或者害怕着与这客体相联系的什么东西，它们暗示着从这个东西里发出了某种确定的影响，或者

---

① 列维－斯特劳斯：《野性的思维》，李幼蒸译，商务印书馆1987年版，第14页。

这个东西受到了这种影响的作用"①。在原始人的集体表象中，一切都是神秘的，原始人能在他们周围的实在中发现我们今天意想不到的东西。"例如在回乔尔人（Huichols）那里，'健飞的鸟能看见和听见一切，它们拥有神秘的力量，这力量固着在它们的翅和尾的羽毛上'。巫师插戴上这些羽毛，就'使他能够看到和听到地上地下发生的一切……能够医治病人，起死回生，从天上祷下太阳，等等'。"②神秘是原始思维的特性。同时，神秘也有规律，它符合原始的互渗律。

什么是互渗律呢？这是列维-布留尔使用的一个概念，他把它称之为原始思维所特有的支配表象的关联和前关联的原则。③这种互渗律表现在原始人对客观物象的原逻辑的联系上。原始思维不强调对立，只看重荒谬的联系。"波罗罗人硬要人相信他们现在就已经是真正的金钢鹦哥了。就像蝴蝶的毛虫声称自己是蝴蝶一样。"④原始思维是一种原逻辑的思维，"我们用'原逻辑的'这个术语，并不意味着我们主张原始人的思维乃是在时间上先于逻辑思维的什么阶段"。"它不是反逻辑的，也不是非逻辑的。我说它是原逻辑的，只是想说它不像我们思维那样必须避免矛盾。它首先是和主要是服从于'互渗律'。"⑤在这种互渗律的滋养下，产生了原始的图腾形式和图腾社会，进而形成了原始兴象。

原始兴象作为图腾是神秘的产物，没有任何原因，也没有任何理由。就像华夏民族以虚拟的动物龙作为自己的图腾没有原因、没有理由一样。我们现在对龙的勇武刚强所做出的种种想象是一种现代观念的植入，不是原始人的本意。所有的原始人类在选择自己的图腾时都是偶然的，并非有意识地选择那些高大威猛的动物或植物作为自己的图腾，有时，非常弱小的动物或植物也会被选作图腾。从这里也可以看出原始人的思维特点。列维-布留尔所例举的波罗罗人和金钢鹦哥的事实就是原始兴象产生的过程，波罗罗人就从直觉上断定他们和金钢鹦哥有亲族关系，因此，选择这种动物作为本民族的图腾。这样，金钢鹦哥就变成了一个灵物，在某种意义上支配了波罗罗人的生活。

---

① 列维-布留尔：《原始思维》，丁由译，商务印书馆1981年版，第27—28页。
② 同上书，第28—29页。
③ 同上书，第69页。
④ 同上书，第70页。
⑤ 同上书，第71页。

原始兴象不仅仅作为图腾的形式出现，而且经常会作为一种观念形象出现，其中寄予着原始人的愿望、理想和祈求。列维－布留尔曾举了一个回乔尔人关于玉蜀黍、鹿和"希库里"的例子。在回乔尔人的观念中，这三种东西是一个东西。"希库里"作为一种神圣的植物对回乔尔人的收成很重要，联系着这个种族的生存与安宁。"如果希库里的收成不好，如果它不是按照一切应有的仪式来采收，庄稼地就不会带来通常的收获。而且鹿在其与部族的关系中也赋有同样一些神秘的特征。在一定季节里进行的猎鹿，乃是一种实质上的宗教活动。回乔尔人的安宁和生存取决于在这期间打死的鹿的数目，正如同取决于希库里的收获量一样；这种狩猎也伴随着同一些仪式，也像神圣植物的采集一样，唤起同一些集体感情。"① 这样，作为原始兴象的玉蜀黍、鹿和"希库里"就具有了观念的意义，它们已经不同于作为图腾的兴象了。列维－斯特劳斯也论述了鸟的原始兴象。他说，假如鸟比其他动物更容易按其所属的种被用于人的教名，是因为它们能被容许与人相比，是由于他们彼此之间如此不同。鸟筑巢为家，过着家庭式的生活，人们常常把鸟类世界比喻为人类社会，这里有一种隐喻关系。② 这些原始兴象所具有的观念意义被完完全全运用到诗中，运用到绘画、戏剧等艺术门类中，对文学艺术的意象的生成产生了重大的影响。

无论是作为图腾的原始兴象还是作为观念形象的原始兴象都充满神秘的互渗。这种互渗的特点主要表现在以下几个方面：

其一，原始兴象具有灵性。这种灵性具有超自然的力量，是任何东西也左右不了的。无论是动物、植物，还是自然山水，只要是图腾和观念的形象，无不如此。人们的活动受这些原始兴象的支配，它们具有超常的判断能力和意志，能够在任何情况下作出准确判断并奖惩人们。列维－斯特劳斯曾经这样写道：

> 但在奥罗拉，孕妇相信，椰子果、面包树果或一些其他东西与胎儿之间有一种神秘的联系，胎儿将是它们的复制物。瑞沃斯发现了莫塔人有同样的信仰，他们遵守食物禁忌，因为他们认为自己是一种动物或水果，由他们的母亲在怀孕期间找到或看到的。在这种情况下，

---

① 列维－布留尔：《原始思维》，丁由译，商务印书馆1981年版，第117页。
② 列维－斯特劳斯：《野性的思维》，李幼蒸译，商务印书馆1987年版，第232—233页。

女人把植物、水果或动物带回村庄并询问这件事的含义。她被告知说，她将生出一个孩子，这个孩子与这件东西相像，或实际上就是这件东西。于是她把它放回原处，并且，如果它是一头动物，还用石头给它搭一个窝。她每天都去看它和给它喂食。当这头动物不见了时，就认为是它钻进了她的身体，它将从那里以孩子的形式重新出现。[①]

万物有灵是原始人的一种主导观念，在这种观念的支配下，原始人对待物的态度十分谨慎，生怕得罪这些物从而危害自己的生存。这其中又包含着原始人类的丰富的想象和联想的本能。

其二，原始兴象是集体表象。原始兴象的生成并不是个人的个别行为，出于个人的个别需要，它是集体表象的产物。在一个图腾社会中，这个图腾就是一种集体表象，任何一个图腾社会内部的人都不能否认这一事实。同样对于一个普通的物象，原始人也有大致相同的看法。如我们上文引用的回乔尔人之于玉罗黍、鹿和"希库里"的例子，回乔尔人是把它们看成是一个东西。这是整个部族的观念，是一种集体表象。原始人的集体表象是依靠虔诚、神秘、热情运动着的，离开这些，他们很难认识客观物象，与自然万物对话。列维－布留尔分析了原始兴象进入集体表象的思维特点时说："在马来亚以及在南非，鳄鱼（在其他地方是虎、狮、象、蛇）乃是这样一些信仰和风俗的对象；如果我们看一看旧大陆和新大陆的那些以动物为主人公的神话，就会发现：没有一种哺乳动物、鸟、鱼甚至昆虫不带上最罕见的神秘属性。"[②] 就一种具体的自然物象来说，不同的种族所赋予的神秘属性可能会有很大的差异。后来，自然物象大量地进入文学艺术之中，作为一种集体意象而存在，这就充分说明原始兴象具有极强的遗传性和滋生能力。

其三，原始兴象是神圣的，不能贸然亵渎、侵犯。作为图腾和观念意义的原始兴象是神圣的，这种神圣的性质表现在原始民族的巫术仪式中。在开展大规模的宗族活动或捕鱼、狩猎活动之前，原始民族都要举行巫术仪式和祈祷活动，以保证活动开展顺利，祈求宗族成员平安。如果在活动的开展中有一些不测事件的发生，原始人类会据此推测是谁冒犯了神圣的

---

① 列维－斯特劳斯：《野性的思维》，李幼蒸译，商务印书馆1987年版，第88—89页。
② 列维－布留尔：《原始思维》，丁由译，商务印书馆1981年版，第29页。

东西，不然的话，不会发生也不该发生不测的事情。列维－布留尔曾描述了图腾氏族对图腾的态度。在英迪修马仪式中，毛虫图腾氏族的登场人物会摹拟神秘的祖先动作以期图腾互渗；袋鼠图腾氏族的男人们会用鲜血染红某个山岩以祈求氏族强盛；这是对氏族图腾的崇敬。① 他还描述了原始人类在特殊情况下对原始兴象的态度："在阿特密拉尔底群岛，'当孕妇感到快到分娩时，她就留在屋里，只吃鱼和茜米。她不吃薯蓣，因为害怕婴儿长得又长又瘦；她不碰芋头，因为害怕婴儿长得又短又胖；她不吃猪肉，因为害怕婴儿头上长猪鬃，不长头发'。"② 这时，薯蓣、芋头、猪肉都变成了神圣的东西，不能亵渎，不能侵犯，因为在阿特密拉尔底群岛土著的眼里，它会影响婴儿的成长。

其四，原始兴象具有美的意义。原始人类不可能有我们今天的美的观念。他们对于美的态度是与实用联系在一起的。在他们的眼里，实用即为美，原始图腾和具有观念意义的形象首先是实用的，对整个氏族的生存和活动有益的。只有在这种情况下，客观的物象才能归入图腾或具有观念意义的形象之列；也只有在这种情况下，客观的物象才具有互渗的功能。闻一多先生在考察中国龙的图腾时指出，龙的图腾是由人首蛇身的伏羲、女娲演变而来的，龙作为图腾"是只存在于图腾中而不存在于生物界中的一种虚拟的生物，因为它是由许多不同的图腾糅合成的一种综合体"。③ 可见，作为图腾和观念的形象是充满想象和联想的，这其中本身就包含有美的功能。但是，原始图腾和观念形象中所包含的不是纯真的美的观念，仅是美的萌芽而已。

原始兴象充分表现了原始思维神秘互渗的特点，而进入文学艺术中的原始兴象又是怎样的？它表现了怎样的思维特点？我们也来考察一番。

在我国最古老的诗集《诗经》中就出现了大量的原始兴象。赵沛霖在《兴的源起》一书中将之归为四类，即鸟类兴象、鱼类兴象、树木兴象和虚拟动物兴象，分别指出这些原始兴象所具有的图腾或观念形象的意义。他认为，鸟类兴象起源于鸟图腾崇拜，鱼类兴象起源于生殖崇拜，树木兴象起源于社树崇拜，虚拟动物兴象起源于远古的祥瑞观念，并对此做了较为扎实的论述，对我们认识中国古代的艺术思维很有启发，特别是比兴思维。

---

① 参见列维－布留尔：《原始思维》，丁由译，商务印书馆1981年版，第239页。
② 同上书，第249页。
③ 闻一多：《伏羲考》，《闻一多全集》（1），生活·读书·新知三联书店1982年版，第26页。

从这里，我们可以看出，原始兴象进入文学艺术领域之后，其表现出来的思维特征与原逻辑的神秘思维有着极为密切的关系。

闻一多先生说："三百篇中以鸟起兴者，亦不可胜计，其基本观点，疑亦导源于图腾。歌谣中称鸟者，在歌者之心里，最初本只自视为鸟，非假鸟以为喻也。假鸟为喻，但为一种修辞术；自视为鸟，则图腾意识之残余。历时愈久，图腾意识愈淡，而修辞意味愈浓……"① 闻一多先生对《诗经》中以鸟起兴的认识很有价值，这是因为他从人类文化学的立场揭示了鸟类兴象所表现出来的思维本质。在最初，人们以鸟相称是图腾意识的残余，不是一种修辞术，也就是说，在鸟类兴象中表现了一种原始思维的神秘互渗的品格。而后来虽然假鸟为喻，但也不仅仅是一种修辞术，它仍然表现的是一种思维的特征，那是比兴思维，最终成为中国古代艺术思维的一种重要的方式。赵沛霖花了较多精力论述了《邶风·燕燕》一诗所表现出来的鸟类图腾观念，对燕子的原始兴象与图腾崇拜的考察极为精细。然而，是否《诗经》中所有以鸟起兴的诗都与图腾有关，似乎难以下结论。可以说，《诗经》以鸟起兴的诗即使其中之鸟不是原始图腾观念的遗存，至少也是原始兴象的一种观念形象。如《鄘风·鹑之奔奔》②：

鹑之奔奔，鹊之彊彊，人之无良，我以为兄。
鹊之彊彊，鹑之奔奔，人之无良，我以为君。

这首诗中的鹑和鹊很难作为一种图腾观念。从这首诗所表现的内容来看，似乎讽刺意味较浓。（我们抛开了朱熹的"卫人刺宣姜与顽非匹耦而相从也"的观念。③）而作为图腾观念的动植物是神圣的，人们只能对之表达崇敬，不能流露出丝毫不恭。由此，这首诗的鸟类形象不可能是一种图腾观念的遗传，但是，它作为原始兴象的一种观念形象是可以肯定的。在原始人类的观念中，动植物作为观念的形象其作用有正负两个方面，一类对人类的生活产生好的影响，一类对人类的生活产生不好的甚至恶劣的影响。《鹑之奔奔》当指后者，同样表现出原始思维的神秘互渗的特点。这类例子在

---

① 闻一多：《诗经通义·周南》，《闻一多全集》（2），生活·读书·新知三联书店1982年版，第107页。
② 《鹑之奔奔》又作《鹑之贲贲》，诸本记述有异。本书统一用《鹑之奔奔》。
③ 朱熹：《诗集传》，中华书局2011年版，第40页。

《诗经》中还有很多，不胜枚举。

鱼类兴象所具有的生殖崇拜意义是原始兴象作为一种观念形象的典型代表。关于这一点，闻一多先生已言之凿凿。在《说鱼》一文中，闻先生准确指出，鱼是一个典型的隐语，是"代替'匹偶'或'情侣'的隐语"。这是鱼的繁殖功能使然。因为原始人的婚姻是把传种作为第一目的的。[①] 闻一多以《齐风·敝笱》和《陈风·衡门》为例进一步论述了鱼类兴象与男女情事的关系，认为它是男女匹配、婚媾和繁衍的象征。实际上，鱼的意义在仰韶文化的半坡彩陶中已经有所表现。彩陶的上面，多有鱼类纹饰和含鱼人面，这是一种"有意味的形式"，其中包含着巫术礼仪的内容和对人类繁衍的一种企盼。无论作为男女匹配、婚媾还是作为人类繁衍的观念，鱼的兴象都表现了原始思维的神秘互渗的特点。这在一定程度上得益于人类的想象和联想，并且直接演化成比兴思维。

植物兴象在《诗经》中同样不可胜数。作为一种原始兴象，也多具有观念的意义。赵沛霖说，以树木起兴的诗，所歌咏的多是有关宗族乡里之思和福禄国祚的观念，并认为，"这个观念内容直接渊源于原始社会的土地崇拜和有关祭社的宗教活动"。[②] 他以《唐风·杕杜》和《小雅·小弁》分析之。其实，在《诗经》中表现较为独特的还不止这些，植物兴象表现出来的也不仅仅是宗族乡里之思和福禄国祚的观念，而且还有赞美婚姻美满之意。如《周南·桃夭》：

桃之夭夭，灼灼其华，之子于归，宜其室家。
桃之夭夭，有蕡其实，之子于归，宜其家室。
桃之夭夭，其叶蓁蓁，之子于归，宜其家人。

这里的"之子于归"就不可能是归其祖宗故国之意，而是归嫁之意。此诗以桃花之鲜艳与女子形貌之姣好以及门当户对相互渗透，同样具有神秘的色彩。表现此类题材的还有《周南·汉广》一诗，其第一章云："南有乔木，不可休息。汉有游女，不可求思。汉之广矣，不可泳思。江之永矣，不可方思。"这首诗依然表现的是爱情主题。乔木虽然高大，但是"不可休息"，以乔木

[①] 参见闻一多：《说鱼》，《闻一多全集》（1），生活·读书·新知三联书店1982年版，第117页以下。

[②] 赵沛霖：《兴的源起》，中国社会科学出版社1987年版，第37页。

引起对游女的追求，求之不得，内心痛苦。闻一多先生说："三家皆以游女为汉水之神，即郑交甫所遇汉皋二女。"[①] 乔木和游女的关系是神秘的。这里的树木兴象都表现的是对美满婚姻的渴望。树木与爱情、婚姻的关系显然是一种神秘的互渗关系，打上了原始思维的特征。

植物兴象所表现的内容是非常复杂的，其情感的基调可能是欢愉的，也可能是悲伤的。植物兴象与诗所表达内容与情感的关系往往是神秘的，找不出任何因果关系，类似原始思维的互渗律。诗人只是以直觉判断某一物象与人的关系，如上述所例举之桃、乔木以及我们将要例举的《王风·黍离》。

彼黍离离，彼稷之苗。行迈靡靡，中心摇摇。知我者谓我心忧，不知我者谓我何求。悠悠苍天，此何人哉！

这首诗以黍、稷起兴，悲情如火，呼天抢地。黍稷与人的悲情有什么对应和关联？这个问题很难回答。但在这里，它们又确确实实地联系在一起。《大雅·生民》曾描写了后稷的故事，可作为我们思考这一问题的参照。后稷乃姜嫄履大人迹而生，几经磨难，成为神人，主事播种。这样，后稷实际上是一个图腾形象，受到古人的普遍尊敬。《王风·黍离》中的黍稷是否有图腾观念的互渗？是否与后稷有关系？这是值得探究的问题。显然，这首诗也打上了原始思维的印迹。

由此可知，原始兴象是原始思维的产物，它具有原逻辑的思维特征，追求神秘互渗。作为《诗经》原始兴象的各种动物和植物在用于诗的起兴时，这些动物和植物实际上与所要歌咏之事及表达之情没有任何逻辑的关联，之所以会发生联系，是因为原始图腾观念和原始思维的遗传。今人普遍对《诗经》中以动、植物形象起兴的诗感到难以理解，可能就是原始思维的缘故。人们把握不准原始图腾的意义，不理解原始思维的特征，遂产生百般困惑与疑虑是必然的。假如我们从思维着手，或许可解决这些困惑人们的问题。

---

① 闻一多：《诗经新义·游》，《闻一多全集》（2），生活·读书·新知三联书店1982年版，第75页。

第二节　符号的联想与类比

西方现代最重要的哲学家之一恩斯特·卡西尔在他的《人论》中把人的思维定义为符号化的思维。他说："符号化的思维和符号化的行为是人类生活中最富有代表性的特征，并且人类文化的全部发展都依赖于这些条件，这一点是无可争辨的。"[①] 在卡西尔的眼里，宇宙不是一个单纯的物理的宇宙，而是一个符号化的宇宙。人就生活在这符号化的宇宙之中。"语言、神话、艺术和宗教则是这个符号宇宙的各部分，它们是织成符号之网的不同丝线，是人类经验的交织之网。人类在思想和经验之中取得的一切进步都使这符号之网更为精巧和牢固。"[②] 这就给我们研究人类的思维提供了一种视角。以符号学的观点对待人类的艺术思维，很可能会得出非同寻常的结论。

思维并不是人类才有的，动物也有思维。大量的科学实验都证明了动物的思维特性，特别是灵长类动物。"象征性奖赏"是人类验证、训练动物思维的一种方式，它对类人猿是有效的。实验表明，类人猿能很快对这种奖赏做出反应。这说明，类人猿也有思维。动物也有语言，但是动物的语言不表达任何客观的指称和意义，只表达情感。不管是低级动物还是高级动物都是如此。比如，一只养熟了的家狗会对回家的主人摇尾相迎，并且伴随着一种欢快的声音；当一对白天鹅中的一只遭遇不幸时，另一只会引颈长鸣，声音哀惋。这些，都表明动物也有思维，只不过，它们的思维不可能等同于人类的思维，是较为低级的思维形式而已。卡西尔曾经讨论了动物的智慧，他依据前人的科学实验强调动物有相当发达的智慧，并非所有动物都受刺激物的支配。他说：

> 动物在其反应活动中是具有各种迂回能力的。它不仅能学会使用工具，甚至还能为了自己的目的而发明工具。一些心理生物学家由此毫不犹豫地谈论起动物具有的创造性或构造性想象力。但是，不管是这种智慧还是这种想象力，它们都不是人所特有的那种类型。[③]

---

① 恩斯特·卡西尔：《人论》，甘阳译，上海译文出版社1985年版，第35页。
② 同上书，第33页。
③ 同上书，第42页。

由此，他得出了这样的结论：只有人才具有符号化的想象力和智慧。

人是符号的动物，原始人类也不例外。尽管原始人类的思维还处于一种初级阶段，总比动物要强上不知多少倍。原始人类能够运用符号进行联想、类比，在劳动的过程中显示出高超的智慧。

原始图腾作为观念的符号是神秘联想的产物。原始人类之所以以某个客观的自然物象作为本民族的图腾，就是他们通过直觉的联想，认为这个自然物象是他们这个民族的父亲或母亲，对他们这个民族有生养之恩。不管它们是山、川、河流或者是动物、植物，也不管它们是有生命还是无生命的对象。中国远古关于伏羲、女娲的崇拜实际上是一个图腾的联想，伏羲、女娲已成为人们心目中的伟大形象。而伏羲、女娲作为一个图腾是蛇，这在中国古代典籍中有较为广泛的记载。如王逸《楚辞·天问》注："女娲人头蛇身。"王延寿《鲁灵光殿赋》："伏羲鳞身，女娲蛇躯。"即使如此，他们却是创造华夏民族的始祖。在中国各民族中广泛流传着洪水的故事，讲述了伏羲、女娲造人的传说。我们今天所看到或听到的关于伏羲、女娲的传说都已经是非常成熟的艺术想象了。但是，在远古，这一故事刚刚流传时，不可能那么成熟，只能是一种神秘的联想。

图腾氏族对图腾的崇拜也充满神秘的联想。图腾氏族的人们认为，图腾会永远给他们带来好运。因此，当他们处在危难之时，乞求图腾帮助；当他们取得成功之时，向着图腾祈祷。他们还对图腾规定许多禁忌，不能触犯、亵渎图腾，否则，便会受到图腾的惩罚，灾祸就会降临。列维-布留尔曾经记载了各地的土著对于图腾的态度。在北美，风图腾的成员们认为自己能够给大风雪施加影响，当蚊子多得讨厌时，就请它降风吹散蚊虫。在托列斯海峡，属于狗图腾的乌迈依人懂得狗的习性并拥有驱使狗的能力。在澳大利亚中部各部族那里，euro 图腾的人常给李子图腾的人一个被念过咒的珠灵卡，以帮助他们猎到动物。在凯迪斯部族那里，水图腾的首领必须很谨慎地不用尖棍子或尖骨片对着敌人，如果这样做，水就会变脏变臭。[①] 这里都存在一种神秘联想的成分。图腾社会的形成正是依靠这种神秘的联想。这种联想在我们今天看来没有任何因果逻辑关系，没有秩序，但却符合原始思维的互渗律。也正是这种联想，促使人类的思维逐渐成熟。

这种神秘的联想还表现在原始的巫术仪式中。由于巫术仪式与图腾社

---

① 列维-布留尔：《原始思维》，丁由译，商务印书馆1981年版，第91页。

会的整体思维有关系，人们在施以巫术仪式时往往包含强烈的互渗。山顶洞人在埋葬氏族的死者时，在死者尸体上撒一些赤铁矿粉以祈祷生命。在仰韶文化的瓮棺葬中，覆盖的钵罐上有一个小孔，其意图是让灵魂自由出入。原始人类在打猎之前往往施行巫术行动。在加拿大，猎人要斋戒一星期，不能咽下一口水，还要不停地念咒；在出发前，所有的人甚至绝大部分人都必须梦见熊在同一个地方出现；不管什么天气都要洗澡；尔后大排筵宴；再后，对死了的熊的灵魂念咒。①他们所做的这一切，都是希望动物能对他们产生好感，使他们狩猎时能满载而归。原始人类在捕鱼之前，同样也要举行巫术仪式。渔人不仅要斋戒、沐浴、禁欲，而且还要制作一只小巧的独木舟。在马来人那里，每只出海的船都要进行巫术加工，土人们念咒语，举行巫术仪式，而捕过鱼之后，巫医就用一把树叶"扫"船，这是一把通过巫术仪式扎成的树叶，专门放在船头。渔人还要念咒语，恳求他的网对他亲善。②这里，都有一种神秘的联想。这种联想与我们所说的比兴思维等艺术思维方式已经极为接近了。无怪乎，人们在研究艺术起源时，把巫术仪式作为艺术的源头之一。

这种神秘的联想甚至表现在原始人类的命名中。列维－斯特劳斯深入分析了原始图腾社会的命名现象，指出了命名所表现出来的神秘联想的特点。他说：

> 每一氏族或亚氏族都有一个名称数量的限额，这些名称只有该族成员才能享用，而且正如个人是集团的部分一样，个人的名称也是集体名称的"部分"：这个意思或者是说集体名称可指整个的动物，而个人名称则对应着其部分或四肢，或者是说集体名称与在较高层次上设想的动物观念有关，而个人名称则对应着它的某种时空属性（吠犬、发怒的野牛），或者两种程序的某种结合（熊闪亮的眼睛）。③

这种联想虽然是神秘的、直觉的，但是，已经表现出某种理性的苗头。这已经是较为高级的分类联想形式了。也就是说，原始人类对符号的认识已经带有简单的分析成分，尽管这种"分析"仍是依靠直觉的联想，但是，

---

① 列维－布留尔：《原始思维》，丁由译，商务印书馆1981年版，第223页。
② 同上。
③ 列维－斯特劳斯：《野性的思维》，李幼蒸译，商务印书馆1987年版，第197页。

已经不是简单的联想了。

在原始思维中,除了联想之外,还有一种重要的思维特征就是类比。在对各种信息、符号的分辨中,原始人类能够较为熟练运用类比,以适应自然界的考验。类比往往是与联想同时进行的,同样带有神秘的特点。例如,一个孕妇想预测他的孩子将来会是什么样子,她就会在自然界去寻找。"如果找到的是鳝鱼或海蛇,孩子将和他们一样柔软和惰怠;如果是一只寄居蟹,孩子就是暴性子的;另外,如果是蜥蜴,孩子就是温柔可爱的;如果是老鼠,孩子就是漫不经心、毛毛躁躁和毫无节制的;如果找到的东西是一个野生苹果,孩子就像苹果的形状一样有一个大肚子。"① 列维－布留尔也记载了类似的例子。在中国厦门,妇女孕期的最后日子里,屋里的东西不能移动,任何一个轻微的移动都会带来不幸。父亲卷起了席子就会出吓人的事,婴儿的一只耳朵卷了起来。孩子长了个兔唇,是因为妻子在缝补丈夫的衣服时,不小心剪破了衣服。② 自然界的物象都可以成为比拟孩子性格和长相的参照物。这种类比虽然没有任何道理,但在原始人类的观念中,这种类比被视为必然。在当今民间,至今流传儿童周岁抓阄以预测今后成长的风俗,显然是原始思维的遗传。对待生育如此,对待劳动和生死也是如此。列维－布留尔曾记载了北美野牛舞的场景,这是狩猎场面的模仿和类比。舞者每人头戴从野牛头上剥下的带角的牛头皮,手里拿着弓或矛。这种舞蹈要持续跳两三个星期。在表演屠宰野牛的场景时,一个印第安人跳累了,他就把身子往前倾做出要倒下去的样子,表示他累了。这时,另一个人就用弓向他射出一枝钝头的箭,那个印第安人就会像野牛一样倒下。这时,在场的人会抓住他的脚后跟把他拖出,同时,在他身子的上空挥舞着刀子,模仿着剥牛皮,取内脏的动作。③ 列维－布留尔还叙述了契洛基人对待风湿病的信仰。在契洛基人看来,这种病是被杀死的动物的鬼魂报复猎人的,通常是鹿的鬼魂引起的疾病,由鹿的领袖领来迫使一种蛇或鱼一样的生物钻进了猎人的四肢里,因此,猎人就会经常感到疼痛。契洛基人认为,只有更强大的动物的神灵,鹿的天然敌人,才能驱走造成人疾病的动物的鬼魂。这些强大的动物神住在七重天的高处,通常居住在四个方位,每一个方位都有自己神秘的名称和特殊的颜色。"例如,东、北、

---

① 列维－斯特劳斯:《野性的思维》,李幼蒸译,商务印书馆1987年版,第89页。
② 列维－布留尔:《原始思维》,丁由译,商务印书馆1981年版,第249页。
③ 同上书,第221页。

西、南各属于太阳、寒冷、黑暗和瓦哈拉（wǎ'hǎla'）的方位，它们的颜色是红、蓝、黑、白。白的和红的神通常负有获得和平、健康以及这一类的其他福利的使命；单独的红神则负有使什么事业获得成功的使命；蓝神的使命是阻碍并粉碎敌人的计划；黑神保证把敌人害死。红的和白的神被认为是威力最强大的。"① 从列维-布留尔的描述中，我们可以看出，这已不是简单的类比，而且具有浓浓的象征意味了。然而，这又确实是神秘的思维，代表了原始思维的思维特征。

原始人类的类比经常带有隐秘的特点，极像我们现代的隐喻。如上述契洛基人对能抑制风湿病神所居住的方位和颜色的看法，就有浓郁的象征意味，同时，也有点像隐喻。原始人把名字看成某种具体的、实在的且神圣的东西，因此，名字应该是隐秘的。他们常常对名字采取保护措施，通常情况下，"既不能说出自己的名字，也不能说出别人的名字，尤其是不能说出死者的名字；甚至一些包含了死者名字的日常用语也常常废弃不用"。② 他们在打猎遇到危险时尤其如此。"当散塔尔人（Santals）在打猎时遇见了豹或虎，他们就喊说'猫'，或者用这一类的什么名字来引起自己同伴对野兽的注意。在契洛基人那里也是这样，他们谁也不说什么人是被响尾蛇咬了；谈起这个人时都说他是'被刺花李刺破了'。当这些土人为仪式舞蹈之用而打死了一只鹰，他们宣称'打死了一只雪鸟'。这样做是为了瞒过响尾蛇和鹰的魂，因为他们能够听到人们说话。"③ 这里，猫的提示可看作对豹或虎的类比，因为它们都属于猫科动物。原始人这一点分辨得很准确。将响尾蛇类比为刺花李，将鹰类比成雪鸟，可以说都算抓住了它们在某一点上的相似性，有很强的隐秘的特点。这些"类比"已不再停留在表象上，而已进入对象的本质，直截了当地表达出两个物象的相似特征。同时，在语言上也显得含蓄委婉。这已是文学艺术的准艺术思维了，或者说已是艺术思维的萌芽阶段。

原始思维的联想类比是使客观对象符号化的进一步深入，它是诗性的。正是这种诗性思维孕育了人类的艺术思维，使人类的文学艺术创作逐渐趋于完善。在当今的艺术思维中，我们仍然能够在很多方面看出原始思维的痕迹，这一点都不意外。虽然随着社会的发展，人类的进步，原始思维会

---

① 列维-布留尔：《原始思维》，丁由译，商务印书馆 1981 年版，第 264 页。
② 同上书，第 42 页。
③ 同上书，第 42—43 页。

逐渐淡化，但它并没有消失，在一定程度仍会遗传给人类，并且发挥十分出色的作用。

我们可以结合中国古典文学创作来尝试说明原始思维的联想类比与艺术思维的内在关系。

在《诗经》中，联想和类比的运用相当娴熟了，已经是典型的艺术思维了。它贯穿在比兴手法的运用上，贯穿在艺术思维的想象中。自然的客观物象已经成为观念的符号，与原始思维将之作为图腾和观念形象有所不同，神秘互渗的特征减弱，社会性的、审美的意蕴增强。这是《诗经》对原始思维的联想和类比的发展。《关雎》一诗借助于雎鸠鸟对爱情的类比，就包含着丰富的联想和想象，它表现的是人类真纯的本性。雎鸠这一自然界的生物现象是爱情类比和联想的产生之源。诗人准确抓住了自然生物的生存特性和人类生活男女相悦的关联，委婉而含蓄地表达了意图，使全诗具有优美的情调和深刻的符号意味。这时，雎鸠鸟已经不是自然的物象了，而是审美观念的一种符号。这种联想和类比显然不同于前文所例举的契洛基人将人被响尾蛇咬了说成是被刺花李刺破的类比。尽管刺花李的类比已经带有隐喻的特征，但是，相比于雎鸠之喻尚属低层次。刺花李的隐在于互渗，害怕言说响尾蛇的名字时被它的鬼魂听见，受到报复，而雎鸠的类比在于引发人类最优美最崇高的爱的情感，表达千古不朽的爱情主题。

这种类比还表现在《邶风·绿衣》一诗中，诗云：

> 绿兮衣兮，绿衣黄里。心之忧矣，曷维其已。
> 绿兮衣兮，绿衣黄裳。心之忧矣，曷维其亡。
> 绿兮丝兮，女所治兮。我思古人，俾无訧兮。
> 絺兮绤兮，凄其以风。我思古人，实获我心。

朱熹注这首诗时，通篇都注为"比也"。他认为这首诗是"庄公惑于嬖妾，夫人庄姜贤而失位，故作此诗"[①]。是否如此？不得而知。但从整首诗的情感基调上看，确实是悲凉的。诗的前两章都以绿、黄两种颜色作为情感抒发的依托。因绿是间色，黄是正色，绿衣黄里、绿衣黄裳有本末倒置之感，遂产生无穷的悲凉。绿、黄二色作为观念的符号是联想和类比的基础，其

---

① 朱熹：《诗集传》，中华书局2011年版，第22页。

隐含的意义很深,可以作出多方面、多角度的联想。诗人对这种符号的联想和类比无论是从讽谕教化而言还是从纯粹的情感表达而言都是审美的,其中蕴含着美妙的想象。

艺术的联想和类比与原始思维的联想和类比虽然有共同之处,都打上符号和观念的印记,但是两者的区别仍然是本质的。其表现也不仅仅是原始思维联想和类比具有神秘的色彩,充满互渗,而文学艺术中的联想和类比具有审美的意味。更重要的是,原始思维中的联想和类比是自觉的,而艺术思维中的联想和类比是自觉和不自觉的统一。何以如此?原始人类的联想和类比只有在涉及自己的利害时才会产生,基本上是从实用出发的。如孕妇想知道自己生出一个什么样的孩子才会满世界去找动植物,将寻找到的动植物的特征与将要生下来的孩子的长相和性格相类比。猎人们为了获取更多的猎物才举行各种富有联想和类比色彩的仪式,模仿动物的形象,以求得互渗。这些,虽然显得荒唐无稽,但是,在原始人类那里,却是真诚的。因为,他们是怀有浓厚的实用目的的。而文学艺术却不一定有实用的目的。艺术思维中的联想和类比往往是在无实用功利的情况下开展的,所有的一切都是为了求得情感的满足。如《关雎》的创作,在一定程度上,联想的开展是不自觉的,是服从情感表达的需要的。但也有可能是这样一种情况:作者在创作这首诗时确实怀有某种意图,整个创作服从于某种理性的设定。不管怎样,文学艺术创作终归是自觉和不自觉的统一,在这方面显现出与原始思维联想和类比的差异。

艺术思维中的联想和类比是自觉的。这种自觉往往表现在作家、艺术家在进行文学艺术创造之前有一个目的,有一个理性的设定,而且在创作的过程中自觉地融进各种文化的符号,使人们能够理解。古人创作强调言志、缘情,就表明创作是一种自觉的行为。王羲之《三月三日兰亭诗序》云:"是日也,天朗气清,惠风和畅。仰观宇宙之大,俯察品类之盛,所以游目骋怀,足以极视听之娱,信可乐也。夫人之相与,俯仰一世。或取诸怀抱,悟言一室之内;或因寄所托,放浪形骸之外。虽趣舍万殊,静躁不同,当其欣于所遇,暂得于己,快然自足,曾不知老之将至。及其所之既倦,情随事迁,感慨系之矣。向之所欣,俯仰之间,已为陈迹,犹不能不以之兴怀,况修短随化,终期于尽?"[1]这说明诗情的产生乃受良辰美景的

---

[1] 严可均辑:《全晋文》,商务印书馆1999年版,第258页。

感发，是一种自觉的创作活动。在这个意义上，可以说，任何一种文学艺术创作都是自觉的。但是，这种自觉不可能像原始思维中的那种神秘的自觉。这种自觉带有某种理性的成分，亦如王羲之所言："或取诸怀抱，悟言一室之内，或因寄所托，放浪形骸之外。"作家、艺术家的创作的自觉引发了联想和类比的自觉，其作品中所表现的各种意象都能表现这种联想和类比的自觉性。如柳，在不同的作家作品中，其所赋予的意义不同。它可能是一个随人摆布的弱者形象，可能是一种柔情的象征，可能是一种依依惜别之意……"我是曲江临池柳，者人折折那人攀。恩爱一时间。"（无名氏《望江南·莫攀我》）这是一个屈辱的妓女形象。"弱柳从风疑举袂，丛兰裛露似沾巾，独坐亦含嚬。"（刘禹锡《忆江南·春去也》）这是一种柔情的象征。"秦楼月，年年柳色，灞陵伤别。"（李白《忆秦娥·箫声咽》）这是依依惜别之意。柳这种意象所具有的文化意义并非三言两语所能道尽。它是感性的，表现出来的意蕴却又是理性的。这种符号的意蕴是原始思维的神秘互渗无可比拟的。在柳的意象中，显示了文学艺术联想和类比的自觉特征。

艺术思维的联想和类比又是不自觉的。这种不自觉表现在作家、艺术家在进行创作时不刻意达到某一目的，不刻意进行理性的设定，在化用意象时纯然依靠自己的直觉。古人曾经这样认识创作的这种不自觉："故有意作诗，不若诗来寻我，方觉下笔有神。"（吴雷发《说诗菅蒯》）[1]所谓"诗来寻我"就言述的是联想、类比乃至艺术想象和灵感的不自觉性。唯有不刻意寻求，方能做到不工而工。王维画雪中芭蕉是出于奇妙的联想，却给人以无限真实的感觉；李白的"狂风吹我心，西挂咸阳树"（《金乡送韦八之西京》）却把那份思念的痴情通过联想表达得淋漓尽致；杜甫的"感时花溅泪，恨别鸟惊心"（《春望》）赋予花鸟以情感，这也是类比与联想。这些联想都是从胸中流出，是不自觉的。作家、艺术家的天才往往在这不自觉的联想和类比中才能充分显现，而艺术的审美价值也只有通过这些不自觉的联想与类比才能更好地表现出来。"大抵古人诗画，只取兴会神到，若刻舟缘木求之，失其指矣。"[2]何谓兴会？"镜中之象，水中之月，相中之色，羚羊挂角，无迹可求，此兴会也。"[3]可见，兴会的状态方是达到不自觉联

---

[1] 丁福保辑：《清诗话》（下），上海古籍出版社1978年版，第897页。
[2] 王士禛：《带经堂诗话》（上），人民文学出版社1963年版，第68页。
[3] 同上书，第78页。

想和类比的理想状态。

综上所述，原始思维非常注重联想和类比，那种联想和类比同样充满神秘的互渗。原始思维的联想和类比是有意识的、自觉的，是为了自觉地达到某种实用的目的。而艺术的联想和类比则抛弃了原始思维中的神秘成分，是自觉和不自觉的统一。无论是原始思维还是艺术思维，它们的联想与类比都是符号化的。原始的图腾和巫术仪式是符号化的，而艺术联想和类比也是符号化的。只不过是符号化所包含的意义不同，一为神秘互渗，一为审美而已。

第三节　比兴思维脱胎于原始思维

比兴思维是受某一（类）事物的启发或借助于某一（类）事物，综合运用联想、想象、象征、隐喻等手法，表现另一（类）事物的美的形象，展示其美的内涵的艺术思维方式。它是人类艺术思维高度成熟的产物。但是，它的成熟并不是一个短暂的过程，而是一个漫长的历史。我们前文讨论了原始思维的思维特征。从中可以看出，原始思维的神秘互渗包含浓郁的诗性因素，它是人类一切思维方式之源，当然也包括中国传统文学艺术创作的比兴思维。如果我们将比兴思维和原始思维作一比较，就能够看出它们之间非常亲密的血缘关系。

比兴思维产生的条件是受某一（类）事物的启发，启发它的这一（类）事物可能与整个的作品内容有着密切的联系，也可能毫无关联。毫无关联的事物在整个艺术思维开展的过程中只是起着思维上的引导，引发作家、艺术家的创作冲动。我们可以以《诗经》的比诗、兴诗及古代的诗词作为对象来进行具体的论证。与作品内容有密切关联的启发事物，依据传统的称谓，我们可以称之为"隐"，这不是平常的事物，这类事物包含着极其深刻的符号意义。刘勰《文心雕龙·隐秀》曾专门释"隐"："隐也者，文外之重旨者也。"[①]"隐"有文外之旨，而且是重旨。刘勰的说法已经是较为"现代"的解释。这种"隐"在某种程度上也可以说是兴，因为钟嵘就曾经说兴是"文有尽而意有余"（《诗品序》）[②]。闻一多从中国传统思维的角度对

---

① 王利器校笺：《文心雕龙校证》，上海古籍出版社1980年版，第244页。
② 陈延杰：《诗品注》，人民文学出版社1961年版，第2页。

"隐"有一个解说，他说：

> 隐在《六经》中，相当于《易》的"象"和《诗》的"兴"（喻不用讲，是《诗》的"比"），预言必须有神秘性（天机不可泄露），所以占卜家的语言中少不了"象"。《诗》——作为社会诗、政治诗的雅，和作为风情诗的风，在各种性质的杳布（taboo）的监视下，必须带着伪装，秘密活动，所以诗人的语言中，尤其不能没有"兴"。"象"与"兴"实际都是隐，有话不能明说的隐，所以《易》有《诗》的效果，《诗》亦兼《易》的功能，而二者在形式上往往不能分别。①

这里就指出了"兴"的神秘性。在《诗经》里，这种神秘性是普遍存在的，随处都能找出合适的例子。如《周南·野有死麕》："野有死麕，白茅包之。有女怀春，吉士诱之。"这就是一首神秘的诗。麕是獐，一种类似于鹿且体型较小的动物。白茅包死麕与女子怀春有什么关系？真是难以琢磨！朱熹则言之凿凿："南国被文王之化，女子有贞洁自守，不为强暴所污者。故诗人因所见以兴其事而美之。"② 马瑞辰解释道："此诗'野有死麕''野有死鹿'，盖取纳征用丽皮之义。"③ 一说女子贞洁，一说以礼纳聘，今天看来，可能都是牵强附会。从诗意臆测，这首诗描写的可能是原始的婚俗，包含着非常神秘的内容。"野有死麕，白茅包之"可能是一种巫术礼仪，一种求婚方式，用白茅包住死麕能够产生互渗，诱惑怀春女子，达到目的。这是一首典型的带有原始思维风味的诗。

类似的诗歌在《诗经》中还有许多，如《卫风·木瓜》：

> 投我以木瓜，报之以琼琚。匪报也，永以为好也。
> 投我以木桃，报之以琼瑶。匪报也，永以为好也。
> 投我以木李，报之以琼玖。匪报也，永以为好也。

和《召南·野有死麕》相比，这首诗可能要好理解一些，但是，神秘的成分依然很多。人的思维一般以投桃报李为对等，而这首诗则写的是投木瓜报琼琚，礼物上呈现出极端不对等。作者究竟想表达的是什么意图？朱熹

---

① 闻一多：《说鱼》，《闻一多全集》（1），生活·读书·新知三联书店1982年版，第118页。
② 朱熹：《诗集传》，中华书局2011年版，第16页。
③ 马瑞辰：《毛诗传笺通释》（上），中华书局1989年版，第97页。

曰："言人有赠我以微物，我当报之以重宝，而犹未足以为报也，但欲其长以为好而不忘耳。"①回报这么重的礼物是为了保持长期相好。这算不算一首爱情诗呢？对此，学术界有不同的看法。朱熹显然认为这是一首爱情诗，然而，投木瓜报琼琚是否为朱熹所说的"赠我以微物，报之以重宝"，在我们看来，值得怀疑。这很可能是一种地域的风俗，一种表达爱情的方式。恐怕只有从这个角度来理解这首诗似乎更恰当一些，更合理一些。

由此可知，表现"隐"的符号（语言、意象）都含有极为神秘的成分，引发诗人产生创作冲动之物一般都与整首诗的内容有关联。这种关联性又不同于一般的隐语，而是一种风俗的、巫术仪式的或某种观念意义的互渗。这是原始思维的遗传。比兴思维虽然是一种较为高级的艺术思维方式，仍与原始思维有关系。

"隐"必须是与作品中表达的思想情感有关联的引发事物，而与作品中所表现思想情感毫无关联的引发事物就不是隐了，但仍是兴。这类事物只是起着思维的引导，或者说，正是这类事物引起了创作的冲动，产生了创作的行为。这在《诗经》中的表现依然很多。如《鄘风·墙有茨》：

墙有茨，不可扫也。中冓之言，不可道也。所可道也，言之丑也。
墙有茨，不可襄也。中冓之言，不可详也。所可详也，言之长也。
墙有茨，不可束也。中冓之言，不可读也。所可读也，言之辱也。

茨，蒺藜之谓。墙上长有蒺藜，不可去除，与诗反复陈述的言之丑、言之长、言之辱的不光彩之事有什么关联？按照人们一般的思维习惯，我们挖空心思，实在找不出什么关联。因此，我们认定它们之间是没有意义关联的。然而，"墙有茨"并非毫无价值，它起着思维的引导作用，或者说，正是这种墙上之茨引发了诗人的创作冲动，使得诗人借助于它来说出自己想说的话题。"墙有茨"没有什么实在的意义。马瑞辰在释这首诗时说："诗以墙茨起兴，盖取蔽恶之义。以墙茨之不可扫，所以固其墙，兴内丑之不可外扬，将以隐其恶也。"②这种解释，牵强附会的痕迹极为明显。

---

① 朱熹：《诗集传》，中华书局 2011 年版，第 53 页。
② 马瑞辰：《毛诗传笺通释》（上），中华书局 1989 年版，第 168 页。

茨本来就是恶的东西，满身是刺，人不能接近。它的恶，人一看便知，以它来蔽恶岂不掩耳盗铃？只有把"墙有茨"作为无意义的启兴理解似乎更为通达些。它只起着引导思维、引发诗人创作冲动的作用。对这种"兴"的无意义的表现，明代徐渭有较为独特的看法。他说：

> 其中有不尽者，则以诗之兴体起句，绝无意味，自古乐府亦已然。乐府盖取民俗之谣，正与古国风一类。今之南北东西虽殊方，而妇女儿童、耕夫舟子、塞曲征吟、市歌巷引、若所谓竹枝词，无不皆然。此真天机自动，触物发声，以启其下段欲写之情，默会亦自有妙处，决不可以意义说者……①

这使我们想起现代学者顾颉刚的观点。顾颉刚对朱熹所注之兴存有百般疑虑，通过他搜集的现代歌谣，他也看到了兴的无意义，由此得出了这样的结论：兴是无意义的起头协韵。顾颉刚分析了他所收集的歌谣计九条，看到了起首一句和承接的一句意义上没有关系。"萤火虫，弹弹开，千金小姐嫁秀才。""蚕豆花开乌油油，姐在房中梳好头。"确实，这些民歌很难看出起首一句和承接一句在情感或意义上有什么衔接之处。或许有人会说，萤火虫的光亮比拟着千金小姐的美丽，春天开花的蚕豆比拟姐的怀春。似乎意义相通，然而，未免有些曲折。总体来说，这类歌谣的兴句与下句意义的衔接确实较少，可是，没有起首一句又不行。起首一句不仅仅是起头协韵，同时也引导人的思维，引发诗人产生创作冲动。顾先生还列举了汉代乐府《古诗为焦仲卿妻作》一诗的开头"孔雀东南飞，五里一徘徊"与紧接着的诗句"十三能织素，十四学裁衣"没有一点关系的例子加以说明，以此逆推《诗经》的兴诗都是起头协韵。结论虽有武断之嫌，但是，从另一方面，不能不说顾先生的论述有一定的道理。只不过，顾先生犯了以偏盖全的错误而已。

起头协韵实际上是引导思维，引导思维的客观物象与全诗的内容没有什么关联。可是，它并非多余，也是不可缺少的。不然的话，我们可以拿去一首诗中的无意义的兴诗，如拿去上文例举的《鄘风·墙有茨》每节诗的一二两句，然后读读，就会感觉诗味顿失。至于顾颉刚所例举的民歌就

---

① 徐渭：《奉师季先生书》，徐渭：《徐渭集》（2），中华书局1983年版，第458页。

更是如此了。舍去"蚕豆花开乌油油","姐在房中梳好头"会显得异常突兀,不知所云。可见,对思维的引导是必要的,它也是一首诗(特别是运用比兴思维创作的诗,如民歌等)整体结构不可缺少的一个环节。

引导人们思维的某一(类)客观物象尽管在整个作品中没有意义,与整个作品的内容没有关联,但是,它仍然与人的思维保持着某种神秘的联系。这种客观物象不知触动了诗人的哪一根神经,也不知在哪一点上与诗人的心理产生了呼应,不然,何以会产生创作的激情?再说,自然界的客观物象有许许多多,为什么偏偏这种物象被引入诗中?这些都是说不清楚的,是神秘的。在这种意义上,我们说比兴思维与原始思维有一种神奇的默契。这种默契不容易揭开,因为搞不清其中的内在结构,只能关注现象。

比兴思维综合运用了丰富的联想、想象、象征和隐喻。这些联想、想象、象征和隐喻是受引导作家、艺术家思维开展的客观物象的启发,或者是受作家、艺术家所借助的客观物象的引发才产生的。也就是说,引导作家、艺术家思维开展的客观物象是联想、想象、象征和隐喻的发生之源。"桃之夭夭,灼灼其华。之子于归,宜其室家。"(《周南·桃夭》)这里,引发诗人思维的是"桃",由"桃之夭夭",诗人展开了联想。联想到了那女子的美貌,联想到婚姻生活的幸福,可以说,灼灼其华的桃花在这里是一种象征,又是一种隐喻。它象征着美貌的女子和她幸福、美满的婚姻家庭生活,也隐喻着她爱情生活的甜美,意义是十分丰富的。"桃"作为一个有意义的观念符号在中国传统文化中已经成为美好的象征,可能就是因为《诗经》中的这首优美的诗,至少它起着推波助澜的作用。然而,桃怎样与女子的爱情、婚姻生活联系在一起?这里依然存在着一种神秘的关系。我们只能将之归结为思维的衍生和遗传。在比兴思维中,处处都能看到原始思维的痕迹。

《召南·麟之趾》运用的同样是比兴思维。麟是引导诗人思维开展的物象。

> 麟之趾,振振公子。于嗟麟兮。
> 麟之定,振振公姓。于嗟麟兮。
> 麟之角,振振公族。于嗟麟兮。

朱熹注:"麟,麕身,牛尾,马蹄,毛虫之长也。"又说:"麟之足不践生草，不履生虫。"① 这是仁义的象征。这首诗的奇特之处在于，麟不仅引导了诗思的开展，而且还是唯一的咏歌对象。诗中反复说它怎么仁厚（振振），怎么美好，并连连慨叹。这是一种"隐"，即把想要表达的思想和情感隐藏起来，不显山，不露水。显然，醉翁之意不在酒。这首诗仍是赞美人的。朱熹认为："文王后妃仁德修于身，而子孙宗族皆化于善，故诗人以麟之趾兴公之子。言麟性仁厚，故其趾亦仁厚。"② 暂且不管它歌咏的是谁，朱熹的思路大致不错。这里包含着多么丰富的联想、想象、象征、隐喻！由麟这种动物引发，展开联想，把它与一个仁义的人联系在一起，同时，麟也成为一个象征，一个隐喻。从不同的角度说，它的意指就会有所不同。麟的形象俨然一个完美的艺术形象。但是，这里又包含着极为浓重的原始思维的联想与类比的成分。原始思维非常崇拜图腾，认为图腾能够给人们带来好的运气，是一切美好的象征。麟的形象明显地保留着图腾崇拜的观念。

由原始思维到比兴思维，存在着一条看似极为清晰的进化轨迹，这表现在艺术意象和原始兴象的关系上。在原始思维中，凡事都归因于原逻辑的神秘互渗。作为图腾或原始兴象的动、植物，原始人类就是要把它们看得有灵性，认为他们有生命意志，或者认为它们就是人类自身。波罗罗人就是相信他们自己是金钢鹦哥变的，他们与金钢鹦哥是同一的。在塔拉胡马尔人的眼里，动物根本不是低等动物，它们也懂得巫术，知道许多。"春天，鸟啼，鸽鸣，蟋蟀叫，总之，草地的一切居住者发出的声音，在塔拉胡马尔人看来，都是在呼吁神降雨。"③ 这种万物有灵的观念深入原始人类的意识之中，对原始人的生活产生极大的影响。比兴思维虽然也能够把动物、植物描写得有生命、有意识，但是，那是有意识地去运用文学艺术的手法，以使得文学艺术亲切感人，并非真诚相信万物有灵。从《召南·麟之趾》这首诗中，我们可以洞察原始思维和比兴思维的根本区别。

比兴思维虽然综合运用联想、想象、象征、隐喻，是一种成熟的艺术思维，但是，它是从原始思维中的类比与联想发展而来的。联想、想象、象征、隐喻均脱胎于原始思维。在上一节中，我们讨论了符号的联想与类比，将原始思维的联想、类比与艺术思维的联想、类比作了一个简单的比

---

① 朱熹：《诗集传》，中华书局 2011 年版，第 9 页。
② 同上。
③ 列维－布留尔：《原始思维》，商务印书馆 1981 年版，第 243 页。

较。这一比较的过程，实际上就隐含了我们的一种企图，那就是力图证明比兴思维胎脱于原始思维的联想与类比。关于这一点，叶舒宪与我们有相似的态度。他说："'兴'的思维方式既然是以'引譬连类'为特质的，它的渊源显然在于神话思维的类比联想。"① 所谓神话思维当属列维－布留尔所说的原始思维的范畴，所谓"兴的思维方式"并不等同于我们所说艺术创作中的比兴思维，而范围更大。它是指中国传统推理方法，是理性思维的流行模式，是一种颇具文化特色的诗性智慧。叶氏的视角虽然和我们不一样，但在比兴作为一种艺术（诗性）思维方式及其所具有联想类比特征这一点上，与我们却是相合的，同时，都强调比兴源于原始思维（神话思维）。

比兴思维中的想象和联想是源于原始思维的。原始兴象之所以能够成为一种观念的形象，就在于原始人类的神秘的联想。原始人类的联想可以分为几个类别：第一，推测联想。这种联想在原始思维中的表现是非常普遍的，只不过，这种推测不是一种逻辑推测而是一种原逻辑的推测。人由于疾病死亡或者由于其他原因死亡，在原始人看来不是正常的。他们都推测是巫师干的，巫术是造成死亡的理由。在罗安哥，"设若有谁掉进水里淹死了，他们会对你说他是着了魔；假如有人被狼或虎吃掉了，这是因为这个人的敌人借助巫术的魔力变成野兽来吃了他；如果一个人从树上掉下来，如果他的房子被烧了，如果雨季比往年长，所有这一切统统被认为是由某个坏人的莫亏纪的巫术力量造成的"②。这实际上不是真正意义上的推测，仍是神秘的互渗。第二，目标联想。原始人类的生活有一定的目标，如打猎和捕鱼等，他们的目标都是明确的，那就是要捕猎到他们想要捕猎到的实物。一切巫术仪式都是为了这一目标的实现。他们模仿动物的动作，联想这个动物被捕获的场景；他们施行"鱼讲道"，劝告鱼类，恳求他们出现，落到网里来。③ 这种奇特的联想同样是神秘的。在原始人的观念里，这种目标的联想是必要的，不可缺少的。第三，图腾联想。这是对他们身份的联想。他们联想到他们和某一图腾的血缘关系，把作为图腾的某一动物、植物也看成有血有肉有感情，认为图腾能给他们提供各方面的庇佑，能给他们带来运气与幸福。对之顶礼膜拜。这些联想虽然都带有神秘互渗的特征，但是极为形象、生动，充满情感色彩。文学艺术的联想与想象正脱胎

---

① 叶舒宪：《诗经的文化阐释》，湖北人民出版社1994年版，第409页。
② 列维－布留尔：《原始思维》，商务印书馆1981年版，第357页。
③ 同上书，第232—233页。

于原始思维，从运用比兴思维创作的许多作品中都能看出这种痕迹。例如《诗经·魏风·硕鼠》："硕鼠硕鼠，无食我黍。三岁贯女，莫我肯顾。逝将去女，适彼乐土。乐土乐土，爰得我所。"硕鼠在这里有思想、意愿，等同于人。硕鼠与人形成了互渗。这是对不劳而获的坏人的想象。诗表面上写硕鼠，实际上是写人。通过诗人的艺术联想，将老鼠比作无情无义、丧尽天良的人。这是比兴思维的具体运用。在这里，神秘互渗的意味失去了，只留下人们都能意会的情感因素。再如《诗经·小雅·采薇》："昔我往矣，杨柳依依。今我来思，雨雪霏霏。行道迟迟，载渴载饥。我心伤悲，莫知我哀。"杨柳和雨雪也似有生命和情义。"依依"写出了杨柳的柔情，"霏霏"描绘了雨雪的凄凉悲哀。诗人以充满感情的拟人化的笔法写出了杨柳和雨雪的神韵，诗意的联想极其浓郁。比兴思维的联想和想象虽脱胎于原始思维的神秘联想，但是却舍弃了它的神秘性和互渗性。比兴思维虽然是一种直觉，但是，并不是低级的直觉，而是一种较为高级的艺术思维方式。

比兴思维中的象征源于原始思维。原始图腾和原始兴象有很多都带有神秘象征的意蕴。原始图腾本身就是象征，原始的集体表象也是象征。波罗罗人之所以以金钢鹦哥作为本民族的图腾，是因为金钢鹦哥与他们有宗族关系，因此，金钢鹦哥就成为他们氏族的象征。中华民族以龙——这一个幻想中的形象作为自己的图腾，龙也成为一种象征。但是，在原始人的思维中，这种象征起初并没有明确的意义，只以互渗的性质将其加以固定。只能说，这仅具有了象征的某些成分，还不是真正意义上的象征。正如黑格尔言说埃及人的面具具有象征意味一样，虽有象征意味，却没有达到真正意义的象征的层次。

> 动物面具特别是用在描写制造木乃伊过程的作品里。在制造木乃伊这种职业里，解剖尸体取出内脏的人们都戴着这种动物面具。这里动物的头显然不是代表它本身，而是要暗示一种和它有别的普遍意义。此外，动物形象还和人的形象混在一起来用；我们看到人身狮首，人们认为这是代表智慧女神明诺娃；还有人身鹰首，而天神阿蒙的头上还长着一对角。这些显然都有象征的意味。[①]

---

① 黑格尔：《美学》（第二卷），朱光潜译，商务印书馆1979年版，第73页。

正是这些具有象征意味的形象演化为文学艺术中的象征。原始人的集体表象和图腾是艺术象征发展的第一阶段，或曰前历史阶段，只有这些形象真正成为具有意义的观念形象才成为象征，成为纯粹艺术的象征。在诸多的文学艺术的表现手段中，象征的符号性最为强烈。它可以以图象的形式表现，使人看到这种图象，就联想到某种观念的意义；它也可以以文字的形式表现，借助于文字意象使人领略某种深刻意蕴。例如，我们看到龙凤在一起飞舞的形象，就联想到吉祥如意；在文学作品中读到梅、兰、竹、菊的意象，往往联想到人的品格。因此，象征也是一种集体表象，它是一种现代人的集体表象。

《诗经》已经非常成功地使用象征。我们上文例举的桃和麟的意象已经是较为成熟的象征。《诗经》借助于外物表达思想情感的比诗和兴诗多有象征的意味。这是由比与兴的隐所决定的。朱光潜先生说："《诗经》中比兴两类就是有意要拿意象来象征情趣，但是通常很少完全做到象征的地步，因为比兴只是一种引子，而本来要说的话终须直率说出。"①《诗经》的象征意味经过孔子等先秦诸子的阐释，又多了一层伦理道德的含义，这在一定程度上充实了《诗经》的象征意蕴，对文学创作有积极的意义。屈原可以被看作是忠实地发挥先秦儒家理性主义的诗人，他诗中的象征成为后世诗歌创作象征的典范。"善鸟香草，以配忠贞；恶禽臭物，以比谗佞；灵修美人，以媲于君……"②《离骚》所描写的草木零落、美人迟暮，象征着贤人的失宠和郁郁不得志，也象征着有抱负的君子政治生命的终结。后来，象征被用于各种题材形式的文学艺术创作中。"春蚕到死丝方尽，蜡炬成灰泪始干。"（李商隐《锦瑟》）春蚕、蜡烛均象征着爱情的忠贞不移。"总畏浮云遮蔽日，长安不见使人愁。"（李白《登金陵凤凰台》）"浮云"象征着谗佞小人，"日"则象征皇帝。"春花秋月何时了，往事知多少！"（李煜《虞美人》）"春花秋月"象征逝去的年华以及由此引发的无限悲愁。这些象征，已经摆脱了巫术的枷锁，失去了原始兴象的神秘意蕴，成为纯粹的审美意象。但是，它们的根还在原始思维那里，依据人类的集体表象，遵循人类认识的规律。

比兴思维中的隐喻源于原始思维。原始图腾和原始兴象的神秘特征在

---

① 朱光潜：《诗论》，生活·读书·新知三联书店1998年版，第71页。
② 洪兴祖：《楚辞补注》，中华书局1983年版，第2页。

于隐。隐就是把事物之间的联系及原因隐藏起来，这样，隐不仅仅孕育了象征，而且孕育了隐喻。原始人类认为一种动物或植物是本氏族的图腾，它何以成为本氏族的图腾？原因非常复杂。可能因为一个非常荒唐的遭遇，也可能因为一个离奇的梦。在互渗原则的指导下，原始人类在打猎的时候往往不说猎物和猎人的名字，而是借助于别的名称代替。散塔尔人打猎时遇到豹或虎不称真实的名称却喊猫；契洛基人称被响尾蛇咬为被刺花李刺，称打死了一只鹰为打死了一只雪鸟；这都是非常原始的隐喻。隐喻的目的不在于表达出一种情趣或一种观念的意义，仅在于适应互渗的原则。这是原始思维的隐喻特征。随着社会的发展，人类文化的进步，原始图腾和原始兴象的神秘的互渗消失了，借助于一种事物言说另一种事物已经具有了非常明确的情趣和观念的意义，这便促成现代意义上的隐喻的生成。因此"隐喻是建立在相似基础上的替代"，"是一种移位和凝缩的心理运作过程"也就不是一句空话，[①]而有了实在的内容。隐喻最早也是在《诗经》中有成熟表现的。如《国风·关雎》中的"关关雎鸠"，《邶风·燕燕》中的"燕燕于飞"，《王风·扬之水》中的"扬之水"等，都是较为成熟的隐喻。"关关雎鸠"隐喻爱情婚姻生活的美满幸福；"燕燕于飞"隐喻着依依惜别；"扬之水"隐喻思念的情感。朱光潜先生将《诗经》中的隐喻归为以下几类："有时偏于意象，所引事物与所咏事物有类似之处"；"有时偏重情趣，所引事物与所咏事物在情趣上有暗合默契之处，可以由所引事物引起所咏事物的情趣"；"有时所引事物与所咏事物既有类似，又有情趣方面的暗合默契"。[②]这适合后世文学作品中的所有隐喻。隐喻具有微言大义的特点，但并不是所有的微言大义都是隐喻。这一点只要实地考察一番就会非常清晰。

　　隐喻之成为文学艺术创作中极有魅力的表现手段和比兴思维重要的运思方式之一，得益于原始思维。它作为具有美学意义的一个重要的范畴，在中西文艺学和美学领域独领风骚。它对比兴思维的意义更是非同寻常。尽管如此，隐喻的古老的根源仍在原始思维。这正应了传统的一个隐喻："贵珠出乎贱蚌，美玉出乎丑璞。"（葛洪《抱朴子·外篇·博喻》）[③]

　　综上所述，比兴思维是脱胎于原始思维的。它与原始思维的关系只有

[①] 参见耿占春：《隐喻》，东方出版社1995年版，第41页。
[②] 朱光潜：《诗论》，生活·读书·新知三联书店1998年版，第41页。
[③] 杨明照：《抱朴子外篇校笺》，中华书局1991年版，第287页。

拨开层层迷雾才能够看得清楚。比兴思维的想象与联想源于原始图腾和原始兴象的神秘联想，它的象征源于原始图腾和原始兴象的神秘象征意蕴，而它的隐喻则源于原始图腾和原始兴象的神秘的隐。这些足以证明原始思维与比兴思维的血缘关系。没有原始思维，不可能有中国古代成熟的艺术思维方式——比兴思维。探讨原始思维的思维特征，对我们更好地把握比兴思维的思维特征有重要的启发意义，同时，对深入认识艺术思维的特征也是有益的。

第三章 从解读到创造：
比兴思维的发展历程

比兴范畴的提出，是先秦时期用诗的结果。先秦时期的用诗，实际上是综合赋诗、赏诗、创作为一体的文学活动，整个活动开展的过程，其外在的表现形式是对《诗三百》（先秦时期还没有《诗经》的称谓，只称《诗》或《诗三百》）的解读。先秦时期提出了"诗言志"的观念，赋诗、赏诗和创作的一体化均体现在对"志"的表达上，这是先秦用诗的目的。赋诗是对诗人之志的陈述，同时也借以表达赋诗者之志；赏诗的目的在于"以意逆志"。先秦时期，诗的创作意识极为淡漠，赋诗、赏诗就是一种创作活动，这从"赋诗断章"的行为中可以看出。赋诗者实际在赋诗的过程中已经赋予了所赋之诗以自己的思想情感，并且能让听诗者意会、理解，这本身就是一种创作，是对《诗三百》的接受和创造。由于《诗三百》是配乐而唱的乐歌，先秦时期的用诗活动在很大程度上也是一种音乐活动。比兴作为早期"六诗"的两类，与音乐有关，这是事实。但是，"六诗"到底是什么？至今仍难以下结论。可以肯定地说，它的原始意义不是艺术思维的方式，最多只能算作诗的解读的方式。这种解读的方式并不是一成不变的，最终变成了一种创造的方式。由解读到创造的发展是在汉代完成的，这其中所蕴藏的奥秘值得深入考察。

第一节 《诗》的传授、解读与比兴概念的提出

先秦时期的诗的观念是否具有普遍的文体意义？在当今仍有不同的看

法。一种观点认为，诗即志，是寺人之言。①这是从文字学和文化人类学的角度来考虑并认识问题的。一种观点认为，诗特指诗三百。②这是从作品的角度来考虑并认识问题的。一种观点认为，诗是指一种文体，具有普遍的文体意义。③还有一种观点认为，诗在先秦往往与其他经典混称，作为志的一个符号。④这些观点都是中国古代诗的意义的一个方面，或者说，是看问题的一个角度。不管诗是什么，先秦时期在讨论与诗相关的问题时都与《诗三百》联系在一起，或者以《诗三百》作为经典的论述范例。这自然涉及《诗》的解读问题，也涉及比兴概念的相关问题。将比兴作为完整概念提出来的现存最早的文献是《周礼》，在那里，比兴仅是"六诗"中的两类：

> 大师：掌六律、六同，以合阴阳之声。阳声：黄钟，大蔟，姑洗，蕤宾，夷则，无射。阴声：大吕，应钟，南吕，函钟，小吕，夹钟。皆文之以五声：宫、商、角、徵、羽。皆播之以八音：金、石、土、革、丝、木、匏、竹。教六诗，曰风，曰赋，曰比，曰兴，曰雅，曰颂；以六德为之本，以六律为之音。（《春官·宗伯》）⑤

这段话涉及众多音乐概念，其中，提及"六德""六律"。"六德"是指中、和、祗、庸、孝、友六种品德。"六律"又称"六乐"，是指上段引文所说的阳声和阴声，因阳声六阴声六，实有十二音。《周礼·春官·宗伯》对"六德"有明确记载：

> 大司乐……以乐德教国子：中，和，祗，庸，孝，友。以乐语教

---

① 参见王安石《字说》、杨树达《释诗》、叶舒宪《诗经的文化阐释》等著作，这些著作有较为详尽的解释。
② 先秦诸典籍所言之诗皆指今之《诗经》，如《左传》《论语》《孟子》《荀子》等。
③ 陈良运《中国诗学批评史》认为："从商、西周到《左传》所记载的春秋时代（公元前770—前476），诗作为一种文体的观念，被人们普遍接受了，歌谣都纳入了诗的范围，来自民间的民歌、民谣被称为'风诗'。"（陈良运：《中国诗学批评史》，江西人民出版社1995年版，第3页。）
④ 《庄子·天下》云："《诗》以道志，《书》以道事，《礼》以道行，《乐》以道和，《易》以道阴阳，《春秋》以道名分。"《荀子·儒效》也有类似表述。这说明，先秦时期，志已是文献《诗》的符号。
⑤ 陈戍国点校：《周礼·仪礼·礼记》，岳麓书社1989年版，第64页。

国子：兴，道，讽，诵，言，语。以乐舞教国子：舞《云门》《大卷》《大咸》《大磬》《大夏》《大濩》《大武》。以六律、六同、五声、八音、六舞，大合乐以致鬼神祇，以和邦国，以谐万民，以安宾客，以说远人，以作动物。乃分乐而序之，以祭，以享，以祀。乃奏黄钟，歌大吕，舞《云门》，以祀天神。乃奏大蔟，歌应钟，舞《咸池》，以祭地祇。乃奏姑洗，歌南吕，舞《大磬》以祀四望。乃奏蕤宾，歌函钟，舞《大夏》，以祭山川。乃奏夷则，歌小吕，舞《大濩》，以享先妣。乃奏无射，歌夹钟，舞《大武》，以享先祖。①

从这两段较完整的记载中可以看出，"六诗"与乐教有关，它是一个统一的逻辑分类。这种乐教的内容是什么？真是迷雾重重，一言难尽！章必功认为："《周礼》'六诗'反映了周代国学'声、义'并重的诗歌教授内容和由低级到高级、由简单到复杂的诗歌教授过程。这一过程分为三个阶段：'风''赋'为第一阶段，是基本功的训练，要求国子能熟练地歌唱诗朗诵诗。前者是以'声'为用的基本形式，后者是以'义'为用的基本形式。'比''兴'为第二阶段，是诗歌义理的训练，要求国子能准确、深刻地以'义'为用。'雅''颂'为第三阶段，是正声诗乐的训练，要求国子能严格地按照周礼以'声'为用。"②这表面上好像是在同一的逻辑层面分析"六诗"，但是，认为风、雅、颂是声，赋、比、兴为义，骨子里还是受后来的六义观的影响，割裂"六诗"。王昆吾（小盾）针对章文发论，他认为，"六诗"并不是针对国子的"周代诗歌教学的纲领"，而是对瞽矇进行语言与音乐训练的项目。"六诗"之教有两项基本要求，一是合于音律，二是合于乐序。六诗的顺序是乐序的反映，其教学目的在于正音。风、赋、比、兴、雅、颂六诗指的是六种传述诗的方式，具体地说，风指方音诵，赋是雅言诵，比是赓歌，兴是和歌，雅为乐歌，颂为舞歌。③我们认为，王昆吾（小盾）的论述比较有说服力。由此可见，"六诗"是早期的艺术概念。比兴在"六诗"中虽然是两种传述诗的方式，但是，并非与后来的作为艺术思维方式的"六义"之比兴相对立。它们之间仍有某种默契关系。这从王

---

① 陈戍国点校：《周礼·仪礼·礼记》，岳麓书社1989年版，第61—62页。
② 章必功：《"六诗"探故》，《文史》（第二十二辑），中华书局1984年版，第168页。
③ 参见王昆吾：《诗之义原始》，王昆吾：《中国早期艺术与宗教》，东方出版中心1998年版，第221—240页。

文周详的考论中可以看出。

"六诗"是针对古代的音乐所提出的一个命题，这里的诗不完全是指今天的《诗经》，涵盖面较今之《诗经》更为广泛。虽然《诗经》在远古时也是配乐而唱的，是一种音乐，但是，只是先秦音乐的一个部分。"六诗"中的风、雅、颂也不与现存《诗经》中的风、雅、颂等同，它们之间虽有关联，但毕竟有分别。然而，"六诗"这一概念又可视为对现存《诗经》的最早的解读，只不过这种解读仅仅着眼于音乐，依据传统的礼义，这基本上奠定了后世解读《诗经》的基础。

《周礼》原名《周官》，其成书年代各家看法不一。但是，有一点却是事实：它是真实反映西周社会制度的文献。"六诗"在战国以前应是上层社会已经熟悉的用诗内容，在实际的运用操作中往往比较灵活，并不拘泥于一种固定的、单一的形式。这从可靠的《左传》和《论语》等先秦典籍中可以找到佐证。

《左传》记载的用诗可以从两个方面来认识：其一是赏诗；其二是赋诗。赏诗即是观乐，以音乐的形式表现《诗》的内容，从中，能够对诗产生时代的社会现实及其治乱状况有准确、真实的了解。赏诗与"六诗"的关系密切，这主要体现在诗的音乐形式中，把乐教作为赏诗的重要内容。《左传》襄公二十九年记载了吴季札观乐的史实，颇有说服力。吴公子札来鲁，见叔孙穆子，请其观乐：

> 请观于周乐。使工为之歌周南、召南，曰："美哉！始基之矣，犹未也。然勤而不怨矣。"为之歌邶、鄘、卫，曰："美哉，渊乎！忧而不困者也。吾闻卫康叔、武公之德如是，是其卫风乎？"为之歌王，曰："美哉！思而不惧，其周之东乎？"为之歌郑，曰："美哉！其细已甚，民弗堪也，是其先亡乎！"为之歌齐，曰："美哉，泱泱乎，大风也哉！表东海者，其大公乎！国未可量也。"为之歌豳，曰："美哉，荡乎！乐而不淫，其周公之东乎？"为之歌秦，曰："此之谓夏声，夫能夏则大，大之至也，其周之旧乎？"为之歌魏，曰："美哉，渢渢乎！大而婉，险而易行，以德辅此，则明主也。"为之歌唐，曰："思深哉！其有陶唐氏之遗民乎？不然，何忧之远也。非令德之后，谁能若是？"为之歌陈，曰："国无主，其能久乎？"自郐以下无讥焉。为之歌小雅，曰："美哉！思而不贰，怨而不言，其周德之衰乎？犹有先王

之遗民焉。"为之歌大雅，曰："广哉，熙熙乎！曲而有直体，其文王之德乎？"为之歌颂，曰："至矣哉！直而不倨，曲而不屈，迩而不偪，远而不携，迁而不淫，复而不厌，哀而不愁，乐而不荒，用而不匮，广而不宣，施而不费，取而不贪，处而不底，行而不流，五声和，八风平，节有度，守有序，盛德之所同也。"①

吴公子札的赏诗其实也就是赏乐。这里虽然没有详述诗乐的演唱或传述的方法，但是，乐教的意图是非常鲜明的。其中提到了"五声和，八风平，节有度，守有序"的内容，大概是讲述诗乐的演唱或传述的，只不过极为笼统、极为含混而已。

赋诗是对诗的引用，也是一种意义的创造。春秋时期，赋诗之风尤其兴盛，其不仅用于交际，而且用于教化，与乐教有异曲同工之妙。《左传》记载了大量赋诗的史实，从中可以了解此时的文化风俗。僖公二十三年记载，秦穆公宴请晋公子重耳。重耳赋《河水》，穆公赋《六月》。《河水》当为《诗·小雅·沔水》，韦昭《国语·晋语》注云："河当作沔，字相似误也。"这是对诗三百的借助，借助于诗三百表达自己的主观情志。重耳赋诗之意在于向穆公表示回国后将朝事于秦，穆公赋诗之意在于赞美公子重耳为君必将称雄。这都是典型的外交辞令。赋诗者个人的意图压倒了原诗，表面上看是误读，实际是赋诗者的着意创造。清人劳孝舆说："古人所作，今人可援为己诗，彼人之诗，此人可赓为自作，期于言志而止。人无定诗，群无定指，以故可名不名不作而作也。"（《春秋诗话》卷一）②对春秋时期的用诗概括较为准确。《左传》襄公二十七年记载了一次集体赋诗的行为，朱自清先生《诗言志辨》及其他多种著述均有引述。朱先生把它作为"言志"的一个典型的范例来加以讨论。

  郑伯享赵孟于垂陇，子展、伯有、子西、子产、子大叔、二子石从。赵孟曰："七子从君，以宠武也。请皆赋以卒君贶。武亦以观七子之志。"子展赋《草虫》，赵孟曰："善哉，民之主也。抑武也不足以当之。"伯有赋《鹑之贲贲》，赵孟曰："床笫之言不逾阈，况在野乎？非

---

① 杜预集解：《左传》（《春秋经传集解》）（下），上海古籍出版社1997年版，第1121—1122页。
② 董运庭：《春秋诗话笺注》，中国社会科学出版社2013年版，第1页。

使人之所得闻也。"子西赋《黍苗》之四章，赵孟曰："寡君在，武何能焉？"子产赋《隰桑》，赵孟曰："武请受其卒章。"子大叔赋《野有蔓草》，赵孟曰："吾子之惠也。"印段赋《蟋蟀》，赵孟曰："善哉，保家之主也，吾有望矣。"公孙段赋《桑扈》，赵孟曰："匪交匪敖，福将焉往？若保是言也，欲辞福禄得乎？"卒享。文子告叔向曰："伯有将为戮矣！诗以言志，志诬其上，而公怨之，以为宾荣，其能久乎？幸而后亡。"叔向曰："然，已侈！所谓不及五稔者，夫子之谓矣。"文子曰："其余皆数世之主也。子展其后亡者也，在上不忘降。印氏其次也，乐而不荒。乐以安民，不淫以使之，后亡，不亦可乎？"①

这次集体赋诗实际是"各言尔志"。在赋者为"言志"，在听者为"观志"。"这里的言志和观志都不同于文学创作和欣赏中表达、探求作者情志的活动，而是通过赋他人之诗，暗示或隐喻赋诗者的思想感情，听者则在正确把握对方所表达的情意的基础上，进一步探求其赋诗行为背后所隐藏的深层动机。"② 可见，先秦时期的赋诗不仅是一种解读行为，也是一种创作行为。这种行为本身包蕴着对《诗三百》的尊崇态度。

更为重要的是，"赋诗引诗确立了一种引申联想、譬喻类比式的理解方式。赋诗引诗要求在诗句和用诗者的主观情志之间建立起某种联系，这种联系的方式通常是取其某种相似性而带有譬喻类比的性质，建立这种联系的关键又诉诸人们的引申联想能力"。③ 可见，春秋时期赋诗这一用诗的方法，已经是对"六诗"的超越了，这是先秦灵活用诗的一种表现。这种超越仅是形式上的超越，其教化的精神实质并没有失去。《左传》已全然不顾"六诗"的原始意义，对当时上层用诗的真实情景作了不失分寸的记述。这说明，"六诗"本身就是一个动态发展的体系，其最终演化为"六义"是一种必然，符合文学艺术发展的规律。

春秋时期的赏诗和赋诗是对"六诗"精神的继承，也是对"六诗"观念的进一步深化。这是因为，作为诗的六种传述方式，其最基本的目的是正音，传述者是精于审音和记诵的瞽矇。随着时代的发展，对诗的传述技

---

① 杜预集解：《左传》（《春秋经传集解》）（下），上海古籍出版社1997年版，第1079—1080页。
② 尚学锋、过常宝、郭英德：《中国古典文学接受史》，山东教育出版社2000年版，第19页。
③ 同上书，第23页。

艺要求会逐渐降低，对诗的教化要求会逐渐加强。这种情形及其在春秋时期的种种表现，很多学者已经有了较为深入的探讨。在这里，我们不再展开讨论。

《周礼·春官·宗伯》在提出"六诗"观念的同时，还提出了"乐语"的观念。"乐语"是指"兴、道、讽、诵、言、语"六种，它和"六诗"一样都是教诗的项目。王昆吾认为，乐语是对国子进行音乐和语言训练的项目；六诗是对瞽矇进行语言与音乐训练的项目。他认为"乐语"与"六诗"分列，"其缘由应在于乐语的顺序反映了另一种声教的顺序，其教学目的在于正语"①。有趣的是，无论是"六诗"还是"乐语"都有一个项目叫"兴"。"乐语"中"兴"置列首位。但是，这两个"兴"的含义是否一样呢？依据"六诗"和"乐语"都是教诗的项目且单列，两个"兴"不可能指同一内容；又依据"六诗"和"乐语"的教诗项目施用的对象不同，两个"兴"肯定有不同的内涵。按通常的道理，这个判断应该是成立的。然而，王昆吾认为，"六诗"和"乐语"具有明显的可比性。"'风'和'讽'通假；'兴'是两者共有的节目；据刘向所言'不歌而诵谓之赋'，'赋'是对应于'诵'的。因此，六诗的含义应参考'乐语'来确定。"②显然，王昆吾认为两个"兴"是一样的。这里也有一个很大的疑问："六诗"和"乐语"产生于同一时期，出自同一部书，又都是教诗项目，如何确认它们之中的"兴"含义相同？倘若相同，这相同的项目为什么出现在两个观念之中？"风"和"讽"是通假字，"乐语"之"讽"可能是"风"，为什么同一部书，"六诗"的记载是"风"，而"乐语"的记载却是"讽"？这些问题都不是轻易能够回答的。如果断定"六诗"中的"兴"是歌唱传述诗的和歌，那么，"乐语"中的"兴"显然是指语言问题而不是音乐问题，这从"兴"下的五种方式道、讽、诵、言、语均指语言可以判断。这样，作为"六诗"之"兴"和作为"乐语"之"兴"的两种教学节目，一是指音乐的传述，一是指语言的传述，二者是有分别的，不是同一的，它们之间没有直接的可比性。

"乐语"中的"兴"是语言问题，与道、讽、诵、言、语有同一的逻辑内涵。对于一个概念下面所属项目的逻辑内涵同一的问题，郑玄在注"六

---

① 王昆吾：《诗之义原始》，王昆吾：《中国早期艺术与宗教》，东方出版中心1998年版，第221页。
② 同上书，第222页。

诗"和乐语之"兴"时就已经有所混淆。因此，学者们讨论郑注大都强调它不符合本原之义，是重义时代的产物。且不论郑玄对"六诗"之注是否合理，在我们看来，其对"乐语"之注则表现了郑玄的精审。他注"乐语"之"兴"："兴者以善物喻善事。"注"道"："道读曰导。导者，言古以剀今也。"注讽、诵："倍文曰讽。以声节之曰诵。"注言、语："发端曰言。答述曰语。"① 林尹《周礼今注今译》注"乐语"，基本以郑说为是，以为"兴"是"以物譬事"，"道"是"以古导今"，"讽"是"记背诗歌之文"，"诵"是"记背诗歌之文而以抑扬顿挫之声调唱之"，"言"是"直说己事"，"语"是"为他人说话"。② "兴"是以物譬事，这是对先秦时期用诗情形的总结。这从我们上文所讨论的《左传》的赋诗引诗状况可以意会。后来，人们对"兴"的阐释多循着这一条阐释的路径，直接促成了比兴这一艺术思维方式的形成。

"兴"在孔子那里已经演变成为一个意味深长的诗学观念。《论语》在谈及《诗》的运用时言及"兴"。"兴于诗，立于礼，成于乐。"(《论语·泰伯》)"小子何莫学夫诗？诗可以兴，可以观，可以群，可以怨。"(《论语·阳货》)这虽然是从伦理道德的角度说"兴"，但也触及"兴"的审美特征。历来注家在解释孔子所说的"兴"的时候，或解释为"起"，或解释为"感发志意"。在我们看来，孔子之"兴"应与《周礼》"乐语"之"兴"同义，与"六诗"却是两个问题。学人们对这一问题多有混淆，必须花工夫进行清理。唯有如此，才能准确认识"兴"的意义演变。

"兴于诗"是说接受者受《诗》思想情感的感发而引起对美好伦常的向往、对仁的向往。从目的上说，这是《诗》对人的教化；而从方法上说，这是接受者对《诗》的引申联想、譬喻类比。孔子对《诗》的解读，基本上依据这种模式。《论语》关于诗的应用的讨论，无论是追求诗的意义（伦理道德的）还是探讨阅读技巧，遵循的都是引譬连类的方式，这就是兴。《论语·学而》云：

> 子贡曰："贫而无谄，富而无骄，何如？"子曰："可也；未若贫而乐，富而好礼者也。"子贡曰："诗云'如切如磋，如琢如磨'，其斯之

---

① 郑玄：《周礼注疏》卷二十二，《十三经注疏》，中华书局影印1980年版，第787页。
② 林尹：《周礼今注今译》，书目文献出版社1985年版，第233页。

谓与？"子曰："赐也，始可与言《诗》已矣，告诸往而知来者。"

孔子和子贡的这一段对话充分展示了"兴于《诗》"的意义。"如切如磋，如琢如磨"的诗句见于《卫风·淇奥》，其本义在于赞美武公之德。"瞻彼淇奥，绿竹猗猗。有匪君子，如切如磋，如琢如磨。瑟兮僩兮，赫兮咺兮。有匪君子，终不可谖兮。"这里，以骨、角、象牙、玉石为喻，说明对人的品德的磨炼是一个细致、艰苦的过程，而贫富对人的品德的考验尤其灵验。"贫而乐，富而好礼"是一种较高的思想境界。这一思想境界的形成缘于人艰苦的精神修练。子贡抓住骨、角、玉石、象牙打磨成器的艰难来说明君子的修养过程的艰苦，这是一种典型的引譬连类。从中，我们可以深刻领会孔子"兴于诗"的思想实质。

同样的解读还表现在《论语·八佾》中。孔子和子夏的对话含蓄蕴藉，充满思想和语言的智慧。

子夏问曰："'巧笑倩兮，美目盼兮，素以为绚兮。'何谓也？"子曰："绘事后素。"曰："礼后乎？"子曰："起予者商也，始可与言《诗》已矣。"

这里的引譬连类是通过孔子的悉心启发表现出来的。美人的笑靥及美目流盼的姿态虽然是外在形象的描绘，其实是美人本质的揭示。在孔子的眼里，美而有礼，美而有德，才是真正的美。"绘事后素"是孔子启发子夏的绝妙隐喻，它说的是绘画的方法。在画一个对象时，先用素描，尔后再施以粉黛等浓墨重彩。子夏正是通过这一隐喻，领会了做人的道理。做人应该以仁义为本质，以礼仪为华彩。这一领悟令孔子极为欣喜，他发现了一个悟性很高的学生。这就是"兴于《诗》"所产生的良好效果。因此，"兴"成为感发、引发人们思想情感的重要方式。

"兴于诗"创立于孔子，发展于后世诸子。作为亚圣的孟子虽然没有明确讨论兴的观念，但也同样用引譬连类的方法读诗解诗。从孟子解诗的状况可以看出，他的眼界却超出孔子不少。他和弟子公孙丑论诗就是一个经典的例子。

公孙丑问曰："高子曰：《小弁》，小人之诗也。"孟子曰："何以言之？"曰："怨。"曰："固哉，高叟之为诗也！有人于此，越人关弓而射之，则己谈笑而道之，无他，疏之也。其兄关弓而射之，则己垂涕而道之，无他，戚之也。《小弁》之怨，亲亲也。亲亲，仁也。固矣夫，高叟之为诗也！"曰："《凯风》何以不怨？"曰："《凯风》，亲之过小者也。《小弁》，亲之过大者也。亲之过大而不怨，是愈疏也。亲之过小而怨，是不可矶也。愈疏，不孝也。不可矶，亦不孝也。"①

从这里可以看出，孟子解诗着眼于全篇，与孔子只注重片言只语有很大差别。这种差别并不是本质的，而是形式的。他以怨亲孝悌之道来比附《小弁》与《凯风》，仍然是引譬连类的方法。在此基础上，他又加以引申，得出了一些较为生硬的儒学说教。这是在大的解读环境中所产生的必然结果。我们不可对这种思想的发展予以小视。

由此观之，先秦"六诗""乐语"与孔子"兴于诗""可以兴"观念的提出，表现出较为复杂的诗学背景。"六诗"首先标榜比、兴，其中之"兴"与"乐语"之"兴"和孔子之"兴"有不同的内涵。"六诗"之"兴"是传述《诗》的方式、技巧和方法；"乐语"之"兴"和孔子之"兴"则是《诗》的引譬和感发。古往今来的很多学者往往混同这两种不同"兴"的用意，以为"六诗"之"兴"与"乐语"之"兴"和孔子之"兴"同义。②这是误解。但是，两者却有精神上的联系。正是这种精神上的联系使人们难以详察它们之间的差别，甚至忽略了它们之间的差别，从而，形成了中国文学理论发展史、美学发展史乃至文化史上的比兴公案。

"六诗"比、兴并举，"乐语"和孔子只言"兴"而不言"比"。力图糅合比兴的古代学者注意到这一事实，在注释《周礼》和《论语》时，便使出浑身解数，以圆古代之说。汉孔安国注孔子"诗可以兴"云："兴，引譬连类。"邢昺疏："若能学诗，诗可以令人能引譬连类，以为比兴也。"③朱熹注兴："感发志意。"清刘宝楠《论语正义》按："先郑解'比''兴'就物言，后郑就事言，互相足也。'赋''比'之义皆包于'兴'，故夫子止言

---

① 焦循：《孟子正义》，中华书局1987年版，第817—820页。下引孟子之言，皆自此书，不另出注。
② 参见鲁洪生：《从赋、比、兴产生的时代背景看其本义》，《中国社会科学》1993年第3期。
③ 何晏集解、邢昺疏：《论语注疏》，《十三经注疏》，中华书局影印1980年版，第2525页。

'兴'。"① 很显然，刘宝楠就认为孔子之"兴"是包含"比"在内，故而，孔子只言"兴"而不言"比"。这不是刘宝楠个人的意见。孔安国对孔子的注释是一个典型的代表。他说"兴"是"引譬连类"，一是强调"兴"之引（启发、感发），一是强调"兴"之譬（比喻、隐喻），言外之意是说"兴"中含"比"。可见后人理解不误。东汉末年，郑玄注《周礼》"六诗"，混淆了孔子"兴"的观念，影响极大。他说：

> 风言贤圣治道之遗化也。赋之言铺，直铺陈今之政教善恶。比见今之失，不敢斥言，取比类以言之。兴见今之美，嫌于媚谀，取善事以喻劝之。雅，正也，言今之正者以为后世法。颂之言诵也，容也，诵今之德，广以美之。②

朱自清先生称郑玄之注"是重义时代的解释"③，应该符合实际。因为孔子等人对诗的解释已经着重于诗的感发、教化，基本上抛弃声了。到了《毛诗序》，将《周礼》之"六诗"改为"六义"，标志着对"六诗"改造的完成。从此，"六诗"和"六义"成为两个截然不同的概念。

"六义"是"六诗"发展的必然结果。这种结果以政教德教的形式被固定下来，并且余韵流播。其过程是曲折的，其情节是微妙的。《毛诗序》作为"六义"思想的直接传播者引起了众多的争议，褒贬之说不一。它的价值确实有正负两个方面：正的方面是对中国古典文艺学、美学的开拓，重要的成果之一是赋比兴概念的提出；负的方面是对《诗经》的误读与歪曲，导致《诗》的很多精髓丧失。因此，人们对《毛诗序》的认识也呈现两种不同的倾向，一方面认为它是我国古代第一篇专论诗的文章，是我国古代诗学的第一块丰碑；另一方面又列举了它的十大谬妄，对之无情剖析④。这都符合《毛诗序》的实际。

无论如何，比兴观念的提出都是中国古典文艺学、美学中的重大事件，它标志着一个原创性诗学、美学观念的诞生。从"六诗"到"六义"，是比兴美学进化的历程，它赋予比兴以生命的活力。在比兴成长的过程中，

---

① 刘宝楠：《论语正义》，中华书局1990年版，第690页。
② 郑玄：《周礼注疏》卷二十二，《十三经注疏》，中华书局影印1980年版，第796页。
③ 朱自清：《诗言志辨》，华东师范大学出版社1996年版，第79页。
④ 参见张西堂：《诗经六论》，商务印书馆1957年版，第133页以下。

孔子和汉儒的浇灌功不可没。比、兴二法虽然在形式上是诗的两种表现手段，但是，它们又是一体化的，在发展的过程中，已经初露了艺术思维的端倪。它"是对古代人类求同联想的心理活动和以类相推的类比思维形式的高度概括"①，是中华民族艺术思维起步的一个重要阶梯。

第二节　政治伦理隐喻：比兴解诗的理性设定

在远古时期，《诗》（《诗三百》）作为乐歌的形式而存在，传唱的范围非常广泛，传唱的方式也各各不同。关于"六诗"的记载可约略证明。但是，由于今天人们对"六诗"的认识还没有达到十分清晰的地步，基本停留在猜测阶段，导致比兴的讨论很难深入。比兴的本义是什么？这依然困惑着学人们的心灵。我们上文粗略陈述了王昆吾（小盾）的观点，权当我们对王氏观点的基本认同。

按《周礼》的说法，对"六诗"的教学是要求以"六德"为之本，以"六律"为之音的，这便奠定了比兴的乐教性质。后来，比兴由乐教发展为诗教、德教，在具体用诗之时，又演化成为政治伦理隐喻。我们上文例举了《左传》《论语》关于用诗的一些记载，从这些记载中可以看出当时对《诗》进行政治伦理隐喻的特点。政治伦理隐喻成为先秦两汉用诗、解诗的理性设定，直接影响后来的《诗经》研究与文学创作、批评。

《诗》（《诗三百》）在先秦被视为言志的工具，所以，先秦人言必称《诗》，借助于《诗》来表达言说者的思想感情。《左传》襄公二十五年曾记载了孔子的一席言语，谈论的是言志，言说的背景是春秋诸侯争霸过程中郑国大夫子产因郑、陈交战一事回复当时霸主晋国的质询。子产的回复铿锵有力。孔子是赞美子产的言论的：

> 仲尼曰："《志》有之：'言以足志，文以足言。'不言，谁知其志。言之无文，行而不远。晋为伯，郑入陈，非文辞不为功。慎辞哉！"②

在这里，孔子转述的是古书之言，强调语言在交际的过程中具有特别重要

---

① 鲁洪生：《从赋、比、兴产生的时代背景看其本义》，《中国社会科学》1993年第3期。
② 杜预集解：《左传》（《春秋经传集解》）（下），上海古籍出版社1997年版，第1036页。

的作用。语言是表达人的志向的,通过语言,人们了解一个人的思想情感、理想抱负。同时,语言也要有文采。文采赋予语言以强大的传播功能,能使人的思想、情感、理想、抱负传播得更为久远,更有生命。孔子是在彰显语言的功能。语言的魅力不可低估。"言志"问题在《左传》中有多处讨论,最为著名的是襄公二十七年郑伯宴请赵孟赋诗的一段记载,我们在上一节已经有所引述,并将之作为"言志"和"观志"的一个典范例子。可见,《左传》、孔子的看法一致,或者说,孔子继承了《左传》或先秦其他典籍的看法。这里引述的仲尼(孔子)之语是针对范围较广的"言",并没有涉及具体的《诗》(《诗三百》)。而在《左传》襄公二十七年那一段言志、观志的记载中却涉及了《诗三百》中的六首诗。那可算作一次规模较大的赋诗活动。正是在那次活动中,"诗以言志"的思想已经被明确地确定下来,成为一个真理性的观念,长久为文人所奉持,支配着文学创作。"诗以言志"有两个层面的意义:一是《诗》(《诗三百》)本身言志,它寄寓着诗人的志向;二是借《诗》(《诗三百》)言志,即借助于对《诗》(《诗三百》)的吟赋表达志向。《诗》本身言志是对《诗》的本质的认识,而借《诗》言志则使《诗》成了一个彻头彻尾的工具。

借助于《诗》来表达思想情感和理想抱负必定会涉及隐喻,这些隐喻往往不是《诗》本身所固有的,而是赋诗者人为加上去的。这就出现了对《诗》的有意误读。这种误读是如此精巧,以至于后人不得不在很大的程度上认同前人的这种误读,出现了世界文学艺术批评史上极为罕见的误读现象。例如,子展赋《草虫》就是误读的一个典型案例。从《草虫》这首诗所表现的情感意向来判断,这应是一首爱情诗,全诗笼罩着思念的感情。可是,子展却读出了另一番意义。

　　喓喓草虫,趯趯阜螽。未见君子,忧心忡忡。亦既见止,亦既觏止,我心则降。
　　陟彼南山,言采其蕨。未见君子,忧心惙惙。亦既见止,亦既觏止,我心则说。
　　陟彼南山,言采其薇。未见君子,我心伤悲。亦既见止,亦既觏止,我心则夷。

全诗采用写实的笔法,直抒胸臆,本无曲笔存在,但是,到了赋诗者子展和听诗者赵孟那里,却变成了具有极强隐喻特征的情真意切的欢迎词。误读的焦点集中在每一节的后五句。在这里,在场的情人悄悄退场,代之以不在场的朋友、客人、贵宾,使之赫然在场。在这种情形下,赵孟便显得有些得意忘形了。他说:"善哉!民之主也,抑武也不足以当之。""君子"的隐喻具有深厚的文化历史背景和伦理道德蕴含。在中国古代,"君子"可以用来称呼丈夫,可以用来称呼朋友,更多的是用来称呼修行品德高尚的人。这一代指的意义是不确定的。子展正是利用这一意义的不确定对整首《草虫》诗进行隐喻,显得极为得体,而且不露痕迹。

再如伯有赋《鹑之贲贲》,诗云:

> 鹑之贲贲,鹊之彊彊。人之无良,我以为兄。
> 鹊之彊彊,鹑之贲贲。人之无良,我以为君。

朱熹注:"范氏曰:宣姜之恶,不可胜道也。国人疾而刺之,或远言焉,或切言焉。远言之者,君子偕老是也。切言之者,鹑之贲贲是也。卫诗至此,而人道尽,天理灭矣。中国无以异于夷狄,人类无以异于禽兽,而国随以亡矣。"[①] 依朱熹之见,该诗隐喻的焦点在于鹑、鹊这些动物。"贲贲""彊彊"乃居有常匹,而宣姜"非匹耦而相从",连动物都不如。伯有赋此诗,实际是对郑伯的隐喻与讽刺,公开摆出一副对君主大不敬的姿态。因此,赵孟说:"床笫之言不逾阈,况在野乎?非使人之所得闻也。"尔后又对叔向说:"伯有将为戮矣。诗以言志,志诬其上,而公怨之,以为宾荣,其能久乎?幸而后亡。"从这里可以看出,《诗》被用来进行政治伦理隐喻在春秋时期已经广泛施行。这其中已经包含了比兴的行为,借助于《诗》启发、比喻,让人们能够准确理会。古人的这种做法显得极为优雅,极为含蓄,因此,它才能成为士大夫都乐于采用的一种交际方式。

在古人的赋诗引诗中,政治伦理隐喻并没有固定的章法可循,一切都是随意的,不受任何限制。这极能考验人的知识修养水平和《诗》的修养水平。《左传》襄公七年记载,晋韩献子告老,欲立穆子,穆子有残疾,百般辞让。他引诗陈述辞让的理由:

[①] 朱熹:《诗集传》,中华书局2011年版,第40页。

辞曰："诗曰：'岂不夙夜，谓行多露。'又曰：'弗躬弗亲，庶民弗信。'无忌不才，让其可乎？请立起也！与田苏游，而日好仁。诗曰：'靖共尔位，好是正直。神之听之，介尔景福。'恤民为德，正直为正，正曲为直，参和为仁。如是，则神听之，介福降之。立之，不亦可乎？"①

此节三处引诗，二处辞让，一处荐人。"岂不夙夜，谓行多露"，出自《国风·召南·行露》。杜预注："《诗》言虽欲早夜而行，惧多露之濡己。义取非礼不可妄行。"② 穆子吟诵这首诗，隐喻的内容很深，表现出独特的理解。露与礼的关系一般人难以想象，但是，穆子想象到了。这就是穆子的创造。韩献子想让位给穆子，穆子谦让，说自己担当这一职责还为时尚早，资历、涵养都有所欠缺，就好比凌晨出行，露水太重，容易打湿衣服，借以表达辞让之心。"弗躬弗亲，庶民弗信"，语出《小雅·节南山》。朱熹注曰："言王委政于尹氏，尹氏又委政于姻亚之小人，而以其未尝问、未尝事者欺其君也。故戒之曰：汝之弗躬弗亲，庶民已不信矣。"③ 这也是一种谦辞，意思是说自己不才，耽误国事，失信于民。表面上看，这是对《诗》意的借用，其实依然包含着隐喻的成分，将自己类比于尹氏，目的还是辞让。这二处用《诗》均比较鲜明地表现出穆子谦恭的品德。下一处引诗是荐举起（宣子）。起是穆子之弟，可谓"举才不避亲"。"靖共尔位，好是正直。神之听之，介尔景福"，语出《小雅·小明》，借用《诗》意赞美起体恤百姓，品性正直。这里的用《诗》依然是隐喻，认为起的品德必定会感动神灵，赐福于民，肯定起堪当大任。由此观之，《左传》对《诗》的应用在很大程度上是进行政治伦理的隐喻。这实际已是引譬连类，是比兴之法的含蓄、温婉的运用了。

孔子也是这样用诗的。在上一节，我们例举了孔子用诗的两个十分重要的例子，初步论证孔子所说"兴"的意义。从中可以明显看出，孔子对诗的态度是政治伦理的。除了《论语·阳货》中的"小子何莫学夫诗，诗可以兴，可以观，可以群，可以怨"和《论语·泰伯》中的"兴于诗，立于礼，成于乐"而外，这种态度还表现在孔子的其他言论中，如："《诗

---

① 杜预集解：《左传》（《春秋经传集解》）（上），上海古籍出版社1997年版，第835页。
② 同上。
③ 朱熹：《诗集传》，中华书局2011年版，第168页。

三百》，一言以蔽之，曰：思无邪。"（《论语·为政》）"不学诗，无以言。"（《论语·季氏》）"人而不为《周南》《召南》，其犹正墙面而立也与？"（《论语·阳货》）孔子提出了"兴"，虽然没有明确解释它的意义，但是，却为它设定了一个自己专属的意义场，并赋予特定的意涵，在具体运用的时候，将这些意涵寄存于《诗》（《诗三百》）的阅读和运用之中。"兴"无时无刻地不在叩击人们的心灵。在孔子等人的努力下，"兴"最终成为一种极具理性的解诗方式，用以解释《诗》（《诗三百》）中可能蕴含的复杂的伦理道德问题。

我们还是接着上一节的讨论来说明伦理道德的蕴含。针对子夏问诗，孔子打了一个比方："绘事后素。"这是他启发子夏的绝妙隐喻。这一隐喻的绝妙之处不仅仅在于政治伦理之礼，而且还在于它对《诗》高妙创作技巧的认同。法国学者霍尔兹曼（Donald Holzman）说："孔子的'绘事后素'实际上把诗用作兴，即隐喻性暗指，所说之物与所指之物其实并不同类。"[①]"绘事后素"就是兴，是隐喻性暗指，以此类推，兴就包含着这种隐喻。这种隐喻对后世的文学艺术非常重要，香草美人之喻的开启就有"绘事后素"的功劳，当然也是兴的功劳。"绘事后素"最终成为中国古典文学艺术的一大隐喻体系。先秦的引诗、用诗通常并不在同类中进行，即使用诗之本意，也往往超越诗的所指范围，具有强大的包容性。李泽厚、刘纲纪指出，孔子的"绘事后素"之喻就是孔子在另一次和子夏论诗时所说的"告诸往而知来者"。[②]也就是要求对《诗》的隐喻能举一反三，站得高，看得远。"告诸往而知来者"同样是对政治伦理的认识，只不过要求人的认识力争达到更高的层次。

孔子用诗不重视诗的本原，仅重视诗的政治伦理内容，往往断章取义。这是孔子的思想与身份使然。他对《卫风·硕人》做出的"绘事后素"的评价就是如此。相比之下，孟子却要周全一些。孟子解诗、赏诗已注重从诗的本原出发，从总体上把握诗的内容，并且要求结合诗人的生平经历、文化教养等方面来认识诗。因此，他提出了知人论世、以意逆志的诗学观念。这是儒家诗学观念的进步，也是中国传统文艺学、美学观念的升华。尽管如此，孟子依然摆脱不了先前用诗的"引譬连类"的方法，从他的说

[①] 〔法〕霍尔兹曼：《孔子与古代中国的文学批评》，转引自叶舒宪：《诗经的文化阐释》，湖北人民出版社1994年版，第410页。

[②] 李泽厚、刘纲纪：《中国美学史》（第一卷），中国社会科学出版社1987年版，第124页。

诗行为中，我们仍能清晰地体会孟子政治伦理隐喻的良苦用心。

《孟子·万章上》中，曾记载了他和弟子咸丘蒙的一段对话，这段对话是学术界经常征引的，其中两处说到《诗》：

> 咸丘蒙曰："舜之不臣尧，则吾既得闻命矣。诗云：'普天之下，莫非王土；率土之滨，莫非王臣。'而舜既为天子矣，敢问瞽瞍之非臣如何？"曰："是诗也，非是之谓也。劳于王事，而不得养父母也。曰此莫非王事，我独贤劳也。故说诗者，不以文害辞，不以辞害志，以意逆志，是为得之。如以辞而已矣，《云汉》之诗曰：'周余黎民，靡有孑遗。'信斯言也，是周无遗民也。"

这两处对《诗》的征引、解读均着眼于全诗本原，基本抛弃了前人解诗的断章取义。第一处引诗出自《小雅·北山》。孟子说，这首诗是怨诗，叹息为人臣子者独劳于王事，不得事养父母。从今存全诗理解，孟子之说符合原诗之意。诗中有"王事靡盬，忧我父母"之句可以证明。咸丘蒙则从字面出发，以尧舜及舜之父亲瞽瞍之事说之，意在辨明儒家的君君臣臣、父父子子之道。这样理解，就使《诗》失去了隐喻的美学特质，那种怨愤的口气及思想情感一并失去，歪曲了《诗》之本意。然而，这几句诗并非抛弃儒家的君君臣臣和父父子子之道。尽管臣子内心有怨，还是勤勤恳恳为王事操劳；尽管臣子政务缠身，还是时时刻刻惦记父母。自古忠孝不能两全，此之谓也。第二处引诗出自《大雅·云汉》。诗中第三章云："旱既大甚，则不可推。兢兢业业，如霆如雷。周余黎民，靡有孑遗。昊天上帝，则不我遗。胡不相畏，是祖于摧。"这里描述的是周代的一次大旱给人们带来的空前灾难。面对这次大旱，百姓非常恐慌，向上天祷告，祈求上天不要把百姓遗弃。诗用夸张的手法写道："周余黎民，靡有孑遗。"句意为，周代的黎民百姓，差不多饿死光了。这并不是说周代的黎民百姓真的饿死光了。因此，孟子反对从字面上理解这首诗："信斯言也，是周无遗民也。""周余黎民，靡有孑遗"可视为对旱情的隐喻。整首诗的描写极为悲壮惨烈。尽管遭受灾难如此之大，周代的黎民百姓受王化之教，仍保持克制，表现出极高的精神境界。

孟子注重诗的本原的态度给《诗》的政治伦理隐喻提供了一条正确的理解之途，也给"引譬连类"的比兴之法一个较为严格的限定，它截然不同于《左传》的赋诗、引诗和孔子说诗。实际上,这是对孔子"可以兴""兴于诗"思想的重大发展。孟子说:"故说诗者,不以文害辞,不以辞害志,以意逆志,是为得之。"在孟子看来,"以意逆志"是读诗、赏诗的一个重要原则。历史上对"意"的理解有明显的分歧:一种观点认为,"意"为读诗者之意;另一种观点认为,意是作者或作品之意。从孟子论诗强调知人论世的态度看,应是两者兼顾的。首先注重诗之本原,尔后又鼓励读诗者进行再创造。"这样,孟子就在接受活动中真正树立了一种作者及历史的意识,他把接受活动当成克服各种间距,与作者建立精神联系的过程。原来被人们遗忘的作者终于在接受活动中恢复了应有的地位。"[①]

受先秦解诗的影响,汉代也特别注重诗的教化,并且开始系统总结先秦解诗的经验,将之规律化、格式化,从而,形成一系列的创作和批评的观念,如比兴、美刺、诗教、情志等。汉代将先秦经典《诗》《书》《礼》《乐》《易》《春秋》(含"三传")等列为经,连同《论语》《孟子》等,为之系统作注、作传。实际上,比兴意义的真正形成是汉儒注经的结果,它的理性的设定是汉人完成的。汉代在文学思想、美学思想的传承过程中起着非常巨大的作用。千万不能漠视这一事实。

经过秦火之后的先秦经典,到了汉代已经面临失传的危机,《诗》也难逃这一厄运。为了拯救先秦经典,汉代进行了大规模的传经活动,《诗》位列其中,并且是传经的一个非常重要的内容。汉代传《诗》者有齐、鲁、韩、毛四家。其中齐、鲁、韩三家为今文,《毛诗》为古文。后来,三家诗先后亡佚,《齐诗》亡于三国,《鲁诗》亡于西晋,《韩诗》亡于北宋,现在流传者仅为《毛诗》。

《毛诗》在一定程度上得先秦解诗之真传,把讽谏、教化作为解诗的核心,更将"六诗"转变为"六义",使之最终成为儒家诗学的纲领之一。而《毛诗序》则是阐发这一纲领的经典性文献。

《毛诗序》的意义可从以下几个方面得到确认:

其一,确立了讽谏、教化的解诗核心,使政治伦理隐喻这一传统的解诗方法成为一种原则。《毛诗序》整篇文字可用讽谏、教化二词概括。如它评《国风》:"风,风也,教也。风以动之,教以化之。"它认为,《关雎》描述的是后妃之德,目的是讽谕天下,正夫妇之道的。因此,《关雎》就

[①] 尚学锋、过常宝、郭英德:《中国古典文学接受史》,山东教育出版社2000年版,第38页。

成为儒家关于夫妇之道的隐喻。这种隐喻并不是《毛诗序》的发明,还是来源于孔子。在《论语》中,孔子曾不止一次地评论《关雎》。《论语·八佾》云:"子曰:《关雎》乐而不淫,哀而不伤。"《论语·泰伯》云:"子曰:师挚之始,《关雎》之乱,洋洋乎盈耳哉!"这是在赞赏《关雎》的有礼有节,有始有终,其表达的情感欢快而不放荡,悲哀而不痛苦。《毛诗序》对《关雎》政治伦理隐喻的创造性认识表现在对纳贤招善的理解上:"是以《关雎》乐得淑女,以配君子,忧在进贤,不淫其色,哀窈窕,思贤才,而无伤善之心焉。"如此一来,关雎意象的隐喻内涵便扩大了,从后妃之德到纳贤招善。无论如何,这一意象也无法超越讽谏、教化的政治伦理赋意。正是讽谏、教化的政治伦理赋意,使《关雎》所描写的情爱关系不单单是一种情爱关系,而成为一种理性的设定。

其二,确立了比兴的创造法则。比兴是讽谏、教化的具体手段,与讽谏、教化实为一体。比兴的具体意义是引譬连类,这从《毛传》广用比、兴注诗可以得出结论。引譬连类之中蕴含的是隐喻、象征、类比。《毛诗序》提出了风、赋、比、兴、雅、颂"六义",对"六义"的内涵特别是赋、比、兴的内涵没有集中、具体的阐释,但在论述的过程中自觉或不自觉地涉及"六义"的意义。《毛诗序》说:"上以风化下,下以风刺上,主文而谲谏,言之者无罪,闻之者足以戒,故曰风。"《郑笺》在释这一段文字时说:"风化、风刺,皆谓譬喻不斥言也。主文,主与乐之宫商相应也。谲谏,歌咏依违,不直谏。"[①]"主文谲谏"是含蓄委婉地劝诫,这就是比兴之法。正像有学者所解释的那样:"'谏'的最好方式是'谲谏',即若即若离、婉委巧妙地谏诤,亦即,'譬喻而不斥言',这便是'比兴',也便是'温柔敦厚'。诗中草木虫鱼鸟兽的景物描写,便起着比兴谲谏的作用。这样,在'主文谲谏'的命题中,便涵括了情志、比兴、讽喻、温柔敦厚等汉代诗论的要旨,体现了汉代诗学思想的主流。"[②]比兴的法则于是确立。后来郑玄注《周礼》之"六诗",实际上是参照了《毛诗序》对"六义"的含混释义,严格地说,是对"六义"的解释。比兴法则的确立使政治伦理隐喻成为文学形象表现的一种理性设定,并且使之更加艺术化、理想化了。

其三,完善了后世文学艺术创作和批评的思维范模式。《毛诗序》提倡

[①] 郑玄:《毛诗正义》卷一,《十三经注疏》,中华书局影印1980年版,第271页。
[②] 萧华荣:《中国诗学思想史》,华东师范大学出版社1996年版,第30页。

讽谏、教化，提出"六义"范畴，是对先秦解诗经验的总结，同时，又有自己的创造性的完善。它以文学批评的面目出现，骨子里隐藏的却是政治伦理批评，这是传统文学观念的淡漠的必然结果。无论是在先秦人的观念中还是以《毛诗序》为代表的汉人观念中，《诗》都不是纯粹意义的艺术的诗，而是传播社会政治伦理道德的工具。先秦时期不注重文学创作，专门的文学创作、文学批评活动史书罕有记载，所有的与文学、艺术（主要指音乐、舞蹈）活动相关的记载都与《诗》有关，赋诗、引诗、赏诗等用诗活动既是一种文学鉴赏活动，也是一种文学创作活动，同时，更是一种宣谕教化活动。一直到《毛诗序》，对《诗》的认识都是这种固定的思维模式，即认定《诗》是传播仁义礼智的，是用来讽谕教化的。扩而展之，这种思维运用到创造性的文学创作中，也同样要求创作者要表现儒家的仁义思想，对读者有讽谕教化的作用。比兴这一诗学观念的完善发生在创造性文学活动兴起之后，随着文学的发展而逐步深化。它既是对创作内容的要求，也是对艺术手段的要求，通过含蓄委婉的艺术表现，充分运用隐喻、象征、类比等方法，实现传播儒家思想、实现政治伦理教化的意图。这样，《毛诗序》就完善了文学创作和批评的思维模式，对中国传统的文学艺术创作和文学艺术批评产生了极其深远的影响。

先秦至两汉的解诗活动，其政治伦理隐喻有较为深厚的文化哲学基础，有着深刻的社会制度背景。歌舞原本是远古时期巫术宗教的一种形式，后来逐渐演变成乐，乐和西周的典章制度结合，逐渐形成了周代的礼乐制度。周礼是一种相对完善的礼仪形式，深入到国家政治生活和日常生活的方方面面。乐具体分为吉、凶、宾、军、嘉五种，施用于各种形式的祭祀、出征、宴请、乡礼等活动。《诗》在一开始是作为乐的形式而存在的，原本是用作各种礼仪的，因此，说"六诗"是六种教学项目有一定的信度，符合当时的社会情况。但是，在周代甚或之前，不管是何种礼仪活动都伴随着教化的内容，让人们在参与各种形式的礼仪活动中接受政治伦理道德的教化。这才是用诗的关键。为了更好地实现教化的目标，统治者在教化的形式上挖空心思。一般情况下，施教者不会板着面孔施教，而是采用乐教等形式，真正做到让人们寓教于乐。《诗》作为乐教的内容，当乐的形式蜕去之后，依然保留着一种艺术的形式。乐教有一套属于自己的独特的方法，"引譬连类"的比兴之法始终被视为一种乐教的方法。这就是郑玄的"比，见今之失，不敢斥言，取比类以言之；兴，见今之美，嫌于媚谀，取善事以谕劝之"(《周礼注》)言说依据。《诗》的政治伦理隐喻长期以来被天才地发挥着,从《左传》《论语》《孟子》直到《毛诗序》。

纵观《诗》的传播和解读过程,古人对《诗》的政治伦理隐喻采用以下几种方式进行:

第一,寻求隐喻对象的类似之点,进行多极引譬。隐喻对象的类似之点非常关键,缺乏类似之点就失去了鲜明的指向,人们正是通过这些类似之点才真正理解隐喻的。我们上文列举了很多的例子,都涉及隐喻对象的类似之点,如子展赋《草虫》称赞赵孟,孔子和子夏论《卫风·硕人》等。子展把赵孟比作自己的至交,比作爱人般不见就忧愁的人,这是情感上的隐喻。这种隐喻表面上看有些肉麻,但确实表现了赋诗者的真诚,因而也是得体的。孔子"绘事后素"之喻以整首诗对美人形态之美的描绘为基点,"巧笑倩兮,美目盼兮"虽十分精彩,但更为精彩的还在美人身上所隐喻的礼。美人与礼,在孔子眼里都是美的典范。孔子就抓住这一类似之点施行隐喻,隐喻的内容非常深刻。这是先秦两汉以来对《诗》进行政治伦理隐喻的一个显著特点。

第二,把握隐喻施与者和接受者共同的心理。这一点很重要。隐喻施与者和接受者构成一种对话关系。对话的双方和多方要形成有效的对话,必须有共同的对话基础,只有这样,才能保证对话成为真正意义上的对话。先秦时期的赋诗、引诗、赏诗等用诗活动基本是一种隐喻的行为。赋诗、引诗、赏诗的人就是这种隐喻的施与者,隐喻的接受者则是那些听诗和受诗的人。由于这些用诗活动都是在上层社会中进行的,用诗的人知识修养、文化水平较高,生活的时代背景和思想认识没有太大的差异,这就使得对《诗》的隐喻成为一种可能。通常情况下,人们都能接受,都能意会。这是先秦典籍广泛用诗的原因。在上文,我们较多地讨论了《左传》《论语》《孟子》,而不及《荀子》,其实,荀子也是引《诗》较多的一位。朱自清说:"荀子影响汉儒最大。汉儒著述里引《诗》,也是学他的样子;汉人的《诗》教,他该算是开山祖师。"[①] 在这里,我们借助于讨论隐喻的心理基础,给荀子补上一笔。

《荀子·正名》篇讨论名辨,要求人们在进行言辞辨说之时,宜"心合于道,说合于心,辞合于说"。他说:

---

① 朱自清:《诗言志辨》,华东师范大学出版社1996年版,第111页。

以正道而辨奸，犹引绳以持曲直，是故邪说不能乱，百家无所窜。有兼听之明而无奋矜之容；有兼覆之厚而无伐德之色。说行则天下正，说不行则白道而冥穷，是圣人之辨说也。《诗》曰："颙颙卬卬，如珪如璋，令闻令望，岂弟君子，四方为纲。"此之谓也。①

圣人以正道辨奸，道理明白无误，犹如珪璋之玉。其说流布，天下归于正；其说不行，则"白道而冥穷"。所谓"白道冥穷"是指明白其道而幽隐其身。荀子所引之诗出自《大雅·卷阿》，这首诗是赞美君子的美誉和威仪的。整节诗隐喻的是言辞辨说合乎道，合乎礼，这样才能正天下。这里诗教的意蕴极其浓郁。荀子较好地把握了隐喻的心理基础，使人自然而然地将诗的内容与言辞辨说联系在一起，实现了真正意义的对话。

第三，牵强附会地刻意隐喻。这恐怕是比兴用诗的最大缺陷。比兴用诗的任意性较强，由此导致的歪曲、误读也很多，对《诗》的传播产生了极为不良的影响，以至于我们今天不得不还原，还《诗》以原本的面目。《毛传》较早系统而全面地解诗，是牵强附会的典型，比兴自然被拖进牵强附会的泥潭。朱自清先生《诗言志辨》标出了一些明言"兴也"的毛注，本意是要说明兴是譬喻的，我们不妨直接拿来做为牵强附会用诗的例证。

《关雎传》 兴也。……后妃说乐君子之德，……慎固幽深，"若"雎鸠之有别焉。
《旄丘传》 兴也。……诸侯以国相连属，忧患相及，"如"葛之蔓延相连及也。
《竹竿传》 兴也。……钓以得鱼，"如"妇人待礼以成为室家。
《南山传》 兴也。……国君尊严，"如"南山崔崔然。
《山有枢传》 兴也。……国君有财货而不能用，"如"山隰不能自用其财。②

直接引用朱自清先生的举例，不是因为我们再也找不出《毛传》牵强附会的证据，恰恰相反，就是为了证明《毛传》的牵强附会俯拾即是。这种恶

---

① 王先谦：《荀子集解》，中华书局1988年版，第423—424页。本书引用荀子语，皆自此书，不再另注。
② 朱自清：《诗言志辨》，华东师范大学出版社1996年版，第54页。

劣的解诗方法作为范式长期保留在中国古代的文学创作和批评中，并左右中国古代文学创作与批评的发展，阻碍了古代文学创作与批评的纯粹化进程，降低了古代文学创作与批评的美学水准。由此可见，比兴解诗确实有许多局限。我们说《毛传》比兴解诗的恶劣，并不意味我们全盘否定比兴解诗的意义，在这种牵强附会的解释活动中，仍有很多创造性的发明，比兴恰恰就是这种创造性发明的硕果。在中外学术史上，类似的例子很多，真是耐人寻味！这正应了老子的论断："大成若缺，其用不弊。"（《老子》四十五章）

政治伦理隐喻成为人们理解《诗》的一种固定的模式。这种模式以思维的形式由比兴法则固定下来，乃至成为一种理性的设定。汉代以后，随着比兴的正式出场及广泛运用，这种思维方式成为传统创作的艺术思维。作家、艺术家在运用这一方法创作时，又力图摆脱浓重的政治伦理阴影，最终使之艺术化，比兴便在艺术化的过程中充满着创造的生机。

第三节　比兴寄托：弥漫古代的艺术思维主潮

《诗》的出现，是中国文学发展史上的伟大事件。它的意义不仅在于给中国文学制造了一个无法企及的辉煌开端，更在于引导中国古代的文学艺术创作，确立了创作的主导方针和思维模式。这其中有儒家解诗的功劳，更主要的是来自于《诗》自身的思想与艺术魅力。《诗》所演绎的关于文学艺术创作的思想方法和思维模式无处不在，是不折不扣的启发之源。这些方法和模式可用一个简单的词组来概括，那就是：比兴寄托。

比兴寄托又简称兴寄。这一概念肇始于汉代，规范于唐初。郑众释比兴云："比者，比方于物也；兴者，托事于物。"语见郑玄《周礼注》引。比兴与寄托似乎是同义反复的两个词，两者可以相互包容，比兴中有寄托，寄托必用比兴。王逸《离骚经序》云："《离骚》之文，依《诗》取兴，引类譬喻。故善鸟香草，以配忠贞；恶禽臭物，以比谗佞；灵修美人，以媲于君；宓妃佚女，以譬贤臣；虬龙鸾凤，以托君子；飘风云霓，以为小人。其词温而雅，其义皎而明。"[①] 屈原《离骚》中的香草美人之喻是取法《诗》的比兴的。所谓"依《诗》取兴"，是兴；"引类譬喻"，是比。在比、兴

---

① 王逸：《离骚经序》，洪兴祖：《楚辞补注》，中华书局1983年版，第2—3页。

的运用中寄托着诗人的思想、情感,这就是比兴寄托。比兴是为了寄托,重心在寄托。这样,王逸已将比兴寄托的含义和盘托出。它是从比兴逐渐演化而来的诗学观念。刘勰《文心雕龙·比兴》云:"观夫兴之托喻,婉而成章,称名也小,取类也大。"这已经开始对比兴寄托进行理论的阐释。"称名也小,取类也大"语出《周易》,却一语道破比兴寄托的特点,意义深远。唐兴,陈子昂疾五百年之弊,明确地提出"兴寄","兴寄"作为一种规范的诗学观念正式登场。

《与东方左史虬修竹篇序》云:

> 文章道弊五百年矣。汉、魏风骨,晋、宋莫传,然而文献有可征者。仆尝暇时观齐、梁间诗,彩丽竞繁,而兴寄都绝,每以咏叹。思古人常恐逶迤颓靡,风雅不作,以耿耿也。[①]

从此,"兴寄"作为比兴的辅助概念频繁出现在文学艺术批评中,并且,作为文学艺术创作的一种要求,直接参与文学艺术的教化。王昌龄《诗格》云:"诗有三宗旨,一曰立意,二曰有以,三曰兴寄。"[②]柳宗元云:"嗟乎!仆尝病兴寄之作,堙郁于世,辞有枝叶,荡而成风,益用慨然。"[③]明胡应麟云:"《柏梁》诸篇,句调太质,兴寄无存,不足贵也。"[④]清邹一桂云:"自古以画名世者,不惟其画亦惟其人,因其人亦重其画,见其画如见其人,虽一时寄兴于丹青,而千载流芳于金石间。"[⑤]不管是"兴寄"还是"寄兴",实质都是兴寄。在古人看来,因为它与文学艺术的生命价值联系在一起,自然成为文学艺术家必须正视的创作问题。

比兴寄托其实是文学政治伦理隐喻的代用语。人们用它来言述文学的政治伦理隐喻,将文学与政治伦理捆绑在一起,是想为文学与政治伦理的关系寻求一个艺术化的说法。将文学与政治伦理道德联结,是先秦诸子百家的普遍做法,其中,起关键作用的是儒家。这是因为儒家在后来的社会生活中影响最大,儒学几乎成为普遍的信仰。儒家从来不把文学当成纯粹

---

① 陈子昂:《陈子昂集》,中华书局1962年版,第14页。
② 王昌龄:《诗格》,陈应行编:《吟窗杂录》(上),中华书局1997年版,第225页。
③ 柳宗元:《答贡士沈起书》,《柳宗元全集》,上海古籍出版社1997年版,第272—273页。
④ 胡应麟:《诗薮》,上海古籍出版社1979年版,第49页。
⑤ 邹一桂:《小山画谱》,沈子丞编:《历代论画名著汇编》,文物出版社1982年版,第459页。

的艺术，而是将它与政治伦理道德一起看成是一个一体化的存在，认为文学只有与政治伦理道德结合起来才有意义。其实，文学毋须与政治伦理捆绑，它们本来就极难分开。文学反映社会现实生活，当然无法脱离政治伦理道德，然而，文学倘若成为政治伦理道德的传声筒，那么，它的艺术价值和美学价值就会丧失。从先秦时期文学草创之初到文学单独成科并持续发展，文学与政治伦理道德的关系一直纠缠着这么一个悖论。

隐喻是一种普遍的语言现象，也是一种哲学与文化现象。隐喻中蕴含着形而上学，也蕴含着象征与想象。据西方学者考察，隐喻与神话的关系极为密切，马克斯·米勒、卡西尔等人都有相关的论述。因此，很多学者在研究隐喻时将焦点对准神话，甚至认为神话就是隐喻。诺思洛普·弗莱说，神话与隐喻是文学经验的源头，"这是同一本体的两个方面"。[1] 比兴寄托作为中国式的隐喻与神话有无关系？这是揭开比兴寄托意义发生之源的一条非常关键的线索，值得深究。比兴寄托源自于《诗经》，不少学者的研究证明，《诗经》中的原始兴象确实与神话有关，鸟类兴象、鱼类兴象以及虚拟动物兴象都可能蕴含着神话的基因。就像赵沛霖对兴的产生所做的分析："正是原始宗教和神话赋予某些物象的观念内容导致了兴象的出现，在此基础上产生了兴，并由此引起了诗歌艺术的飞跃。兴就是这样地反映诗歌艺术与宗教、神话之间的内在联系。"[2] 兴与宗教、神话有内在的联系，意谓比兴寄托也与宗教、神话有内在的联系，至少作为一种方法起源于宗教、神话，是对社会、自然的隐喻。我们可以从闻一多先生对《诗经》的研究进一步证实这一问题。闻一多注《曹风·蜉蝣》"心之忧矣，于我归处""心之忧矣，于我归息""心之忧矣，于我归说"三句诗时曾经这样说过："……忧字本训心动，诗中的忧往往指性的冲动所引起的一种烦躁不安的心理状态，与现在的忧字的涵义迥乎不同。处、息、说都有住宿之意。这三句等于说'来同我住宿吧'！这样坦直、粗率的态度，完全暴露了这等诗歌的原始性。"[3] 在注《唐风·有杕之杜》时，闻一多又做出了这样的判断："饮食是性交的象征廋语。首二句是唱歌人给对方的一个暗号，报导自己在什么地方，以下便说出正意思来。古人说牡曰棠，牝曰杜，果

---

[1] 诺思洛普·弗莱：《神力的语言》，吴持哲译，社会科学文献出版社2004年版，第78页。
[2] 赵沛霖：《兴的源起》，中国社会科学出版社1987年版，第102页。
[3] 闻一多：《风诗类钞》，《闻一多全集》（4），生活·读书·新知三联书店1982年版，第12页。

然如是。杜又是象征女子自己的暗话。"① 作为一个对神话学和人类学研究贡献卓越的学者，闻一多的考察不容忽视。他把诗的表现内容与"性"联系在一起，认为符合原始人性崇拜的心理与习俗。真实的情形是否如此？这不是我们考察的焦点话题。我们看重的是另一个方面：隐语。依闻一多的注解，《曹风·蜉蝣》与《唐风·有杕之杜》几近隐语，今天，人们无论如何也很难将之与性联系在一起。这种隐语肯定与隐喻有关联，但是，是否可以将之归为古老的比兴寄托呢？

与闻一多神话学的视角有差别，叶舒宪《诗经的文化阐释》选择的是人类文化学的视角。从叶舒宪的阐释中，我们更能清晰地体会闻一多先生所说的"象征廋语"的意义。叶舒宪在前人的基础上对"风"诗作了一个整体性的考察，在陈述了张西堂对风的十二种训释之后，又论及陆侃如的"牝牡相诱"说，并引入朱光潜、陈梦家对这一问题的看法，得出了一个综合性的结论："风"字和"谣"字都是男女相诱之意，"谣"引申为淫、诱、讹，"风"隐含的是牝牡相诱。同样，叶舒宪也将"风"与神话联系在一起，较为深入地探究了"风"的神话学源头，肯定《诗经》之风有着复杂的人类学背景。② 如此看来，"风"不简单地蕴含着隐喻问题，也应该蕴含着古老的比兴寄托了。

叶舒宪等人关于《诗经》诸问题的讨论立足于本原，对我们深入认识比兴寄托的衍生有很大启发。自先秦开始，儒家立家，对《诗经》的阐释就遗弃了神话学和人类学的因素，将《诗经》与传统伦理道德进行比附，比兴寄托的意义开始定型。后来，人们对比兴寄托的理解基本是在儒家的层面。在儒家看来，风就是风教，即美刺教化。汉代《毛诗序》说得非常清楚："风，风也，教也；风以动之，教以化之。"③ 朱熹沿袭汉儒，也是从这个层面来解诗的。他解释闻一多曾经阐释过的《曹风·蜉蝣》："此诗盖以时人有玩细娱而忘远虑者，故以蜉蝣为比而刺之。言蜉蝣之羽翼，犹衣裳之楚楚可爱也。然其朝生暮死，不能久存，故我心忧之，而欲其于我归处耳。序以为刺其君，或然，而未有考也。"④ 在朱熹的眼里，这首诗就是

---

① 闻一多：《风诗类钞》，《闻一多全集》（4），生活·读书·新知三联书店1982年版，第22—23页。
② 叶舒宪：《诗经的文化阐释》，湖北人民出版社1994年版，第540—597页。
③ 张少康、卢永璘编选：《先秦两汉文论选》，人民文学出版社1996年版，第343页。
④ 朱熹：《诗集传》，中华书局2011年版，第113页。

一首怨刺诗，意在讽刺君主玩细娱而忘远虑。这种释义其实就是着眼于这首诗的比兴寄托。这是极为典型的儒家解诗方法，是对儒家解诗传统的继承。而在解释闻一多曾经阐释过的《唐风·有杕之杜》时，朱熹又说："此人好贤，而恐不足以致之。故言此杕然之杜，生于道左，其荫不足以休息，如己之寡弱，不足恃赖，则彼君子者，亦安肯顾而适我哉？然其中心好之，则不已也。但无自而得饮食之耳。夫以好贤之心如此，则贤者安有不至，而何寡弱之足患哉？"[①]他将这首诗的主旨理解为好贤之心的表露，已是典型的比兴寄托。因此，神话学和人类学只不过起着启发的作用，启发了儒家解诗的方法和途径。这种神话学、人类学究竟是如何启发儒家的？问题极为复杂，不是一个简单的结论就能服人。

《诗经》的人类文化学阐释和讽谕教化阐释显然构成一种阐释的递进。它说明，《诗经》作为远古的文学作品，随着时代的发展，阅读的变化，意义并非单一，逐渐形成了无比丰富的隐喻。人类诸多的记忆被自觉或不自觉地表现在诗中，呈现在阅读的过程中，最终成为意涵极为丰富的隐喻。这种情形无形地影响了人类的创作思维，给后来的文学艺术创作以深远的启迪。包括诗歌在内的文学艺术创作，作者要想表达深刻的思想意蕴，必须借助于外在的物象和特定的语言符号，而作者所借助的外在的物象和语言符号与作者所表达意图之间往往不构成直接的关系，很可能带有隐晦的成分。这种隐晦的成分恐怕只有作者才可能讲得明确一些，这便形成了比兴寄托。因此，比兴寄托首先应该是作者所赋予的。这种比兴寄托，并非人人都能很容易理解，即便每一个人都能理解，理解的意义也不可能相同。故而，在文学艺术的阅读史上，常常会出现种种误读现象。这其中有作者的原因，有时代的原因，而且还有读者的原因。作者的意图根据需要在作品中可能隐藏很深，有时类似于江湖上的暗语、行话，人们难以理解。时代包括历史背景和文化背景，不同的历史背景和文化背景会导致不同的创作和阅读结果，尤其是时代久远的作品，相隔时代愈久远，愈远离人们的阅读期待，愈加难读。这其中一个很大的原因是时代和文化造成了隔膜。在这一过程中，千万不能忽视读者的因素，读者一定会参与到意义的创造之中。读者要读懂作品，不免会依据语言符号和同时代的隐喻习惯进行想象，在想象中阅读，在想象中阐释，自然而然地会从读者的角度赋予作品

---

① 朱熹：《诗集传》，中华书局 2011 年版，第 92—93 页。

以思想情感，这便是比兴寄托。这种比兴寄托和作者原本的隐喻已是风马牛不相及的两种东西。在《诗经》的阅读和阐释中，非常严重地存在这种人为的主观化的比兴寄托。这虽然是误读，但我们也不得不承认，它确实产生了正面的影响，引导了传统的文学艺术创作。因此，由《诗经》发源的比兴寄托成为中国古典文艺学中的一种非常重要的创作观念。这种观念，经过屈原的创作实践示范，经过汉代儒家不遗余力地弘扬，成为弥漫古代的艺术思维主潮，对中国古代乃至当下的文学艺术创作意义深远。

比兴寄托作为古代的艺术思维主潮，我们可以从以下几个方面进行分析。首先，比兴寄托是在"言志"纲领指导下生成的一种艺术思维模式，这就决定了它必须是表达情志的，注重对个体情志的隐喻。"志"依一般的理解是理想、抱负、情操，其实，它应该包括情感，以"情志"来理解"志"的内涵比较适宜。"言志"的意义起初比较狭窄，主要因为它是一个政治学的用语，后来，由于真正的文学观念的渗入，其意义逐渐趋于宽泛。以我们今天的眼光看来，"志"不仅是理性的，而且是感性的。表现在文学创作中，必然要重视形象性和抒情性，必然要讲究语言技巧。

"言志"是中国文学的传统。自《诗经》以来，人们就断定《诗》以言志"，对《诗经》诸篇之"志"作了深入发掘，得出了不少牵强附会的结论。儒家于此强调尤甚。荀子云："《诗》言是，其志也。"（《荀子·儒效》）《毛诗序》云："诗者，志之所之也。在心为志，发言为诗。"[1]董仲舒云："诗道志，故长于质。礼制节，故长于文。"[2]（《春秋繁露·玉杯》）他们都认为表达情志是"诗"（文学艺术）的首要任务。在儒家的倡导下，"志"成为理想、抱负、情操的代名词，与儒家的礼义不可分开，与政治教化连为一体。

然而，表达"志"不只是诗（文学）的任务，在其他的文体中也可以言志，方式不一样，效果也不一样。儒家对这一点的认识非常清楚，这是他们为什么反复强调诗言志的原因。作为儒家代表的孔子、孟子、荀子都有自己的政治学、哲学观念传世，通过一些记述他们言论的著作言志，表达自己的理想抱负。人们正是从这些政治学、哲学著作认识他们的思想志向的。在儒家先圣的眼里，用语言表达志向是人类通常的做法，但用诗（文学）的语言表达志向却是一种高级的言志形式，因为诗能以艺术的力量

---

[1] 张少康、卢永璘编选：《先秦两汉文论选》，人民文学出版社1996年版，第343页。
[2] 苏舆：《春秋繁露义证》，中华书局1992年版，第36页。

感染人并且感人至深。孔子极力主张"兴于诗",就是认为诗具有政治学、伦理学等其他非文学性著述同样的教化功能,因此,他明确地说:"诗可以兴,可以观,可以群,可以怨,迩之事父,远之事君,多识于鸟兽草木之名。"(《论语·阳货》)先秦时期的先贤们在言志时常常征引《诗》(《诗三百》),这种行为的本身就说明,先秦的先贤们真正把《诗》作为一种理想的"言志"的工具。在他们看来,运用《诗》不仅可以达到言志的目的,而且,无论行为方式还是语言都会显得比较高雅,含蓄委婉,具有艺术性。这是"诗言志"兴起并迅速传播,得到认同并成为中国古代"诗学纲领"的一个重要原因。后来扩而展之,由《诗》扩大为所有的诗的形式以及整个文学创作,"诗言志"成为人们心中毫不动摇的信念。

  《楚辞》是现存最早的文人创作,也是儒家"诗言志"观念最早的、最为成功的实践典范。由于它诸多的开拓性和卓越的艺术成就,故而,在讨论比兴寄托这一古典文艺学、美学话题时,不可绕过。《楚辞》的比兴寄托所具有的典范意义,我们可以从以下几个方面来加以认识,并作出我们的美学概括。第一,将自然界和人类世界的种种表现观念化、同一化并类型化,以自然界来演绎人类世界,表现人类善恶的本性。屈原通常采用的方式是善鸟香草、灵修美人、恶禽臭物、飘风云霓之喻,并以这些作为比兴寄托的一种外在形式。这种形式,王逸称之为"依《诗》取兴,引类譬喻"(《离骚经序》),具有明显的象征色彩,使人极易产生对人类贤臣奸佞的联想,并作出类比,从而获得审美感受。在《离骚》中,屈原以纪实的态度表达自己的理想和抱负,但表现手段却是隐喻的、比兴寄托的。"纷吾既有此内美兮,又重之以修能。扈江离与辟芷兮,纫秋兰以为佩。""日月忽其不淹兮,春与秋其代序。惟草木之零落兮,恐美人之迟暮。""余既滋兰之九畹兮,又树蕙之百亩。畦留夷与揭车兮,杂杜衡与芳芷。""众女嫉余之蛾眉兮,谣诼谓余以善淫。""望瑶台之偃蹇兮,见有娀之佚女。吾令鸩为媒兮,鸩告余以不好。"(《离骚》)这里出现的种种意象都是隐喻的、象征的,但是内在包含的磨难却是纪实的。屈原在诗中反复表达自己品德的高洁、情感的忠贞,但却为奸佞所不容,言辞含蓄委婉,情感炽烈真诚。他把自己的人生经历和感受付与这美的形式中,使人读之产生了心灵的震动。第二,将实体世界虚幻化,将虚幻世界实体化,并以此展示自己的理想世界。实体与虚幻的相互隐喻、相互生成是屈原作品惯用的方式。屈原构筑了许多扑朔迷离的神话世界以对人的政治生活和情感生活进行隐喻,寓意深远，如《九歌》所描写的诸神、《离骚》所描写的皇天等。"百神翳其备降兮，九疑缤其并迎。皇剡剡其扬灵兮，告余以吉故。曰勉升降以上下兮，求榘矱之所用。"(《离骚》)这里，作为实体的"余"和作为虚幻的"皇"进行对话，预卜前程，这是对他理想生活的寄托。屈原总是把虚幻描写得如此神圣，如此美妙，以与现实之浑浊相对照。这是一种相反相承的比兴寄托，是屈原的人生理想、政治理想和美学理想的折射。第三，将文学世界变成一个隐喻、象征的世界。这是一个美的世界，一个直观的世界，也是一个言近旨远的世界。李泽厚、刘纲纪比较了《楚辞》与《诗经》对比兴的运用，他们认为，《诗经》的比兴比较粗陋简单，《楚辞》的比兴本身形成一系列诉之于情感和观照的审美意象，力求用美的形象来感染读者，而这美的形象又恰好正是善的象征，并由此判定《楚辞》的比兴是对《诗经》的重大发展。① 无论是从隐喻、象征还是从美的思想深度来看，《楚辞》都是《诗经》之后的另一个高峰。它确实发展并深化了《诗经》的言志和比兴寄托的创作模式，使之更为精巧、细密。

汉代及以后，文学创作步入正轨，创作成为人人可以自由支配的文化行为。这时，以赋诗引诗代替创作的风气逐渐消失，诗人、作家们可以任意发挥想象，进行创作，但《诗经》《楚辞》所确立的言志和比兴寄托的行为规则却成了创作的法律，制约人们的思维。潘岳说："赋诗欲言志，此志难俱纪。命也可奈何，长戚自令鄙。"② 陶渊明也说："尝著文章自娱，颇示己志。忘怀得失，以此自终。"③ 志有大小之别，有政治理想抱负（此是大志），也有个人的私人情感（此为小志）。当陈子昂疾呼"文章道弊五百年"(《与东方左史虬修竹篇序》）的时候，他所提倡的兴寄就是政治大志，志欲改革颓风，促进社会政治文化的发展。白居易的"往往即事中，未能忘兴谕"④ 和"志在兼济，行在独善"⑤ 也是大志，他的讽谕诗创作就是力图实现这些大志，改革政治，拯救社会。比兴寄托的创作思维就是要求创作者在

---

① 李泽厚、刘纲纪主编：《中国美学史》（第一卷），中国社会科学出版社1987年版，第383—384页。
② 潘岳：《悼亡诗》，李善注：《文选》，上海古籍出版社1986年版，第1092页。
③ 陶渊明：《五柳先生传》，逯钦立校注：《陶渊明集》，中华书局1979年版，第175页。
④ 白居易：《读谢灵运诗》，顾学颉校点：《白居易集》（第一册），中华书局1979年版，第131页。
⑤ 白居易：《与元九书》，顾学颉校点：《白居易集》（第三册），中华书局1979年版，第964页。

大志上布心思，使文学能起着政治伦理道德思想的引导作用，进而实施良好的文学教化。这在以儒家思想钳制中国思想界并作为正统思想的古代屡见不鲜，并早已蔚为风气。

其次，比兴寄托的特征是"称名也小，取类也大"。这类似于"微言大义"的"春秋笔法"，但比"春秋笔法"又多了层修辞学上的意义。比兴寄托不仅是对创作的整体要求，而且还包括对枝节的要求，如语言的要求。也就是说，用多极联想的象征和隐喻的语言表达深远的、具有无限丰富意旨的内容，从而，产生一种"言尽旨远"、"文有尽而意有余"的美学效应。

"称名也小，取类也大"语出《周易·系辞》，这是用来评价《易经》的。"夫易，彰往而察来，而微显阐幽，开而当名。辨物，正言，断辞，则备矣。其称名也小，其取类也大。其旨远，其辞文，其言曲而中，其事肆而隐。因贰以济民行，以明失得之报。"[1] 陈良运认为，这是对符号象征的概括，"可看作世界上最早的关于象征的定义"[2]。但是，这又不仅仅是象征，而且还包括隐喻，甚至还包括让人一目了然的类比。《周易》玄奥的哲理和诗性结构都囊括在这一句"称名也小，取类也大"中。从这里可以看出，比兴寄托实是民族心理积淀而成的艺术思维。

这种艺术思维在语言上的表现是诗意的、文雅的、委婉的，摒弃了一般浅显直白的言说，追求大胆和新奇。请看《九歌·东皇太一》：

> 吉日兮良辰，穆将愉兮上皇。抚长剑兮玉珥，璆锵鸣兮琳琅。瑶席兮玉瑱，盍将把兮琼芳。蕙肴蒸兮兰藉，奠桂酒兮椒浆。扬枹兮拊鼓，疏缓节兮安歌，陈竽瑟兮浩倡。灵偃蹇兮姣服，芳菲菲兮满堂。五音纷兮繁会，君欣欣兮乐康。

《九歌》是一组屈原改编的祭神之歌，"上陈事神之敬，下见己之冤结，托之以讽谏。故其文意不同，章句杂错，而广异义焉"[3]。杨义认为，"东皇太一是一位综合性的主神，它汲取了原始宗教、哲学、天文，以及楚越民俗的多元文化智慧，从而别具一格地张扬了其神格和神性。"[4] 别具一格在什

---

[1] 李道平：《周易集解纂疏》，中华书局1994年版，第658—659页。
[2] 陈良运：《周易与中国文学》，百花洲文艺出版社1999年版，第47页。
[3] 洪兴祖：《楚辞补注》，中华书局1983年版，第55页。
[4] 杨义：《楚辞诗学》，人民出版社1998年版，第150页。

么地方？那就是比兴寄托所赋予的隐喻和象征。全诗一开始就描写了一种祭祀的场面，这是祭天（上皇）的活动。"抚长剑兮玉珥，璆锵鸣兮琳琅"象征场面的庄重。人们佩带着玉饰柄的长剑，玉佩也琳琅闪光。玉饰物的出现，标志着美好事物的呈现，玉在古代具有极强的象征性，象征人的品德的高洁。紧接着，诗又进一步描写了瑶席和琼芳这些珍贵之物，以隐喻人对神灵的无比崇敬。然后，隐喻的借助物转换，转换成屈原最喜欢的蕙、兰、桂、椒这些香草香花，"蕙肴蒸兮兰藉，奠桂酒兮椒浆"，以蕙、兰作肴，以桂、椒为酒浆，祭祀神灵，其浪漫美艳的饮食风格令人叹为观止。最后以一曲优美的人乐仙舞使祭祀达到高潮，从而，使《九歌·东皇太一》创造了一种"'有意味的形式'，一种与神格形态相适应的'聚焦于无'的诗学结构"[①]。如果说，《九歌·东皇太一》的"取类也大"是整个哲学文化的，还没有太强的政治蕴含的话，那么，我们可以举一首杜诗来进一步申述比兴寄托"称名也小，取类也大"的特征。《自京赴奉先咏怀五百字》云：

> 非无江海志，潇洒送日月。生逢尧舜君，不忍便永诀。当今廊庙具，构厦岂云缺。葵藿倾太阳，物性固莫夺。顾惟蝼蚁辈，但自求其穴。胡为慕大鲸，辄拟偃溟渤。以兹误生理，独耻事干谒。兀兀遂至今，忍为尘埃没。终愧巢与由，未能易其节。沉饮聊自遣，放歌破愁绝。

这首诗是杜甫天宝十四载（755）的作品。老杜有感于奸臣当道，国运日下，志向不得施展，无比困惑，故而，写作此诗。此诗的比兴寄托在于忧国忧民。在语言上，杜甫运用了一系列的隐喻与象征，诗意盎然。诗中"尧舜""太阳"隐喻、象征明君；"蝼蚁"隐喻奸臣小人；"葵藿""巢""由"乃隐喻、象征自我；"大鲸"象征有远大理想和抱负的人。这一系列的象征、隐喻表现了杜甫的政治热情，它们依然是一种"有意味的形式"。这种"有意味的形式"不仅是一种政治学的符号，同时，也是艺术的符号，富有强烈的审美感染力。

在中国古代文学史上，曾经出现了许许多多以《咏怀》《感遇》《咏史》《古风》等为题的诗，这些诗一般都是比兴寄托之作，带有较为明显的政治

[①] 杨义：《楚辞诗学》，人民出版社1998年版，第160页。

倾向。如阮籍的《咏怀》八十二首多隐喻政治人生，左思的《咏史》讽刺的是等级制度，陈子昂的《感遇》是感时之作，讽谕政治。这些诗是儒者积极入世的心态的表现。消极避世者也用比兴寄托表达他们对政治生活的厌恶，如陶渊明的《饮酒》《归园田居》等诗。这说明比兴寄托作为文学作品整体精神的象征与隐喻确实"称名也小，取类也大"，具有无限的包容性。

再次，比兴寄托是超越语言逻辑的，不符合真正意义上的语言逻辑范式。这似乎又涉及了原始思维的思维特征。我们在上文已经花了不少功夫进行论证。

西方哲学人类学的研究已经证明，人类的全部知识和全部文化都是建立在先于逻辑（prelogical）的表达方式的基础之上的。这种"先于逻辑"（prelogical）的逻辑，维柯称之为"诗性逻辑"，列维-布留尔称之为"原逻辑"。这种逻辑所产生的最初语言，"并不是一种符合所指事物的自然本性语言，而是一种幻想的语言，运用具有生命物体的实体，而且大部分是被想象为神圣的"。[①] 为此，西方不少哲学家和语言学家从寓言与神话的角度着手研究人类最初的语言状态和最初的思维状态，力求从中发现与现代语言学、哲学的连接点。卡西尔说："因为在神话形式中，思维并不是自由地支配直观材料，以便使这些材料彼此关联、互相比较，相反，这种形式的思维反倒被突然呈现在面前的直觉所俘获。它滞留在直觉经验中；可以感知到的'现在'如此宏大，以致其他万事万物在它面前统统萎缩变小了。"[②] 神话思维依靠直觉经验，不依存于概念，它是一种"先于逻辑"的思维方式，是人类最初的思维。卡西尔还说神话思维就是一种隐喻思维，或以隐喻思维为基础。这对我们认识比兴寄托的创作思维模式有某种启发。由于比兴寄托以象征、隐喻作为最基本的方式，这就决定了它是超越语言逻辑的，不符合真正意义上的逻辑范式。屈原的比兴寄托在很大程度上是神话的，它的神话学意义古往今来的学者已经作了较为充分的研究。《九歌》就蕴含着一个巨大的祭祀神谱，这一神谱我们并不能将之简单化为一种文化风俗，而应将之视为一组寓意深刻的隐喻。其所包含的人类文化信息非常丰富，深深地影响着后人，滋润着中国传统的文学和艺术。《九歌》中的《湘君》与《湘夫人》所描写的那一对配偶神虽融合了湘沅地方关于

[①] 维柯：《新科学》（上册），朱光潜译，商务印书馆1989年版，第198页。
[②] 恩斯特·卡西尔：《语言与神话》，于晓等译，生活·读书·新知三联书店1988年版，第59页。

舜之二妃娥皇、女英的传说，但重要的不是这一传说本身，而是屈原对这一传说的隐喻性改造。屈原利用神话的多义性和民俗传说的含混性，舒展了艺术表达的自由度，为其注入了强烈的人性和人情因素，对后世情爱文学的发展产生了巨大的影响。[①]

神话的模糊性和多义性折射出了人类思维的特点，同时也展示了人类语言的特点。人类的语言在表意的过程中尽管法力无边，仿佛无所不能，但是模糊性也很强。有时，面对极为复杂的意义，它好像失去了一根连接的线，随风飞舞，随流波动，形成飘忽不定的表意空间，令人很难把握。捕捉这种语言思维的唯一武器是直觉。依靠直觉，人类找到了某种思维的作用点，发现了语言的意指对象。屈原使用的香草美人意象虽然超越了语言的逻辑，但是，"香草的芳香＝美＝美的道德（高尚的理想、抱负和情操）"的公式依然能弥缝这一不规则的逻辑，通过它，人们能较为准确把握诗人的意旨，对诗做出合乎情理的解读。香草和美的道德之间尽管不存在真正的逻辑关系，但是，它们之间也并非不能发生关联，依靠直觉，任何无关系事物都可以发生关系。这就是直觉的魅力！从古至今，人类的思维已经适应了这种非逻辑关系的比兴寄托，并认定它是直觉的、诗性的，即使在严肃的外交场合和高深的哲学著作中也经常使用，与其说这是人类的文化素养，不如说是人类思维的遗传。

中国古代的文学理论家和美学家早已从理论上对人的直觉作了研究，探讨了外在物象与人心的异质同构的关系，主张天人合一。并且，由此推及人类的思维，涉及比兴寄托的很多问题。刘勰《文心雕龙·物色》说：

> 若夫珪璋挺其惠心，英华秀其清气，物色相召，人谁获安。是以献岁发春，悦豫之情畅；滔滔孟夏，郁陶之心凝；天高气清，阴沉之志远；霰雪无垠，矜肃之虑深；岁有其物，物有其容，情以物迁，辞以情发。[②]

"珪璋"与"惠心"，"英华"和"清气"，季节与人的情感都发生了莫名其妙的联系，这是凭靠直觉所产生的异质同构。在论及比兴寄托的精彩绝伦时，

---

① 参见杨义：《楚辞诗学》，人民出版社1998年版，第173页。
② 王利器校笺：《文心雕龙校证》，上海古籍出版社1980年版，第278页。

刘勰又说：

> 故灼灼状桃花之鲜，依依尽杨柳之貌，杲杲为出日之容，瀌瀌拟雨雪之状，喈喈逐黄鸟之声，喓喓学草虫之韵，皎日嘒星，一言穷理，参差沃若，两字连形，并以少总多，情貌无遗也。(《文心雕龙·物色》)[1]

在这里，语言和思维的非逻辑情状通过刘勰的例举一目了然。刘勰以巨大的热情赞美种种非逻辑的思维和语言，高度肯定了它们在表情达理方面所起到的作用，真可谓一言中的。由此，比兴寄托成为中国古代艺术思维主潮这一现象便不难理解了。这正适应了人类思维发展的规律。

第四节 比兴作为一种艺术思维理论的生成

比兴的发展经过了一场脱胎换骨的变化。从"六诗"到"六义"是一个意义的转换过程，在这个过程中，有许多的中介讲不清楚，故而，对比兴的研究至令仍存在很大的空间。我们只是选择这个空间中的艺术思维部分，发掘其理论的深刻意义，探讨其对文学艺术创作的价值。在我们看来，这是研究比兴的一个不可忽视的环节。然而，比兴作为一种思维理论是怎样生成的？它具有怎样的生存背景和前提条件？这是我们必须回答的。

比兴作为一种思维方式是脱胎于原始思维的。在它身上，我们仍然能够看出原始思维追求神秘互渗、追求直觉联想的痕迹。这是人类思维的遗传。人类尽管从类人猿发展到今天已经差不多褪尽了猿类的动物性，但是，那种思维的方式仍在有限地保留着，并且不时浮出人类思想的表层，发挥重要的作用。这说明，人类的思维也是多元并存的，简单与复杂、直觉与理性相互补充，互为条件，共同完善着人类的思维，充实着人类的生活。

比兴思维作为一种艺术思维理论，它的形成当在汉代。何以做出如此判断？是因为比兴概念虽然是先秦时期提出的，并且有了较大规模的应用，但是，其涵义大部分不明，至今仍有许多争论，而且，观点相左的程度尤甚。只有汉代给比兴以明确的解释。汉代的解释是对先秦经典的释义，释义准确与不准确倒在其次，关键是，汉人按照他们自己的理解解释了比兴。

---

[1] 王利器校笺：《文心雕龙校证》，上海古籍出版社1980年版，第278页。

更为可贵的是，汉人的解释在一定程度上抓住了人类文学艺术创作的思维品性，因此，得到了后世较为广泛的认同。比兴思维作为一种真正的艺术思维理论，创立之功当归于二郑（郑众、郑玄），特别是郑玄。郑玄《周礼注》注"六诗"，实际上是参照了先秦典籍所载的传诗、解诗方法以及《诗》（《诗三百》）的创作特点，将之挪移到《毛诗序》"六义"之注最为得体。郑玄在不经意之间成了比兴思维理论的开拓者。倘若郑玄在天有知，必为之欣喜。

然而，郑玄注比、兴的弊端我们也不能避讳。他注"比"："比见今之失，不敢斥言，取比类以言之。"注"兴"："兴见今之美，嫌于媚谀，取善事以喻劝之。"好像比就是说恶事的，是讽刺的；"兴"就是说美事的，是劝谏的。依我们推测，这很可能是强行赋意。但是，这种强行赋意又建立在尊重历史与当时的阅读与理解习惯的基础之上。这样的强行赋意，意图明显，就是为了强调教化。可以肯定地说，郑玄对比、兴的注释不符合比、兴之原意。"比"在先秦时就有解释。墨子云："辟（譬）也者，举也（他）物而以明之也。"（《墨子·小取》）[1]《礼记·学记》也说："不学博依，不能安诗。"[2] 郑玄注："博依，广譬喻也。"[3] "辟（譬）""博依"都是比。这里均不言"比"是专门用来说恶事的。倒是孔子曾经说过使用"比"的好处。他说："能近取譬，可谓仁之方也。"（《论语·雍也》）由此可知，郑玄注比、兴完全出于杜撰。实际上，他还是没有真正弄懂比、兴到底是什么，稀里糊涂地说，比是比喻，兴也是比喻。但是，他又意识到比、兴是应该有区别的，为了表明它们之间的区别，便勉强说比是说恶事，兴是说善事。这种注释有些荒唐，但是，我们不能苛求郑玄。郑玄对比、兴的注释虽不完美，却从整体上把握了比、兴的特点，即比、兴的类比性和隐喻性特点，因此，郑玄对比、兴的注释仍是有功劳的。凡事虽不唯两面，也应视其两面的合理性表现的程度加以评判，这才是科学、客观的态度。

倒是郑众的观点合理一些。郑众说："比者，比方于物也；兴者，托事于物。"不言善恶。这是郑玄在《周礼注》中引用的话，郑众的原说已佚，其言说的背景已不可得知。显然，郑玄是认同郑众的。比是比喻，兴是寄托，

---

[1] 孙诒让：《墨子闲诂》，中华书局2001年版，第416页。"辟"通"譬"，即比，譬喻即比喻。

[2] 孙希旦：《礼记集解》（中），中华书局1989年版，第962页。

[3] 同上书，第963页。

包括隐喻、象征等等。"托事于物"一语涵义尤其深刻。郑众对比、兴的理解在表面上虽然是从语言的微观角度着眼，实际上却有一种宏观的意识，其视界的开阔远超郑玄，内在已经昭示着一种思维理论的形成，一种艺术思维理论的诞生。由于郑众和郑玄都是经学大师，可以想象，郑众在谈及《诗经》时，不可能不言及教化。但是，从他对比、兴的解释中，却丝毫看不出教化的影子，态度之公正客观是空前的。这是令人钦佩的。比是"比方于物"，意思特别明白。那就是说，比就是比喻、直喻；兴是"托事于物"，就不单是比喻的问题了。作家、艺术家在他所描写的客观物象（描写对象）中寄托某种思想、情感、态度，所运用的方式除了隐喻、象征之外，还应该有许多，诸如典故、曲笔、转喻、类比等。总而言之，兴是隐性的、委婉的。故而，刘勰说"比显而兴隐"（《文心雕龙·比兴》），以表明比、兴之间的差异。正是由于比、兴意义的缠夹，后人干脆将比、兴合二为一，成为一个概念。在阐释的过程中，很多人就把比和兴看作是一回事，一个问题。如《毛传》说"兴"，就说它是比喻。在本章第二节，我们曾列举了朱自清《诗言志辨》的举例，说明《毛传》之"兴"是比喻。同书，朱自清还引清代陈奂《诗毛氏传疏·葛藟篇》的说法"曰'若'曰'如'曰'喻'曰'犹'，皆比也，《传》则皆曰兴"来佐证。[①] 可见，从《毛传》开始甚或更早，比兴就是一笔糊涂账，没有明确的界分。直到元代，李治还在谈论这一话题："李子曰：比兴之为譬喻等耳。《论语》：诗可以兴。孔安国云：可以引譬连类。引譬连类，非比何？比、兴虽等为譬喻，中间自有小别，亦不敢直为一等也。但前说主以比为刺，兴为美，则乖也。"[②] 李治的意思非常清楚，比、兴都是比喻，但是它们之间也有一些小的差别（"小别"）。究竟这"小别"表现在什么地方？李治没说。而上文说到朱自清引述前人之论，认为比、兴都是比喻，其实，朱自清本人也持这种观点。他认为兴是譬喻，包括隐喻。在论及比、兴之间的差别时，他又说，兴除了譬喻之外，还有一个发端之意，只有两者合二为一才是兴，兴之外的譬喻便是比。[③] 这种说法是否就是李治所说的"小别"？仍疑窦重重。如果断定兴也是比喻，那么，是否有把兴的内涵狭窄化了的倾向呢？如果说兴在比喻之外，还有发端之意，这种观点也不新鲜。早在六朝甚至更早，已经有人断定兴有起义。刘勰就是突出的一

[①] 朱自清：《诗言志辨》，华东师范大学出版社1996年版，第55页。
[②] 李治：《敬斋古今黈》，中华书局1995年版，第53页。
[③] 参见朱自清：《诗言志辨》，华东师范大学出版社1996年版，第54页以下。

例。《文心雕龙·比兴》说:"故比者,附也;兴者,起也。附理者切类以指事,起情者依微以拟议。起情故兴体以立,附理故比例以生。"[1]朱熹也说:"兴者,先言他物以引起所咏之词也。"(《关雎》注)[2]这都是说兴是发端。可见,兴所包含的意义确实并非单一,而是极其丰富的。古人之所以比兴合称,不仅仅是因为它们意义相近,更重要的是,比、兴合在一起,能整合各自的意义单元,并产生强大的意义场,具有极强的阐释功能,能更好地解释文学艺术创作中的复杂现象。事实也确实如此!比兴对中国古代的文学艺术创作与批评的作用不可估量。

比兴合称是刘勰的伟大创造!《文心雕龙》专设《比兴》一篇论述比兴,尽管在具体讨论的过程中比、兴分论,但是,已经明确表现出比兴一体化的倾向。刘勰说:"比则蓄愤以斥言,兴则环譬以寄讽。"又说:"楚襄信谗,而三闾忠烈,依《诗》制《骚》,讽兼比兴。炎汉虽盛,而辞人夸毗,讽刺道丧,故兴义销亡。"[3]比、兴二法在文学创作中缺一不可,它们之间是相互为用、不可分离的,离开比,兴不足为兴,同样,离开兴,比也不足为比。比兴所表现出来的讽喻寄托的美学魅力无穷。刘勰高度赞赏屈原的创作:"依《诗》制《骚》,讽兼比兴。"意谓楚辞的比兴最为完美。这是他评价《离骚》"奇文郁起"(《文心雕龙·辨骚》)的核心意涵之一。刘勰比兴一体化的倾向对比兴思维理论的生成起着推波助澜的作用。在推动比兴演化为古典诗学和美学核心话语的过程中,刘勰立下了汗马功劳。

判断一种艺术思维理论是否成立,一方面看生活在特定时代的人是否有明确的理论认识,另一方面还要考察特定时代的文学艺术创作状况,看这种理论是否对特定时代及之前的文学艺术创作产生直接的作用。只有这样,所做出的判断才不至于流于虚空。真正有价值的文学艺术理论都不是凭空构想的,肯定源于创作,是对先前创作经验的提炼与升华。就比兴思维理论来说,汉代兴起的大规模的注经和解诗活动是这一理论的提炼过程。表面上看,这一过程虽然也像先秦的赋诗、引诗、赏诗那样,是对经典的应用、学习,但是,已经有了实质性的差别。这种差别就体现在,它促成了一种明确的理论观念的出现。汉人对比兴的阐释,不唯微观的修辞,已涉及宏观的意识;不是机械地注解,已开始有意识地在创作中应用。这是一种理论产生的

---

[1]　王利器校笺:《文心雕龙校证》,上海古籍出版社1980年版,第227页。
[2]　朱熹:《诗集传》,中华书局2011年版,第2页。
[3]　王利器校笺:《文心雕龙校证》,上海古籍出版社1980年版,第227页。

征兆，而这种征兆恰恰是先秦所没有的。因此，比兴思维理论只能产生于汉代，而不可能产生于先秦。尽管比兴作为一种艺术思维理论产生于汉代，然而，作为一种艺术思维方式，它的形成应该很早，自文学艺术产生之日就可能已经存在，不好限定在某一个特定的时代。事实证明，比兴思维作为一种艺术思维方式已经广泛运用于《诗经》。《诗经》中的许多作品就是借助于某一（类）事物或受某一（类）事物的启发创作出来的，并且综合运用联想、想象、象征、隐喻等手法来表现另一事物，展示其美的形象。抛开儒家对《诗经》牵强附会的政治伦理释义，按照美学的观点来进行分析，更能看清楚比兴思维的思维特征与理论价值。我们来解析被孔子作为表现礼之典范的《卫风·硕人》，看看比兴思维在这首诗中的运用情形。

> 硕人其颀，衣锦褧衣。齐侯之子，卫侯之妻，东宫之妹，邢侯之姨，谭公维私。
> 手如柔荑，肤如凝脂，领如蝤蛴，齿如瓠犀，螓首蛾眉，巧笑倩兮，美目盼兮。
> 硕人敖敖，说于农郊。四牡有骄，朱幩镳镳，翟茀以朝。大夫夙退，无使君劳。
> 河水洋洋，北流活活。施罛濊濊，鱣鲔发发，葭菼揭揭，庶姜孽孽，庶士有朅。

诗的第一节铺陈硕人出身之高贵，第二节描写硕人之美丽。在这里，修辞上运用的是比喻，而在艺术思维上运用的则是比兴思维。其用喻之贴切，想象之奇特，使得硕人美艳，光彩照人。第三节描写硕人贤慧，对夫君体贴入微。而第四节却撇开硕人，专注于描写自然风物之美。水美鱼肥，表明生活富裕，隐喻的是硕人幸福、美满。这四节诗，朱熹均注为"赋也"，意谓在表现手段上用的全是铺陈，包括广泛运用比喻的第二节诗。依朱熹之意，是否意味这首诗与比兴思维无关？其实不然。倘若从整体上考察，这首诗运用比兴思维的痕迹仍十分明显。且不说第二节，第三节、第四节都有这种痕迹存在。第三节的"四牡有骄，朱幩镳镳，翟茀以朝"，就蕴含着象征、隐喻。"骄"原为车马强壮之意，用以隐喻人之精神焕发。"镳镳"，本意是用朱红的布饰饰以车马，使之光彩繁盛，那是为了衬托硕人之美。第四节铺写风物。这里的风物都可视为象征、隐喻。水原本就是一个美丽的意象，它象征着温柔，水与美女有无法摆脱的缘分，用水隐喻女性之美是古人的通常做法。按照中国传统的观念，鱼是性的象征，隐喻多子多福。关于鱼的隐喻，闻一多先生有《说鱼》一文，对此作了详尽的论析。"鱣鲔"是鱼中较大的种类，那是隐喻生育力强，人丁兴旺。关于这首诗中鱼所隐喻的性的意涵，其实在儒家之注中已经含蓄揭示，只是碍于封建伦理的情面，不愿直陈而已。如朱熹注第三节诗就如此说："此言庄姜自齐来嫁，舍止近郊，乘是车马之盛，以入君之朝。国人乐得以为庄公之配，故谓诸大夫朝于君者宜早退，无使君劳于政事，不得与夫人相亲，而叹今之不然也。"① 以此观之，该诗比兴思维的运用是非常成功的。它赋予了这首诗以美的魅力，硕人美，婚姻家庭也很完美。比兴思维的运用使得这首诗对美人的描绘成为一个美的典范，不仅塑造了一个完美的美人形象，令人久久难忘，而且在表现美、展示美的过程中注入了人性的活力。

在中国文学史上，出现了一个非常有意思的现象，即生硬比附现象，这与儒家解诗息息相关。众所周知，儒家以伦理道德为本，常常用伦理道德的教条生搬硬套地解释产生于远古时期、以民歌形式出现的《诗经》，由此提出了比兴的方法。这虽是一种牵强附会的方法，却与一般人对诗的理解、与《诗经》本身的创作思维在方法上产生了高度的吻合，真可谓歪打正着。表面上看，这是一种巧合，其实是文学艺术创作的规律在起作用。这是因为，文学艺术创作不单单追求字面的功用，其追求的是内在情感的真实。为了更好地表达情感，作家、艺术家往往采用联想、想象、隐喻、象征等手法。而这些联想、想象、隐喻、象征是活生生的，并非固定的、僵死的。人人都可以根据自己的阅读进行创造性的阐释、理解，发挥自己的鉴赏水平。儒家的阐释只是众多阐释中的一种。令人厌烦的是，儒家的阐释千篇一律，经常以拘束人性的伦理道德去引导人、教训人、愚弄人，牵强附会的表现尤其过分。然而，这无形之中影响了《诗经》的阅读，使古老的《诗经》依照儒家的意图现代化了，也僵死化了，不仅抹杀了《诗经》的本意，也在一定程度上违背了文学艺术创作与鉴赏的规律。后来，儒学成为统治思想，《诗经》在被神圣化的同时也被庸俗化了，使得今天想还《诗经》以一个真实的面目成为一件极难的事。比兴由儒家提出，无形中便沾染上政治伦理道德的内容，但这并不影响比兴作为一种思维方式在

---

① 朱熹：《诗集传》，中华书局2011年版，第48页。

文学艺术创作中的应用。这是因为，人们仍然可以像儒家人为地赋予诗某种政治伦理那样抛弃儒家所赋予的政治伦理，遵循艺术创作的规律，按照美的规律去创造。因此，比兴思维的活力并不因为儒家的浸染而丝毫减弱。

比兴思维理论形成于汉代，却成熟于魏晋南北朝时期。汉代对比兴理论的阐发基本是经学的，郑玄关于比兴的认识是在《周礼注》中表现出来的，而为郑玄所征引的郑众的观点，可以肯定地说，仍是经学的视角。一直到西晋，人们才开始从文学的角度对比兴进行阐发。挚虞云："比者，喻类之言也。兴者，有感之辞也。"[1]这种释义基本上是郑众的翻版。在这里，"比"的含义极为清晰，"喻类之言"是指比喻这一修辞手段；而"兴"的含义就不那么明晰了。挚虞对"兴"的"有感之辞"的阐释或许就是"托事于物"，亦即作家受某种外在物象的启发，产生感触，形诸文字，但是，似乎又舍去了"托事于物"的相对明确的隐喻意涵，使"兴"义趋于模糊与多义。然而，挚虞对兴的阐释又是表情达意的理论延伸。他说"兴"是"有感之辞"，强调有感而发，有情而发，已是艺术思维的问题。对比兴作出全面准确的阐释的还是刘勰，在《文心雕龙·比兴》篇中，他不仅从语言上探讨了比兴作为修辞的特点，而且还从艺术思维的立场出发进行了深入发掘，对儒家的经学观点进行了美学的改造。他说："故比者，附也，兴者，起也。附理者切类以指事，起情者依微以拟议。起情故兴体以立，附理故比例以生。比则蓄愤以斥言，兴则环譬以寄讽。"刘勰强调，比兴是情感的激荡，是联想、想象、象征、隐喻等各种手段的综合运用。所谓"切类指事""依微拟议"，就说的是比兴思维的创造能力，抓住事物之间的微妙联系，发挥微言大义。在《比兴》篇最后，刘勰评价比兴的价值："诗人比兴，触物圆览，物虽胡越，合则肝胆。拟容取心，断辞必敢。攒杂咏歌，如川之涣。"[2]由于比兴思维的运用，文学艺术作品弥合了众多不同物象之间的差距，塑造了许许多多立体多面的美的形象，使人震撼。在这个意义上，"诗人比兴"就非同一般了。刘勰超越了一般的语言限定，将比兴上升到整体的"切类指事，依微拟议"的高度加以论述，是对比兴思维理论的重大发展。

更为可贵的是，刘勰还从理论上论述了比兴思维的表现特征。让我们

---

[1] 挚虞：《文章流别论》，郭绍虞主编：《中国历代文论选》（第一册），上海古籍出版社1979年版，第190页。

[2] 王利器校笺：《文心雕龙校证》，上海古籍出版社1980年版，第228页。

再一次引用《文心雕龙·比兴》中的文字，以期全面领会刘勰的真实意图。

> 观夫兴之托谕，婉而成章，称名也小，取类也大。《关雎》有别，故后妃方德；尸鸠贞一，故夫人象义。义取其贞，无从于夷禽；德贵其别，不嫌于鸷鸟；明而未融，故发注而后见也。且何谓为比，盖写物以附意，飏言以切事者也。故金锡以喻明德，珪璋以譬秀民，螟蛉以类教诲，蜩螗以写号呼，浣衣以拟心忧，卷席以方志固，凡斯切象，皆比义也。至于麻衣如雪，两骖如舞，若斯之类，皆比类者也。楚襄信谗，而三闾忠烈，依《诗》制《骚》，讽兼比兴。炎汉虽盛，而辞人夸毗，讽刺道丧，故兴义销亡。于是赋颂先鸣，故比体云构，纷纭杂遝，信旧章矣。①

在这里，比兴思维的一系列特征已经被和盘托出。在刘勰看来，比兴的总体特征是"称名也小，取类也大"。这虽然是说兴的，但却带有总论的性质。"称名也小，取类也大"的理论意义和理论内涵，我们在上一节中已经有所论述。值得补充的是，比兴思维的诗性品格也正体现在这"称名也小，取类也大"中。它浓缩了作家、艺术家创造的智慧和艺术技巧，不仅展现了语言艺术的美的魅力，而且展示了情感的思理之光，使一首小小的诗、一篇小小的文具有巨大的思想情感包容量。这一切都是受外在物象的启发或借助于外在物象寄托完成的。故而，刘勰以《诗经》《楚辞》的具体隐喻和象征来说明比兴思维的特征，运用诗化的语言，使得理论表述也充满诗性。不仅如此，刘勰还讨论了"称名也小，取类也大"所包含的形象（意象）创造意蕴。他认为，大凡优美的艺术形象（意象）都是寓意深远的，在思想情感表达的过程中往往起着以一当十的作用，同时，又是无可替代的典型。正是由于其寓意的深远，才能吸引人，打动人，给人带来回味无穷的审美享受。然而，刘勰不可能脱离当时的思想背景，他还发挥了儒家讽谕教化的思想，强调"称名也小，取类也大"的重要意义在于讽谕、教化。从他所列举的《诗经》和《楚辞》的例子我们可以看出，他受儒家解诗的影响很深。在他的意识中，比兴思维只有与儒家的讽谕教化结合起来才能显示其价值。这恰恰是汉代以来言说比兴的固定思维模式。这种言说使人们得

---

① 王利器校笺：《文心雕龙校证》，上海古籍出版社1980年版，第227页。

出的结论必然是：比兴思维是属于政治伦常的，它只能是一种政治艺术思维的模式。

差不多与刘勰同时或稍晚，钟嵘也从艺术思维的角度对比兴发表了自己的见解，相比于先前的看法，显得有些另类。《诗品序》云：

> 故诗有三义焉，一曰兴，二曰比，三曰赋。文已尽而意有余，兴也；因物喻志，比也；直书其事，寓言写物，赋也。①

钟嵘以"文已尽而意有余"释"兴"，显然超出了一般修辞学的范畴，避开了语言狭小的阐释空间，将视界扩展到整个诗歌创作，指涉文学创作的思维。"比"是"因物喻志"，意谓借助于外在物象，运用联想、想象、象征、隐喻等方法表达情感志向。这也是微观上的修辞手段无法实现的。尽管钟嵘分释比、兴，但是，他已经准确看到了比兴对整个创作思维的统领，尤其看重比兴所成就的文学艺术的形象性和抒情性，而这些，单纯的语言手段是无法实现的。

钟嵘诗学思想的核心是滋味，要求诗歌要给人以充分的美感。他的比兴观念正是滋味说的理论基石。钟嵘认为，诗（文学）要想达到"指事造型，穷情写物，最为详切"的理想境界，必须运用兴、比、赋这些艺术思维的方法，只有如此，才能做到"味之者无极，闻之者动心"（《诗品序》）。然而，与刘勰等理论家一味强调比、兴的正面价值不同，钟嵘还看到了比、兴的负面价值，明确指出使用比兴思维可能造成的创作弊端。在《诗品序》中，他说："若专用比兴，患在意深，意深则词踬。"这是中国古典文艺学、美学中第一次也可能是唯一一次对比兴的负面作用发表评论。当别人对儒家创造的这一诗学观念极力美化并奉之为不二法门时，钟嵘却持有怀疑、批判的态度，发现了比兴作为语言修辞手段和艺术思维所存在的重要缺陷。这说明，钟嵘对比兴的思考是深思熟虑的，是不依循儒家传统教条的。从他对六义的选择及对兴、比、赋的排列顺序中，我们可以看出他的态度。他舍弃了风、雅、颂三义只取兴、比、赋三义，实质上是舍弃了儒家的讽谕、教化，至少不把讽喻、教化作为文学艺术创作的第一义。这是钟嵘对比兴理论的重大贡献。实际上，钟嵘发展并丰富了比兴这一重要的文艺学、

---

① 陈延杰：《诗品注》，人民文学出版社1961年版，第2页。

美学观念的理论内涵，标志着比兴由政治艺术思维向纯粹艺术思维的深刻转变。

刘勰和钟嵘被誉为魏晋南北朝文学批评的双子星座。他们对比兴的理解虽然差异很大，但是，有一点是相同的，那就是：他们都从文学艺术创作思维的角度认识到比兴所蕴含的巨大价值，认识到比兴思维"称名也小，取类也大"和"文已尽而意有余"的思想情感包容性。特别是钟嵘，他能客观地评价比兴所存在的缺陷，这也可能是比兴思维的缺陷。他主张不受儒家思想的左右，已经具备了纯文学、纯艺术的态度，这是他超越刘勰的地方。这表明，比兴作为一种艺术思维理论已经成熟。

魏晋南北朝之后，随着文学的发展与观念的变化，比兴思维理论也进一步完善。唐宋是比兴思维理论发展并深化的重要时期，在继承前人观念的基础上，这一时期又提出了一些与众不同的看法，值得思索。皎然说："取象曰比，取义曰兴，义即象下之意。凡禽鱼、草木、人物、名教，万象之中义类同者，尽入比兴。"[①] 比兴思维原本包括象、义两个方面，象是形象、意象，义是形象、意象中所蕴含的隐喻、象征及思想情感。刘勰说，"兴之托喻，婉而成章，称名也小，取类也大"，就是说兴是偏重于义的。作为一位伟大的文学理论家，刘勰不可能忽视象，他花了很多笔墨讨论《诗经》中的形象创造，着重揭示的是象征、隐喻在比中的应用，可谓意味深长。钟嵘的"文已尽而意有余"虽然也有"指事造形，穷情写物"作铺垫，依然偏于义。皎然明确将象与义分开，并说"义即象下之意"，即在实际的运用中象、义一体，不失为一种创见。这说明，对比兴思维形象性的认识已经提到日程。文学艺术如何运用形象的类比以及象征、隐喻表达思想情感已经成为理论家们的自觉追求。很多人已认识到，在形象创造的过程中，不能以单一的讽谕、教化作为比兴思维的唯一创造目标，应追求创造的多元化。皎然的看法得到不少人的理解、支持与赞同。如宋林景熙云："比，形而切；兴，托而悠。"[②] 许学夷云："诗有景象，即风人之兴比也，唐人意在景象之中，故景象可合不可离也。"[③] 乔亿说："景兼比兴，无

---

① 皎然：《诗式》，何文焕辑：《历代诗话》（上），中华书局 1981 年版，第 30 页。
② 林景熙：《王修竹诗集序》，《霁山文集》卷五，文渊阁四库全书本。
③ 许学夷：《诗源辨体》，人民文学出版社 1987 年版，第 270 页。

景非诗。"① 他们都是在言说象、义兼容。离开"形而切"的形象是不能表达真实的思想情感（义）的。形象性是比兴思维理论不可缺少的重要内容，研究比兴思维必须重视它的形象性意涵。

除了形象性之外，比兴思维还重视情感性。对此，宋代的李仲蒙有比较深刻的体会，他从情景相附的角度讨论了比兴，可视为注重情感性的突出的例子。

> 叙物以言情谓之赋，情物尽也。索物以托情谓之比，情附物者也。触物以起情谓之兴，物动情者也。故物有刚柔缓急荣悴得失之不齐，则诗人之性情亦各有所寓。非先辨乎物则不足以考情性，情性可考，然后可以明礼义而观乎诗矣。②

这段话是胡寅《致李叔易书》一文所引用的。此说一出不久，便引起了各方面广泛的回响。从宋至清，引述不断。李仲蒙论比是"索物以托情"，论兴是"触物以起情"，抓住物与情的关系。"索物以托情"是情感在先，索物在后，要求寻求适当的物象寄托思想情感；"触物以起情"是由某种外在物象的激发产生情感，引起创作的冲动。这是比兴思维所表现的两种状况，即借助于某一（类）外在的物象表达情感或受某一（类）外在物象的激发产生了创造的欲望。李仲蒙紧紧抓住物与情的关系而不是物与理的关系，这就将比兴思维限定在诗性的范围内，无疑丰富了比兴思维的理论内容，深化了比兴思维的理论内涵。到了宋代，比兴思维理论已基本完善。

从汉到宋，比兴思维理论经过了发生、成熟和深化的历程。在比兴思维理论产生之前和产生之后，创作试验一直不断地进行，无形中对比兴思维理论的生成起着一种策应作用。从"托事于物"到"有感之辞"，从"称名也小，取类也大"到"文已尽而意有余"，从"取象曰比，取义曰兴"到"索物以托情""触物以起情"，比兴思维理论织就了一张相对精密的网。古典文学艺术创作便在这种思维的滋养下开花结果，进而，铸成了中国文学艺术的辉煌。

---

① 乔亿：《剑溪说诗又编》，郭绍虞编选：《清诗话续编》（上），上海古籍出版社1983年版，第1130页。
② 胡寅：《致李叔易书》引，《斐然集》卷十八，文渊阁四库全书本。

第四章 比兴思维的思维特征

比兴思维是一种受某一（类）事物的启发或借助于某一（类）事物，综合运用联想、想象、象征、隐喻等手段，表现另一（类）事物的美的形象，展示其美的内涵的艺术思维方式。它的目的是表现美、展示美，给人们提供营养丰富的精神食粮。比兴思维的总体表现特征是"称名也小，取类也大"。在文学艺术的创造中，要真正地实现"称名也小，取类也大"，做到"文已尽而意有余"，必须借助于多种艺术手段，单单依靠比喻是无法达到目的的。因此，联想、想象、象征、隐喻、灵感等都是比兴思维发挥创造力的必然选择。这些艺术手段能保证文学艺术所创造的形象"称名也小，取类也大"，并且以其独具的诗性魅力给人以美感。联想、想象、象征、隐喻、灵感等，都是西方文艺学、美学的概念与范畴，它们之中，除了隐喻外，其余概念均不曾在中国古典文艺学、美学中出现，可是，中国古典文艺学、美学中有很多理论与范畴能够与这些概念与范畴的理论内涵相对应。世界各民族的文学艺术创作在思维方式和表现手段上尽管差异很大，然而，由于人类的共同性，类似之处也不少，有些甚至基本相通。中国古代虽不曾出现联想、想象、象征、灵感等概念，但是，却不乏与之相类似的理论。同时，我们将西方的联想、想象、象征、隐喻、灵感的观念引入到比兴思维中，也表明我们融合与互释的立场。我们是力求在中西文艺学、美学宽广的学术视野上来认识中国古典文艺学、美学的比兴思维的，并且力争在大的诗学、美学背景上给中国古典文艺学、美学以定位，从而，凸显中国古典文艺学、美学的价值。

第一节 比兴思维与想象

比兴思维的开展有两个前提：其一是受某一（类）事物的启发；其二是借助于某一（类）事物。前者是被动的、无意识的、不自觉的，后者是主动的、有意的、自觉的。主动当然是自由的，而被动在这里却不意味着不自由的，而是更自由。自由和不自由是相对于作家、艺术家来说的，它不是对文学艺术创作的定性，也不是审美的定性。在作家、艺术家的文学艺术创作中，被动、无意识的创作往往昭示着一种纯真情感的发生，它最终导致文学艺术创作的自然、自由；而主动的、有意识的创作往往是"意在笔先"，对情感先做一种理性的设定，这极容易导致文学艺术创作雕凿倾向的产生。文学艺术创作的自然、自由是情感自然而然的流动，情感就应该以这种方式表现；相反，文学艺术创作中的雕凿是对情感的暴政，强迫情感按照某种预设发展，情感的表现很可能流于概念化。从概念出发的文学艺术创作比比皆是，意图是用某一（类）事物来阐释某种概念。比兴思维虽然曾经被儒家概念化，但这种思维开展的两个前提却是艺术的命题，它们在某种程度上都表现了创造的主动性。借助于某一（类）事物，就是在强烈的情感的支配下，通过对事物的类比、联想达到表情的目的；受某一事物的启发，就是在这一事物的感召下产生情感的冲动，引起内心深处创造的欲望。在后一种情形下，这一（类）外在的事物仅起着引导、激发的作用，不暗示作家、艺术家创作的目的，不规定作家、艺术家创作的路径，在精神实质上是主动的、自由的。然而，这外在的事物，却是作家、艺术家文学艺术创造的想象之源，在想象中类比、象征、隐喻，所有的想象都从此开始。这样，比兴思维和想象便有着千丝万缕的联系。离开想象，比兴思维便成了一只断了翅膀的鹰，无法翱翔在自由的天空。

  人类想象的产生均由于外在事物的激发，它根植于人类的生活经验，是人类记忆的一种表现。任何想象的开展都不可能没有生活的基础，都不可能离开人类的生活经验。只有在生活经验的基础上，才能进行合理的想象。黑格尔说，想象的开展"首先是掌握现实及其形象的资禀和敏感，这种资禀和敏感通过常在注意的听觉和视觉，把现实世界的丰富多彩的图形印入心灵里"，并说，想象还要靠牢固的记忆力。[1] 维柯说，记忆和想象是一回事。"在人类还那样贫穷的时代情况下，各族人民几乎只有肉体而没有反思能力，在看到个别具体事物时必然浑身都是生动的感觉，用强烈的想象力去领会和放大那些事物，用尖锐的巧智（wit）把它们归到想象性的类概念中去，用坚强的记忆力把它们保存住。这几种功能固然也属于心灵，

---

[1] 黑格尔：《美学》（第一卷），朱光潜译，商务印书馆1979年版，第357页。

不过都根植于肉体,从肉体中吸取力量。因此记忆和想象是一回事,所以想象在拉丁文里就叫做 memoria(记忆)。"① 这些著名的论断给我们认识比兴思维和想象的关系提供了理论的依据,同时,也将我们引向深入探讨这一问题的更高的阶梯。

想象是人类记(回)忆的一种表现,早在亚里士多德(又译亚理斯多德)那里就已经明确提出并论述了这一问题。亚里士多德说:"既然快感是对某种情感的感觉,既然想象是一种微弱的感觉,所以一个有所回忆或有所期望的人会对他所回忆或期望的事有所想象。如果是这么一回事,那么,很明显,那些有所回忆或有所期望的人会感到愉快,因为他们都有感觉。"② 这里的"回忆"也就是记忆,并不是指个体的心理行为,而是指整个人类的生活经验——直接或间接得来的——心理积淀。记忆的行为不是把某个个别的事物保留在个别的心理,而是将整个人类的生活经验加以综合提升、改造,保存在人类的意识中,使之成为集体意识,将之作为创造的素材统筹运用。这样,记忆已超越了一般心理学的理解,包含着创造的内容。正是因为记忆所包含的创造内容,黑格尔和维柯才将之与想象等同,目的在于强调想象的创造性。

同时,记忆蕴含着丰富的人类文化学的内容,保留了许多原型的东西。人们可以通过神话故事,洞察一个民族的记忆,透过神话中的诗性智慧和丰富的想象,探索民族的灵魂。在荷马诗史《伊利亚特》和《奥德赛》中,我们看见了西方民族的精神实质;而在中国古代的《诗经》和《楚辞》中,我们理解了民族的情感和创造力。这些,都得益于人类的记忆——那是笼罩在想象迷雾中的记忆。

比兴思维所包蕴的记忆指数与想象一样多,也与想象一样有创造性。这是因为,比兴思维的源头与想象一样古老,都来自人类的原始思维,都是人类思维的表现形式。所不同的是,比兴思维作为一种整体性的思维方式,它的包容量似乎更大,创造性似乎更强。它是囊括想象的。甚至有时我们可以做出这样的论断:比兴思维就是想象。它与想象很难截然分开。

《诗经》《楚辞》所包含的原始记忆我们上文已经有所触及。我们简略地讨论了它们的神话性问题。比如,《邶风·燕燕》一诗就蕴含着对图腾先

---

① 维柯:《新科学》(下册),朱光潜译,商务印书馆1989年版,第457页。
② 亚理斯多德:《修辞学》,罗念生译,生活·读书·新知三联书店1991年版,第50页。

祖的记忆,这从远古的神话记载中可以推测。这首诗运用的是典型的比兴思维,即借助于燕子这一鸟类兴象引发,歌咏感情,展示回归、怀念的美的内涵。同样,《陈风·衡门》所描写的男女相约之事是借助于鱼类兴象的引领并加以表现的。闻一多先生在《说鱼》一文中明确指出,这首诗的鱼类兴象与男女匹配、繁衍有密切的关系。这都是人类对远古的记忆。《诗经》在描写这些内容时,运用了丰富的想象,甚至想象和记忆往往难以分开,想象就是记忆,记忆就是想象。比兴思维所表现的人类记忆的丰富的内涵是运用想象完成的。在这个意义上,我们说想象是人类记忆的一种表现是成立的,能够经得起理论的推敲。

《诗经》如此,作为比兴思维的又一集大成之作《楚辞》也是如此!

《九歌》是一部华夏民族的神的赞歌,向来有天乐之称。在这组诗中,屈原以瑰丽的想象保存了人类关于神的记忆,想象和记忆融为一体。东皇太一是一位综合性主神,屈原把它描绘得庄重、华贵。其实,太一在传统的观念中是多义的,它可以是星,可以是天神,可以指宇宙阴阳。在楚国的民俗信仰中,它已是一位神。东皇又称东皇公。据《吴越春秋》载,在吴越时期,它已是神庙祭祀的主神。东皇太一实际上是合东皇和太一两种神的观念,通过人们的想象加工而成,其中清晰地保留着先民们关于神的记忆。另一个神灵云中君也是如此。王逸如此解释云中君:"云神丰隆也,一曰屏翳。"[①]它是雷神,是雨师。屈原为什么不称其为神而称君。对此,杨义有一个解释,他说,这"意味着神性的诗化和人情化","君的称号较之神与师的称号,更有人情味和亲切感"[②]。我们认为,这就是屈原的想象。想象拉近了人神之间的距离,想象融合了人类远古的记忆。这使得《楚辞》的文化意蕴变得厚重,艺术性也更加浓郁。

比兴思维对人类记忆的融合是与想象分不开的。在融合的过程中,想象鞍前马后,充当着非常重要的角色。由于想象的作用,比兴思维作为一种整体的思维方式便有了无可比拟的包容性。它的民族性的特征更强了,诗性意义也更为显著。

在西方,想象的用途极为广泛。人们在谈及想象时,往往各有所指,含义不同,亦如中国古代谈论比兴。有时偏重修辞和表现手法,有时偏重

---

① 洪兴祖:《楚辞补注》,中华书局 1983 年版,第 59 页。
② 杨义:《楚辞诗学》,人民出版社 1998 年版,第 160—161 页。

整体思维，有时两者兼重。瑞恰慈曾罗列了想象的六种意义：（1）"指产生生动的形象，通常为视觉形象"；（2）"指运用比喻的语言"，隐喻和明喻；（3）"意味着对他人的精神状态，尤其是他们的感情状态给以共鸣的再现"；（4）"指发明能力，即把本来没有联系的因素贯穿起来"；（5）"指把一般人们认为彼此相异的事物形成相关的联系"；（6）柯尔律治对想象的见解，即"显现于对立的或不协和的品质的平衡或调和……新颖鲜明的感觉与古老习见的事物，异乎寻常的感情状态与异乎寻常的条理，始终清醒的判断和稳重的自持力与热忱和深沉的或炽热的感情"，等等。[1] 从这种罗列中我们可以看出，想象是一个普遍适用的概念。它的特征是新奇性、形象性、联系性、共鸣性、创造性。瑞恰慈特别申述他赞赏柯尔律治的阐述，特别强调想象整体性的思维价值，强调艺术家心中的冲动与想象的关系。他说："想象力在一切艺术中最突出的显示就在于把一团纷乱的互不连贯的冲动变为一个有条理的单整反应的这种化解能力。"[2] 这是显示艺术家创造力的一种表现。这些互不连贯的冲动常常是相互干扰的。它们之间相互冲突，各自独立，相互排斥。但是，一旦这些冲动进入作家、艺术家的想象里，便进入一种平稳的状态。作家、艺术家的创造便开始了，一个奇特的想象的境界便生成了。瑞恰慈精心描绘了这种冲动的完成过程：

> 诗人在无意识中进行选择，这种选择胜于习惯的力量；他唤醒的冲动从普通环境促成的抑制中解脱出来，而解脱的手段正是唤醒的手段。无关因素和外来因素被排除出去；在由此产生的简化而拓宽的冲动域他强加了条理，这些冲动具有较大的可塑性，所以能够接受这种条理。[3]

想象的思维价值在冲动中的表现启发我们，在中国传统的比兴思维中，作家、艺术家的冲动也应是我们必须关注的现象。

比兴思维自始至终都伴随着想象活动，伴随着作家、艺术家的创造冲动，这是古人早已认识到的。当挚虞说兴是"有感之辞"时，他已经认识到作家、艺术家的创造冲动是文学艺术创作的动力，看到了有感而发是

---

[1] 阿·瑞恰慈：《文学批评原理》，杨自伍译，百花洲文艺出版社1997年版，第218—221页。
[2] 同上书，第223页。
[3] 同上书，第222页。

作家、艺术家的主动创造行为,只不过是,他不使用想象和冲动一词。中国古代没有这样的概念。刘勰论述比兴时说:"故比者,附也;兴者,起也。附理者切类以指事,起情者依微以拟议。起情故兴体以立,附理故比例以生。"(《文心雕龙·比兴》)这里对作家冲动的描述就更为细致深刻了。"起",我们完全可以理解为作家的冲动。刘勰非常明确地指出这种冲动是由于情,情感是作家产生创造冲动的动力。"切类指事""依微拟议"则是创作冲动产生的结果,即瑞恰慈所说的冲动的条理化。这也是依靠想象完成的。没有想象,文学艺术不能表达细微真切的情感,塑造不了生动感人的形象。刘勰关于作家想象引起创作冲动的理论在《文心雕龙·神思》中有更为精彩的论述,在那里,他又把这种创作的冲动理解为"神"。

> 故思理为妙,神与物游。神居胸臆,而志气统其关键;物沿耳目,而辞令管其枢机。枢机方通,则物无隐貌;关键将塞,则神有遁心。[①]

"神与物游"就是说,作家的创作冲动始终伴随着外在的物象,外在物象是激发创作冲动产生的主要原因。而这种冲动的关键又在于"志气"。"志气"就是作家的情志意气,它决定创作冲动的可塑性和条理化。由于"志气"幽微难明,导致人们对创作冲动的认识也模糊不清。"志气"的关键作用是使作家的思维顺畅,充满激情。一旦"志气"消退,则"神有遁心",创作立即会处于停滞阶段,创作的冲动也会马上消失。从这里可以看出,刘勰对创作冲动的体认的确达到了相当的深度。

如果说,在《文心雕龙·比兴》中,刘勰对创作冲动的条理化与可塑性有所认识但没有充分展开的话,那么,在《文心雕龙·神思》中,刘勰则展开了这一话题,对问题的认识更趋于明朗化。他说:

> 夫神思方运,万途竞萌,规矩虚位,刻镂无形,登山则情满于山,观海则意溢于海,我才之多少,将与风云并驱矣。[②]

创作的冲动促使想象打开了许许多多的通途,把散乱无形的思绪条理化。

---

① 王利器校笺:《文心雕龙校证》,上海古籍出版社1980年版,第187页。
② 同上。

这样，万事万物在作家、艺术家的笔下都充满生机，包含感情。作家、艺术家的创作才能也得到了完美的展示，使得文学艺术的描绘情意满山海，风云任驱使，文学艺术创作也进入了一个崭新的境界，实现了文学艺术作品"外在显现的是现实事物的自在自为的真实性和理性"，体现了作家、艺术家"作为主体的内在特性"。[1]

《文心雕龙·神思》作为中国古典文艺学、美学讨论文学艺术创作思维问题的精彩文献得到了学界的广泛认同。其认同的理由之一便是神思作为一个独特的艺术思维概念与西方的想象具有可比性。更有甚者将二者完全等同，认为神思就是想象。这种观点似乎有武断之嫌，缺乏审慎的态度。神思是一种打上中国传统比兴思维印痕的、且与比兴思维互相交织而又并驾齐驱的另一种艺术思维方式，它与西方的想象理论有某种程度的共同性，但又绝然是两个概念，两种不同的理论。不仅神思与想象如此，比兴思维与想象也是如此。比兴思维和想象在内涵上具有很大的差异，有时，简直不可同日而语。西方想象理论所包含的记忆和冲动是比兴思维理论所蕴含的内容，但是，比兴思维所具有的强烈的教化内容就不是西方的想象理论所具有的品质了。那种牵强附会、硬性规定某种外在物象的理性的做法是儒家赋予比兴思维的独特的品性。这种品性，我们讨论比兴思维不可绕过。

想象是一个极其复杂的问题，从西方文学理论和美学关于想象的讨论中，我们能够看出想象的复杂程度。想象的开展可以是有意的，也可以是无意的。有意想象是一种自觉想象，那是作家、艺术家自觉的行为；无意想象是一种不自觉的想象，那是作家、艺术家不自觉的行为。这两种想象在文学艺术创作中的作用不一样。康德在讨论天才问题时曾经涉及想象，他对天才的认识实际是对想象的认识。我们这样说一点都不过分。康德说，天才"作为一种艺术才能，是以对作为目的的作品的一个确定的概念为前提的，因而是以知性为前提的，但也以作为这概念的体现的某种关于材料、即关于直观的（即使是不确定的）表象为前提，因而以想象力与知性的关系为前提"[2]；"与其说是在实行预先设定的目的时通过体现一个确定的概念而显示出来的，毋宁说是通过展示或表达那些为此意图而包含有丰富材料的审美理念才显示出来的，从而使想象力在自由摆脱一切规则的引导时却

---

[1] 黑格尔：《美学》（第一卷），朱光潜译，商务印书馆1979年版，第358—359页。
[2] 康德：《判断力批判》，邓晓芒译，人民出版社2002年版，第172—173页。

又作为在体现给予的概念上是合目的的而表现出来"①。这就是说，想象的开展是预先设定的，是有意的。"知性"在康德那里介于感性与理性之间，显然，想象是一个有意识的行为。同时，康德又说，天才所操持的想象是"自由摆脱一切规则的引导"，是"合目的的表现"。这似乎在说想象的无意识。他进一步论述道："在想象力与知性的合规律性的自由的协和一致中，那不做作的、非有意的主观合目的性是以这两种能力的这样一种比例和搭配为前提的，这种比例和搭配不是对任何规则、不论是科学规则还是机械模仿的规则的遵守所导致的，而只是主体的本性所能产生的。"②这就是在说想象的无意识了，"不做作的、非有意的主观合目的性"就是无意想象。在有意想象和无意想象的配合下，作家、艺术家才能显示其无与伦比的创造力。

康德的想象（力）是以"合目的性"为核心的，"不做作""非有意"的合目的性准确地表现了康德美学的特点。对于有意想象和无意想象，杨守森有一些精当的论述，他说："作家、艺术家的大量创作实践证明，这规律与特征应是'有意想象'和'无意想象'的有机统一。其中，'有意想象'从宏观上控制着作品的结构、人物性格、基本意向的和谐统一；'无意想象'则可以为作者留下跳跃翻腾、自由创造的广阔天地。或者可以说，是'有意想象'构成作品的形体、骨骼与灵魂，是'无意想象'生成了作品的血液和肌肉。"③这是综合中西文学理论与文学实践所做出的归纳。其实，有意想象和无意想象在实际的运用中是各有侧重的。在文学艺术创造中，不管是有意想象还是无意想象，只要它真实地、艺术地再现了情感的本质，都是创造性想象，两者没有明显的优劣之分。

比兴思维中的想象是有意想象和无意想象的统一。这一看法，我们在古人关于比兴的论述中能够找到充分的依据。王夫之说："兴在有意无意之间，比亦不容雕刻。"④兴是有意无意的，这其中蕴含的意义是说比兴思维中的想象是有意和无意的统一。就比兴思维是受某一（类）事物的启发来说，创作者作为受动者是被动的，而想象的到来却是主动的，想象的主动

---

① 康德：《判断力批判》，邓晓芒译，人民出版社2002年版，第173页。
② 同上。
③ 杨守森：《艺术想象论》，山东人民出版社2016年版，第122—123页。
④ 王夫之：《姜斋诗话》卷上，丁福保辑：《清诗话》（上册），上海古籍出版社1978年版，第3页。

意谓创作者的无意，因此，这种想象很大程度上是属于无意想象一类。而借助于某一事物，则表明想象是主动的，那是受内在思想情感支配所产生的一种刻意的想象行为。这当然是有意想象了。为什么王夫之说"兴在有意无意之间"？客观上是为了兼顾比兴的思维特点。在他看来，比兴思维中的想象应该是有意想象和无意想象的统一。

然而，在王夫之之前，人们对兴的认识多偏于无意，将兴看成是一种无意想象。贾岛《二南密旨》说兴是"外感于物，内动于情，情不可遏"[①]，李仲蒙说兴是"触物以起情"，袁黄说兴是"感事触情，缘情生境"（《诗赋》），都关注的是兴的无意的一面，认为兴或想象的发生是外在事物的自然触发，将兴或想象归结为一种情感的心理积淀。这些观念有较大的合理性。他们准确捕捉了无意想象的创造价值，看到了无意想象的审美主导意义。我们可以联系西方的格式塔心理学的相关理论来加以说明。在格式塔心理学看来，人心的构造与大自然有一种异质同构的关系，在同构的过程中有一种力在起作用，因此，无意想象的开展也会有一种力的作用。这种力既是来自人的，也是来自自然的。美国心理学家、美学家鲁道夫·阿恩海姆说：

> 我们发现，造成表现性的基础是一种力的结构，这种结构之所以会引起我们的兴趣，不仅在于它对那个拥有这种结构的客观事物本身具有意义，而且在于它对于一般的物理世界和精神世界均有意义。上升和下降、统治和服从、软弱和坚强、和谐与混乱、前进与退让等等基调，实际上乃是一切存在物的基本存在形式。不论是在我们自己的心灵中，还是在人与人之间的关系中；不论是在人类社会中，还是在自然现象中；都存在着这样一些基调。[②]

阿恩海姆所说这种基调，是无意想象得以形成的强有力的心理基础。

想象有功利与非功利之别。无意想象是一种没有明确功利目的的想象，是一种合目的自由的想象。这种想象的创造价值就在于自然本真，其表现的形式是自由洒脱的，不带人为的刀斧之痕。在抒情性的作品中，那些表

[①] 贾岛：《二南密旨》，陈应行编：《吟窗杂录》（上），中华书局1997年版，第174页。
[②] 鲁道夫·阿恩海姆：《艺术与视知觉》，滕守尧、朱疆源译，四川人民出版社1998年版，第620页。

现自然景物、人伦情感的作品往往是无意想象活动的主要领域。因为自然景物和人伦情感是人人都易感知的美感现象，而且它们内蕴的"力的结构"又极容易触发，常常不需要人为的努力。春夏秋冬，风雨晦明，一草一木，一鸟一石，皆可成为情感的触发物。"感时花溅泪，恨别鸟惊心"（杜甫《春望》），是老杜的无意想象。"花"和"鸟"都是不经意拈出的物象，是无意想象发现的，实际上却是启发诗人情感的力量之源。"采菊东篱下，悠然见南山"（陶渊明《饮酒》之五），以脱口而出、不事雕凿的语言形式，展示了诗人陶渊明的无意想象。正是这一无意想象使得陶渊明的这首诗成为自然本真的美的典范，为后世称颂，传扬古今。

　　运用比兴思维的无意想象展示人伦情感的优秀诗篇很多，其中，孟郊的《游子吟》就是比较典型的一首。这位以苦吟著称的唐代诗人在这首诗中并没有流露出他的苦吟特质，而是以一曲天然清新的颂歌赞美了伟大的母爱，比兴之贴切，思维之奇特，令人惊叹：

　　　　慈母手中线，游子身上衣。
　　　　临行密密缝，意恐迟迟归。
　　　　谁言寸草心，报得三春晖。

前四句以平淡无奇的描写展示了母亲的内心世界，最后两句画龙点睛，宛若神助，以小草和阳光的隐喻创造了一个美妙的境界。"谁言寸草心，报得三春晖"，那种对母亲的深情，无法用语言表达，仿佛只有这一种比兴的方式才能表现。短短小诗，却胜过千言万语。这就是比兴思维的魅力！

　　比兴思维的无意想象所造成的美感效应是虚无缥缈的，神奇的，不可思议的。飘然若羚羊之挂角，悠然若天马之行空。首先，这种虚无缥缈的特征之一在于，它具有巨大的思想和情感的包容量，能经得起人们的品味。每个欣赏者都能从自己的审美需要出发索取到自己所需要的东西，从而，获得极大的美感满足。李商隐的《无题》是比兴思维的结晶，人们普遍感到难以理解，难就难在人们往往追求同一的思想情感答案，寻求同一的美感共振。这是误读了美，曲解了美感。《无题》的无意想象表现在，诗人将外在物象和主观情感自然融合，通过象征、隐喻的手段，营造出一个无比美妙的艺术世界。"春蚕到死丝方尽，蜡炬成灰泪始干"，"身无彩凤双飞翼，心有灵犀一点通"，这些优美的诗句之所以使人产生感动，正是由于其巨大的思想和美感力量。其次，这种虚无缥缈在意境上的表现是虚幻的，往往物我一体，不分彼此。这也就是王国维所说的"无我之境"，即"以物观物，故不知何者为我，何者为物"的境界[1]。白居易《早入皇城，赠王留守仆射》一诗云："津桥残月晓沉沉，风露凄清禁署深。城柳宫槐漫摇落，悲愁不到贵人心。"[2]残月、风露、城柳、宫槐，这些客观的物象其实都是悲愁主体的化身，在这里却浑然一体。这些物象启发了诗人的情感，使诗人并不经意地表现了这一虚幻的境界，从而，产生了强烈的艺术震撼力。其三，这种虚无缥缈的美感效应的形成依赖于诗性语言，所谓诗性语言是指恰到好处的语言描写，包括各种艺术的语言手段，不一定非得是华丽多彩的词藻。"采菊东篱下，悠然见南山"，语句非常平实、朴淡，但却充满诗性，就是因为它恰到好处，不留痕迹。不论在诗词还是在散体文章中，诗性语言对文学性的表现都极其重要，无意想象离开诗性语言便无从开展。

无意想象作为比兴思维想象之一种，在文学艺术创作过程中起着非常巨大的作用，表现出极其重要的美学效应。而有意想象的表现又是如何呢？

比兴思维开展的另一个前提是借助于某一（类）事物。主体作为施动者是主动的，而想象活动的开展相对来说则处于被动状态，这类想象即是有意想象。中国古代对这类想象通过对兴的讨论同样多有论述。唐王梦简说兴是"起意有神勇锐气"[3]，宋李仲蒙说兴是"索物以托情"，明初袁黄说兴是"意在物先"，清陈沆说"苟能意在词先，何异兴含象外"[4]，皆属此类。儒家谈论的比兴思维多指这类想象。有意想象在中国古代受到了空前的尊崇，这是特殊的政治历史环境对文学创作的影响。从先秦两汉的解诗开始一直到后来的创作自觉，大凡以比兴论诗者几乎都强调这种想象。比兴解诗的理性设定成为创作的法则。作家、艺术家在进行创作的过程中也自觉地履行这一法则，从而，形成了一种创作主潮。在这种有意想象中，自然事物都被人为赋予了某种意义。所谓"假象兴物，有取其美"，即是

---

[1] 王国维：《人间词话》卷上，王国维：《王国维文学论著三种》，中华书局2010年版，第25页。
[2] 顾学颉校点：《白居易集》（第三册），中华书局1979年版，第803页。
[3] 王梦简：《诗要格律》，陈应行编：《吟窗杂录》（上），中华书局1997年版，第487页。
[4] 陈沆：《诗比兴笺》，中华书局1959年版，第59页。

此意[①]。有意想象在《诗经》的比兴中虽然有所运用，但是，表现得比较零散，并不像儒家解诗所夸张的那么集中。如《魏风·葛屦》：

纠纠葛屦，可以履霜。掺掺女手，可以缝裳。要之襋之，好人服之。好人提提，宛然左辟。佩其象揥，维是偏心。是以为刺。

这是一首运用比兴思维有意想象创作的诗歌，诗意在于借助女子为贵家子弟缝裳这一事件起兴，倾诉内心的不平。它的先在的意图非常明显，就是讽刺。这种意图在诗中也有明确的表述。《诗经》中的多数诗应是无意想象的创作。这是因为，《诗经》中的大部分是以集体创作的民歌形式流传下来的，民歌的创作原本就是一种无意识的行为，任性而为，任情而发。虽然经过后人的整理，并在整理的过程中加以改造，但是，基本保留了民歌自然质朴的特质。《诗经》在改造的过程中，其中不少诗的创作性质发生了变化。很多诗篇由原来的无意想象创作因为被整理者赋予人为的意图而变成了有意想象，进而形成了明确的比兴思维。这并不意味着文学艺术创作美学品性的沦丧，相反，而是创造意识的增强。有意想象并不像某些人想象的那样可怕，美的东西本来就是人们有意识的创造。只要遵循美的规律，有意想象依然能创作出千古流芳的文学艺术作品。

运用有意想象取得创作成功的范例很多，其中最为杰出者是屈原的《离骚》。刘勰赞美它："自风雅寝声，莫或抽绪，奇文郁起，其《离骚》哉！"（《文心雕龙·辨骚》）《离骚》是一首带有自传性质的抒情长诗。诗的创作意图是表达忧愁，即屈原借助于他在楚国政治生活中的升降沉浮来表达自己的政治理想和人格追求。这是一种有意想象的创造行为。诗中的美人、香草、恶木、小人之喻都是有意想象。这种有意想象并不比任何无意想象逊色。不管是在艺术上还是在美学上，《离骚》堪与中国文学史上的任何杰出的作品媲美。足见有意想象和无意想象不是评判作品优劣的标准。此后，中国文学中出现了一大批抒情言志之作，都是有意想象的硕果。诸如阮籍、鲍照、左思、李白、杜甫、白居易、苏东坡、辛弃疾、关汉卿、王实甫、曹雪芹、吴敬梓等作家的作品，他们都以自己的有意想象展现了中国古典文学美的品格。

[①] 成公绥：《鸿雁赋》，严可均辑：《全晋文》，商务印书馆1999年版，第617页。

中国古典文学的讽谕寄托传统是有意想象赖以存在的形式。这一传统的形成是文人强烈的忧患意识支配文学的结果，要求文学要有补于世，表达志向。正是受这种文学观念的影响，古代作家、艺术家把文学艺术创作看作是一件大事，把作家、艺术家看作是一个布道者，把着意表达传统人伦和儒家理想的作品视为文学艺术的典范，因此，讽谕寄托的言志之作便成为作家、艺术家们努力的方向。这无形影响了作家、艺术家的创作想象，使得"意在物先""意在词先"成为作家、艺术家创作的信条。尽管如此，这种有意想象也使许许多多的作家、艺术家的文学艺术创作获得了成功，许多作品成为传世的不朽之作。例如，李贺的《金铜仙人辞汉歌》。这是一首语言峭拔、想象奇特的诗。在这首诗中、有一篇短序记载了李贺创作这首诗的动机："魏明帝青龙元年八月，诏宫官牵车西取汉孝武捧露盘仙人，欲立置前殿。宫官既拆盘。仙人临载，乃潸然泪下。唐诸王孙李长吉，遂作《金铜仙人辞汉歌》。"从这里可以看出李贺诸多的想象均是有意而为。清人陈沆对此诗的比兴寄托犹为推崇，作出极为细致的笺释：

  自来说此诗者，不为咏古之恒词，则谓求仙之泛刺。徒使诗词嚼蜡，意兴不存。试问《魏略》言魏明帝景初元年，徙长安诸钟虡骆驼铜人承露盘，而此故谬其词曰青龙元年何耶？既序其事足矣。而又特标曰唐诸王孙云云何耶？此与《还自会稽歌》，皆不过咏古补亡之什。而杜牧之特举此二篇以为离去畦町，又何耶？《归昌谷》诗云："束发方读书，谋身苦不早。终军未乘传，颜子鬓先老。天纲信崇大，矫士常懂懂。……。京国心烂漫，夜梦归家少。发轫东门外，天地皆浩浩。……。心曲语形影，只身焉足乐。岂能脱负担，刻鹄曾无兆。"而后知"空将汉月出宫门，忆君清泪如铅水"，"潸然泪下"之意，即宗臣去国之思也。"衰兰送客咸阳道"，即《还自会稽歌》之辞金鱼、梦铜辇也。"渭城已远波声小"即王粲诗之"南登灞陵岸，回首望长安"也。长吉志在用世，又恶进不以道，故述此二篇以寄其悲。特以寄托深遥，遂尔解人莫索。①

李贺此诗也可能不一定像陈沆解释得那么实在，然而，这首诗"意在

---

① 陈沆：《诗比兴笺》，中华书局1959年版，第230—231页。

词先"，有一定寄托是可以肯定的。正因为有寄托，这首诗才产生非凡的美感魅力，古今广为称颂。由此可见，有意想象并非不能产生不朽的作品。

由于古人特重有意想象，遂形成了比兴寄托的创作理论。客观地说，这种理论拉近了文学与社会现实、政治的关系，在一定程度上，符合文学艺术发展的实际。然而，任何一种创作理论都有它无法摆脱的弊端，有意想象也不例外。如果过分注重有意想象，注重比兴寄托，可能会导致两种结果：其一，使得作品晦涩难懂；其二，使作品流于概念化，成为图解某种政治伦理道德意图的工具。这必然会大大损害文学艺术的本质特征，丧失了文学性和艺术性。因此，在我们看来，有意想象和无意想象的统一是比兴思维对想象的必然要求。作为一个文学艺术的概念，比兴由儒家提出，不可能不带有儒家的政治伦理背景。但是，文学艺术包括文学艺术理论在发展的过程中是不拘于某一学术流派的限制的，它属于整个人类。如果从这一立场出发去认识比兴思维，就可能会获得某种合适的视角，从而给比兴思维以公正的评判，赋予它更为完善的创造品格。

在比兴思维的创造进程中，自始至终伴随着想象活动。它的"受某一（类）事物的启发"或"借助于某一（类）事物"都有一个想象的先在前提，没有想象，这一思维活动是无法开展的。想象本身所具有的思维品质决定了它与比兴思维有太多的共同性。但是，想象又不能等同或代替比兴思维。比兴思维所具有的巨大的社会文化与政治伦理包容量是想象所不具有的，想象仅仅是一种手段。然而，要想使社会文化、政治伦理的内容成为艺术的对象，又必须依靠想象的罗织，舍此，社会文化、政治伦理的内容只能是一堆枯燥的说教与描述，仅此而已。

第二节 比兴思维与象征

象征（symbol）是一个源自于西方的文艺学、美学概念，它的原初意义是交往、记忆、信物，并不是我们今天所理解的象征的意义。在希腊语的含义中，象征就是一个信物。这种信物有交往、记忆、认同之意，后来才逐渐演化成具有神秘意义的观念符号，一个美学概念。歌德说，象征性"代表着许许多多其他例子的突出例子，包括着一定的总体，需要一定的程序，它们在我心灵中唤起相似的或是生疏的东西；从内外两方面一定要求我们承认其具有一定的统一性和总体性",[1] 并指出象征代表着人与物、艺术家与自然的合作,呈现出心智规律之间的深度谐和。康德说,"象征的表象方式只是直觉的表象方式的一种","后者(直觉的表象方式)可以被分为图型式的和象征式的表象方式。这两者都是生动的描绘,即演示(exhibitiones);不只是表征,即通过伴随而来的感性符号来表示概念,这些感性符号不包含任何属于客体的直观的东西,而只是按照想象力的联想律、因而在主观的意图中用作那些概念的再生手段"。[2] 黑格尔说:"象征一般是直接呈现于感性观照的一种现成的外在事物,对这种外在事物并不直接就它本身来看,而是就它所暗示的一种较广泛较普遍的意义来看。因此,我们在象征里应该分出两个因素,第一是意义,其次是这意义的表现。意义就是一种观念或对象,不管它的内容是什么,表现是一种感性存在或一种形象。"[3] 这是对象征特征的认识,也是对象征本质的认识。象征能唤起人的心灵中相似或生疏的东西,说明象征是直觉的。象征是直觉的表象,是生动的描绘和演示,是一种感性符号;它呈现出意义,同时也是意义的表现。这种种认识说明,象征的意义是不断演变的。德国哲学家伽达默尔(Hans-Georg Gradmer)讨论了象征意义演变的原因。他指出:

"象征"这一词之所以能够由它原来的作为文献资料、认识符号、证书的用途而被提升为某种神秘符号的哲学概念,并因此而能进入只有行家才能识其谜的象形文字之列,就是因为象征绝不是一种任意地选取或构造的符号,而是以可见事物和不可见事物之间的某种形而上学的关系为前提。宗教膜拜的一切形式都是以可见的外观和不可见的意义之间的不可分离性,即这两个领域的"吻合"为其基础的。这样,它转向审美领域就可理解了。[4]

象征的语义结构是多元的,它被赋予了无比丰富的内涵。由于象征与艺术的关系极为密切,它向审美领域的拓展是必然的结果,也只有如此,

---

[1] 转引自韦勒克:《近代文学批评史》(第一卷),杨岂深、杨自伍译,上海译文出版社1997年版,第278页。
[2] 康德:《判断力批判》,邓晓芒译,人民出版社2002年版,第212页。
[3] 黑格尔:《美学》(第二卷),朱光潜译,商务印书馆1979年版,第10页。
[4] 伽达默尔:《真理与方法》(上),洪汉鼎译,上海译文出版社1999年版,第94页。

象征才能找到它赖以生存的合适土壤，发挥它的审美功能。

象征声名显赫是近代以来的事。19世纪末，西方兴起了一个以象征作为文学艺术创作方法的思潮，震撼了西方的文学艺术界。这就是所谓的象征主义。象征主义的创作源头可以追溯到美国作家爱伦·坡（Edgar Allan Poe）、法国作家奈瓦尔（G. de Nerval）及波德莱尔（Chares Baudelaire）、韩波（A.Rimbaud）和魏尔伦（P.Verlaine），直到1886年，才由法国诗人莫雷阿斯（Jean Moreas）在《象征主义宣言》一文中正式提出一种理论。尔后，这种创作与理论便迅速波及全世界，形成了一股强大的创作和思想潮流，在美学上树立起一面光辉的旗帜。

象征主义认为，现实世界是不可信的，诗人应该远离现实世界去寻求一个更真实的世界，这个世界就是人的内心。在他们看来，只有诗才能做到。因此，象征主义的创作追求是，"重视抽象思维在艺术创作中重要性，追求纯诗或文学的诗意性"，[1] 强调通感在创作中的价值。这是有一定的针对性的，主要针对实证主义、自然主义、现实主义、庸俗社会学等创作观念。象征主义在文学、音乐、美术等各艺术领域都取得丰硕的成果，产生了一大批象征主义的杰作，也极大地震撼了世界思想界。象征主义理论家瓦雷里（P. Valery）宣称："象征主义从此成为与今天起支配乃至控制作用的思想观念完全对立的精神状态及精神产物的文字象征。"[2]

中国古代没有"象征"这一语汇和概念，但是，象征主义所追求的纯诗或文学的诗意性、抽象思维、通感等，在中国古代的文学与艺术创作中早已大量存在。这说明，象征是一种普遍的艺术现象，并不局限于西方。在中国古代的文学艺术和美学理论中，包含着与象征类似的种种内容，这些内容与西方的象征理论形成某种对应关系，具有相互参照的价值。在将中国的某一理论与国外的某一理论进行互释或比较的时候，我们不应该看中外有没有准确对应的概念（这几乎是不可能的），而应看相关理论中有没有实质性的内容。这才是关键。比兴与象征就可以作为一个典范。我们在对比兴思维的考察中就发现了象征的蛛丝马迹。因此，我们断定，比兴思维与象征是有着非常亲密的血缘关系的。

早在20世纪30年代初，朱光潜先生和梁宗岱先生就关注过比兴与象

---

[1] 张首映：《西方二十世纪文论史》，北京大学出版社1999年版，第55页。
[2] 胡经之、张首映主编：《西方二十世纪文论选》（第1卷），中国社会科学出版社1989年版，第86页。

征问题，并围绕象征，掀起了一场争论。在《谈美》中，朱光潜说：

> "拟人"和"托物"都属于象征。所谓"象征"，就是以甲为乙的符号。甲可以做乙的符号，大半起于类似联想。象征最大的用处就是以具体的事物来代替抽象的概念。我们在上文说过，艺术最怕抽象和空泛，象征就是免除抽象和空泛的无二法门。象征的定义可以说是："寓理于象。"梅圣俞《续金针诗格》里有一段话很可以发挥这个定义："诗有内外意，内意欲尽其理，外意欲尽其象，内外意含蓄，方入诗格。"①

朱先生认为，象征就是一种修辞的手段，它"寓象于理"，又似乎不仅仅是一种修辞术。梁宗岱批评朱光潜"把文艺上的'象征'和修词学上的'比'混为一谈"②。他说："拟人或托物可以做达到象征境界的方法；一篇拟人或托物，甚或拟人兼托物的作品却未必是象征的作品。最普通的拟人托物的作品，或借草木鸟兽来影射人情世故，或把抽象的观念如善恶，爱憎，美丑等穿上人底衣服，大部分都只是寓言，够不上称象征。"③他认为《诗经》里的"兴"倒与象征近似。他例举了《文心雕龙·比兴》对兴的看法"兴者，起也，起情者依微以拟义"，并进一步分析道：

> 所谓"微"，便是两物之间微妙的关系，表面看来，两者似乎不相联属，实则是一而二，二而一。象征底微妙，"依微拟义"这几个字颇能道出。当一件外物，譬如，一片自然风景映进我们眼帘的时候，我们猛然感到它和我们当时或喜，或忧，或哀伤，或恬适的心情相仿佛，相逼肖，相会合。我们不摹拟我们底心情而把那自然风景作传送心情的符号，或者，较准确一点，把我们底心情印上那片风景去，这就是象征。④

作为中西贯通的大家，朱光潜和梁宗岱二先生都有点偏执一隅了。在中国古代，比和兴分立，都属于语言表达的手段，比是修辞学上的，兴又何尝

---

① 朱光潜：《朱光潜美学文集》（1），上海文艺出版社1982年版，第506—507页。
② 梁宗岱：《诗与真》，中央编译出版社2006年版，第69页。
③ 同上书，第70页。
④ 同上书，第71页。

不是呢？颜师古注班固《汉书·楚元王传》"依兴古事"云："兴，谓比喻也，音许证反。"①宋洪迈评杜牧《阿房宫赋》云："其比兴引喻，如是其侈。"②（《唐赋造语相似》）元李治说得更为明确："比兴之为譬喻等耳。"（《敬斋古今黈》）此外，兴还有"兴喻"之称，如元刘因云："予观古人之教，凡接于耳目心思之间，莫不因观感以比德，托兴喻以示戒。"③这些都说兴是比喻。但是，比和兴又不仅仅只有修辞学的功能，它们的含义还有很多。比、兴两者合起来，也不能简单将之视为一个修辞学的概念，应该是一个艺术思维的范畴。至于象征也有类似情状。在西方，象征是一个美学范畴，一个艺术思维范畴，同时，也是一个修辞学范畴。黑格尔系统研究了象征，在《美学》第二卷第一部分"象征型艺术"中，专列一章讨论"比喻的艺术形式"。他说："我们可以把这种形式叫做自觉的象征表现。或者说得更确切一点，比喻的艺术形式。"④这便又是一个修辞学的问题了。尽管黑格尔是以宽广的学术视野来讨论比喻的，不仅仅将比喻视为一种修辞手段，但它毕竟包含了修辞学的内容。这就说明，一个艺术的、美学的概念可以在多个层面上展开，具有丰富的意旨。加拿大的文学理论家弗莱（Northrope Frye）似乎深谙此道。在其大著《批评的剖析》中，他把象征分为四个"相位"（即关联域或层次）：其一是文字和描述相位，其二是形式相位，其三是神话相位，其四是总解相位。弗莱较为详细地论述了每个相位。他认为，文字和描述相位是作为母题和符号的象征，形式相位是作为意象的象征，神话相位是作为原型的象征，总解相位是作为单体的象征。这其中也包括修辞和思维的内容。严格地说，语言和思维是两个不可截然分开的实体，通常说，语言是思维的物质外壳，离开语言修辞，思维不可能存在。因此，从语言和思维两方面综合认识比兴和象征就显得尤其重要。

比兴思维是一种受某一（类）事物的启发或借助于某一（类）事物所展开的艺术思维方式，其目的是表达另一（类）事物，塑造美的形象。这美的形象融合了创作者主观的情感、理想和抱负，有时也带有某种理性或抽象的意图。为了更好地展示其表达的艺术性，除运用想象外，还运用象征、隐喻等手段。这样，象征是比兴思维不可缺少的艺术方法，是比兴思

---

① 班固：《汉书·楚元王传》，颜师古注：《汉书》，中华书局1982年版，第1949页。
② 洪迈：《容斋随笔》，中华书局2005年版，第906页。
③ 刘因：《鹤庵记》，苏天爵：《元文类》卷二十八，光绪十五年江苏书局刊本。
④ 黑格尔：《美学》（第二卷），朱光潜译，商务印书馆1979年版，第98页。

维的一个重要的表现特征。

象征首先是一种形象（image），或曰意象，它是感性的、直观的。文学艺术在本质上都是形象的、直观的、感性的，但是，并非所有形象都是象征。象征的形象是一种符号，这种符号具有约定俗成的意义，它"本身只唤起对一个直接存在的东西的观念"[①]。这与比兴思维对形象创造的要求有惊人的相似。关于比兴创造形象，古人的要求是："切类以指事"，"依微以拟议"，"写物附意"，"婉转附物"。种种说法，都是强调形象要包含着一定的观念意义。直接的、简单明了的比喻不是真正意义的象征，不具有真正的符号意义，只有"依微以拟议"、"婉转附物"才具有观念意义。从这个意义上说，"关关雎鸠，在河之洲"中的雎鸠便是一种象征。《关雎》的象征并不是儒家解说的，是后妃之德，而是纯真的爱情。它唤起了人们关于爱情的"观念"，这才符合雎鸠鸟出入成双的象征意图。李白的《登金陵凤凰台》是比兴思维的杰出成果，诗中也大量运用了象征，象征的意象相互交织，唤起了人们的观念。诗中的"凤凰""浮云""蔽日""长安"都是象征。凤凰吉祥，象征着贤才；浮云阴险，象征小人；日和长安象征君主。全诗充满了对家国前途的执著关注，抒发了无限怅惘和悲愁的情感。后人评此诗云："言诗须道兴比赋，如'日暮乡关'，兴而赋也；'浮云''蔽日'，比而赋也。"[②] 评诗者的意图虽然是诋毁此诗，但却也承认这么一个事实：这首诗是借助于形象（象征）表现一种观念，运用了比兴思维这一手段。

象征对形象意义的要求是约定俗成的，亦即这一形象甫一出现，无论创作者还是接受者都能凭直观抓住它的特征，把握它的意义（如上述的雎鸠、凤凰、浮云、日、长安等）。也就是说，这些形象约定俗成的意义易于为人们把握和理解，并产生强烈的美感享受。在中国古代文学、古代艺术史上，曾经出现了大量的象征，其形象多以现实生活中的植物和动物面目呈现。如，梅、兰、竹、菊，常常用作美的精神品格的象征；豺、狼、虎、豹，常常用作恶的精神品格的象征。这就是一种约定俗成的习惯。对于这一习惯，处于同一民族、同一文化境域的人，人人都能意会。然而，象征的具体运用又是非常复杂的，必须面对具体文本，结合具体文本描写

---

① 黑格尔：《美学》（第二卷），朱光潜译，商务印书馆1979年版，第12页。
② 王世懋：《艺圃撷余》，何文焕辑：《历代诗话》（下），中华书局1981年版，第780页。

的情境来加以认识,才能洞悉象征的意义。在屈原的《离骚》中,象征的新奇不结合具体文本极难识别。王逸称这些象征都是比喻。"《离骚》之文,依《诗》取兴,引类譬喻,故善鸟香草,以配忠贞;恶禽臭物,以比谗佞;灵修美人,以媲于君;宓妃佚女,以譬贤臣;虬龙鸾凤,以托君子;飘风云霓,以为小人。"(《离骚经序》)这些象征集中了远古时代诸多的文化密码、符号,如远古的神话传说、风俗特征、审美观念等,不了解远古文化的特征,不了解远古的观念,是无法索解屈原的象征意义的。杨义评价王逸的分析说:"(王逸)对《离骚》取兴引譬的罗列,不尽确当,然而'香草美人'之说无疑揭示了《离骚》存在着'香草喻'和'两性喻'两大象征体系,一者以自然物隐喻较为抽象的人之本身,一者以男女爱情置换较多俗态的人际关系。而且这二者又常常相互渗透,比如'荃不察余之中情','折琼枝以遗下女'一类诗句,就把香草喻渗透于两性喻之中,从而产生更为丰富的言外意、味外味的审美功能。"① 这对我们理解古代文学艺术的象征有一定的启迪。

象征的形象是暧昧的,黑格尔称之为暧昧性。暧昧性的形成还在于作家、艺术家赋予作品以观念的意义。这种意义与所借助的事物形象隔了几层,或者是其中蕴含的文化信息过于丰富,或者是象征的意象生僻,仅在特定的范围流行。这种情形就有点远离约定俗成了。但是,通过对这些意象的破解,人们仍能从不同的方面理解作品的意义。如南唐中主李璟词:"青鸟不传云外信,丁香空结雨中愁。"(《浣溪沙》)此处"青鸟"和"丁香"就是象征,而且寓意复杂,蕴含大量的文化信息。"青鸟"语出《山海经·海内北经》。它是一种信鸟。《汉武故事》加以附会说,西王母出访武帝,命青鸟先期飞降承华殿,通风报信。这样,"青鸟"便成为传递美好信息的信使的象征。"丁香"是一种落叶灌木或小乔木,花呈紫色或白色,有香味,供观赏之用。李商隐有诗云:"芭蕉不展丁香结,同向春风各自愁。"(《代赠二首》)这里的"丁香"便成为忧愁美人的象征。这种象征虽然因为蕴含的文化信息过于丰富而具有暧昧性,但并不影响观念的传达,只不过是,传达的范围有限,仅限于同阶层的接受者而已。他如李贺之诗,多用生僻的象征意象,使人读之感到拗口,但色彩鲜明,哲理意味浓郁,颇具特色。如"羲和敲日玻璃声""黄鹅跌舞千年觚"(《秦王饮酒》);"昆仑使

---

① 杨义:《楚辞诗学》,人民出版社1998年版,第73页。

者无消息,茂陵烟树生愁色"(《昆仑使者》);"东关酸风射眸子,空将汉月出宫门"(《金铜仙人辞汉歌》);等等。这些生僻的象征都透露出阴冷的"鬼气",凸现了李贺一代诗歌"鬼才"的艺术才能和诗歌作品别具风味的美感魅力。

西方象征主义的文学艺术创作是追求抽象的,讲究抽象思维。瓦雷里曾专门写了一篇《诗与抽象思维》的文章。他宣称:"……每一个真正的诗人,其正确辨理与抽象思维的能力,比一般人所想象的要强得多。"[①]他要求诗人要切实加强逻辑训练,提高观察社会、认识真理、辨别真理的能力,以便能在身后留下痕迹。象征主义有一个企图,那就是融合哲理与诗,其目的是使诗成为"纯诗"(pure poetry),从而使诗具有"无限的价值"。这种具有"无限的价值"的纯诗是象征主义诗歌的创作理想,是诗歌进入超验本体的一个阶梯。所谓超验本体,是指一种达到彼岸世界的、具有某种神性色彩的诗歌境域。象征主义所追求的抽象,也就是这种超验本体。由此看来,象征主义的抽象思维并不简单,我们不能想当然的对待。对诗人逻辑思维的能力要求本身无甚大碍,关键是,如何使抽象思维化作美丽的诗魂,最终使诗成为哲理意味浓郁又形象生动的"纯诗"?这才是我们关注的。

比兴思维运用到创作中必然有一个理性的设定,这一理性的设定往往建立在政治伦理道德隐喻的基础之上,在本质上是以意为主、意在词先的,是一种抽象的思维过程。比兴思维与儒家的关系极为密切。儒家对创作的要求是"言志",这个"志",不仅包括思想情感、理想抱负,而且还包括深邃哲理。对此,孔颖达有一个意味深长的解说:"故《虞书》谓之'诗言志'也。包管万虑,其名曰心;感物而动,乃呼为志。志之所适,外物感焉。言悦豫之志则和乐兴而颂声作,忧愁之志则哀伤起而怨刺生。"[②](《诗大序正义》)白居易也曾自述自己的创作思想:"故仆志在兼济,行在独善;奉而始终之则为道,言而发明之则为诗。谓之'讽谕诗',兼济之志也。谓之'闲适诗',独善之义也。故览仆诗,知仆之道也。"[③]无论是"包管万虑""感物而动"还是"志在兼济,行在独善",都是理性设定的,不是自

[①] 伍蠡甫主编:《现代西方文论选》,上海译文出版社1983年版,第37页。
[②] 孔颖达:《毛诗正义》卷一,《十三经注疏》,中华书局影缩1957年版,第270页。
[③] 白居易:《与元九书》,顾学颉校点:《白居易集》(第三册),中华书局1979年版,第964—965页。

然而然的。这就是说，大凡比兴思维支配的创作，在创作之前，都有一个大致的意图。作家、艺术家会根据这一意图的需要，对自己积累的创作材料进行理性的筛选、加工，然后再将之运用到创作中去，以此去"感物"，去"兼济"。这个过程本身就是一个抽象思维的过程。在儒家看来，这一过程非常重要。然而，文学创作仅有抽象思维是不够的，抽象思维只有具体融化到直觉思维中去才能使艺术成为艺术。因此，抽象思维必须要经受情感冲动的点拨。孔颖达、白居易所谓"感物而动""言而发明之"即是这一层意义。在抽象思维中，作家、艺术家获得了一个超验本体——一种艺术的理想或哲理；在直觉思维中，这一超验本体得到了艺术的展示，获得了升华。这是创作的理想境界。白居易正是依据这种理想进行创作的。他的《赋得古原草送别》就明显地经过抽象思维的加工。此诗本意是写送别，但重心却落在写草上，不仅将草所蕴含的哲理揭示出来，而且又进一步诗意化，使得这首诗虽然具有刀斧之痕，却依然生动感人。

　　　　离离原上草，一岁一枯荣。
　　　　野火烧不尽，春风吹又生。
　　　　远芳侵古道，晴翠接荒城。
　　　　又送王孙去，萋萋满别情。

这首诗的抽象思维的精华体现在颔联中。"野火烧不尽，春风吹又生"所表现的哲理人人都能意会，草在这里是顽强生命力的象征。不仅如此，这联诗的用意还在象征友谊，赞美友谊。尽管天各一方，彼此心心相印，友谊就像这生命顽强的小草，永不断绝！全诗借助原上草比兴，将抽象的哲理完美地融汇在情感的表达中。这大概就是象征主义所说的"纯诗"。由此可见，比兴思维与象征是息息相通的。

　　然而，在文学艺术创作中，为了保持艺术的纯美，对抽象思维的强调与运用不能够太过，甚至把抽象思维看得高于一切。倘若在文学艺术创作中刻意引入抽象思维，将会导致诗性的丧失。这在古今中外的许多作家、艺术家身上都有惨痛的教训。作为唐代大诗人的白居易也不例外。

　　我们来读一下他的《感兴二首》：

　　　　吉凶祸福有来由，但要深知不要忧。

>只见火光烧润屋，不闻风浪覆虚舟。
>名为公器无多取，利是身灾合少求。
>虽异匏瓜难不食，大都食足早宜休。
>
>鱼能深入宁忧钓？鸟解高飞岂触罗。
>热处先争炙手去，悔时其奈噬脐何？
>樽前诱得猩猩血，幕上偷安燕燕窠。
>我有一言君记取，世间自取苦人多！

明眼的读者一眼就能看出，这两首诗的诗意荡然无存，诗味尽失，简直就是押韵的训诫。其原因就是将抽象思维直接搬到诗中，没有经过诗性的改造与加工。这不是真正的象征，更不是诗性的比兴思维。白居易作为一个经验丰富的优秀诗人尚且如此，更何况一般的作者呢？

象征是一个系统，抽象思维仅仅是这个系统的一支（弗莱称之为相位），所以，尽管抽象思维被象征主义理论家强调得有些过分，但在整个象征系统中并不起着绝对支配作用。象征的每一支都趋向象征的意义，即趋向超验本体——这被象征主义理论家看作是由抽象思维构筑的，其中包括象征的文字、描述、形式等支脉，以及由此关联的叙述、声音、模仿等。对于这一点，弗莱认识得非常深刻：

>象征系统的每一个相位都以独特的方法趋向叙述和意义。在文字相位，叙述是有意义的声音的流动，意义是含混的和复杂的语言布局。在描述相位，叙述是对真实事件的模仿，意义是对实际对象或命题的模仿。在形式相位，诗歌存在于事例和训诫之间。在示范性的事件中，有一种复现的因素；在训诫或关于应该做什么的陈述中，有一种意愿（desire，或称为"向往"）的强烈因素。在原型批评中，将把这些复现的因素和意愿放在前列，它把个别诗篇当作诗歌整体的组成单位来加以研究，把象征作为交流的单位来加以研究。[1]

文字、描述、形式等都指向意义。在研究象征表意的过程中，恐怕也

---

[1] 诺思洛普·弗莱：《批评的剖析》，陈慧等译，百花文艺出版社1998年版，第106—107页。

只有这样看待象征并将其置于多元的视角观照中，才有可能洞见象征的真正意义。

在象征主义诗学理论中，还有一种通感的理论发现值得珍视，有人称它是"象征主义诗学体系的一块最重要的基石"[①]。通感（synaesthesia），心理学上又称联觉。钱锺书先生曾经专门写作了一篇分量很重的文章《通感》，先从中国古典文学说起，指出通感是一种感觉的挪移现象。钱锺书说："在日常经验里，视觉、听觉、触觉、嗅觉、味觉往往可以彼此打通或交通，眼、耳、舌、鼻、身各个官能的领域可以不分界限。颜色似乎会有温度，声音似乎会有形象，冷暖似乎会有重量，气味似乎会有体质。诸如此类，在普通语言里经常出现。"[②] 同时，钱锺书还论及西方的诗学、文学，他指出，西方早在古希腊时期就已经关注到通感问题，西方诗文运用通感很多，"十六、十七世纪欧洲的'奇崛（Baroque）诗派'爱用'五官感觉交换的杂拌比喻'（certi impasti di metafore nello scambio dei cinque sensi）。十九世纪前期浪漫主义诗人也经常采用这种手法，而十九世纪末叶象征主义诗人大用特用，滥用乱用，几乎使通感成为象征派诗歌的风格标志（der Stilzug, den wir Synaesthese nennen, und der typisch ist für den Symbolismus）"。[③] 象征主义的代表作家波德莱尔《恶之花》中有一首十四行诗《应和》（Correspondances，有人译为通感）被认为是通感创作实践和理论言说的代表性作品。在这首诗中，自然被比作一座神殿，里面有活的柱子，象征的森林，这里的芳香、色彩、音响全在相互感应。简直是一个奇妙的世界！韦勒克评价这首诗："十四行诗《应和》谈不上一份批评文本，似乎成为现已变成象征主义正宗标志的联觉方面兴趣的起点。""他在十四行诗《应和》中标举的是一种玄理；他在诗歌中运用联觉仅仅是作为象征主义大典中的又一个类比，正如他一贯运用诸门艺术之间的比较，以音乐术语去概括画作或以视觉形象去概括乐曲而并未混淆诸门艺术甚或提倡它们的融合。"[④] 波德莱尔的创作直接得益于瑞典神秘主义哲学家斯威登堡的启发，这在他个人的言论中能够找到充分的依据。在《对几位同时代人的思考》一文中，波德莱尔宣称："而灵魂更为伟大的斯威登堡早就教导我们说天是一个很伟

[①] 吴晓东：《象征主义与中国现代文学》，安徽教育出版社2001年版，第32页。
[②] 钱锺书：《通感》，钱锺书：《七缀集》，上海古籍出版社1994年版，第65页。
[③] 同上书，第72页。
[④] 韦勒克：《近代文学批评史》（第四卷），杨自伍译，上海译文出版社1997年版，第522页。

大的人,一切,形式,运动,数,颜色,芳香,在精神上如同在自然上,都是有意味的,相互的,交流的,应和的。"① 在创作中,波德莱尔强调人的精神情感与自然的普遍应和,这极类似中国传统的天人合一、天人感应的思想观念。通感在某种程度上展现的就是人的超验状态,展示了人的精神情感和自然界的相互沟通与融合。

中国古代虽然没有明确的通感理论,但是,中国古代的哲学中有些看法已经囊括了通感所蕴含的精神意义。随意翻开中国古代的诗文作品,其中有很多明确昭示通感已是一种真实存在。诸如"红杏枝头春意闹""隙月斜明刮寒露"之类,都是描绘通感的名句。没有什么比实际存在的更有说服力。

《易经》是一部用自然现象(天、地、风、雷、水、火、山、泽)来推演社会人事的哲学著作,它从最简单的两个符号"――"、"―"开始,以此象征自然界和人类社会的万象,可视为最早的符号象征。这种象征,打通了人与自然界的精神联系,实现了二者之间真正的相互应和。《周易·说卦》说得非常清楚:"昔者圣人之作《易》也,幽赞于神明而生蓍,参天两地而倚数,观变于阴阳而立卦,发挥于刚柔而生爻,和顺于道德而理于义,穷理尽性以至于命。"② 以天地阴阳来穷理尽性,这本身运用的就是"大通感"。由大及小,中国古典文学中通感现象的出现就容易理解了。实际上,通感现象在远古时期的先哲眼里早已属于一种正常现象,对此,钱锺书先生已经多有例举,毋须我们翻拣出更多的例子。他说:"把各种感觉打成一片、混作一团的神秘经验,我们的道家和佛家常讲。道家像《庄子·人间世》'夫徇(同洵)耳目内通,而外于心知';《列子·黄帝篇》'眼如耳,耳如鼻,鼻如口,无不同也,心凝形释',又《仲尼篇》:'老聃之弟子有亢仓子者,得聃之道,能以耳视而以目听。'佛书《成唯识论》卷四:'如诸佛等,于境自在,诸根互用。''诸佛'能'诸根互用',等于'老聃'能'耳视目听'。"③ 这是一种诗性思维。感觉的错乱将人的思维引入到一个玄妙的境界中去,人的感觉也被诗化。凭借这种诗化的因素,文学艺术作品便具有了虚实感和新奇性,这是比兴思维的一个重要的内容。

比兴思维是重视虚实和新奇的,由此形成了比较系统的理论。虚实和

---

① 波德莱尔:《波德莱尔美学论文选》,郭宏安译,人民文学出版社1987年版,第97页。
② 李道平:《周易集解纂疏》,中华书局1994年版,第687—690页。
③ 钱锺书:《通感》,钱锺书:《七缀集》,上海古籍出版社1994年版,第73页。

新奇不仅包括象征中的通感内涵，而且还包括"纯诗"的内涵，理论的品格较为充实。虚实和新奇在比兴思维理论中有许多精妙的阐释。严羽云："盛唐诸人唯在兴趣，羚羊挂角，无迹可求。故其妙处透彻玲珑，不可凑泊，如空中之音，相中之色，水中之月，镜中之象，言有尽而意无穷。"①这"空中之音，相中之色，水中之月，镜中之象"的虚实境界包含着象征中的通感。这是严羽对比兴思维理论所做出的重要贡献。宋人罗大经曾经以具体的创作个案为例来说明比兴思维的虚实与新奇，其中涉及通感现象。他说：

> 诗家有以山喻愁者，杜少陵云"忧端如山来，澒洞不可掇"，赵嘏云"夕阳楼上山重叠，未抵春愁一倍多"是也。有以水喻愁者，李颀云"请量东海水，看取浅深愁"，李后主云"问君都有几多愁？恰似一江春水向东流"，秦少游云"落红万点愁如海"是也。贺方回云："试问闲愁都几许，一川烟草，满城风絮，梅子黄时雨。"盖以三者比之愁多也，尤为新奇，兼兴中有比，意味更长。②

其中之引例，多为通感。山的重叠不抵春愁的一半，这是将视觉和感觉搅和在一起。而李颀诗"请量东海水，看取浅深愁"，愁可以用浅深来衡量，将实在的比喻为虚幻的，也是视觉与感觉的交通现象。而贺铸的那几句著名的写愁词包含的通感意味更为强烈。"一川烟草,满城风絮,梅子黄时雨"，都是些人们能真切看到的景象。在这里被用来表现看不到只能感受得到的愁，把愁的虚无缥缈、纷纭杂乱、绵绵无期形象地表现出来，真是"尤为新奇"。比兴思维的妙处就体现在所借助的物象与所展示的美的形象的交通和联系上，它能够自如地调动各种不同的感觉，互相打通，从而，整合出一种新的形象，展现出一个无法言喻的精神境界。

由此观之，象征是比兴思维的一种重要手段。当人们受某一（类）事物的启发或借助于某一（类）事物来塑造美的形象时，象征是必须在场、不可缺少的艺术手段。尽管在象征中已经凝聚了作家、艺术家丰富的想象力——这仿佛属于象征之外的，但是，象征本身的作用是不可替代的。它

---

① 严羽：《沧浪诗话·诗辨》，郭绍虞校释：《沧浪诗话校释》，人民文学出版社1983年版，第26页。
② 罗大经：《鹤林玉露》，中华书局1983年版，第127页。

有着自己的美学品格。象征主义所追求的抽象思维和纯诗——那是象征主义的灵魂,也是比兴思维极为重视并强调的,它所追求的通感——那是一种感官交通的现象,也与比兴思维的虚实和新奇一脉相承。比兴思维的理性设定左右它必须运用抽象思维,而比兴思维对虚实和新奇的要求是使文学艺术臻达纯诗理想的一条重要途径。在象征的有力支持下,比兴思维光芒四射,更加凸显了它的诗性魅力。

第三节　比兴思维与隐喻

隐喻,中国古代就存在这一概念,见于宋代语言学家陈骙的《文则》。陈骙论比,总结了古今的取喻,将之分为十类,其中第二类即是隐喻。陈骙如此分析:

> 二曰隐喻:其文虽晦,义则可寻。《礼记》曰:"诸侯不下渔色。"(国君内取国中,象捕鱼然,中网取之,是无所择。)《国语》曰:"殽平公军无秕政。"(秕,谷之不成者,以喻政。)又曰:"虽蝎谮。焉避之。"(蝎,木虫。谮从中起,如蝎食木,木不能避也。)《左氏传》:"是豢吴也夫。"(若人养牺牲。)《公羊传》曰:"其诸为其双双而俱至者与?"(言齐高固及子叔姬来,其双行匹至似兽,《山海经》有兽名双双。)此类是也。①

这基本揭示了隐喻作为一种语言现象的实质。就一般的比喻本身而言,存在着本体和喻体两个内容,这两个内容借助一个喻词(如、若、象等)连接。喻词引导人们判断哪是本体,哪是喻体。然而,在陈骙的分析中,我们看到了一种不太一样的比喻。比喻是可以含蓄的、隐晦的。这就是隐喻。隐喻作为一种修辞现象,最大特点是本体和喻词缺席,仅仅喻体在场。故而,陈骙说"其文虽晦"。因为隐喻有一定的规则,人们依循规则,就能把握它的意义,故而,"义则可寻"。隐喻的意义如何判断?这就必须依据具体的语言环境。"军无秕政"之所以能成为隐喻,就在于"秕"的形象性,"秕"原本是不成熟、不饱满的稻谷。只有在军队这一纪律严明的生存

---

① 陈骙:《文则》,《文则·文章精义》,人民文学出版社 1960 年版,第 12—13 页。

环境中,"秕"才能成为隐喻。很显然,陈骙所说的隐喻仅仅是一种语言修辞现象。其实,隐喻还可以在整个哲学、文化等大的语境上使用,如此以来,隐喻又是一个哲学、文化的问题。在这里,我们对待隐喻,不仅仅将它视为一种语言修辞现象,还将之视为一种思维现象。这样,隐喻就成为一个跨越语言文化的重要论题。

在西方,隐喻(metaphor)几成显学。早在古希腊时期,亚里士多德就曾经热烈地讨论过隐喻。历代延续不断,争相发表对隐喻的看法。亚里士多德说:

> 用一个表示某物的词借喻他物,这个词便成了隐喻词,其应用范围包括以属喻种、以种喻属、以种喻种和彼此类推。①
>
> 但是,最重要的是要善于使用隐喻词。唯独在这点上,诗家不能领教于人;不仅如此,善于使用隐喻还是有天赋的一个标志,因为若想编出好的隐喻,就必先看出事物间可资借喻的相似之处。②

亚里士多德从语言修辞上来谈论隐喻,把它与创作才能联系在一起,将之视为作家天赋的一个标志。在他看来,一个作家要想创造出好的隐喻,必须发现事物之间的相似点。他将隐喻的应用归为四类,即以属喻种、以种喻属、以种喻种和彼此类推,这是对隐喻的最早的归类。亚里士多德关于隐喻的思想成为后世关于隐喻的美学和语义学思想的源头。

到了18世纪,黑格尔把隐喻放在"象征型艺术"里加以研究。从黑格尔这一做法的本身,我们可以联想象征和隐喻的微妙关系。他认为:1."隐喻的范围和各种形式是无穷的。它的定性却是简单的。隐喻是一种完全缩写的显喻。"2.隐喻主要是用在语言的表达方式中,每一种语言本身都包含无数隐喻,其本义涉及的是感性事物,后来引申到精神。在发展的过程中,隐喻的意义会发生变化,引申义可能会成为本义。因此,有必要通过诗的想象去制造新的隐喻。3.隐喻比起通常的本义词能见出更大的生动性,其意义和目的在于适应思想和情感的强烈力量和要求,强化思想和情感的效果,在外在事物中寻求自己,把它们转化为精神。"隐喻的表达方式也可以

---

① 亚里士多德:《诗学》,陈中梅译注,商务印书馆1996年版,第149页。
② 同上书,第158页。

起于想象力的恣肆奔放","尽量在貌似不伦不类的事物之中找出相关联的特征,从而把相隔最远的东西出人意外地结合在一起"。[1] 黑格尔就不仅仅将隐喻局限在一个狭窄的语言修辞学领域,而将之扩展到宽广的美学领域,使隐喻获得了生命的活力。

我们抬出亚里士多德和黑格尔这两位诗学和美学泰斗的隐喻思想,意在洞察西方关于隐喻的思想实质。隐喻在西方人的视野中不仅是一个修辞学的问题,而且还是一个哲学和美学的问题。这给我们研究中国古代的比兴思维提供了一个新的视觉。从古人对比、兴的阐释中可以看出,它们与比喻的关系至为密切。以此类推,比兴思维与隐喻肯定有着无法摆脱的关系。然而,它们到底是一种什么关系?隐喻在中国古代的文化中是否仅仅是一种语言修辞现象?隐喻在中国古代的艺术思维中到底扮演着什么角色?有什么意义和价值?这些都是我们必须认真考虑并力求做出回答的。

中国古代的隐喻理论基本上是依附在比兴的观念之中。比、兴作为两种修辞手段,汉代已将之区分,我们上文已经做了不少讨论。当刘勰说"比显而兴隐"(《文心雕龙·比兴》)的时候,其对比、兴的认识和汉代相比发生了很大的变化,差异性极其明显。这是对比、兴作为文学表现方式的认识。如果从整个语言的角度即比喻的角度来理解,刘勰的意图是在区分比喻的类型,强调比是显喻(simile),兴是隐喻(metaphor)。然而,朱自清在通过对《毛传》以兴注诗的行为进行具体分析之后认为,兴是譬喻,又是发端,兴的很多譬喻属于显喻(simile),也有很多属于隐喻。[2] 正因为兴有如此复杂、混乱的表现,它的意义让人无所适从,缠夹得厉害。这本身就说明,纯粹从修辞学的角度来认识比兴有太多的局限。要想对兴有更为深入的了解,必须打破语言修辞的界域,深入到民族的文化、思维、精神之中,这样,才可能给兴寻求到一个相对合理的意涵,发现兴的真正价值。

比兴思维理论在汉代才得以生成,但是,这种思维方式却古已有之,它脱胎于原始思维,经历了漫长的发展、演变。作为一种艺术思维方式,比兴最初是以隐喻和象征等语言的形式表现出来的。在先秦文化中,隐喻和象征的特征已经表现得极其鲜明、极其完整。《周易》的符号象征就有目

---

[1] 黑格尔:《美学》(第二卷),朱光潜译,商务印书馆1979年版,第127—132页。
[2] 朱自清:《诗言志辨》,华东师范大学出版社1996年,第53—63页。

共睹。它用最简单的"--"、"—"两个符号来推演人事物理，不仅充满玄秘性，而且又具有很强的辨证色彩。后人无不承认《周易》是中国哲学的始祖，代表了东方玄秘的哲学体系。这种符号象征后来便被比兴思维收容，并成为它的一个重要的表现特征。在先秦经典中，曾经出现了大量无比生动的隐喻。这些隐喻并不像陈骙例举的那样狭窄，仅限于语言层面，其内在还隐含着极强的思想精神意义。例如，《春秋》作为一部历史著作，后人经常不把它当作单一的历史著作来看待，而当作一部思想性著作来阅读，反复赞赏它的微言大义。这就是一种隐喻现象。荀子云："《春秋》言是，其微也。"（《荀子·儒效》）在荀子眼里，《春秋》就是一部整体隐喻的著作。到了汉代，不少学者皓首穷经，对《春秋》及三传作了深入细致的探究。不唯研究结果，其研究行为本身也成为一种重要的思想文化现象，在中国思想文化史上产生了重大而深远的影响。《春秋》如此，《诗经》也是如此。可以说，比兴是对《诗经》隐喻的一种概括。尽管这种概括在对具体诗的意义（思想情感）的表述上有不尽恰当之处，但是，毕竟把《诗经》当作一部隐喻的著作来看待。"温柔敦厚"成为诗教就是儒家对《诗经》隐喻的结果。这种整体隐喻我们称之为大隐喻。至于小隐喻，就涉及具体的思想内容了。在《老子》《论语》《孟子》《庄子》等著作中，我们时时能够读到精彩绝伦的隐喻。《老子》精妙五千，华采盖世，弘深远奥，我们没有理由不把它作为一部精彩绝伦的思想隐喻著作。"道可道，非常道；名可名，非常名。无名天地之始，有名万物之母。故常无欲，以观其妙；常有欲，以观其徼。此两者同出而异名，同谓之玄，玄之又玄，众妙之门。"（一章）这里的隐喻是哲学层面的，隐喻的内容极为深刻。老子奏响了玄妙哲学的华章，对隐喻的运用如此驾轻就熟，令后人汗颜。诸如此类的隐喻，在《老子》中存在很多，如昭昭昏昏、婴儿玄牝、一二三之喻，将自然人生的玄理隐喻得天衣无缝，并且诗意浓郁。①无怪乎，有人将《老子》一书称作一部奇诗，将老子称为一个诗人。《论语》也有很多妙语如珠的隐喻："岁寒然后知松柏之后凋也"（《子罕》）；"朽木不可雕也，粪土之墙不可圬也"（《公冶长》）；"智者乐水，仁者乐山"（《雍也》）；"食不厌精，脍不厌

---

① 《老子·二十章》云："俗人昭昭，我独昏昏；俗人察察，我独闷闷。"隐喻为人处事，须无欲无情。《六章》云："谷神不死，是谓玄牝，玄牝之根，是谓天地根。"隐喻处卑守静。《二十八章》云："常德不离，复归于婴儿。"婴儿隐喻自然。《四十二章》云："道生一，一生二，二生三，三生万物。"一二三隐喻世界万事万物的多极。

细"(《乡党》)。这些都以深刻的政治伦理道德隐喻流传百世,成为人们生活的指引或真理。《孟子》的鱼与熊掌的隐喻,家喻户晓。舍生取义成为儒家人格美的标志,在很大程度上得益于这一精妙的隐喻。可见,隐喻的思想力量是不言而喻的。庄子是一个操持隐喻的高手,他的隐喻已经上升到一个极高的层次。他用寓言故事实施整体隐喻,最能展示隐喻思维的哲理性与诗性。轮扁斫辐、庖丁解牛、削木为鐻、佝偻承蜩,等等,每一个寓言故事均隐含精妙,寓意深远,为隐喻增添了光彩。此外,《庄子》一书中还描写了许多现实或虚拟的人物、动物、植物,如哀骀它、支离疏、鲲鹏、大树、大瓠、山木等形象,均隐含精深的哲学意旨,同样也是一种思想与精神的隐喻。《庄子》是隐喻的光辉的里程碑。它表现了中华民族的诗性智慧,对后世文学艺术的发展具有不可估量的意义。先秦典籍运用隐喻的种种表现,正应了维柯在《新科学》中的断言:

> 凡是最初的比譬(tropes)都来自这种诗性逻辑的系定理或必然结果。按照上述玄学,最鲜明的因而也是最必要的和最常用的比譬就是隐喻(metaphor)。它也是最受到赞赏的,如果它使无生命的事物显得具有感觉和情欲。最初的诗人们就用这种隐喻,让一些物体成为具有生命实质的真事真物,并用以己度物的方式,使它们也有感觉和情欲,这样就用它们来造成一些寓言故事。所以每一个这样形成的隐喻就是一个具体而微的寓言故事。这就提供一种根据来判定隐喻何时在语言中开始出现。一切表达物体和抽象心灵的运用之间的类似的隐喻一定是从各种哲学正在形成的时期开始,证据就是在每种语言里精妙艺术和深奥科学所需用的词,都起源于村俗语言。①

比兴思维是隐喻的寄身之所,一旦隐喻上升为整体隐喻,便形成了一种思维方式,即隐喻思维。在这种情况下,比兴和隐喻真的是难分彼此了。因为隐喻也是借助于某一(类)事物表现另一(类)事物,在表现的过程中,类比、联想、象征、想象相互交织、作用,随即产生了美的形象。隐喻思维在寓言和神话中的表现较为普遍,寓言和神话中的超现实的想象、象征以及玄妙的语言方式,为隐喻提供了一个极好的实施基础。那种奇特

---

① 维柯:《新科学》(上册),朱光潜译,商务印书馆1989年版,第200页。

的想象和象征，无不暗示着现实生活的某种存在与可能，充满睿智的哲思。这种情形，卡西尔在《语言与神话》中已经作了扎实的论述。他把语言和神话看成是两种思维方式，把这两种思维方式的连结称之为隐喻式的思维，其实就是肯定隐喻作为一种思维方式的现实性。①

我们可以轮扁斫辐这一寓言故事来说明比兴思维和隐喻思维。这也是文学批评中经常征引的一个典型的范例。《庄子·天道》云：

> 桓公读书于堂上，轮扁斫轮于堂下，释椎凿而上，问桓公曰："敢问，公之所读者何言邪？"公曰："圣人之言也。"曰："圣人在乎？"公曰："已死矣。"曰："然则君之所读者，古人之糟粕已夫！"桓公曰："寡人读书，轮人安得议乎！有说则可，无说则死。"轮扁曰："臣也以臣之事观之，斫轮，徐则甘而不固，疾则苦而不入。不徐不疾，得之于手而应于心，口不能言，有数存焉于其间。臣不能以喻臣之子，臣之子亦不能受之于臣，是以行年七十而老斫轮。古之人与其不可传也死矣，然则君之所读者，古人之糟粕已夫！"

轮扁借斫轮一事隐喻知识传播的不可能及语言表现的软弱无力，可谓深刻传神。整个隐喻的过程是通过轮扁对自己斫轮体会的议论来加以呈现的。这是一个三段论式的思维。首先，轮扁肯定桓公所读是古之糟粕；然后，以现身说法，言说他斫轮时的"不徐不疾，得之于手而应于心"的做法"口不能言"，即不能用语言精确地表达，由此推导，不能把自己的思想体会传给儿子，使儿子无法继承；最终得出结论：传世的语言都是糟粕，精妙的思想随着语言的传播已经死去，是不可言传的。张隆溪在分析庄子的这一寓言时指出："这里，庄子当然是在谈论那超越了语言和理解的不可言说的道，不过，他说的话却应和着那显然至为重要并且与诗相关的弦外之音，因为诗人比哲学家更多地承担着不仅要把握，而且要用语言描绘出物之精粗和超越于物之精粗的使命——要把人类经验与想象范围内所有深邃、微妙、可能和不可能的一切付诸优美的语言。如果哲学家的语言不能描绘那不可说的道，诗人的语言就更不足以达到其立意要达到的目标。"②

---

① 参见恩斯特·卡西尔：《语言与神话》，于晓等译，生活·读书·新知三联书店1988年版，第102页。
② 张隆溪：《道与罗格斯》，冯川译，四川人民出版社1998年版，第110页。

这种"弦外之音"也可视为庄子的一种独特隐喻。由此可见，庄子这一寓言隐喻的意义相当丰富。这是隐喻思维必须要达到的效果，只有整体隐喻才能实现。从这里，我们也感到，隐喻作为一种思维方式确实与比兴思维相通。

轮扁斫轮是隐喻思维，隐喻的结果是揭示了一个深奥的玄理。我们可以将这则故事作为文学来对待，从文学的角度来说明隐喻思维的价值。轮扁斫轮借助于轮扁对斫轮体会的言说，运用类比、隐喻的方法，塑造了轮扁这个智者的形象。因此，这则寓言运用的是比兴思维。比兴和隐喻在具体的古代作品中的表现的确难以分别，寓言中的运用如此，诗文中的运用更加明显。然而，比兴思维和隐喻思维并不是没有区别、可以等同的。它们的区别表现在下几个方面：第一，比兴思维作为一种整体的思维方式具有广泛的包容性，它是受某一（类）事物的启发或借助于某一（类）事物来开展的。这一（类）事物只是对情感、思想起着引导作用，即使在作品中出现多次，并不一定能成为支配作品意义、贯穿作品始终的主要意象。而隐喻思维中的隐喻事物往往伴随作品描写和抒情的始终，有时在作品中出现的隐喻意象不止一个，而是多个，但意旨一致，它们是作品所表现的主要意象。例如，《诗经》中的很多诗在开头借助于某一物象引起所咏之词，后面所歌咏的内容就与所借助的物象没有什么直接的关系了。"关关雎鸠，在河之洲"，"桃之夭夭，灼灼其华"，这里的雎鸠和桃便不是诗中所要歌咏的主要对象，只是起着情感和思想的引导作用。当然，诗中所歌咏的内容可能与这些意象存在着某种不明确的、暧昧的关系，这最多只能算作一种隐喻的修辞手段，而不能算作隐喻思维。这是比兴思维的特征，属于比兴思维。而隐喻思维则有所不同了。如李白的《赠汪伦》："李白乘舟将欲行，忽闻岸上踏歌声。桃花潭水深千尺，不及汪伦送我情。"这是隐喻思维。"桃花潭水深千尺"是全诗的核心意象，隐喻的焦点全都集中在这里。以水深喻友谊之深，这是一个绝妙的隐喻。如果缺少这一意象，这首诗的思想情感就要大打折扣。然而，我们又可以说这首诗是比兴思维，因为，它具备比兴思维的特征。可见，意象运用在判断比兴思维和隐喻思维这两种方式上起着关键的作用。第二，比兴合称不是语言修辞的手段，至少是一种艺术的手段；而隐喻在狭义上则是一种语言修辞手段。这一点显而易见，较易辨析。"孔雀东南飞，五里一徘徊。"这是比兴的艺术手段，不能将之视为一种修辞手法。"东边日出西边雨，道是无晴却有晴。"在修辞上是双关，也是隐喻，双关体现在后一句，而隐喻则体现在前一句。中国古代比、兴分论，认为比与兴都是比喻，因此，比与兴自身的差别一直莫衷一是，很难搞清楚。今人有研究比、兴者，试图给比、兴以一种明确的说法："比是一种隐喻操作，兴则是一种基于隐喻的转喻操作或基于转喻的隐喻操作。"[1]话说得很绕，意思大致清楚，就是说比、兴都是隐喻。既然都是隐喻，还有必要区分吗？回到我们的题旨，比兴与隐喻的差别到底表现在什么地方？在我们看来，比兴与隐喻既然是两个概念，那么，它们之间不可能没有差别，差别会依然存在。最重要的差别是，一是艺术表现手段，一是语言修辞手法。艺术表现手段包含语言修辞手法，外延要大一些。第三，隐喻可以是一种诗学、美学的行为，也可以是一种哲学行为，而比兴则是一种纯粹的诗学和美学行为。隐喻在文学艺术中的运用往往增添了文学的哲学色彩。在中西方文学艺术发展史上，这一点表现得极其鲜明。我们从文学艺术作品的哲学色彩和抒情色彩中，往往能直观地判断哪是隐喻，哪是比兴。屈原的《橘颂》，基本上是隐喻的。杨义称，它是"借对自然物的隐喻性颂扬，来表达抒情主体的志行品质"，"创造了象征的、或隐喻的表现体系"。[2]而如白居易的《长恨歌》《琵琶行》则是比兴的。其浓郁的抒情色彩夹杂着对现实、人生的体验，意在达到某种教化的效果。这两类作品存在着明显的差别，但是，具体表现又相当复杂。有时，我们很难截然断定哪些作品是隐喻的，哪些作品是比兴的。即使调动各方面潜能，也很难达到目的。文学艺术原本就是一种极其复杂的现象，在文学艺术创作中，各种手段之间相互交织是一个综合性的整体行为，想人为地分清这一过程中的每一个环节、每一个元素简直是一种痴心妄想，根本不可能实现。

　　隐喻和比兴如此缠夹，我们欣然接受。隐喻虽然是世界各民族都存在并运用的语言和思维现象，在表达人的思想情感方面发挥了巨大的作用，但真正形成比较科学、系统的隐喻理论的还是西方。中国古代对隐喻的研究相对薄弱。而比兴则不同了。比兴是中华民族的原创性理论，是传统的语言表达手段、艺术表现手段和思维方式，古往今来的研究成果很多，几成显学。在中国古代，隐喻理论基本上是附属在比兴理论之中的，比兴思

---

[1] 季广茂：《隐喻视野中的诗性传统》，高等教育出版社1998年版，第153页。
[2] 杨义：《楚辞诗学》，人民出版社1998年版，第378—379页。

维之中就蕴含着隐喻的内容。因此,隐喻在充实比兴思维的理论内涵,丰富比兴思维的创作内容和手段,完善文学创作的艺术思维方式等方面,具有不可忽视的意义。

首先,隐喻增强了比兴思维创造的形象性,使文学艺术形象更加鲜明生动,充满美感魅力。鲜明生动预示着这是一种立体感的形象。这种形象光彩照人,蕴含丰富。其中,隐喻发挥了很大的作用。这是因为,隐喻包含着丰富的能指和所指,无论创造人物形象还是意境、意象,采用的都是多元赋意,如此创造出来的艺术形象自然非同凡响。古人对这一点看得非常清晰。刘勰说:"夫比之为义,取类不常:或喻于声,或方于貌,或拟于心,或譬于事。"(《文心雕龙·比兴》)这其中,"取类不常"一语能够概括隐喻的特点。刘勰辅以大量的实例说明这一特点,最后将之归结为"拟容取心",探讨的正是隐喻对形象创造的意义,对比兴思维形象性的意义。王元化如此评价刘勰的观念:"'拟容取心'这句话里面的'容''心'二字,都属于艺术形象的范畴,它们代表了同一艺术形象的两面;在外者为'容',在内者为'心'。"[①]"容"是外在生动可感的形象,"心"是这一形象的美的内涵。"拟容"的目的是要"取心",即展示这一形象背后最内在、最真实的东西。要实现对形象的完美表现,必须恰到好处地运用隐喻。只有如此,才能使艺术形象充满美感。隐喻能"使无生命的事物显得具有感觉和情欲"(维柯语,见本节前注),赋予无生命的对象以生命的意义,使比兴思维创造的所有的艺术形象都鲜明生动。在诸多艺术形象中,意象与隐喻的关系最为直接。"意象可以作为一种'描述'存在,或者也可以作为一种隐喻存在。"[②] 意象只有作为一种隐喻才具有更高的审美价值。何以如此?我们尝试以钱惟演词《木兰花》为例说之。

词云:

城上风光莺语乱,城下烟波春拍岸。绿杨芳草几时休?泪眼愁肠先已断。　情怀渐变成衰晚,鸾镜朱颜惊暗换。昔年多病厌芳尊,今日芳尊惟恐浅。

[①] 王元化:《文心雕龙创作论》,上海古籍出版社1984年版,第179页。
[②] 韦勒克、沃伦:《文学理论》,刘象愚等译,生活·读书·新知三联书店1984年版,第203页。

词写离愁别恨，中间运用了许多意象，均充满隐喻。以"莺语乱"隐喻内心的怅惘；以"烟波拍岸"隐喻无可奈何的心情；以"绿杨芳草"隐喻无止无休的愁绪；以"鸾镜朱颜"隐喻逝去的青春；以"芳尊"隐喻借酒浇愁。这些隐喻是多元的、立体的，且有一种新奇之感，塑造了一个愁肠百结的抒情主人公的形象。"绿杨芳草"的隐喻非常新奇。其新奇之处在于，它一反往常的审美习惯，将那一望无尽的葱绿和浓郁的芳香看成一个扰人心烦的对象，原本美的形象失去了往日之美，变得十分讨厌。这是否如王国维所说的"以我观物，故物皆着我之色彩"[①]？是词人的心境促成了这一绝妙的隐喻。这一隐喻极为形象，极其生动，对表现全词的意境，创造鲜明的意象，提升词的审美品格，起着关键作用。

其次，隐喻充分展示了比兴思维创造的文学性，其重要的标志是，开启了文学艺术审美的反常化程序，使之言近旨远，意味无穷。所谓反常化程序就是出人意表的思想与情感表达，是显示创造性的重要表征。它的思想情感远远超出了一般人的想象。对于比兴思维在创作过程中所表现出来的程序反常、言近旨远，刘勰早就有非常明确的认识。《文心雕龙·比兴》云："观夫兴之托谕，婉而成章，称名也小，取类也大。""称名也小，取类也大"，简单地说，就是以"小"搏"大"，用极为简洁的语言、极为平凡的事件、高度凝练的形象表达出丰富的思想与情感，最终实现言近旨远。这正是比兴思维的反常化程序。刘勰所言，表面上是强调兴给文学作品带来的审美张力，要求文学作品言近旨远，意味无穷，其实，这也是比兴思维试图实现的审美目标。对此，钟嵘《诗品》也有极为精当的表述。他特别赞赏"指事造形，穷情写物"的五言诗："故诗有三义焉：一曰兴，二曰比，三曰赋。文已尽而意有余，兴也；因物喻志，比也；直书其事，寓言写物，赋也。"（《诗品序》）所谓"文已尽而意有余"即是言近旨远，余味曲包。这是比兴思维的创造。唐代皎然也说："取象曰比，取义曰兴，义即象下之意。"（《诗式》）"象下之义"亦即象外之象，也是言近旨远。可见，言近旨远作为比兴思维独具的审美创造特征是古代理论家们的共识。清代诗学家陈廷焯对比兴思维的这一创造性特征作了一个富有深度的总结。他说，比是"托讽于有意无意之间"，"若兴则难言之矣。托喻不深，树义不

[①] 王国维：《人间词话》卷上，王国维：《王国维文学论著三种》，商务印书馆2010年版，第25页。

厚，不足以言兴。深矣厚矣，而喻可专指，义可强附，亦不足以言兴。所谓兴者，意在笔先，神余言外，极虚极活，极沉极郁，若远若近，可喻不可喻，反复缠绵，都归忠厚"。① 兴的这种捉摸不定、"神余言外"的美学特征正是比兴思维创造力的表现，而这在很大程度上归功于隐喻。没有隐喻，比兴思维想做到"极虚极活""若远若近""反复缠绵"，很难！凡是运用比兴思维创作出来的文学作品都可以作为隐喻创造性的佐证。我们来简单分析一下姜夔的名词《暗香》。这首词受到了包括陈廷焯在内的古代许多文学家的推崇，堪称一首隐喻创造的杰作。其描写的焦点是梅花，虽然句句不离梅花，但实质却表达的是对一个女子的思念，是典型的比兴思维，一种整体性隐喻。词云：

旧时月色，算几番照我，梅边吹笛？唤起玉人，不管清寒与攀摘。何逊而今渐老，都忘却春风词笔。但怪得竹外疏花，香冷入瑶席。
江国，正寂寂。叹寄与路遥，夜雪初积。翠尊易泣，红萼无言耿相忆。长忆曾携手处，千树压、西湖寒碧。又片片、吹尽也，几时见得？

月色朗照，梅边吹笛，此景此情，引发了抒情主人公对往日爱情生活的追忆。梅是美好的象征，也是坚贞的隐喻。何逊的《咏早梅》是咏梅的名诗，曾经传颂一时。在这里，抒情主人公以何逊自比，言自己当今已经年老，才华消逝，无法再写出香艳的词句，只有这竹林外稀稀落落的梅花依然幽香频袭。江南水乡下起了雪，折几枝梅花表达相思，因路远无法赠寄。空对酒杯，凝视眼前的红梅，却抹不去这无边的思念，只能追忆往昔曾经携手的西湖边上，看那千树梅花点点飘落。随着梅花的飘落，思念的情感也达到极致。何时才能相见呢？抒情主人公依然执着地相思。这首词的优美的情调都是通过对梅的隐喻完成的。梅成为思念的象征，成为爱情的隐喻。正是这些关于梅的隐喻，使得这首词开启了审美的反常化程序，新鲜，新奇，并且言近旨远，韵味无穷。

其三，隐喻赋予并强化了比兴思维创造的玄秘和哲性色彩，从而，增强了文学艺术的神秘性和美感，拓宽了文学艺术表现的空间，拓深了文学

---

① 陈廷焯：《白雨斋词话》卷六，唐圭璋编：《词话丛编》（四），中华书局1986年版，第3917页。

艺术表现的深度。隐喻是伴随着人类初年的寓言、神话而产生的，它又是语言和寓言、神话的连结点，因而具有玄秘的特征。由于寓言、神话往往关联着哲理，隐喻不免会被打上哲性色彩。保罗·利科尔说："隐喻的机制来源于它在诗歌作品的内部和以下三个特征相联系。第一和措辞（lexis）的其他程序相联系；第二和神话相联系，它是作品的本质，作品的内在含义；第三，作为整体的作品的意向性，即和把人类的行为表现得比现实中更高（这就是模仿）的目的相联系。"①利科尔所说的这三个特征都与玄秘性和哲性有关。措辞的其他程序是意义的生成程序，它决定隐喻的意义是超越文字本身的，甚或远在文字之外。由于与神话相联系，隐喻就是作品的本质，作品的内在含义，也就是说，神话蕴含的玄秘与哲性都能在隐喻中发掘出来。隐喻是作品的整体意向性，比现实更高，它超越了语言表层的限定，因而饱含哲理。先秦诸子常常用隐喻展示玄秘与哲性，隐喻已经成为他们呈现思想的一种方式。《论语》中的松柏隐喻，对象是人，意谓只有在艰苦的条件下，在恶劣的环境中，才能见出一个人的顽强不屈的品质。《庄子》中的轮扁斫辐隐喻对象是真理，真理玄秘难明，真理的话语只掌握在活者的行为体验中。《孟子》中的鱼与熊掌隐喻对象是气节之士，舍生取义成为气节之士的生存标杆。这些都是玄秘、哲性的隐喻。刘勰已经认识到这种哲性隐喻在比兴思维中的重要价值。由此，他才会说："盖写物以附意，飏言以切事者也。故金锡以喻明德，珪璋以譬秀民，螟蛉以类教诲，蜩螗以写号呼，浣衣以拟心忧，卷席以方志固，凡斯切象，皆比义也。"（《文心雕龙·比兴》）这里所列举的许多隐喻都带有玄秘、哲性色彩。"金锡"的隐喻出自《诗经·卫风·淇奥》，"瞻彼淇奥，绿竹如篑，有匪君子，如金如锡，如圭如璧"，金锡，隐喻君子的美德。"珪璋"的隐喻出自《诗经·大雅·卷阿》，"颙颙卬卬，如圭如璋，令闻令望，岂弟君子，四方为纲"，珪璋，隐喻君子体貌敬顺，志气高朗。"螟蛉"的隐喻出自《诗经·小雅·小宛》，"螟蛉有子，蜾蠃负之，教诲尔子，式穀似之"，螟蛉，隐喻道德礼仪教化，如此等等。正因为隐喻的运用，文学艺术才充满哲性，具有美感，才能深深打动人的心灵。

在古代的诗文中，大凡具有玄秘和哲性意味的作品必定伴随着隐喻存在。这似乎成为一条定规。李贺的《江楼曲》即是一例。诗云：

---

① 保罗·利科尔：《解释学与人文科学》，陶远华等译，河北人民出版社1987年版，第186页。

楼前流水江陵道，鲤鱼风起芙蓉老。
晓钗催鬓语南风，抽帆归来一日功。
鼉吟浦口飞梅雨，竿头旌旗换青苧。
萧骚浪白云差池，黄粉油衫寄郎主。
新槽酒声苦无力，南湖一顷菱花白。
眼前便有千里思，小玉开屏见山色。

这首诗用词奇崛，充满神话色彩，延续了李贺一贯的诗歌风格。"鲤鱼风起芙蓉老""鼉吟浦口飞梅雨"便是神话的基因。叶葱奇曾经解释并评价此诗，从中可见诗的玄秘及哲性隐喻："首四句说，楼前流水便通江陵。当此一春又尽，荷叶生了许久的时候，晓起梳妆，独向着南风，倾诉离思。远人若肯张帆顺流而归，不过一天的事，何以竟不归来？'语南风'有乞求南风传语的意思。中四句说，梅雨纷飞，长日不停，市上的酒旗，都改成苧麻的了；望着江上参差的密云和荡漾的江水，很想把油衣寄去，以便他雨中归来。末四句说，槽床尽管酒声滴沥，但是想喝来遣愁，却又感到它毫无力量，望着眼前明镜般的一片湖水，已经令人愁思难堪，而侍女推开屏风，看见遥山重叠，更惹起人无限的远想。""这首诗措辞、用意非常浓艳。'抽帆归来一日功''黄粉油衫寄郎主'把闺中念远怀人的心情，细腻而透彻地表达尽致。末四句用意曲折、婉转，而结二句若书家所谓'无垂不缩'的笔法，更余味醰醰。"[1]玄秘、哲性笼罩全诗，使得愁思仿佛发生在神话之中，皆是诗中大量隐喻所致。末四句曲折、婉转之处正是哲性所在之处。新酒无力，无法解愁，形成有意味的隐喻。这是闺中的思念吗？抒情主人公到底是愁还是不愁？接下来的描绘更耐人寻味。湖面碧波荡漾，呈现出一派美景；推开窗户，看到的是美丽的山色。自然的物色完全超越的闺中的思念。可见，这首诗的情感表达一波三折，意图闪烁。诗中运用的大量隐喻如鲤鱼、芙蓉、南风、新槽酒、菱花白等，多具玄秘和哲性，而这种玄秘和哲性丝毫没有减弱诗歌的文学性，相反却更增强了诗歌美的韵味。

元代韦居安对隐喻的哲理性有独特的体会，他以竹为例发表了自己的看法。

---

[1] 叶葱奇疏注：《李贺诗集》，人民文学出版社1959年版，第293页。

植物中惟竹挺高节，抱贞心，故君子比德于竹焉，古今赋咏者不一。半山老人一联云："谁怜老节生来瘦，自许高才老更刚。"自负甚高。李师直一联云："未出土时先有节，便侵云去也无心。"语亦奇的。李叔与一绝云："一种春风到町畦，物情春亦不能齐。过篱新笋贪成竹，不管同根未脱泥。"殊有言外之意。①

　　竹是人品格的隐喻，在竹子的身上寄寓了许多人生的哲理。在中国，竹子很早就成为了君子的形象，成为人人都能意会的君子的隐喻。这固然与竹的自然特征有关，但也确实注入了人的想象和现实生活的经验。在中国古代文学和艺术发展史上，郑板桥是将竹子当作自己人生哲学的著名诗人、艺术家。他不仅画竹，而且写竹。在《题兰竹石二十七则》中的一首诗中，郑板桥这样写道："四时花草最无穷，时到芬芳过便空。唯有山中兰与竹，经春历夏复秋冬。"胡经之先生在评价郑板桥时联系了郑板桥的人格隐喻，他说："板桥画四时不谢之兰，百年长青之竹，万古不败之石，正是为了表现画家自己千秋不变之人。"②可见，竹的隐喻成为郑板桥生命和审美最值得称道的内容。

　　隐喻作为比兴思维创造的一个手段具有多方面的功能。这些功能集中体现在语言和意义两个方面。在本节，我们只是突出阐释隐喻在比兴思维创造过程中的意义功能、情理功能及美学价值，至于它的语用功能我们将在下一章中进一步展开，以期较为完整揭示隐喻在比兴思维创造中的作用。

第四节　比兴思维与灵感

　　比兴思维在开展创造的过程中，灵感（inspiration）是一个绝然不可缺少的创造性因素。在梳理比兴理论的过程中，我们发现，比兴理论早已注意到灵感现象，或者与灵感有关的现象。可是，古人并不用灵感这一概念来言说。因为中国古代没有"灵感"这一概念。而相关的概念、范畴却比较丰富，如"应感""感兴""天机""兴会"等。在这里，我们搬出灵感这一西方文艺学、美学的概念，是为了进一步彰显我们的互释立场。中西文

---

① 韦居安：《梅磵诗话》卷下，丁福保辑：《历代诗话续编》（中），中华书局1983年版，第574页。
② 胡经之：《文艺美学论》，华中师范大学出版社2000年版，第213页。

艺理论、美学中的很多问题因思想、精神相通，可以互释。但这并不意味我们漠视它们之间的差别。应感、感兴、天机、兴会和灵感还是有很多不同的，最根本的不同就是其赖以产生的哲学基础不同。在西晋时期，陆机最早从理论上发现并完整、周详论及了应感。这个问题关乎灵感。陆机说："若夫应感之会，通塞之纪，来不可遏，去不可止。"（《文赋》）[1]所谓应感，就是应物生感，就是后来刘勰所说的"兴，起也"，那是指由于外物激发而瞬间产生的强烈的创作冲动。但是，这种创作冲动非同于一般的创作欲望，而是刹那间生成的一种创造行为，是一种奇妙的心理体验。这种冲动就类似于西方所说的灵感。从陆机等人对这一现象的描述中可以看出，这种创作过程中发生的心理现象具有以下几个方面的特点：突发性、想象性、直觉性等。这是作家、艺术家受外在事物激发所产生的结果，是一种无意识的心理行为，是"在有意无意之间"（王夫之《姜斋诗话》卷上）生成的一种创造力。

兴激发了灵感的产生，并伴随着灵感运动的始终。在某种意义上，我们可以说，兴即是灵感。中国古典文艺学、美学对这一点的认识非常清晰，不少作家、艺术家和美学家都对此有过精深的讨论，或者以自己切身的创作体会来加以言说。刘勰说："情往似赠，兴来如答。"（《文心雕龙·物色》）[2]颜之推云："标举兴会，发引性灵。"（《颜氏家训·文章》）[3]唐时来华的日僧弘法大师（遍照金刚）说："作文兴若不来，即须看随身卷子，以发兴也。"（《文镜秘府论·南卷·论文意》）[4]这里的兴均指灵感。《西京杂记》曾经记载了司马相如创作时灵感产生的情形："司马相如为《上林》《子虚》赋，意思萧散，不复与外事相关，控引天地，错综古今，忽然如睡，焕然而兴，几百日而后成。"[5]"焕然而兴"乃是灵感的勃发。通过这段话的简略描述，我们认识到，灵感现象的产生是作家、艺术家长期艰苦思维的结晶。在灵感现象产生的过程中，人的精神状态的变化是从萎靡逐渐趋于亢奋的。这说明，灵感产生的过程极其艰苦，作家、艺术家经历了一场痛彻心腑的灵魂争斗。但是，这一过程的艰苦最终却被"不以力构"的完成瞬间所掩

---

[1] 金涛声点校：《陆机集》，中华书局1982年版，第4页。
[2] 王利器校笺：《文心雕龙校证》，上海古籍出版社1980年版，第279页。
[3] 王利器：《颜氏家训集解》，中华书局1993年版，第238页。
[4] 王利器：《文镜秘府论校注》，中国社会科学出版社1983年版，第290页。
[5] 向新阳、刘克任：《西京杂记校注》，上海古籍出版社1991年版，第91页。

盖[1]，给人的感觉是，灵感的过程非常美妙，也充满美感。许多理论家和作家、艺术家都津津乐道文思如泉涌的一霎那，即灵感呈现的那一刻，其实只是看到了灵感的结果，忽略了灵感过程的艰苦。古人又把灵感现象称之为"兴会""感兴"，那是强调灵感到来的神速和停留时间的短暂。还有以"天机"和"神助"指称灵感现象者，是惊叹灵感神奇的创造力。实际上，这些说法都表露出这么一个事实：古人早已经抓住了灵感现象最基本的特征，发现了比兴与灵感的联系。

与象征、想象一样，灵感（inspiration）也是一个源自于西方的文艺学、美学概念。它产生于古希腊时期，原意是指神的灵气，与古希腊的神学有密切关系。柏拉图最早从神学角度认识灵感。他认为，灵感是神力附凭在诗人身上，使诗人陷入迷狂，最终成为神的代言人；而诗则是神的诏语。柏拉图说："诗神就像这块磁石，她首先给人灵感，得到这灵感的人们又把它递传给旁人，让旁人接上他们，悬成一条锁链。凡是高明的诗人，无论在史诗或抒情诗方面，都不是凭技艺来做他们优美诗歌的，而是因为他们得到了灵感，有神力凭附着。"[2] 在他看来，灵感能使诗人陷入迷狂的状态，进入创造的境界。"不得到灵感，不失去平常理智而陷入迷狂，就没有能力创造，就不能做诗或代神说话。"[3] 代神说话即是创造性的话语形式。灵感的创造性体现在"在无知无觉中说出那些珍贵的辞句"[4]，让人们通过这些珍贵的辞句领略神的意图。柏拉图的灵感理论是典型的神启论。这种理论长期雄霸西方的文艺理论和美学领域，具有极为广泛的影响力。

然而，神启论理论基础之薄弱明眼人一看便知。从根本上将灵感的产生归为神的作用，否定了诗人的创作对美和艺术生成的意义，并不是明智的态度，不符合文学艺术创作的实际。后来，神启论的观念不断受到质疑。黑格尔对柏拉图的理论就有所纠正。他把灵感视为艺术家的想象活动和完成作品运用技巧的能力，断定"单靠存心要创作的意愿也召唤不出灵感来"。黑格尔说：

> 因此，要煽起真正的灵感，面前就应该先有一种明确的内容，即

---

[1] 萧子显：《自序》，严可均辑：《全梁文》，商务印书馆1999年版，第259页。
[2] 柏拉图：《文艺对话集》，朱光潜译，人民文学出版社1963年版，第8页。
[3] 同上。
[4] 同上书，第9页。

想象所抓住的并且要用艺术方式去表现的内容。灵感就是这种活跃地进行构造形象的情况本身（这一方面是就主体的内在的创作活动来说，另一方面也是就客观的完成作品的活动来说，因为这两种活动都必须有灵感）。①

黑格尔特别强调艺术家天生的才能与碰到的现存材料所发生的关系。他继续说：

> 就这一点来说，艺术家的地位是这样：作为一个天生地具有才能的人，他与一种碰到的现存的材料发生了关系，通过一种外缘，一个事件，或是像莎士比亚那样，通过古老的民歌、故事和史传，通过这一类事物的推动，他自觉有一种要求，要把这种材料表现出来，并且因此也表现他自己。所以创作的推动力可以完全是外来的，唯一重要的要求是：艺术家应该从外来材料中抓到真正有艺术意义的东西，并且使对象在他心里变成有生命的东西。在这种情形之下，天才的灵感就会不招自来了。一个真正的有生命的艺术家就会从这种生命里找到无数激发活动和灵感的机缘，这些机缘临到了旁人就不发生影响，就轻易放过了。②

在这里，黑格尔把灵感产生的缘由讲得非常理智：第一，艺术家必须具有天生地捕捉灵感的才能；第二，这种天生的才能必须与碰到的现存的材料发生关系；第三，艺术家能够从外来的材料中抓到真正有艺术意义的东西并使这对象变成有生命的形式。这样以来，黑格尔就完善了柏拉图的灵感理论，他的灵感观念包蕴着较多的合理性内涵。

比兴思维是受某一（类）事物的启发或借助于某一（类）事物运思所产生的一种艺术思维方式，它的"受某一（类）事物的启发"包含着灵感的作用，但绝然不是柏拉图等人所说的神启论，却类似于黑格尔所说的"天生的才能"与"所碰到的材料发生了关系"。然而，比兴思维与黑格尔之间的区别毋庸讳言，那毕竟是两种差异遥远的文化观念。其中，最主要

---

① 黑格尔：《美学》（第一卷），朱光潜译，商务印书馆1979年版，第364页。
② 同上书，第365页。

的就表现在：黑格尔的天生才能完全是天生的，上天赐予的；而比兴思维所肯定的是作家、艺术家感应万事万物的能力，这种能力可能是天生的，也可能不是，而是后天养成的。这是因为，比兴思维蕴含的儒家基因较多，儒家向来不语怪力乱神，不太相信神灵。但是，从文学艺术创作的本体出发，比兴思维又不忽视人的天生才能。陆机在讨论应感时提到的"天机骏利"，就包含对人的天生才能和表现对象关系的肯定。"天机"指人的天资和机敏程度。处在灵感的状态之中，人的天资和机敏展示得最为充分，更能抓住对象的特征，更有利于文学艺术创作的开展，足以保证创作的成功。刘勰的神思理论，虽有一"神"字限定"思"，但是，这"神"不是指神灵，而是指神妙，指作家、艺术家不受拘束的精神。"登山则情满于山，观海则意溢于海"，这里有灵感的作用。应感弥缝了主体与表现对象之间的关系，使二者达到高度的契合，这依然离不开人的"天生才能"。刘勰对于人的"天生才能"作了进一步地讨论。他认为，这种神妙之思的产生不是无源无根的，而是以作家、艺术家大量的艺术实践和知识积累作基础的。"积学以储室，酌理以富才，研阅以穷照，驯致以绎辞。"（《文心雕龙·神思》）[1] 在刘勰看来，这也是人的天生才能。不读书，不穷理，人就无才能可言。只有具备了艺术的才能——天生才能，才能进行美的创造。梁代刘孝绰曾以"风飞雷起"指称"思若有神"的灵感现象[2]，实际上已经包含了对作家、艺术家天生才能和表现对象关系的认识。中国古代对灵感现象的认识较德国古典美学家黑格尔而言，虽然没有太多的思辨，但理论内容却毫不逊色，有时可能更切近于文学艺术创造的实际。这体现了中国古典文艺学、美学的独特性。

比兴思维关于灵感的激发有一套相对完整的理论。"兴"在某种意义上即是灵感。依照古人的理解，兴是起，是作家、艺术家的创作冲动。作家、艺术家为什么会产生创作冲动？是因为情感。情感的宣泄需要外在事物的激发，情感与外在事物的激荡便是兴（灵感）产生的有机条件。兴（灵感）的产生必须有外在事物的激发，关于这一点，西方的文艺理论和美学家认识并不清晰。考察西方关于灵感的论述，理论家们大多强调灵感对于创造的意义，而看不到灵感发生乃是外物的激发，只有在适宜的环境与土

---

[1] 王利器校笺：《文心雕龙校证》，上海古籍出版社1980年版，第187页。
[2] 刘孝绰：《昭明太子集序》，郁沅、张明高编选：《魏晋南北朝文论选》，人民文学出版社1996年版，第345页。

壤中灵感才会生成。柏拉图说灵感的到来是诗神凭附,使诗人陷入一种迷狂;狄德罗说,灵感使人神游物外,完全受艺术的支配;①雪莱说,灵感只与人的心情有关,往往来时不可预见;②康德说,构成天才的各种内心的能力(即灵感)是审美理念(感性理念)与想象力。③这些都闭口不谈灵感的激发条件,忽略了灵感产生的现实基础。倒是丹纳和黑格尔非常敏锐,他们认识到灵感的产生存在着激发的因素。在丹纳看来,灵感的产生在于事物的特征对作家、艺术家的刺激,这一刺激给作家、艺术家留下了深刻的印象,促使他的感受力更加细致,能抓住并辨别事物种种细微的层次和关系,乃至不由自主地去表现,手舞足蹈,并做出许多夸张的姿态。"显而易见,最初那个强烈的刺激使艺术家活跃的头脑把事物重新思索过,改造过,或是照明事物,扩大事物,或是把事物向一个方面歪曲,变得可笑。"④黑格尔说:"无论是感官的刺激,还是单纯的意志和决心,都不能引起真正的灵感。要采用这些办法来引起灵感,这就足以说明心灵和想象还没有抓住真正有艺术意义的东西。"⑤"唯一重要的要求是:艺术家应该从外来材料中抓到真正有艺术意义的东西,并且使对象在他心里变成有生命的东西。在这种情形之下,天才的灵感就会不招自来了。一个真正的有生命的艺术家就会从这种生命里找到无数的激发活动和灵感的机缘,这个机缘临到了旁人就不发生影响,就轻易放过了。"⑥而这些,早在中国古代的比兴思维理论中已经有了极为详尽的阐发。

陆机的应感说可视为灵感理论的精彩表述,但应感这一概念本身却言述的是灵感的激发因素。应感是感应,即人与外物所产生的心灵感应。由于外物激发产生了灵感,这灵感一旦被激发,就不是作家、艺术家能够控制的。它具有无比的活跃性和自主性,这就是陆机所说的"来不可遏,去不可止"(《文赋》)。这种外物可能是一缕情绪,可能是一个现实或自然的物象,也可能是不关痛痒的几句话甚至一个词,霎那间点燃了作家、艺术

---

① 参见狄德罗:《论戏剧艺术》,伍蠡甫主编:《西方文论选》(上),上海译文出版社1979年版,第365页。
② 参见雪莱:《诗辨》,伍蠡甫主编:《西方文论选》(下),上海译文出版社1979年版,第56页。
③ 参见康德:《判断力批判》,邓晓芒译,人民出版社2002年版,第158—164页。
④ 丹纳:《艺术哲学》,傅雷译,人民文学出版社1963年版,第27页。
⑤ 黑格尔:《美学》(第一卷),朱光潜译,商务印书馆1979年版,第364页。
⑥ 同上书,第365页。

家情感的火花。至于这个外物与灵感的一系列表现有什么关系，实在说不清楚。这也是古今中外文学家、艺术家都对灵感现象抱以困惑的原因。然而，尽管这外物与整个创作没有直接关系，它的激发作用本身就说明其存在的价值。中国古代的作家、艺术家们都非常注重这种外物的激发，在进行文学艺术的创作时总是想方设法去寻求这种能激发人灵感的外物，并为此耗费了大量的心血。

唐贞元年间来华并且谙熟中国古代文化的日僧弘法大师（遍照金刚），曾经广泛搜集当时文人论诗、论文的资料，集成一部《文镜秘府论》，保存了初盛唐时期的一些极为珍贵的诗学观念。弘法大师记述道："凡作诗之人，皆自抄古人诗语精妙之处，名为随身卷子，以防苦思。作文兴若不来，即须看随身卷子，以发兴也。"（《文镜秘府论·南卷·论文意》）[①]这里的"兴"即是比兴之兴，是灵感。弘法大师非常明确地看到当时人作诗所采取的以精妙的古人之诗作为激发灵感的方法的有效性，这是一种非常特别的发兴（激发灵感）的方法。发兴的过程包括类比在内，那是心理的类比，而且在很大程度上是无意识类比，通过对外物的比附并且在外物的引发、激励下，促成灵感产生。古代诗人们常常以此作为发兴的手段，以激发灵感的产生，以期创作出惊天地、泣鬼神的神品。弘法大师还强调人的精力对兴（灵感）产生的影响。他说：

> 凡神不安，令人不畅无兴。无兴即任睡，睡大养神，常须夜停灯任自觉，不须强起。强起即昏迷，所览无益。纸笔墨常须随身，兴来即录。若无笔纸，羁旅之间，意多草草。舟行之后，即须安眠。眠足之后，固多清景。江山满怀，合而生兴，须屏绝事务，专任情兴。因此，若有制作，皆奇逸。看兴稍歇，且如诗未成，待后有兴成，却必不得强伤神。（《文镜秘府论·南卷·论文意》）[②]

精力旺盛是兴（灵感）产生的一个重要的因素。灵感的到来虽不是人强力所为，是自然、自发的，但是，可以通过对精神的蓄养慢慢涵养。当作家、艺术家的精神饱满之时，现实和自然物象往往能够激发他们的灵感，使他

[①] 王利器：《文镜秘府论校注》，中国社会科学出版社1983年版，第290页。
[②] 同上书，第306页。

们达到出神入化的创作境界。这就说明，灵感的种种表现是神秘的，然而，对灵感的激发却是不神秘的，它有一定的规则可循，不需强力创作，只需耐心修养，灵感必然会有出现的那一刻。

灵感的激发不仅依赖客观事物的作用，还有赖于情感的投入。因为灵感本身就伴随着强烈的情感运动，携带着强烈的情感冲击波。这一点，古人也有明确的认识。明谢榛说："凡作诗，悲欢皆由乎兴，非兴则造语弗工。欢喜之意有限，悲感之意无穷。欢喜诗，兴中得者虽佳，但宜乎短章；悲感诗，兴中得者更佳，至于千言反复，愈长愈健。熟读李、杜全集，方知无处无时而非兴也。"[①] 也就是说，灵感是伴随着作家、艺术家的悲欢感情而产生的，悲欢情感作用于灵感的情状不同，使得作家、艺术家的创作也呈现了多样化的趋势。谢榛对此考察极为细致，并且从创作心理出发，总结出了一种带有普遍性的规律：欢乐的情感所激发的灵感适宜于短章，悲哀的情感激发的灵感能使作品"千言反复，愈长愈健"，这是因为"欢喜之意有限，悲感之意无穷"。这符合作家、艺术家的创作心理。欢乐和悲哀的情感在文学创作中的表现，古往今来有大致相同的认识，从屈原、司马迁的发愤抒情、发愤著书到韩愈的"欢愉之辞难工，而穷苦之言易好也"[②]，及至欧阳修的"穷而后工"，都强调悲哀的情感有更为强烈的、持久的审美力。甚至国外不少论家也有同感，提出文学是苦闷的象征的论断（厨川白村）。这就说明，"欢喜之意有限，悲感之意无穷"已经成为一种创作的经验。悲欢情感对灵感的激发不可能游离作家、艺术家的创作经验和审美体验，它们在文学艺术创造中具有不同的审美价值。

这种由情感所激发的灵感，古人谓之"情兴"。明代许学夷《诗源辨体》云："而神与境会，即情兴之所至。"[③] "神与境会"必定是灵感创造的结果。其实，任何一次灵感的发生都与情感有关，之所以称为"情兴"者，是为了强调情感对作家、艺术家灵感的激发，强调情感的特殊作用。"情兴"之"情"与灵感作用于创作过程中的情感运动是有差别的。"情兴"之

---

① 谢榛：《四溟诗话》卷三，丁福保辑：《历代诗话续编》（下），中华书局1983年版，第1194页。

② 韩愈：《荆潭唱和诗序》，郭绍虞主编：《中国历代文论选》（第二册），上海古籍出版社1979年版，第129页。

③ 许学夷：《诗源辨体》，人民文学出版社1987年版，第49页。

"情"是一种导火线,它只是点燃灵感。在创作中,要表现的情感可能与这种导火之情完全不同,但基本的情感基调不会发生变化。欢乐之情点燃的灵感,在整个创作过程中必然以描写欢乐为主;而悲哀之情点燃的灵感只能依循悲哀的情感基调。这种情形在创作中的表现过于玄虚,古人无法深入,因而,没有较为明晰的论述存在。这一问题至今仍是一个难题,不易破解。然而,依据灵感发展的规律,将"情兴"之情和创作中的情感的运动加以区别似乎更合乎创作的实际。由此观之,古人对灵感产生的认识非常客观,他们并不把灵感看作是神启的结果,而是冷静地讨论激发灵感产生的方法及其事物。这些事物可能是几句诗,也可能是一个物象、一种情感。灵感现象在比兴思维的理论论述中并不显得神秘,只不过,它有时令人难以索解而已。

中国古代对灵感种种特征的把握很准确,也很细致,突出表现在对兴的讨论上。从兴的种种表现中可以看出,它确实包含着灵感现象。我们依据古人的论述,将兴的灵感特征归纳为以下几个方面:

第一,突发性和短暂性。灵感的到来是一个突发事件,它是不可预期的,也没有规律可循。陆机说,应感的特征是"来不可遏,去不可止",它只是一种短暂的心理现象。尽管应感可以人为地蓄养、激发,但是,人们也不能准确判定应感的临期,只能耐心等待。弘法大师(遍照金刚)提醒人们,由于灵感的短暂与突发,人们必须时刻作好准备,"纸笔墨常须随身,兴来即录",千万不可错过灵感来临的佳机,一旦错过,就再也找不到踪迹。清代的李渔提出一个"养机使动之法",他说,作文须"避烦苦之势","自寻乐境,养动生机,俟襟怀略展之后,仍复拈毫,有兴即填,否则又置"(《闲情偶寄·冲场》)。[1] 邵长蘅也以甘苦之言道之:"生平不愿以诗自名,然兴至辄濡毫落纸。籁籁如风雨声,数百言立就。"[2] 灵感的突发性和短暂性决定了它是一种直观的现象,这种现象并不是人的理智所能控制的,它决定于人心的独特构造和人的独特的生活与情感体验。正是因为灵感的突发和短暂,捕捉它是很难的。这便愈加突出显示了灵感存在的价值。

第二,直觉性和想象性。灵感是直觉的产物,它不受人意志的左右。

---

[1] 江巨荣、卢寿荣校注:《闲情偶寄》,上海古籍出版社 2000 年版,第 82 页。
[2] 邵长蘅:《耐庵遗稿序》,《青门賸稿》卷四,青门草堂本。

陆机的"来不可遏，去不可止"已讲得很清楚，但具体到"兴"的意义时，这种直觉性就更加鲜明了。古人创作讲究"任兴而作"，也就是不加以过分的理智的考虑，兴来即作。由于灵感的到来是突发的、短暂的，使得作家、艺术家根本没有时间进行理智的准备，只能依靠直觉感悟去创作。因此，论者在讨论创作时往往肯定"走笔成诗"①、"兴会标举"②的创造价值，就是推崇灵感的直觉。当然这种直觉是夹杂着情感和想象的。谢榛说："诗有不立意造句，以兴为主，漫然成篇，此诗之入化也。"③情感驱动着直觉，化用灵感，使作家、艺术家在不经意之间达到了出神入化的境界。这是一种较高的创作境界，其中伴随着丰富的想象。这种想象是无意想象，作家、艺术家自身也难以意识到。这是因为，灵感的激烈运动掩盖了想象的过程，使人对想象无所觉察。这正是灵感的高妙之处。古人对这一妙处体验极深，称这是一种"自由自得之妙"。李渔就说："开手笔机飞舞，墨势淋漓，有自由自得之妙，则把握在手，破竹之势已成，不忧此后不成完璧。"（《闲情偶寄·冲场》）④对灵感的直觉把握是创造的第一要义，作家、艺术家一旦本能地、直觉地抓住了灵感，就会实现创作的"自由自得之妙"。这一点毫无疑问。

第三，创造性和审美性。灵感发生的结果是创造出有极高审美价值的文学艺术作品。对于灵感的创造性，古人往往能抓住问题的实质，论述也较为深入、细致。宋代的郭若虚评宋仁宗作画："遇兴援毫，超逾庶品。"⑤只要是兴（灵感）的创作，一定是一流的作品。许学夷说："《十九首》固皆本乎情兴而出于天成。"⑥《古诗十九首》因为本于情兴，所以自然天成。清毛先舒也说："词从兴生，不傍古事，语趣飞举，无惭彩笔。"⑦只要是兴（灵感）的创作，即使不用典故，也能"语趣飞举"。这里都谈论的是灵感

---

① 谢榛：《四溟诗话》卷三，丁福保辑：《历代诗话续编》（下），中华书局1983年版，第1186页。
② 王夫之：《明诗评选》卷六评袁凯《春日溪上抒怀》，《明诗评选》，上海古籍出版社2011年版，第247页。
③ 谢榛：《四溟诗话》卷三，丁福保辑：《历代诗话续编》（下），中华书局1983年版，第1152页。
④ 江巨荣、卢寿荣校注：《闲情偶寄》，上海古籍出版社2000年版，第81页。
⑤ 郭若虚：《图画见闻志》，人民美术出版社1963年版，第58页。
⑥ 许学夷：《诗源辨体》，人民文学出版社1987年版，第58页。
⑦ 毛先舒：《诗辨坻》，郭绍虞编选：《清诗话续编》（上），上海古籍出版社1983年版，第28页。

所带来的创造性。灵感创造的文学艺术作品，由于不事雕凿，追求自然，毫无痕迹，故而有极高的审美价值。它是作家、艺术家心物完美交融的结晶。作家、艺术家在灵感的状态下能保持精神的兴奋，情绪的快乐，不须花太多的力气，不要做长久的苦思，依然能妙笔生花，达到审美创造的极高境界，足见灵感具有一种神奇的魅力。它是具有创造力的直觉思维，是一种审美的、高级的思维活动。

兴的灵感特征彰显了比兴思维的思维特征。比兴思维作为一种整体性的思维，具有很强的包容性。各种思维活动相互交织，都可能随时随地表现出来，适时显现其创造性的功能。灵感作为最活跃的艺术思维之一，是伴随着兴而产生的。这是我们从古代关于兴的讨论中梳理出来的结论。灵感与兴连接，很可能会冲淡古希腊以来关于灵感的神秘性困惑。因为古人论兴，虽然也表示兴义难寻，但是从来没有把它真正地作为一个神秘性的问题，更没有把它与神灵联系在一起。这并不等于兴容易理解。文学艺术创作的思维活动是一个极其复杂的心理现象，在很多情形下，想清晰地把握这些活动确实很难。兴的起源可能神秘，但是，在发展演化和应用的过程中并不神秘。在神秘性这一点上，兴不构成与灵感的直接关系。在文学艺术创作的过程中，当兴产生时，人们基本能清晰地认识到到它的激发因素，不管兴是"起也"（兴起、发端）还是比喻（隐喻、类比），都是如此。至于在具体的作品中兴义难解，也不是兴的神秘性在起作用，而是兴的意义结构非常丰富，不易三言两语说清楚而已。这是兴的审美魅力之所在。从这里，我们可以洞察中国古代的兴包括感兴、应感、兴会、天机等理论与西方灵感理论的差别。这种差别的关键表现在：中国古代不相信有一个虚无缥缈的无形神灵左右人的创作，而相信兴（灵感）的到来是作家、艺术家长期积累的偶然的、不自觉的呈现。

上文我们讨论灵感的激发时曾经谈到刘勰的观点，刘勰强调，在创作的过程中，应"积学以储宝，酌理以富才，研阅以穷照，驯致以绎辞"（《文心雕龙·神思》），这已经触及作家、艺术家的积累问题。积累是多方面的，一是学识的积累，需要广泛地阅读和学习；二是实践的积累，要求广泛地参加生活实践，包括生活阅历和生活体验。在知识和实践积累的基础上开始创作，精心构思，凝练题材，升华情感，剖析事理，再加上作家、艺术家的天分，这是灵感产生的前提。这大概就是康德、黑格尔所说的天才吧！灵感的发生不可能是空穴来风，一定有现实和个体的缘由，并不像想象得那样神秘。对此，清代的袁守定讲得非常明晰。他说：

> 文章之道，遭际兴会，摅发性灵，生于临文之顷者也。然须平时餐经馈史，霍然有怀；对景感物，旷然有会。尝有欲吐之言，难遇之意，然后拈题泚笔，忽忽相遭。得之在俄顷，积之在平日，昌黎所谓有诸其中是也。余是虽刿精竭虑，不能益其胸中之所本无，犹探珠于渊而渊本无珠，采玉于山而山本无玉，虽竭渊夷山以求之，无益也。①

兴会类似灵感，它是发自人的性灵的。"餐经馈史"是知识积累、文化修养；"对景感物"是社会与自然的感发，包括生活实践、生活体验。它们之间突然遭遇，才会发生创作行为。"得之在俄顷，积之在平日"，把西方极为崇拜的神秘而又神奇的灵感现象轻描淡写地描绘出来，可谓一语道破真谛。袁守定一方面指出灵感（兴会）的到来是短暂的、偶然的、潜意识的，另一方面又指出灵感涵养的功夫在平日，离不开长期的创作实践和生活实践。胸中万象皆是灵感之源。如果没有平时的积累，犹如"探珠于渊而渊本无珠，采玉于山而山本无玉"，灵感无论如何也不会出现。

灵感的实现仅仅依靠创作实践和生活实践的积累还不够，还必须有心理上和精神上的积淀。这种积淀与个人的先天因素有关。作家、艺术家必须有准确捕捉灵感的能力，而这种能力恰恰是心理上的、精神上的，既有先天的遗传，也有后天的涵养。先天的性情决定文学艺术感悟的敏锐性和独特性，后天的经历与学养决定感悟的深度和广度，两者都非常关键。在思维开展的过程中，先天的性情和后天的学养往往具化为一动一静两种行为。对此，古人也有比较完整的认识。一是以刘勰为代表，主静；认为思维的最佳境界是"陶钧文思，贵在虚静，疏瀹五藏，澡雪精神"（《文心雕龙·神思》），追求思想意识的集中和神情的宁静；认为只有在这种状态中才能激发灵感，实现文学艺术创作的本真。二是以归庄为代表，主动；认为思维的最佳境界是"夫兴会则深室不如登山临水，静夜不如良辰吉日，独坐焚香啜茗不如与高朋胜友飞觥痛饮之为欢畅也"②，追求动态的环境变化；认为只有在这种变化中才能激发灵感，使之喷发，进而实现创作的本

---

① 袁守定：《谈文》，《占毕丛谈》卷五，光绪重校刻本。
② 归庄：《吴门唱和诗序》，归庄：《归庄集》，上海古籍出版社1984年版，第191页。

真。无论是动是静都能够引发灵感。这说明，灵感的发生对作家、艺术家的行为没有固定、统一的要求，只是要求适时调整，寻求适合灵感发生的心境。一旦外在的环境和作家、艺术家的心理产生碰撞，擦出火花，灵感会自然而然生成。由此可见，灵感何以发生？结论确实飘忽不定。

比兴思维的开展离不开灵感。在古人的观念中，兴包括应感、感兴、天机、兴会等几乎类同灵感的现象，由此，我们断定，比兴思维和灵感血肉相连。比兴思维与灵感的血缘关系决定了比兴思维是一种创造性的思维方式。正是因为它的创造性，它才具有永久的生命价值，乃至在中国古代漫漫的文学艺术创造的长河中，始终光彩不减，魅力无穷。即使在当下，仍然默默地发挥着无可替代的作用。

第五章 比兴思维的诗性品格

比兴思维与想象、象征、隐喻、灵感等的密切关系，决定了它是一种创造性的思维方式。这种思维方式已经经受了中国古代文学艺术创作的严格检验，并在实践中不断充实和完善了它的创造性内涵。艺术思维的创造性主要表现在其对情意和形象两个要素的融合上，亦即如何用情意去塑造出完美的形象，如何用形象去表达深刻而丰富的情意？这是比兴思维关注的核心。对此，叶嘉莹先生有独特的体会："因此'比'与'兴'二种写作方式，其所代表的原当是情意与形象之间的两种最基本的关系。'比'是先有一种情意然后以适当的物象来拟比，其意识之活动乃是由心及物的关系；而'兴'则是先对于一种物象有所感受，然后引发起内心之情意，其意识之活动乃是由物及心的关系。前者之关系往往多带有思索之安排，后者之关系则往往多出于自然之感发。"[①] 这就是站在艺术思维的立场来言说的，认识极为确当。然而，在文学艺术创作中，由心至物和由物至心是一种双向互动的关系。情意和形象的表达必须遵循双向互动的法则。因此，比与兴不能单独作为一种完整的艺术思维方式存在，它们两者只有结合在一起才能成为一种完善的艺术思维方式，共同承担着情意和形象的创造与融合任务。也正是在这一过程中，比兴思维显现了其无与伦比的诗性品格。由此，我们就更为深入地理解了古人比兴合称的良苦用心。比兴思维的诗性品格表现在感物兴情、托物寓情、意境的创造、意象的生成和诗性语言等几个方面。我们的讨论便围绕这几个方面展开，以期对比兴思维的创造性内涵及其美学价值有比较完整、深入的揭示。

[①] 叶嘉莹：《叶嘉莹说词》，上海古籍出版社1999年版，第115页。

第一节　感物兴情："兴"的兴发感动机制

　　文学艺术是情感的产物，这已经成为人们的共识。文学艺术的情感是怎样产生的？要回答这个问题似乎也不太难，在中国古典文艺学、美学中能够找出一大堆答案。《礼记·乐记》云："凡音之起，由人心生也。人心之动，物使之然也。""情动于中，故形于声。声成文，谓之音。"[①]董仲舒云："天之副在乎人，人之情性有由天者矣。"（《春秋繁露·为人者天》）[②]陆机云："遵四时以叹逝，瞻万物而思纷。"（《文赋》）[③]刘勰云："春秋代序，阴阳惨舒，物色之动，心亦摇焉。"（《文心雕龙·物色》）[④]钟嵘云："气之动物，物之感人，故摇荡性情，形诸舞咏。"（《诗品序》）[⑤]这里众口一辞，都说情感的产生是外物的激发，是感物的结果。物成为人情感的生成之源。物何以有如此神奇的魅力？何以能引发情感的产生？这个物到底是什么？要回答这些问题，就不是那么容易了。这里涉及许许多多自然与心理问题，倘若不经过精心考察，深入探索，难以得出令人满意的答案。然而，古人在谈论物与情感的关系时往往用"兴"。如东汉王延寿云："诗人之兴，感物而作。"（《鲁灵光殿赋序》）[⑥]刘宋傅亮云："怅然有怀，感物兴思。"（《感物赋序》）[⑦]刘勰云："情以物兴，故义必明雅，物以情观，则词必巧丽。"（《文心雕龙·诠赋》）[⑧]贾岛云："兴者，情也，谓外感于物，内动于情，情不可遏，故曰兴。"[⑨]张戒云："兴则触景而得，此乃取物。"[⑩]诸如此类。这就给我们提供了解决问题的线索。要想弄清情感与外物的关系，弄清文学艺术创作的兴发感动机制，必须从兴入手。兴或许是打开这一创作心理之谜的一把钥匙。

---

① 陈戍国点校：《周礼·仪礼·礼记》，岳麓书社1989年版，第424页。
② 苏舆：《春秋繁露义证》，中华书局1992年版，第319页。
③ 金涛声点校：《陆机集》，中华书局影1982年版，第1页。
④ 王利器校笺：《文心雕龙校证》，上海古籍出版社1980年版，第278页。
⑤ 陈延杰：《诗品注》，人民文学出版社1961年版，第1页。
⑥ 萧统编、李善注：《文选》，上海古籍出版社1986年版，第509页。
⑦ 严可均辑：《全宋文》，商务印书馆1999年版，第244页。
⑧ 王利器校笺：《文心雕龙校证》，上海古籍出版社1980年版，第50页。
⑨ 贾岛：《二南密旨》，陈应行编：《吟窗杂录》（上），中华书局1997年版，第174页。
⑩ 张戒：《岁寒堂诗话》卷下，丁福保辑：《历代诗话续编》（上），中华书局1983年版，第474页。

兴的复杂性和多义性无法从语言文字本身的结构与意义去理解（汉字独特的表意性决定字形本身就有意义），任何一种释义都只能是片面的、局限的，只适宜于此时此地创作和接受的单一情境。为此，才会有兴是教诗方法、表现手法、修辞手法，兴是隐喻、象征、直觉、灵感，兴具有"复沓"和"叠覆"乃至于反复回增的本质等许许多多的看法。但是，古往今来关于兴的种种理解在某种程度上都在向兴的意义接近。因为不管是对本义的发掘还是对衍义的考察都是对意义的探究，这种探究的过程也是对兴的意义充实和完善的过程，所以，兴义无穷。兴好比一棵大树，围绕这棵大树生成的诸多意义是这棵大树的枝叶。枝叶随着季节的变化有荣枯现象，亦如兴的意义的丧失与生成。兴是一个永远道不尽说不完的话题。唯其如此，兴才具有顽强的生命力。

兴具有独特的联想功能，包括想象、隐喻、象征、灵感等诸多的思维特征在内，这种功能是连接情感与物象的红线。由于思维是一个玄秘的世界，兴的诸多联想是玄秘的，很难从它身上找出一个普遍适用的规律。然而，兴又不是不可描述、不可认识的，对兴的认识与运用虽然少不了理性，但更重要的是直觉，只有直觉才能捕捉到情感与物象的神秘关系，准确地把握感物兴情的审美创造机制。

陈世骧曾以其生花妙笔描述了《诗经》之兴。他以《小雅·出车》为例，从这首诗的一般结构和命意着手，分析了这首诗的兴的特征。他认为，这首诗的兴表现在"喓喓草虫，趯趯阜螽"中。"此二句之出现暗示音乐调式之重新增强，以傍韵和脚韵的效果从先行诸章的字面上取得共鸣，并预示后面章句韵律上的协调。这两个兴句并且还引领了一个带着新气象的段落，通过这个段落所展现的新幅度，全诗的境界才屹然建立。"[①] 兴的目的是为了促成发展和转变的复杂情绪，陈世骧特别赞赏这两个兴句在第五章适时出现的意义。他说：

> 所以到了第五章我们听到草虫"喓喓"的声音，阜螽"趯趯"的声音，我们忽然觉悟大自然终究有它的秩序，而征人也终究要还乡重见他们的妻子。但此二兴句与第一部分的关系密切，初不只是诗意转

[①] 陈世骧：《原兴：兼论中国文学的特质》，叶维廉主编：《中国现代文学批评选集》，台湾联经出版公司1979年版，第34页。

折的工具而已，这首诗的主题固然贯穿一致，但也直到"喓喓草虫，趯趯阜螽"二句出现时才见到它完整而强烈的缩影。微小的昆虫有限的活跃和细弱的声音本来象征的是原野里行役兵士的渺小，但此地因战后复归自然常态，象征的却又是重见妻子的征人。[①]

陈世骧说兴，准确抓住了兴的感物兴情的特征，对诗人创作的直觉体验做出了自己的理解和重新体验。这仅仅是一个个案，不足以说明所有感物兴情的创造机制，但又确实深刻地触及了感物兴情的本质。

感物兴情到底是感物在先还是兴情在先？真是一言难尽。物与情原本是一种互文关系，在情的引领下才会准确选择物，在物的启发下才会适时产生情感，两者互为条件，互为因果，关键是兴。兴作为一种直觉是情感体验。作家、艺术家的情感具有选择性，在没有触发之前，它潜在地隐藏在内心深处，只有遇到适宜的物、事才会被点燃、引发。这样，物在创作中只是激发的因素。这个物必然在创作中有所表现，或成为作品中的一个意象，或成为作品描写的焦点。值得一提的是，感物兴情之物不能简单地将之理解为一个物象，它既包括自然界的客观现象，也包括现实中的人与事，是一个非常宽泛的概念。如果将之简单化理解，必然会导致很多无法解释的现象存在。

就特定的创作时间段而言，亦即作品即将形成的一霎那而言，感物在先，兴情在后。外物触动了潜藏在内心深处的情感，使作家、艺术家立刻产生了创作的欲望，引发了作家、艺术家的灵感。感物是不刻意的、自然的，这就是兴。故而，叶嘉莹说这是自然的感发。这种自然的感发得益于人心的独特构造。对于感物兴情的创造机制，恐怕还须借助于中国古代的哲学心理学和西方的格式塔心理学才能解释。

中国古代是追求天人合一的。天人合一的主旨是自然与人情相通，亦即，人的性情在自然中孕育，自然能展示人的性情的方方面面，同时，人又能借助于性情表现自然。《周易》说："夫大人者，与天地合其德，与日月合其明，与四时合其序，与鬼神合其吉凶。先天而天弗违，后天而奉天

[①] 陈世骧：《原兴：兼论中国文学的特质》，叶维廉主编：《中国现代文学批评选集》，台湾联经出版公司 1979 年版，第 34—35 页。说明："趯趯"是跳跃之意。引文说"听到……阜螽'趯趯'的声音"，理解有误。

时。"(《乾》)① 《庄子》说:"故君子苟能无解其五藏,无擢其聪明:尸居而龙见,渊默而雷声,神动而天随,从容无为而万物炊累焉。"(《庄子·在宥》)将天人合一整合成一个完整理论的哲学家是西汉今文经学大师董仲舒。在他看来,天是仁慈的,自然(天)并不是人们恐惧的对象,而是人们亲善的对象。他说:"仁之美者在于天。天,仁者。天覆育万物,既化而生之,有养而成之,事功无已,终而复始,凡举归之以奉人"(《春秋繁露·王道通三》)② 正是因为天是仁慈的,它才与人情相通。

> 人生有喜怒哀乐之答,春秋冬夏之类也。喜,春之答也;怒,秋之答也;乐,夏之答也;哀,冬之答也,天之副在乎人。人之性情有由天者矣。(《春秋繁露·为人者天》)③

所谓"天之副在乎人,人之性情有由天者"就说的是人与自然的相合相从关系。人的性情的产生在于天(自然),是天(自然)所决定的。我们今天无法以唯心、唯物来厘定天人合一观念的优劣。天虽没有意志,没有情感,但是,天(自然)的种种表现有情感,这是因为人们以情感的态度去观照天(自然),天(自然)也打上了人的情感。天与人是互动的,合一的。这里就涉及人的深层的心理问题。对这一深层心理的把握和领悟是我们必须做到的。唯有如此,才能理解感物与兴情的有机关联。

首先,感物兴情是天人合一观念在文学艺术创作中的渗透。物与情的关系即是天与人的关系。人的情感之所以在遇到这一物时发生是因为这一物有一些能触发人情感的特征,这些特征经过人的视觉、味觉、触觉等感觉的糅合,与人的心理产生了霎那间的碰撞,引发了创造的冲动。这种碰撞是莫名其妙的,表现是极为复杂的。亦如董仲舒所言春、秋、夏、冬与喜、怒、乐、哀的对应,看似有规律,其实无规律可循。春天,万物萌生,生机勃勃,自然的造化激发了人的喜悦的情感,这是因为人热爱生活,热爱生命。秋天,万物凋落,趋于衰老,人的情感也转入低沉,变得易怒,这是因为人留恋生命。夏天,万物茂盛,果实丰硕,人的情感也变得快乐,

---

① 李道平:《周易集解纂疏》,中华书局 1994 年版,第 64—65 页。
② 苏舆:《春秋繁露义证》,中华书局 1992 年版,第 329 页。
③ 同上书,第 318—319 页。

这是因为人赞叹生命的创造。冬天，万物沉寂，满目凄清，人的情感也变得悲哀，这是因为人哀叹生命的凋零。四时景物的变化引起人的情感的变化，万事万物对人的心理左右是自然、社会、历史长期作用的结果。人心对自然、社会、历史艺术地接受过程是直觉的，很难找出一个规律。董仲舒所说的春、秋、夏、冬与人的情感的喜、怒、乐、哀的对应并不是规律，很多人却会产生异样的感觉。在中国古典文学中，有不少以伤春为主题的诗文便是对董仲舒的反动。如温庭筠词《菩萨蛮》：

  南园满地堆轻絮，愁闻一霎清明雨。雨后却斜阳，杏花零落香。无言匀睡脸，枕上屏山掩。时节欲黄昏，无憀独倚门。

春天的景致在这里通过落絮、清明雨、斜阳、花落、黄昏等意象托出，这哪里还能引起人们的欣喜？分明是在撩拨人心的忧愁！

  同样，古人对秋的认识也不以董子的观点作为不可更易之法则。董仲舒将秋天与怒的情感对应，刘禹锡却反其道而行之，如《秋词》之一：

  自古逢秋悲寂寥，我言秋日胜春朝。
  晴空一鹤排云上，便引诗情到碧霄。

对秋天大加赞赏。秋天的晴空、白鹤引起人们的欣喜与诗情。可见，感物与兴情虽经天人合一哲学思想的渗透，但是，具体表现却极为复杂，不同的人对同一景物的感触不可能一样，因此，所兴发的情感也就会千差万别。这是因为，物的特征也是诸多特征的集合，不同的感物者只是抓住了物的某一特征，兴发了不同的情感。这是极其自然的现象。

  其次，感物兴情完全依赖于作家、艺术家的直觉经验。什么物引起什么样的情感，感物为什么会兴情？这是任何人也说不准的。感物和兴情作为文学艺术创造的兴发感动机制没有必然的逻辑关系。它们强调和注重的是自然的、不经意的感发，不能断定感发的时间、地点，不能设置感发的方向和路径。意大利美学家克罗齐在回答艺术是直觉的时候陈说了多个否定的因素，可以帮助我们理解感物兴情的心理现象。他说，艺术即直觉否定艺术是物理的事实，不可能是功利的活动，不是一种道德的活动。[1] 艺术可以用物理的方法构成，但不能用物理的方法去认识艺术活动的本质和方式；艺术不是一种快感但却能引起快感，艺术不是意志活动的结果但可显现道德上的褒贬行为。艺术是直觉的，"而直觉恰恰意味着现实与非现实的难以区分，意味着意象仅仅作为纯意象，即作为意象的纯粹想象性才有其价值；它使直观的、感觉的知识与概念的、理性的知识相对立，使审美的知识与理性的知识相对立，其目的在于恢复知识的这一更简单更初级形式的自主权，而这种知识形式一向是被比作认识生活中的梦境（梦境，而不是睡眠），与这种梦境相比，哲学则处在苏醒状态"。[2] 文学艺术创作中的感物兴情是一种直觉活动，感物是自然的趋使，不是一种理性的活动。贾岛明显地指认兴是一种直觉。"兴者，情也。谓外感于物，内动于情，情不可遏。故曰兴。"（《二南密旨》）这就是说兴不是理智所能控制的，只能任其自生自灭。而李仲蒙对兴的解释是："触物以起情，谓之兴，物动情者也。"（《与李叔易书》）也是强调兴是一种直觉，与贾岛的"外感于物，内动于情"所表达的意旨是一样的。这些都是感物兴情美学思想的重要表述。

兴作为一种直觉思维方式的具体表现形态是受外物的启发而产生情感和创造的冲动。感物兴情的创造机制是在外物的启发下形成的，这是兴的作用。兴的自然感发特质叶嘉莹在她的《中国古典诗歌中形象与情意之关系例说》一文中又称之为因物起兴（物在心先），实是说由于外物激发产生情感（心），物在先，心在后。这是对中国古典文艺学、美学中的兴义作出的概括和总结，其言说的角度正是直觉的艺术思维。

再次，感物兴情还得益于人心与自然的异质同构，是外在事物所具有的真正的表现性所产生的作用。这一点，我们只能借助于西方的心理美学来认识。西方一个非常重要的心理学流派格式塔心理学认为，外在事物之所以会对人的情感产生影响是因为这个事物所固有的表现性，这种表现性不是人心比附的结果，人心的比附不起决定作用。阿恩海姆曾这样说：

> 事实上，表现性乃是知觉式样本身的一种固有性质。那作为一种特殊的知觉式样的人体，只不过是那些较为普遍的式样中的一个个别

---

[1] 参见克罗齐：《美学纲要》，韩帮凯等译，克罗齐：《美学原理·美学纲要》，外国文学出版社1983年版，第209—213页。

[2] 同上书，第216页。

事例。因此，将一个事物的外部表现性与一个人的心理状态进行比较，在决定事物的表现性方面不会起到决定性的作用。一棵垂柳之所以看上去是悲哀的，并不是因为它看上去像是一个悲哀的人，而是因为垂柳枝条的形状、方向和柔软性本身就传递了一种被动下垂的表现性；那种将垂柳的结构与一个悲哀的人或悲哀的心理结构所进行的比较，却是在知觉到垂柳的表现性之后才进行的事情。一根神庙中的立柱，之所以看上去挺拔向上，似乎是承担着屋顶的压力，并不在于观看者设身处地地站在了立柱的位置上，而是因为那精心设计出来的立柱的位置、比例和形状中就已经包含了这种表现性。只有在这样的条件下，我们才可能与立柱发生共鸣（如果我们期望这样做的话）。[1]

在这里，阿恩海姆称这种表现性所产生的力与推动人情感活动的力实际是同一种力，它们有内在的统一性。这就是所谓的"异质同构"。"正是在这种'异质同构'作用下，人们才在外部事物和艺术品中，直接感受到某种'活力''生命''运动'和'动态平衡'等性质，这些性质不是联想作用，也不是来自想象和推理，而是一种直接感知的结果。"[2]

用这种理论去观照中国古代的感物兴情就会产生一种新的启示。外物之所以能引起情感的发生是因为外物所形成的力作用于人心，产生了一种异质同构，唤起了人们的审美创造。这是对审美对象的直接感知。这种理论与中国古代的天人合一有共同之处，但是理论的基点不一样。天人合一是带有直观推测性的东方式的哲学心理学观念，"异质同构"则是带有科学实验性的逻辑科学观念，两者都强调外物与人心（情感）的有机关联。外物对人的情感的激发不是无缘无故的，而有一种心理的依据。依此类推，兴的直觉就表现为一种心理的异质同构，它唤醒了人们的审美创造的欲望，自然而然地将人引入瑰丽多彩的审美创造领域。用"异质同构"的模式理论来解释文学艺术创作感物兴情的心理现象具有相当的可信度与说服力，结合具体的文学创作分析可反证这种理论的科学性。我们来看《诗经·周南·芣苢》：

---

[1] 鲁道夫·阿恩海姆：《艺术与视知觉》，滕守尧、朱疆源译，四川人民出版社1998年版，第619—620页。

[2] 滕守尧：《审美心理描述》，中国社会科学出版社1985年版，第38页。

  采采芣苢，薄言采之。采采芣苢，薄言有之。
  采采芣苢，薄言掇之。采采芣苢，薄言捋之。
  采采芣苢，薄言袺之。采采芣苢，薄言襭之。

  在这首诗中，引发诗人情感的外在物象是芣苢或采芣苢这种劳动。"芣苢"是一种草本植物，又名车前，大叶长穗。《毛传》说它"宜怀任也"。芣苢的特征引起人们对生殖的联想，情感所指乃是由于外物的激发，形成"异质同构"。因此，采摘芣苢就是"原始求孕仪式化的象征"[①]。

  我们再看林逋的《长相思》写山："吴山青，越山青，两岸青山相对迎，谁知离别情？"吴山位于钱塘江北岸，春秋时为吴国国界，越山位于钱塘江南岸，春秋时属越国。两岸青山的特征用"相对迎"一语道出，这也正是激起词人内在情感之处。"相对迎"的亲切氛围引发了词人的离别之情，山的特征与内在情感形成了一种"异质同构"，故而产生如此哀感顽艳的吟咏。由此可见，格式塔心理学在对文学艺术创作心理的研究上具有重大意义。它直指感物兴情创造的心理本质。然而，这种"异质同构"的复杂特征还需要进一步的试验论证，不可将之作为教条，套上一个新的枷锁，从而制约我们对文学艺术创作的认识与开展。

  最后，感物兴情是以兴为中介的审美创造活动。前文已言，兴是直觉，是否直觉的心理都是审美心理？直觉所表现的一定是美的？不能这样肯定。直觉作为一种宽泛的心理事实有审美的和非审美之别，兴作为直觉的一种形式只有在成为文学艺术创造的中介时才是审美的。它承担着从物到情的角色与心理的转换，将物改造为情，将客观的现象改造成为一个审美对象。这样，兴的意义是不可低估的，它的创造价值越来越明显。古往今来研究兴者大多注重兴的兴起和兴发之意，很少看到兴的中介价值，孰不知，正是这中介才具有真正的美学意义。

  兴的中介价值首先表现在对物与情的心理糅合上，在糅合的过程中赋予其美的观念。物作为客观物象（自然现象）时是自然化的物，一旦经过作家、艺术家的加工和改造即成为人化的情。情作为美的对象是包含物（形象）的，这个物已不是客观物象之物，而是审美创造之物。中国古

[①] 陈世骧：《原兴：兼论中国文学的特质》，叶维廉主编：《中国现代文学批评选集》，台湾联经出版公司1979年版，第38页。

代对这一问题的认识还是比较明确的。刘勰说："情以物兴，故义必明雅。"（《文心雕龙·诠赋》）情是经过兴的中介所形成的审美之情，实包括形象在内，它是对客观之物的加工改造。没有兴这个中介，这种改造很难完成。故而，古人在谈论物与情的转换时必言及兴，就是看到了兴的中介作用。可惜的是，今人在分析这一问题时，极少对之点拨，这样，对兴的认识就难免以偏盖全。

兴的中介价值还表现在对各种艺术思维方法的调配与运用上，其中包括想象、联想、隐喻、象征、灵感等。由物至心并非是物理的移动，而是创造性的改造和加工，必然少不了艺术思维的作用。外物引起人们的所感所思，而所感所思直指审美，因此，对这一外物（自然现象、人物、事件）的审美联想、隐喻、象征是必然的过程，如此以来，兴的中介价值也得到了较为完美的体现。兴对艺术思维的操持在上文我们已有较多的展开，这种对艺术思维的操持是兴在文学艺术审美创造中所担当的重要角色。任何创造，都离不开创造的中介。由于兴的中介角色在中国古典文艺学、美学中的表现尤为独特，理应得到较为深入的研究与广泛的提倡、发扬。

感物兴情以兴为中心，由物至心或物在心先，其间缺少不了兴的中介。兴决定物（自然现象、人物、事件）的审美取向，决定情的美学价值，兴具有无限的创造力。文学艺术的审美品性在很大程度上是由兴所创造的，而兴的复杂难解的意义又给人们对它的理解与研究制造了许多迷雾。要想彻底搞清它的复杂的意义结构确实不易。因为，兴的意义不是僵死的、固定的，而是无时无刻不在生长的。

综上所述，文学艺术创造的兴发感动机制只有抓住兴才能窥其门径。感物兴情的由物至心、物在心先仅是一种表面的现象，如何由物至心，由感物至兴情，是文学艺术创造兴发感动产生的关键。由物至心和物在心先本身不能构成文学艺术的诗性，文学艺术诗性品格的形成在于兴对物和情的调和。这一调和的过程大有文章可做。研究这一调和的过程离不开思维的视角。因此，对兴的艺术思维的考察是必要的，研究兴的创造价值不可能绕过。

第二节 托物寓情："比"的诗性创造表征

文学艺术创造超越不了物与情的关系，感物兴情仅是一个方面。这一方面以兴为中心，涉及诸多的心理问题，令人难以索解，但是，并非找不到理解的线索，仔细梳理还是能发现一些蛛丝马迹。而托物寓情则是另一个方面。这一方面以比为中心。情感原本是存在的，作家、艺术家受情感的指使去寻求物象作为情感的寄身之处，这是文学艺术创作常有的现象。叶嘉莹先生就把这种先有一种情感（情意）然后寻求物拟比（寄托）的情形作为对比的阐释，并指出这是一种由心及物的关系。可见，托物寓情是以比为中心。其实，比的实际表现并不是这么简单，单单一种比是无法承担由心及物的传达任务的，必须有兴参与。对此，中国古典文艺学、美学有细微的考察。元代方回云："大抵赋若诗，贵乎兴多而比少。比徒以拟其形状，不若兴而有关于道理。"[1] 明李东阳说："所谓比与兴者，皆托物寓情而为之者也。盖正言直述，则易于穷尽，而难于感发。唯有所寄托，形容摹写，反复讽咏，以俟人之自得。"[2] 清人薛雪云："咏史以不著议论为工，咏物以托物寄兴为上，一经刻画，遂落蹊径。"[3] 这都是说托物寓情必须比与兴共同参与。唯有此，才能显现文学艺术创造的诗性。

托物寓情是情感在先，即先产生一种情感，引发创作的冲动，然后再寻求与情感具有一种异质同构关系的物去表达这种情感。作家、艺术家经过长期的思考，突然在某个时间产生顿悟，情感涌动，急于寻找一个发泄的对象。这其中是夹杂着灵感的，但又不完全是灵感。这是因为，灵感的到来非理性所能控制，只能任其倾泻，着意挥洒。而创作冲动产生时的情感表现却给作家、艺术家提供一个缓冲的余地，让作家、艺术家从容地去选取能够寄托情感之物，进而，从容地表达情感。可以这样说，托物寓情是一种情感的先入为主，情感是绝对的主导，情感决定创作的方向和目的，规定创作的基本路径。因此，这种情感是感性和理性相统一的非单纯直觉的情感。

在任何文学艺术创造中，情感都是主导。不可以说，在托物寓情中情感是主导，而在感物兴情中，情感就不是主导。感物兴情之"感"也明确提示情感的主导作用。这两者的区别是：托物寓情以情寻物，即在情的主导下寻求寄托情感的事物；感物兴情由物所感，产生情感，即外在事物激发引起情感的发生。这是情感在文学艺术创作中的两种不同的表现情状，

---

[1] 方回：《梅花赋又跋》，《桐江集》卷二，宛委别藏本。
[2] 李东阳：《麓堂诗话》，丁福保辑：《历代诗话续编》（下），中华书局1983年版，第1374页。
[3] 薛雪：《一瓢诗话》，丁福保辑：《清诗话》（下），上海古籍出版社1978年版，第704页。

即激发创作产生的两种不同的情状。这两种情状没有优劣之别,更没有质的差别。这说明,激发文学艺术创作冲动的产生因素是复杂的,它可能是一个外物,也可能是一种情感。同时,这些不同的激发因素也表现了作家、艺术家艺术思维的差别。这种差别不是一成不变的,在不同的作家、艺术家所处的不同环境中会有不同的表现。这种差别,我们还可以从狭义的方面来认识,亦即叶嘉莹先生所言的比与兴的差别。

托物寓情以比为中心。作家、艺术家思维的集结点在物上,从物身上去寻求表情的适当途径。情感已经出现,但是,情感必须借助于物才能表达。借助的方法是"附",亦即多方的比譬。故而,刘勰说,"故比者,附也","附理者切类以指事","附理故比例以生"。(《文心雕龙·比兴》)可惜的是,在这里,刘勰在讲比的特征的同时,也陷入了一个狭义的释义圈套。他将比与理联系在一起,以为比只是附理,这是从文学教化角度而言的。其实,比不仅附理,而且附情。在《文心雕龙·比兴》后面的论述中,刘勰就有所补足,他以"拟容取心"归纳比兴的创造,充分考虑到比兴的诗性特征。"拟"是拟比,"容"是物的形象,"取"是表达,"心"是思想情感。"拟容取心"就是通过拟比外物的形象来表达情感,其实就是托物寓情,要求作家、艺术家在形象中寄寓情感。

托物寓情的过程自然少不了比喻的修辞手段。比喻作为一种语言的修辞手段不是文学的专利,任何文体语言都可使用比喻。然而,托物寓情以比为中心,这个"比"就不是一般意义上的修辞比喻了,而是整体的、思维上的"大比"。如果从狭义的修辞上来言说托物寓情,视界就会显得窄小,不能讲清楚托物寓情的诗性特征。

文学艺术创作的情感表达以物为依托,由心至物的中间环节是比。比是揭示心与物关系的核心。比为何能连结心与物?它在心物交融的过程中有什么科学意义?这是我们要回答的。这也是解决托物寓情这一文学艺术创造诗性特征不可绕过的问题。

首先,比是发散性思维的一种方式,它的发散性表现在与事物的多极联系上。这种联系通常以类比、隐喻、象征等形式出现,通过心对物的渗透来揭示审美对象的美的意蕴。《礼记·学记》云:"不学博依,不能安诗。""博依"即是比。这句意思是说,如果不懂得比,不知道多极联系,是不能很好地理解诗的。扩之而及于创作,不知道多极联系,不知道比,不善于用比,无法进行文学艺术创造。这是自然而然的。这种多极联系依靠的是心与万事万物连接，将万事万物与情感的表达联系在一起，借助于物来表达情感。离开比，心无法与物连接，情感也无法宣泄。刘向《说苑》曾记载了一个故事，说明比的重要。那虽然是说比喻的修辞的，但是却对人的思维有很大启发。比作为一种"大比"，作为一种思维方式原本是离不开小比的。

> 客谓梁惠王曰："惠子之言事也善譬，王使无譬，则不能言矣。"王曰："诺！"明日见，谓惠子曰："愿先生言事则直言耳，无譬也。"惠子曰："今有人于此而不知弹者，曰：'弹之状若何？'应曰：'弹之状如弹。'则喻乎？"王曰："未喻也。""于是，更应曰：'弹之状如弓，而以竹为弦。'则知乎？"王曰："可知也。"惠子曰："夫说者，固以其所知喻其所不知，而使人知之。今王曰'无譬'，则不可也。"王曰："善！"①

这就是说，人离开比则无法言说。因为比是"以其所知喻其所不知"，要想让人的思想为世人了解，必须用比。同理，要想使人的情感变成真切感人的审美形象，必须用比的思维加以表达。而比的借助对象即是物，这个物的范围极其广泛，既包括物、事，也包括人。

然而，怎样的物才适合情，才能为心所借？这个物必须是与人心能达到异质同构的物，与人的情感取向有一定相似之处的物。这个物，必须要经过认真选择。选择的过程也就是比的过程，也是直觉的思维过程。尽管它是感性和理性相统一的非单纯直觉思维，但是，终归是直觉思维。选择的结果是选择了能恰当地表达情感的物，即通过直觉地反复比附，认为是可寄托情感之物。如《诗经·齐风·南山》：

> 南山崔崔，雄狐绥绥。
> 鲁道有荡，齐子由归。
> 既曰归止，曷又怀止。

这一节诗由小比至大比，其发散性的思维表现得尤为突出。朱熹注曰："言南山有狐，以比襄公居高位而行邪行。且文姜从此道归于鲁矣，襄公

---

① 刘向：《说苑·善说》，向宗鲁：《说苑校证》，中华书局1987年版，第272页。

何为而复思之乎？"① 这里的襄公指齐襄公；文姜即襄公之妹，鲁桓公夫人。桓公与文姜如齐，襄公却与文姜私通。南山之狐与襄公的兽行有某种类似之处，由此联系开来，形成了这节诗的思维取向。此诗以狐比襄公为小比，而整诗从齐襄公与文姜之事说起，以此比附沦丧的人伦道德，情感所指为大比。这就形成了整首诗的直比。比在这里不仅是一种修辞手段，而且是一种思维方式。比的思维表现是非常复杂的，像《南山》诗中这样的直比仅是一类。而在文学艺术创作中，比更多的表现是隐喻，因为隐喻更具有诗性。这一点，我们在上一章中已经有所论及，不再重复。

其次，比展示的是心的主导性，心为情动，情决定对物的去取。由于以情取物，而所取之物必须适合情，这便陷入了主客体关系的悖论。然而，就此时此地的创作情境来说，比是由于主体情感的萌动产生创作冲动去寻求物以寄托情感，因此，是情感决定物，而不是物决定情感。这种艺术思维在创作中有鲜明痕迹。我们来看苏轼的《卜算子》：

缺月挂疏桐，漏断人初静。谁见幽人独往来，缥缈孤鸿影。
惊起却回头，有恨无人省。拣尽寒枝不肯栖，寂寞沙洲冷。

此词描写孤独的情感。由于这种情感在先，因此所有的物都为表达这种情感而设，经过了词人细心的选择。"缺月"既然"缺"，就不圆满、不完美，喻指孤身一人，还没有与家人团圆。"漏断"喻指夜深。由于寂寞难耐，思虑深切，长夜倾听计时的孤漏之声，无法入睡。"幽人"与"孤鸿"都比喻孤零、漂泊之自我。这些物都指向孤独、思念之情感。特别是最后两句，"拣尽寒枝不肯栖，寂寞沙洲冷"。在对孤鸿的生存习性准确描绘的同时，也包含深深的喻指，喻指自我的孤独、思念、悲凉。这首词描写的所有的物都是由情感所决定的，是情感寻求到的。情感寻求物的过程是一个想象的过程，想象融合事物与情，使之思维绵密，天衣无缝，产生了强烈的艺术魅力。

在以情取物的同时，情自然经过了一定程度的理性化。这种创作情形在作品中的表现往往以工整的、富有哲理的警句展露蛛丝。如上文例举苏词中的"拣尽寒枝不肯栖，寂寞沙洲冷"一句，赋情和赋意都较为完美。

---

① 朱熹：《诗集传》，中华书局2011年版，第78页。

这种情形纯粹依靠"感物兴情"是不能实现的。这是典型的托物寓情。比的思维特点在诸如此类的警句中的表现是极为突出的。再如,"问君能有几多愁,恰似一江春水向东流"(李煜《虞美人》);"莫道不消魂,帘卷西风,人比黄花瘦"(李清照《醉花阴》);"零落成泥碾作尘,只有香如故"(陆游《卜算子·咏梅》),等等,都是以情取物、托物寓情的思维典范。

其三,比在通常的思维情形下并不是单一存在的,而是与其他思维方式多元共生的,必须与兴相结合才能更好地托物寓情。比虽然是心在物先,情在物先,具有整体思维的特征,但是,由于文学艺术的创作是一种复杂的精神活动,即使是心在物先,情在物先,在具体的创作情境中也不能与物在心先、物在情先截然分开。特别是当创作达到浑整的状态之后,思维整合了共时和历时情形的美感经验,将过去、现在、未来融为一体,更难以区分情在物先和物在情先的具体表现情状。因此,比和兴是不能够截然分开的。实质上,感物兴情和托物寓情在具体创作中基本是一体化的,这从古代将比兴合在一起用于讨论创作问题、比和兴混用不分的理论论述中可以推测。这种表现情形,并不是古人的有意混淆,也不是古代的理论意识薄弱,实在有着深刻的背景。

心和物的关系在文学作品中又可具体化为情与景的关系。"感物兴情"即是触景生情,"托物寓情"即是借景抒情。触景生情是物在心先,追求的是"景中之情";借景抒情是心在物先,追求的是"情中之景"。心与物即是情与景。中国古典文艺学、美学对情景的讨论很多。这实际上也是比兴思维研究的进一步展开。古人的整体思路是,情与景"孤不自成,两不相背"[1],"情景名为二,而实不可离,神于诗者,妙合无垠。巧者则有情中景,景中情"[2]。情景与心物的关系,王夫之说得最为清晰:"情景虽有在心在物之分,而景生情,情生景,哀乐之触,荣悴之迎,互藏其宅。"[3] 因此,我们对感物兴情和托物寓情的讨论还必须从情与景的关系契入,唯此,才可能洞悉比兴思维的诗性品格。

对物在心先(兴)和心在物先(比)两种切入方式从情与景角度契入,

---

[1] 谢榛:《四溟诗话》卷三,丁福保辑:《历代诗话续编》(下),中华书局1983年版,第1180页。
[2] 王夫之:《姜斋诗话》卷下,丁福保辑:《清诗话》(上),上海古籍出版社1978年版,第11页。
[3] 同上书,第6页。

较早、较全面展开讨论的是宋代的范晞文。其《对床夜话》从杜甫的具体诗歌入手论述了这一问题：

> 老杜诗："天高云去尽，江回月来迟。衰谢多扶病，招邀屡有期。"上联景，下联情。"身无却少壮，迹有但羁栖。江水流城郭，春风入鼓鼙。"上联情，下联景。"水流心不竞，云在意俱迟。"景中之情也。"卷帘唯白水，隐几亦青山。"情中之景也。"感时花溅泪，恨别鸟惊心。"情景相触而莫分也。"白首多年疾，秋天昨夜凉。""高风下木叶，永夜揽貂裘。"一句情一句景也。因知景无情不发，情无景不生，或者便谓首首当如此作，则失之甚矣！如"淅淅风生砌，团团日隐墙。遥空秋雁灭，半岭暮云长。病叶多先坠，寒花只暂香。巴城添泪眼，今夜复清光"，前六句皆景也。"清秋望不尽，迢递起层阴。远水兼天净，孤城隐雾深。叶稀风更落，山迥日初沉。独鹤归何晚，昏鸦已满林。"后六句皆景也。何患乎情少？①

从这段评论文字中，我们可以看出，范晞文对杜诗情与景描写的分析非常精细。他对杜诗的情景描写作了大致的归类，虽然归类的逻辑欠严密，但有三个归类却值得我们注意。一是景中之情，二是情中之景，三是情景相触而莫分。他认为，杜诗《江亭》中的句子"水流心不竞，云在意俱迟"是景中之情。所谓景中之情即在描写景物的同时表达感情。这种情形大都是物在心先，即诗人受景物的感发而写情。从这一联杜诗中我们能够体会，水和云的表现虽然很不相同，但是，都能成为表达闲适情感的对象，成为情感的象征。江水日夜不停地东流，是那么匆匆忙忙，而诗人的心却不刻意学它，无意与江水竞争。云在天上缓慢地移动，此时诗人闲适的心境却像云。水和云呈现为两个极端。诗人受水和云的感发写景，显然是为了表现闲适之情。这就是景中之情。景与情可以相同，也可以相反相成。这里的景就与情是相反相成的。可以说，范晞文准确抓住了杜甫比兴思维的特点。同时，范晞文又说，"卷帘唯白水，隐几亦青山"是情中之景。所谓情中之景就是在表情的同时写景。这种情先于物产生，即心在物

---

① 范晞文：《对床夜话》卷二，丁福保辑：《历代诗话续编》（上），中华书局1983年版，第417页。

先,然后,再借助于物传达。具体到杜甫这首写《闷》的诗就可以看得非常清楚。整首诗写闷,那是因为闷的情感在先。我们先读读全诗:"瘴疠浮三蜀,风云暗百蛮。卷帘唯白水,隐几亦青山。猿捷长难见,鸥轻故不还。无钱从滞客,有镜巧催颜。"这首诗是诗人寓居成都时写的,那时,诗人闲极无聊,生活极其单调。卷开竹帘,看到的只有白水;坐在桌子前,看到的只是青山。借助于白水、青山渲染无聊单调的生活。白水、青山成为寄托诗人情思的象征。这同样是比兴思维。至于情景相触而莫分,范晞文则例举老杜《春望》中的一联来说明。"感时花溅泪,恨别鸟惊心。"花、鸟似有情有义,懂得人的情思。当人欢喜或悲哀时,花、鸟也随着人欢喜而欢喜,随着人悲哀而悲哀。这就是中国古代所说的审美物化现象,类似于西方所说的审美移情现象。这种现象归根到底还是心在物先,展示的是情中之景,即将原先产生的情思物化到对象之上,对象也似有情有思。可见,无论是景中之情还是情中之景,必须达到一种浑化的境界才具有很高的审美价值。文学艺术作品若达到这一境界,必定有比兴思维参与。正如明李东阳所说:"所谓比与兴者,皆托物寓情而为之也。"(《麓堂诗话》)亦如谢榛所言:"诗中比兴固多,情景各有难易。"(谢榛《四溟诗话》卷三)感物兴情和托物寓情,二者不可偏废。

托物寓情以比的思维形式存在,王文生还从抒情文学的角度做了进一步的论证。他认为,刘勰的"写物以附意",钟嵘的"因物喻志",李仲蒙的"索物以托情",李东阳的"托物寓情"等才是对抒情文学的比的探讨。他说:"……我以为,所谓抒情文学的'比',即是使用与情感相通相应的事物作类比以表现情感的方法。"[1]他把比的内容、手法、效用概括为两大类,即"实比"和"虚比",以为以物喻物为实比,以情比物为虚比。物与物之间的比,常与赋结合在一起,物与情之间的比常与兴结合在一起。[2]这样,托物寓情可归入"虚比"一类。无论是实比还是虚比,运用上乘者,是不会遗落虚、实两者中的任何一个的。从审美上讲,虚比的审美意义更加独特,因为,它给人们留下的想象空间更多,更为含蓄蕴藉。

王文生说比是使用与情感相通相应的事物作类比以表现情感的方法,实是从艺术思维的角度而讲的,涉及比的诗性表征,具体来说即是托物寓

---

[1] 王文生:《论情境》,上海文艺出版社2001年版,第165页。
[2] 同上书,第166页。

情。"使用与情感相通相应的事物作类比"即是用情感整合物，网织物，这种整合与网织的过程是一种艺术思维的过程。在这一过程中所操持的实比和虚比是一体化的。实比是表，虚比是里；实比是理智，虚比是直观；实比是物，虚比是情；实比是狭义的修辞手段，虚比是广义的思维方式。从思维角度来讲，托物寓情确实是以虚比为中心，只有在虚比中才能使情感的表达立体化，展现出文学艺术美的魅力。

我们说实比是表，虚比是里，是从具体的创作实际出发考察所得出的结论。在中国古代文学作品中，有很多写景状物的诗文就是如此。写景状物只是一种表面现象，其内在的意图是表情，是寄托，赋予其言外之意。屈原的《橘颂》，陆游的《卜算子·咏梅》及叙事性文本如《西游记》《聊斋志异》等，或借助于橘，或借助于梅，或借助于虚幻中的师徒四人和妖魔鬼怪来表情，来寓意。作品中的实比即是物（如橘、梅、人、妖、鬼、怪等），而虚比则是情与意，两者不能须臾脱离。但是，这些作品给人最直观的印象是所描绘的人或物，作家、艺术家对人或物倾注了大量的笔墨。如屈原写橘："绿叶素荣，纷其可喜兮。曾枝剡棘，圆果抟兮。青黄杂糅，文章烂兮。精色内白，类可任兮。纷缊宜修，姱而不丑兮。"（《橘颂》）笔笔写橘，笔笔都在写人。人们在对橘有一个整体印象的同时，对品德高尚的人也有了一个整体把握。这是典型的比兴思维。

我们说实比是理智，虚比是直观，也有一定的依据。作家、艺术家在选择物象时都有一个理性分析的过程。并不是任何物象都能够落入作家、艺术家的艺术视域的。屈原选择橘，陆游选择梅，吴承恩选择唐僧师徒，蒲松龄选择妖、狐、鬼、怪，都是经过理智的过滤的。这种理智的过滤过程是一种赋情和赋意的过程。一旦赋情、赋意成功，使人或物成为一个鲜明的美的形象（意象），这又变成虚比了，成为直观的东西。橘和梅所表现的美是诗性的、拟人化的，而橘和梅作为人的高洁品格的象征则是虚比。对于这一点，徐复观先生有所察觉，他说："比是由感情反省中浮出的理智所安排的，使主题与客观事物发生关连的自然结果。"[1] 但是，徐复观强调的是比的理智性，以和兴的情感性相对应。其实，就托物寓情来说，比是理智和直观的统一。实比是理智的，虚比是直观的。

我们说实比是物，虚比是情，符合文学艺术创作的实际情状。在文学

---

[1] 徐复观：《释诗的比兴》，徐复观：《中国文学精神》，上海书店出版社2006年版，第28页。

艺术创作中，实比往往以生动感人的人、事、物描写表现出物与物的关系、人与事的关系、人与物的关系或人与人的关系。这种种关系在视觉上和语言上又是直观的，人们能一眼辨别出这种关系。如"水是眼波横，山是眉峰聚"（王观《卜算子·送鲍浩然之浙东》），"东风夜放花千树，更吹落，星如雨"（辛弃疾《青玉案·元夕》），"春蚕到死丝方尽，蜡炬成灰泪始干"（李商隐《无题》）等等，其中都包含实比，这些实比是吸引人的前提条件。这些实比首先将作家、艺术家引入了创造的情境之中，然后才能进入虚比的描写即情的描写。虚比是情，就是说，实比的人事物描写是为情的描写做铺垫的。在文学艺术创造中，任何比所使用的物都不是目的，都是为了表情，以山水比拟眉眼是为了表情，以蚕丝、蜡泪隐喻也是为了表情。因此，实比之中都包含着虚比。在更多的情形下，比都以实比的形式出现，尔后才进入虚比的程序。可见，比是托物寓情，是比兴思维这一创造性思维的一个重要的组成部分。

就比所蕴含的终级意义而言，实比是指狭义的修辞手段，虚比是典型的思维方式。实比和虚比揭示了语言和思维的关系，思维离不开语言而存在。所以，虚比不能离开实比，它们终究是一体化的，其同承担着托物寓情的重任。

综上所述，托物寓情以比为中心，其实质是由心至物，以物比心，力求更为准确地表达感情，展示艺术思维的发展历程。托物寓情全面揭示了比的诗性。借助于外在事物表现感情的过程是大有文章可做的，并不是平常人想象得那么简单，其中有极为复杂的程序。在表情的过程中，感性和理性、直觉与情感、比与兴、虚与实等相互交织，相互作用，共同成就创造的伟业。比实际是融合了兴的一种艺术思维方式，尽管这种艺术思维方式是不完整的，但是，毕竟以思维的方式呈现出来。托物寓情仅仅是这种思维方式的外化而已，只不过，它比比这一概念更为实在，更能反映事物的本质。

第三节　比兴思维与意境的创造

宗白华在《中国艺术意境之诞生》一文中曾经这样言说意境："以宇宙人生的具体为对象，赏玩它的色相、秩序、节奏、和谐，借以窥见自我的最深心灵的反映；化实景而为虚境，创形象以为象征，使人类最高的心灵具体化、肉身化，这就是'艺术境界'。艺术境界主于美。"[1]艺术意境是艺术思维的产物。艺术思维的终极目的是创造艺术意境，展示美的心灵世界。在艺术意境的创造过程中，艺术思维扮演着极其重要的角色，从选择物象、赋予情感到掌控艺术虚实手法，无不凝聚着它的心血。比兴思维作为中国古代艺术思维的一种重要方式，在艺术意境的创造中发挥了独特的作用，比较完美地显示了这一艺术思维方式存在的意义。

比兴思维是一种受某一（类）事物的启发或借助于某一（类）事物，综合运用联想、想象、象征、隐喻等方法，表现另一（类）事物的美的形象，展示其美的内涵的艺术思维方式。它的目的是创造美的形象。意境作为艺术形象之一种，是独特的审美形象。它不是单指一种境，也不是单指一种人和物，而是指一个文学艺术作品所创造出来的总体的美的氛围。这一氛围，糅合的主客观因素较多，无论主观、客观的因素都指向审美。探讨比兴思维与意境的创造，首先必须弄清意境的本质是什么。这对解决问题非常关键。

意境是中国古典文艺学、美学的又一核心范畴，它的地位至高无上，无论怎么评价都不为过。更为难得的是，在当下，它的魅力仍然不减，在文学艺术创作和审美批评中仍在发挥重要的作用。

意境理论产生很早，从意和境之作为古典文艺学、美学的范畴来看，先秦两汉时期就已经成型。但是，作为一个完整的概念范畴，意境则出现在唐代。这是学术界通行的看法。而从现存资料来看，也确实是意境理论历史发展过程中存在的实际情况。最早使用"意境"这一范畴且赋予其较明确意义的是唐代诗人王昌龄，他在《诗格》中首先提出了三境：

> 诗有三境：一曰物境。二曰情境。三曰意境。
> 物境一。欲为山水诗，则张泉石云峰之境，极丽绝秀者，神之于心，处身于境，视境于心，莹然掌中。然后用思，了然境象，故得形似。
> 情境二。娱乐愁怨，皆张于意而处于身，然后驰思，深得其情。
> 意境三。亦张之于意而思之于心，则得其真矣。[2]

---

[1] 宗白华：《美学散步》，上海人民出版社1981年版，第70页。
[2] 陈应行编：《吟窗杂录》（上），中华书局1997年版，第206—207页。

物境、情境和意境这三者是什么关系？王昌龄的分析已经暗含着一种态度。物境是一种形似，情境是情感的展示，而意境则是真的存在。从形似到情感再到真，确实是文学艺术创造的三个层次。这三个层次之间的关系，陈良运将之视为"依次递进"的三种境界。他认为，物境是寄情于物，诗中有画；情境是取物象征，融物于情，直抒胸臆；意境是表达"内识"、哲理，揭示生命真谛。[1]

在这里，我们有必要澄清一个问题，即王昌龄《诗格》的著作权问题。有人认为，王昌龄《诗格》的著作权尚不能确认。物境、情境、意境的说法在其中表现得如此完整、圆融，故而引起人们更大的怀疑，有人断定，《诗格》非王昌龄所作。对此，罗根泽先生做了一番简短而精细的考证。他从诗格这种批评样式的兴盛着手，认为初唐和晚唐五代直到宋初是诗格兴盛的两个时代，在这一背景下产生《诗格》不容置疑。此外，罗先生还从日僧弘法大师（遍照金刚）《文镜秘府论》中找出了证据。《文镜秘府论》中许多地方直录原文，并注明作者，明确说《诗格》为王昌龄所作。将现存《诗格》与弘法大师（遍照金刚）引文逐一对照，许多条竟一字不差。这说明，《诗格》在唐代确有其书，确为王昌龄所作。[2]

王昌龄之后，意境理论得到了迅速发展。晚唐皎然提出"取境"。他说："取境之时，须至难至险，始见奇句。成篇之后，观其气貌，有似等闲，不思而得，此高手也。"[3] 苏轼主张"境与意会"："'采菊东离下，悠然见南山。'因采菊而见山，境与意会，此句最有妙处。近岁俗本，皆作'望南山'，则此一篇神气都索然也。"[4] 及至清代的金圣叹，将意境的创造分为圣境、神境、化境三个阶段，以与王昌龄的物境、情境、意境相呼应。意境理论便进入了一个新的层次：

> 心之所至手亦至焉者，文章之圣境也；心之所不至手亦至焉者，文章之神境也；心之所不至手亦不至焉者，文章之化境也。夫文章至于心手皆不至，则是其纸上无字无句无局无思者也，而独能令千万世

---

[1] 参见陈良运：《中国诗学体系论》，中国社会科学出版社1992年版，第241页以下。
[2] 参见罗根泽：《中国文学批评史》（二），上海古籍出版社1984年版，第30页以下。
[3] 皎然：《诗式》，何文焕编：《历代诗话》（上），中华书局1981年版，第31页。
[4] 苏轼：《题渊明饮酒诗后》，陶英秋编选：《宋金元文论选》，人民文学出版社1984年版，第174页。

下人之读吾文者,其心头眼底,乃窅窅有思,乃摇摇有局,乃铿铿有句,而烨烨有字,则是其提笔临纸之时,才以绕其前,才亦绕其后,而非徒然卒然之事也。①

显然,金圣叹的意境理论比王昌龄成熟很多,其所包蕴的审美内涵更加丰富。

王国维是意境理论的集大成者。他对意境做了全面深入的论述,并将这一概念转换成"境界"。其实"意境"和"境界"虽然是两个概念,在王国维的思想意识里却是一个概念,并没有本质的区别。在《人间词乙稿》序中,王国维托名樊志厚写了一篇序言,其中论述了意境问题。从中,可以看出他关于意境的一些观点:

> 文学之事,其内足以摅己,而外足以感人者,意与境二者而已。上焉者意与境浑,其次或以境胜,或以意胜。苟缺其一,不足以言文学。原夫文学之所以有意境者,以其能观也。出于观我者,意余于境。而出于观物者,境多于意。然非物无以见我,而观我之时,又自有我在。故二者常互相错综,能有所偏重,而不能有所偏废也。文学之工与不工,亦视其意境之有无,与其深浅而已。②

在王国维看来,意境的最高境界是意与境浑然一体,观物、观我,意境的呈现不一样,文学的工与不工,全取决于意境。

在《人间词话》中,王国维进一步论述了意境的美学内涵。他说:

> 境非独谓景物也。喜怒哀乐,亦人心中之一境界。故能写真景物、真感情者,谓之有境界,否则谓之无境界。③
> 有有我之境,有无我之境。"泪眼问花花不语,乱红飞过秋千

---

① 金圣叹:《水浒传序一》,郭绍虞主编:《中国历代文论选》(第三册),上海古籍出版社1979年版,第250页。
② 樊志厚:《人间词乙稿序》,郭绍虞主编:《中国历代文论选》(第四册),上海古籍出版社1979年版,第387页。
③ 王国维:《人间词话》卷上,王国维:《王国维文学论著三种》,商务印书馆2010年版,第26页。

去。""可堪孤馆闭春寒,杜鹃声里斜阳暮。"有我之境也。"采菊东篱下,悠然见南山。""寒波淡淡起,白鸟悠悠下。"无我之境也。有我之境,以我观物,故物皆著我之色彩。无我之境,以物观物,故不知何者为我,何者为物。①

两相比较,便可发现,王国维"意境"与"境界"两个概念并没有实质性的差别,没必要进行过度解读。一如王文生所说:"实质上,则是因为王国维并不认为这两个流行甚广、影响至深的传统概念在内涵上有什么根本的歧异,以致在采用时反反复复信手拈来。否则的话,他不可能在《人间词话》里同时并用'意境''境界'作为评词标准;又交相使用'意境'于'境界'之前和'境界'之后来概括词曲的基本素质却全然不加以任何说明和比较。所以我认为,王国维的'意境'说和'境界'说是互为补充的,并无质的不同。"②

意境虽然在先秦时期就已萌芽,然而,它的思想来源在哪里呢?对于这一问题,学界莫衷一是,秉持的立场差别极大。有人认为,意境出自佛教。美籍华裔学者刘若愚就持这种看法。他说,王国维所使用的境界这个词,本身是梵文的一个译语,在佛教中意指天宇(sphere)或精神界(spiritual domain)。③ 徐复观说:"将'境'通于风景之'景',将境界赋与以精神的意义,大概始于佛家,而以在禅宗中为盛行,后来才用到诗文评论之上。"④ "若以境界为诗词的本源,则应回到传统的解释上去。一般人所说的'人生境界''道德境界''艺术境界'等等,应顺着《无量寿经》上'比丘白佛,斯义宏深,非我境界'的意义来了解。"⑤ 叶嘉莹也认为,境界本为佛家语原本是不错的,"这在佛家经典中乃是一个较特殊的术语,而一般所谓'境界'之梵语则原为 Visaya,意为'自家势力所及之境土'。不过此处所谓之'势力'并不指世俗上用以取得权柄或攻土掠地的势力,而

---

① 王国维:《人间词话》卷上,王国维:《王国维文学论著三种》,商务印书馆 2010 年版,第 25 页。
② 王文生:《论情境》,上海文艺出版社 2001 年版,第 15 页。
③ 参见刘若愚:《中国诗学》,杜国清译,台湾幼狮文学公司 1977 年版,第 131 页。
④ 徐复观:《王国维〈人间词话〉境界说试评》,徐复观:《中国文学精神》,上海书店出版社 2006 年版,第 73 页。
⑤ 徐复观:《诗词的创造过程及其表现效果》,徐复观:《中国文学精神》,上海书店出版社 2006 年版,第 62 页。

乃是指吾人各种感受的'势力'"①。陈良运推测,"直接启发王昌龄推出诗境说的,很可能与那个唐太宗时从'西天'取经回来的玄奘所竭力宣扬的'唯识宗'学说有关"②。他从唯识论的"相分"与"见分"、"外境"与"内识"、"共相"和"不共相"等观念出发,论述了佛学与境界的关系,结论是,佛学的"境"或"境界"与文学艺术有很多默契之处。③

　　意境是否本于佛经?仅仅从概念的相似性上辨析并不够,恐怕还要看精神实质。我们承认各种学术思想会产生相互影响,但是,不能没有底线,无端牵强附会。佛经虽然已是中国传统文化的重要组成部分,毕竟是汉代以后才传入中国的,而且,经过了道家和儒家思想的改造。要探讨其对意境理论的影响,只能从魏晋说起。因此,意境的源头应更早。顾祖钊就认为,"意境论的渊源,应当起自《庄子》"④。他从思想渊源和语言渊源着手作了较为深入的论证。他推论,道家哲学的核心是"和"。庄子的"天地与我并生,万物与我为一"的思想给意境论的"物我与共""主客为一""情景交融"的理论内涵提供了哲学前提。同时,"境"的概念出自《庄子》,在《庄子》中作"竟"。在古代,"境"与"竟"相同。庄子的"竟"与"无极之境""自由之境"有极为密切的关系,因为庄子说过"忘年、忘义,振于无竟故寓诸无竟"(《庄子·齐物论》)。⑤我们认为,意境起源于道家应该是可信的。先秦时期,意境理论并不完善。随着时代的发展和文学艺术的发展,意境的美学内涵也在不断地充实着,丰富着。因此,意境的完善是一个渐进的过程。意境概念的提出是在唐代佛禅大兴的时代,不可能不接受佛学的启发。表面上看,意境借助了佛学"境"的概念,但是,这个"境"也不是典型的佛学意义,已经经过了中国本土哲学的改造,特别是道家哲学的改造。这是不争的事实。对于这一问题,由于论题关系,不拟深入讨论。

　　意境的美学内涵是什么?这在中国学术界也有不同的认识。归纳起来,无外乎以下几个方面。这也是意境美学理论的最基本的构成。

　　其一,意境是一种情景交融的境界。从王昌龄的物境、情境、意境三

---

① 叶嘉莹:《王国维及其文学批评》,河北教育出版社1997年版,第192页。
② 陈良运:《中国诗学体系论》,中国社会科学出版社1992年版,第233页。
③ 参见上书第230页以下。
④ 顾祖钊:《艺术至境论》,百花文艺出版社1992年版,第163页。
⑤ 参见上书。

境开始，就奠定这么一个基调。物境即是景，所谓"张泉石云峰之境，极丽绝秀者，神之于心，处身于境，视境于心，莹然掌中，然后用思，了然境象，故得形似"，即是说，物境追求景的形似，亦即景真。情境即是情，这种情不是无缘无故的，而是从景中得到的，从景中提炼的。意境即实现情真景真，情景交融，即王昌龄所谓"张之于意而思之于心"。白居易分析皎然的诗说："'残月生秋水，悲风惨古台。'月、台是境，生、惨是意。"（《文苑诗格》）① 刘禹锡说："诗者，其文章之蕴邪！义得而言丧，故微而难能；境生于象外，故精而寡和。"② 这里的"意"均包括情感在内，主要指以情感为主的意义结构；而"境"则指景物，是表现情感的物质形式。意境即是情景交融。对于此，清代画家布颜图联系绘画创作，讲得比较真切：

> 曰：山水不出笔墨情景，情景者，境界也。古云"境能夺人"，又云"笔能夺境"，终不如笔境兼夺为上。盖笔既精工，墨既焕彩，而境界无情，仍以畅观者之怀。境界入情而笔墨庸弱，何以供高雅之赏鉴？吾故谓笔墨情景，缺一不可，何分先后？③

布彦图认为，笔墨情景是画中的美的结构，人们对美的认知是从情景交融的境界开始的。但仅仅情景交融还不够，还要笔墨焕彩，方能够表现出艺术家创造的气力。这又为情景交融的意境理论补充了一个新的因素。

其二，意境是一种虚实相生的艺术境界。如果说，境与景有关，或者说，境就是景，那么，境是实的，而意则是虚的。意是作家、艺术家赋予表现对象的思想情感。由于采用了比喻、象征等婉曲的艺术手段，思想情感往往显得晦暗不明。可见，意境创造本身就是虚实结合的。然而，仅仅结合还不够，还应相生，相生便增强了意境的表现能量，使得意境的审美蕴含无穷。其实，中国传统对意境的认识就存在两种不同的态度：一种认为意境较虚。所谓"境象非一，虚实难明"④（皎然《诗议》），就是这么一

---

① 陈应行编：《吟窗杂录》（上），中华书局1997年版，第201页。
② 刘禹锡：《董氏武陵集纪》，周祖譔编选：《隋唐五代文论选》，人民文学出版社1990年版，第229页。
③ 布颜图：《画学心法问答·问画中笔墨情景何者为先》，俞剑华编：《中国古代画论类编》（上），人民美术出版社2000年版，第206页。
④ 陈应行编：《吟窗杂录》（上），中华书局1997年版，第261页。

种态度。既然"难明"是强调虚,实则不难明。另一种把意境拆解为两个部分,即可以捉摸的较实的部分和难以捉摸的较虚的部分,意境正是这两个部分的统一。中国古典文艺学、美学历来是注重虚实统一的,多数意境的谈论者都是从虚实统一的角度来认识问题、解决问题的。王昌龄的三境理论追求的就是虚与实的统一。物境是实,情境和意境是虚。刘禹锡所说的"境生于象外"虽然侧重象外之境,但是,那是建立在"役万景"之上的。他要调动众多的景物为象外之境服务。至于李涂所说的"作世外文字,须换过境界,庄子寓言之类,是空境界文字"[①],好像表现出对虚境的崇拜,追求的是空,其实,他的真实意图还是要把握空背后的实。这说明,虚境确实有更为诱人的魅力。大概就是因为它虚无缥缈,难以捉摸,所以诱人。实境是文学艺术作品中所描写的生动可感的人、事、物,是人们通过直观可以真切感受到的;虚境则是通过这些生动可感的人、事、物所表现出来的情感、哲理和意趣,是人们通过想象、联想及合理比附所得来的象外情趣。明人胡震亨曾经评价盛唐诗法的高妙,不自觉地便与意境的创造联系起来,以为绝妙的诗法使得盛唐诗歌"境与天会""兴与境诣,神和气完"[②]。"兴与境诣"是兴所营造的意境,意谓高妙的意境必然伴随着完美的创作方法,这其中同样蕴含虚与实的问题,关涉比兴思维与意境创造。

其三,意境具有咀嚼不尽的美感特征,"含不尽之意,见于言外"[③]。由于意境是虚实相生的,其赋予作品中的人、事、物以无比广阔的想象空间,具有咀嚼不尽的美学特点。古人论意境,不少人就看到了这一点。明叶梦得说:"诗人以一字为工,世固知之,惟老杜变化开阖,出奇无穷,殆不可以形迹捕。如'江山有巴蜀,栋宇自齐梁'。远近数千里,上下数百年,只在'有'与'自'两字间,而吞纳山川之气,俯仰古今之怀,皆见于言外。"[④] 明朱承爵也说:"作诗之妙,全在意境融彻,出音声之外,乃得真味。"[⑤] 所谓"不可以形迹捕",所谓"意境融彻",都指称的是言有尽而意无穷的美学特点。咀嚼不尽,言有尽而意无穷,意味意境的空灵。正是这一空灵的特征,成就了意境巨大的美感包容量。

---

① 李涂:《文章精义》,《文则·文章精义》,人民文学出版社1960年版,第66页。
② 胡震亨:《唐音癸签》,上海古籍出版社1981年版,第21—22页。
③ 欧阳修:《六一诗话》,何文焕辑:《历代诗话》(上),中华书局1981年版,第267页。
④ 叶梦得:《石林诗话》,何文焕辑:《历代诗话》(上),中华书局1981年版,第420页。
⑤ 朱承爵:《存余堂诗话》,何文焕辑:《历代诗话》(下),中华书局1981年版,第792页。

意境这三个方面的美学内涵，也可视为意境最基本的美学结构。这一结构并不是固定的，而是动态的，在不同的时代会补充进新的内涵。如今人有研究意境者，将意境视为典型形象。这是一个现代性的话语，是西方叙事语境下形成的一个概念范畴。虽然用典型形象指称意境有些不伦不类，但是，我们也不能漠视这种观念的存在。既然存在，就有它的合理性，我们理应努力去寻找、发现它的合理性内涵。倘若这种合理性内涵真的不存在，那么，就证明这种新的内涵的植入注定要失败。总之，意境的新的内涵的植入与充实必须适应它的最基本的结构。如果完全脱离中国古典文艺学、美学的语境，任意给意境植入不适当的内涵，势必造成意境理论的消亡，给中国的文艺学、美学乃至世界的文艺学、美学带来损失。

比兴思维作为一种创造性的艺术思维方式是创造意境的重要手段，在情景交融、虚实相生、咀嚼不尽的境界创设中扮演着极其重要的角色。比兴思维能够完美地弥缝情与景、虚和实之间的关系，最大限度地展示它的诗性品格。

比兴思维促成了情与景的交融。无论是感物兴情还是托物寓情，情与景之间的关系都是浑融的。情与景之所以能达到这种浑融的境界，比兴思维起着关键作用。在一定程度上，是这一艺术思维促成了它们之间的交融，创造出美妙的艺术意境。

在文学艺术创作的过程中，要想使情与景达到浑融的境界，必须经历以下几个心理的环节：

第一，类比联想。自然的景与生于人心的情原本没有直接的关系，是人的类比联想使它们发生了关系。所谓类比联想是指由物或情的触发所引发的对情或物的一系列相似性的想法。倘若联想的诱因是情，整个过程是由情及物（景）；倘若联想的诱因是物（景），整个过程则由物（景）及情。无论是由情及物（景）还是由物（景）及情，其中都经过类比的筛选和调和，最终实现情景相和相应。这就是古人所说的"含情而能达，会景而生心"[①]。

我们姑且以《古诗十九首》中的一首诗和李清照的一首词分析之：

[①] 王夫之：《姜斋诗话》卷下，丁福保辑：《清诗话》（上），上海古籍出版社1978年版，第14页。

青青河畔草，郁郁园中柳。
盈盈楼上女，皎皎当窗牖。
娥娥红粉妆，纤纤出素手。
昔为倡家女，今为荡子妇。
荡子行不归，空房难独守。(《古诗十九首》之二)

永夜恹恹欢意少。空梦长安，认取长安道。为报今年春色好，花光月影宜相照。　　随意杯盘虽草草。酒美梅酸，恰称人怀抱。醉里插花花莫笑，可怜春似人将老。(李清照《蝶恋花·上巳召亲族》)

　　第一首诗是感物兴情，联想的诱因是河畔草和园中柳。由草之"青青"和柳之"郁郁"引发情思，情感所指妙龄女子的孤独与柔情。"青青"是青春美妙的象征，"郁郁"是女子柔情的象征。诗中以"盈盈""皎皎""娥娥""纤纤"铺写女子的美丽，都是受青青的草和郁郁的柳的启发。全诗暗含着类比联想，将草、柳与女子相类比，隐喻女子身份与地位的低贱，不被重视。这也是整首诗的情感基调。诗的前两句是起兴，整首诗运用的是比兴思维。也就是说，是比兴思维创造了这首诗的意境。

　　第二首词是托物寓情，联想的诱因是恹恹少欢的情感。由这种情感联想到春天的景致，描写春天是如何美好。花光月影，酒美梅酸，"恰称人怀抱"，这似乎与恹恹少欢的情感相矛盾。其实，对春天美好景致的描写仅是铺垫，春天的好景致只是短短的一瞬。词的最后一句揭示了春景与恹恹情感的关系："可怜春似人将老。"此类联想同样是典型的类比联想，我们可将这种联想称之为逆向性的类比联想，即物情或情物反衬，知觉表象所表现的景物特征与情感基调相矛盾。然而，这是一种矛盾的统一。在这种矛盾之中，情感表现的力度会更强烈，创造的意境更为独特。

　　第二，形象拟比。情与景之所以发生关系还得益于形象拟比。所谓形象拟比就是将景物拟人化，以与情感相比附，并从中寻求异质同构的素质，从而达到表情的目的。景物的拟人化不单是语言问题，而是思维问题。外在景物由知觉、表象到艺术形象乃至艺术意境，都存在着一个拟比的思维过程，在这种过程中，客观之景和主观之情发生了联系。我们以张元干的一首词为例来加以讨论。

>   雨急云飞,惊散暮鸦,微弄凉月。谁家疏柳低迷,几点流萤明灭。夜帆风驶,满湖烟水苍茫,菰蒲零乱秋声咽。梦断酒醒时,倚危樯清绝。　　心折。长庚光怒,群盗纵横,逆胡猖獗。欲挽天河,一洗中原膏血,两宫何处?塞垣只隔长江,唾壶空击悲歌缺,万里想龙沙,泣孤臣吴越。(张元干《石州慢·己酉秋吴兴舟中作》)

这首词上片写景,情景交融;下片抒情言志,情志遥深。词的形象拟比主要表现在上片。"雨急云飞","疏柳低迷",秋声呜咽,这是景物的拟人化。雨、云、柳、秋声比附的是人心。人心是阴沉的、柔弱的、悲凉的。急、飞、低迷、咽等动词表现的是人情的急燥、无奈、彷徨和悲泣。这里的景物与情感发生了异质同构。在众多景物的衬托下,一个抒情主人公悲伤痛苦的形象跃然纸上,展现了整首词的意境。形象拟比在这里起着关键的作用,它贯穿在整首词的构思过程中,强化了情感的表现力量,充满迷人的诗性。

第三,情感整合。无论是感物兴情还是托物寓情,无论是情感在先还是景物在先,情作为主体的素质都起着支配的作用和整合的作用。它整合物与情之间的极其微妙的关系,使景物在情的支配下达成与情的一体,实现情景合二为一。如此以来,创作出来的文学艺术作品便诗性浓郁,感人至深。这就是王夫之所说的"情景名为二,而实不可离。神于诗者,妙合无垠。巧者则有情中景,景中情"[1]。也就是王国维所说的"昔人论诗词,有景语、情语之别。不知一切景语,皆情语也"[2]。写景是为了兴发或寄托感情。然而,在具体的创作过程中,景中之物并非单一一种,而是几种或多种。这几种或多种景物是群形意象,共同表达基质相同的情感。如上文例举的张元干词,雨、云、暮鸦、凉月、疏柳、流萤、夜帆、湖、烟、菰蒲等就是一个群形意象,其中所表现的急燥、无奈、凄冷、悲哀等情感具有相同的基质,都是由家国将亡所致。这些群形意象在情感的整合下排列在一起,相互组成一个严密而复杂的结构体系,从而,更好地表达思想与情感。可见,情感整合在创造情景交融的意境中所起的作用,它同样属于

---

[1] 王夫之:《姜斋诗话》卷下,丁福保辑:《清诗话》(上),上海古籍出版社1978年版,第11页。

[2] 王国维:《人间词话》卷下,王国维:《王国维文学论著三种》,商务印书馆2010年版,第38页。

比兴思维的一个重要内容。

比兴思维创造了虚实相生的境界。艺术意境是虚与实的统一。古人讨论这一问题，往往将之落实到景上。如皎然云："夫境象非一，虚实难明。有可睹而不可取，景也；可闻而不可见，风也。虽系乎我形，而妙用无体，心也；义贯众象，而无定质，色也。凡此等，可以偶虚，亦可以偶实。"（《诗议》）[1]谢榛云："贯休曰：'庭花濛濛水泠泠，小儿啼索树上莺。'景实而无趣。太白曰：'燕山雪花大如席，片片吹落轩辕台。'景虚而有味。"[2]杨际昌云："诗景有虚有实。"[3]乔亿云："景有神遇，有目接。"[4]眼界未免狭窄。好象虚实相生只是针对景的，其实不然。范晞文说："'四虚'序云：不以虚为虚，而以实为虚，化景物为情思，从首至尾，自然如行云流水，此其难也。"[5]王国维也说："自然中之物，互相关系，互相限制。然其写之于文学及美术中也，必遗其关系限制之处。故虽写实家，亦理想家也。又虽如何虚构之境，其材料必求之于自然，而其构造亦必从自然之法则。故虽理想家，亦写实家也。"[6]这种视界就宽广一些。"化景物为情思"，写实家与理想家相互兼融，是虚实相生境界生成的重要途径。它涉及更为广泛的艺术创作问题，仍与比兴思维有着极其密切的关系。

比兴思维融合虚与实，主要是化实为虚，虚实兼顾。景有虚实，以生动直观的形象出现者为实。实虽是目的之一，但并非主要目的，主要目的是表现虚，即隐藏在实景背后的情感和意图。意境的实是指文学艺术作品中所描写的人、事、物，以及由人、事、物组成的群体意象，它的虚则是这些人、事、物共同作用所表现出来的深层的情感、意趣，也就是人们通常所说的言外之意。由实到虚，其中经过比兴思维的转换，通过人与物、人与事、人与人等关系的比附，运用联想、想象、象征、隐喻等手段，创

---

[1] 陈应行编：《吟窗杂录》（上），中华书局1997年版，第261页。
[2] 谢榛：《四溟诗话》卷一，丁福保辑：《历代诗话续篇》（下），上海古籍出版社1983年版，第1149页。
[3] 杨际昌：《国朝诗话》卷一，郭绍虞编选：《清诗话续编》（下），上海古籍出版社1983年版，第1687页。
[4] 乔亿：《剑谿说诗》卷下，郭绍虞编选：《清诗话续编》（上），上海古籍出版社1983年版，第1097页。
[5] 范晞文：《对床夜语》卷三，丁福保辑：《历代诗话续篇》（上），上海古籍出版社1983年版，第421页。
[6] 王国维：《人间词话》卷上，王国维：《王国维文学论著三种》，商务印书馆2010年版，第26页。

造出具有丰富美感的艺术意境。如曹植《七哀》诗：

> 明月照高楼，流光正徘徊。
> 上有愁思妇，悲叹有余哀。
> 借问叹者谁？言是宕子妻。
> 君行逾十年，孤妾常独栖。
> 君若清路尘，妾若浊水泥。
> 浮沉各异势，会合何时谐？
> 愿为西南风，长逝入君怀。
> 君怀良不开，贱妾当何依！

这首诗表现的意境是思妇情感失意所导致的哀怨，那是一种情绪的宣泄。全诗以"明月照高楼，流光正徘徊"起兴，奠定了诗的情感基调。接着以第一人称的视角确定思妇的身份，她是一宕子（游子）的妻子。然后，诗的描写视角转换为思妇的倾诉：十年分离，十年独栖，天各一方，何时相会。最后以独特的西南风之喻，表达思念之切。"愿为西南风，长逝入君怀。君怀良不开，贱妾当何依！"思妇悲残的命运，担心遭弃的心理刻画得非常传神。然而，思妇在这里仅仅是一个象征，一个隐喻。诗的真正意图不在于展示思妇悲惨的命运和多疑的心理，而在于表现诗人曹植与文帝曹丕之间的紧张关系。丁晏《曹集铨评》评此诗曰："此其望文帝悔悟乎？结尤悽惋。"今人赵幼文评曰："按尘、泥本一物，因处境不同，遂出差异。丕与植俱同生，一显荣，一屈辱，故以此比况。其意若欲曹丕追念骨肉之谊，少予宽待，乃藉思妇之语，用申己意。情辞委婉恳挚，缠绵悱恻，尤饶深致。"[①] 可见，这首诗包含实境和虚境两层，实境是思妇思念心理的描写，虚境则是追念骨肉之谊，恳乞宽待。这首诗比兴思维的运用是极为明显的，是对《诗经》《楚辞》艺术思维的忠实继承。然而，这首诗的实境和虚境又是一体化的。化实为虚，虚实兼顾。只有比兴思维才能弥合实境和虚境，创造出生动感人的艺术意境。

比兴思维创造的意境是咀嚼不尽的。情景交融、虚实相生是咀嚼不尽的基本前提，没有它们，咀嚼不尽的审美境界难以形成。大凡优秀的文学

---

① 赵幼文：《曹植集校注》，人民文学出版社1984年版，第314页。

艺术作品，艺术形象的创造并不浅尝辄止，都有深厚的蕴含。艺术形象不仅是形与神、动与静、情与景的统一，而且还是浅与深、趣与意、直觉和理性的统一。中国古典文艺学、美学对艺术形象创造的要求是追求象外之象、景外之景、文外之意以及情兴、意兴和兴象等，都是为了展示美妙的意境。这是因为，意境是艺术形象的精粹之所在。在意境创造的过程中，比兴思维起着关键作用。殷璠评陶翰说："历代词人，诗笔双美者鲜矣，今陶生实谓兼之。既多兴象，复备风骨，三百年以前，方可论其体裁也。"①严羽云："诗有词理意兴。南朝人尚词而病于理；本朝人尚理而病于意兴；唐人尚意兴而理在其中；汉魏之诗，词理意兴，无迹可求。"（《沧浪诗论·诗评》）②许学夷云："汉魏五言，本乎情兴，故其体委婉而语悠圆，有天成之妙。"③"兴象"是指情景交融、虚实相生的艺术形象，也就是比兴思维创造的意境。"意兴"与词理对应，类似于严羽所说的兴趣，也就是咀嚼不尽的言外之意。"情兴"是指诗意委婉，语言有韵味，回味悠长。兴象、意兴、情兴，都有一个"兴"字，表明它们是比兴思维运用联想、想象、象征、隐喻等所创造的"含不尽之意在于言外"的艺术形象和艺术意境。这样的艺术形象和艺术意境，代表了文学艺术创作的最高水平，是美的典范。我们上文所例举的曹植《七哀》诗堪称"意兴""情兴"之诗，诗的情感意向在言外和象外，即在诗中极力表现和塑造的思妇形象之外。不仅思妇形象光彩明艳，思妇之外的情感也楚楚动人。在中国古典诗词中，还有大量的"兴象"之诗。如果说，意兴之诗所表现的艺术形象和艺术意境与情意有隔膜的话（形象、景物与情意的联系是远距离、松散的，需经过艰难的理性比附与想象才能得到的，如屈原《楚辞》、曹植《七哀》等），那么，"兴象"之诗则透彻玲珑，不可凑泊，形象、景物与情意的结合紧密，不需要太多的转弯抹角，仅凭直觉就能够领会诗的意境。如李白的《早发白帝城》：

> 朝辞白帝彩云间，千里江陵一日还。
> 两岸猿声啼不住，轻舟已过万重山。

---

① 殷璠：《河岳英灵集》卷上，《唐人选唐诗》，上海古籍出版社1978年版，第69页。
② 郭绍虞：《沧浪诗话校释》，人民文学出版社1983年版，第148页。
③ 许学夷：《诗源辨体》，人民文学出版社1987年版，第45页。

白帝彩云，千里江陵，两岸猿声，万重青山，这些自然的物色构成了这首诗的基本意象。这是李白流放遇赦回归途中所作。美妙的彩云是人生美好的象征，千里江陵的自然风光引发了愉悦的心情，归心似箭的情思通过舟行速度巧妙地传达出来，诗意轻松、愉悦。"两岸猿声啼声不住，轻舟已过万重山"，这是写舟，更是写人的情感。长江两岸美妙的风光与人的欢快的心情完美融合，构成这首诗的意境。这就是"兴象"。这种"兴象"截然不同于通过理性的比附才能意会的"意兴"，然而，同样具有咀嚼不尽的美感特征。这就是比兴思维发挥的作用。

比兴思维是意境创造过程中必不可少的艺术思维方式。它在意境形成过程中所担当的角色是不言而喻的。透过情景交融、虚实相生、咀嚼不尽的意境的特征，可以看出比兴思维忙碌的身影。然而，比兴思维在创造意境的过程中，具体的表现又十分复杂，很难在一个规则化的、程式化的设定中对之作出准确、毫无遗漏的界定。比兴思维的创造能量巨大，包容性极强。意境正是在它的创造和包容之中才显示美的魅力，至今仍然放射出耀眼的光彩。

第四节　比兴思维与意象的生成

意象是中国古典文艺学、美学的又一重要范畴。它萌芽于先秦，汉代以后才逐渐形成完整的理论内涵，成为与意境时而交叉、时而并行的审美观念。现存资料表明，王充较早、较明确地提出这一概念。《论衡·乱龙》云："天子射熊，诸侯射麋，卿大夫射虎豹，士射鹿豕，示服猛也。名布为侯，示射无道诸侯也。夫画布为熊麋之象，名布为侯，礼贵意象，示义取名也。"[1] 这里记述的是天子与诸大臣演习射箭的情状，它其实是古已有之的传统礼仪，类似情况在古代典籍中有较多的记载。因此，单纯从记事角度来说，这并不是王充的发现。把各种野兽（如熊、麋等）画在布靶上，"天子射熊，诸侯射麋"，不同地位的人所射的动物不同，动物的形象成了地位的象征。在这里，动物形象即是意象。意象便是指具有象征意义的形象。王充的意象虽然与文学艺术无直接关系，但是，却为这一概念进入文学艺术的审美领域建造了一个阶梯。我们今天研究意象，弘扬意象的美学

---

[1] 黄晖：《论衡校释》（三），中华书局1990年版，第704—705页。

价值，必然越不过王充。王充的无意之举对意象理论的贡献依然卓越。

从哲学美学上对意象作出完整、深刻论述的是曹魏时期天才的哲学家、魏晋玄学创始人之一王弼。在《周易略例》中，他阐发了意象的哲学和美学意蕴。他说：

> 夫象者，出意者也。言者，明象者也。尽意莫若象，尽象莫若言。言生于象，故可寻言以观象；象生于意，故可寻象以观意。意以象尽，象以言著。故言者所以明象，得象而忘言；象者，所以存意，得意而忘象。犹蹄者所以在兔，得兔而忘蹄；筌者所以在鱼，得鱼而忘筌也。然则，言者，象之蹄也；象者，意之筌也。是故，存言者，非得象者也；存象者，非得意者也。象生于意而存象焉，则所存者乃非其象也；言生于象而存言焉，则所存者乃非其言也。然则，忘象者，乃得意者也；忘言者，乃得象者也。得意在忘象。得象在忘言。故立象以尽意，而象可忘也；重画以画情，而画可忘也。①

这是一篇非常典型的哲学美学文字，梳理了意象从《周易》"言不尽意，立象以尽意"和《庄子》"言者所以在意，得意而忘言"观念的蜕变、演化过程，以及在这一过程中美学意义的生成。意象是言、象、意的统一。言的责任是明象，即表现鲜明生动的形象；象的责任是尽意，即准确、完整地表达思想、情感。而从言到意中间隔了一层，即象的转化层，所以会"言不尽意"。倘若尽意，必须要经过象的中介。"言不尽意"是说语言不能准确、完整地表达思想、情感。为什么会出现这种状况？这一问题一直困惑到今天。从纯文学、纯艺术的角度看，意是包括作家、艺术家情感在内的哲理、意趣，象是指文学艺术作品借以表达情感、哲理和意趣的生动形象。象之所以能尽意，是因为象本身的蕴含更加直观，更加丰富。由此观之，意象是受《周易》和《庄子》观念的启发所形成的文艺学、美学范畴，与言意之辨有非常密切的关系。②我们探讨这一问题，不能不考虑中国古代哲学发展的背景。

---

① 王弼：《周易略例·明象》，楼宇烈：《王弼集校释》（上），中华书局1980年版，第609页。
② 关于此一问题的讨论成果很多。可参见袁济喜《六朝美学》（北京大学出版社）、汪裕雄《意象探源》（安徽教育出版社）、顾祖钊《艺术至境论》（百花文艺出版社）等著作的有关论述。

意象发生的这一哲学背景与儒家的解诗活动有没有关联呢？或者这样追问，意象与比兴有何关联？表面上看，关联确实不大。但如果深究就会发现，它们之间的逻辑联系还是非常密切的。比兴解诗注重诗的微言大义，在创作上，要求作家、艺术家有所寄托，与"立象以尽意"是为传达圣人之意的意图高度吻合。在汉儒的努力之下，比兴寄托成为政治伦理层面的要求，成为长久影响文学艺术创作的准则。比兴寄托的诗性意义表现在：它不仅是政治伦理道德层面的，还是意趣和情感层面的，追求情感寄托和意趣寄托。因此，《毛诗序》说"情动于中而形于言"，最珍贵的是一个"情"字。如此看来，比兴思维对意象的生成具有重要的意义。在这里，我们要重申的是，比兴思维作为一种艺术思维方式具有普遍的价值，并非仅仅为满足儒家诗学的追求。

既然意象发端于《周易》《庄子》，我们不能不回到先秦。意象是意与象的统一，《周易》确立"立象以尽意"的原则，那么，"立象"便是理解意象的一个关节。何谓立象？如何立象？这是意象创造的核心问题，自然也涉及艺术思维。所谓"立象"就是创造形象。这个象是一种符号，是一种象征。《周易》所谓象是指卦象、爻象，立象就是创造卦象、爻象。卦象、爻象作为一种符号，有占卜、预测的功能。然而，《周易》的符号是一个集束性符号，它由象、数、辞三者构成。如果要占卜、预测，必须观象系辞，因数定象，玩其象辞。这一"立象"的过程其实也就是创造的过程。由此，有学者断定，"易象"就是意象。[1] 这个意象是大的文化意象，不可能指纯粹的文学艺术审美意象。如何"立象"？《周易》也力求解答这个问题。《系辞》云："圣人有以见天下之赜，而拟诸其形容，象其物宜，是故谓之象。"[2] 又说："参伍以变，错综其数。通其变，遂成天地之文；极其数，遂定天下之象。"[3] 要立象，必须观天下之赜，拟诸其形容，象其物宜，也就是模天仿地。这还不够，还要"参伍以变"。也就是要加进去自己的创造。这对文学艺术的模仿和虚构、创造具有很大的启发意义。"立象"的过程是一个模仿（拟）的过程，也是一个虚构、创造的过程。后来，韩非子发挥这一思想，在《韩非子·外储说》中就曾以画事为例，论及画犬马难、画鬼魅易的问题，可谓对《周易》思想内涵的充实。因为犬马是实实

---

[1] 参见汪裕雄：《意象探源》，安徽教育出版社1996年版，第4页。
[2] 李道平：《周易集解纂疏》，中华书局1994年版，第566—567页。
[3] 同上书，第591页。

在在的、人人皆可感知的象，人人都有评判的参照；而鬼魅是无形的，只能任凭纯粹的虚构，无评判的参照。纯粹的、不以现实为基础的虚构是易于操作的创作方式，但是，由于它远离现实，构不成创造，因而没有价值。可见，艺术的"参伍以变"应以现实为参照，为比附，只有在此基础之上进行创造，才具有艺术价值。"立象"必须以客观现实为基础。

《周易》之"象"是一种符号，这种符号兼具直观与抽象的特征，开启了后世的意象创造。意象不仅仅适用于文学，而且还适用于书法、绘画、音乐等艺术。作为直观艺术，绘画的意象是生动可感的，人们通过画面的组织结构及人物的形神意态可以直观到画中的精神，亦即画中之意。而书法的意象则是抽象的，人们只能依靠笔墨点画、字形结构、骨格气力来判断其中之意。音乐的意象是一个个流动于琴弦之间的音符，这种音符传达某种情感意趣。可见，意象的表现在不同的艺术门类之间有很大的不同，直观与抽象兼具。索靖《书势》形容草书之美："盖草圣之为状也，婉若银钩，漂若惊鸾，舒翼未发，若举复安。"[1] 王僧虔《书赋》评书法之美："沉若云郁，轻若蝉扬，稠必昂萃，约实箕张。"[2] 这都是对书法意象的描述。这种描述极形象又极抽象。形象的是人们能从这生动的比喻描述中体会到书法美的特征，抽象的是这美的背后所蕴含的精神意义。至于绘画，清代布颜图说："故学之者必先意而后笔，意为笔之体，笔为意之用。务要笔意相倚而不疑。笔之有意犹利之有刃，利有刃虽老木盘错无不随刃而解。笔有意虽千奇万状，无不随意而发。"[3] 这是强调绘画的意象必须以意为主，象要为意所用。这样才能赋予画以生命的活力。象是画表达情意的符号，人们在创造这些形象时，先有一种情意存在，但这种情义又是模糊的，不可能十分清晰。正像有学者所言："中国画的符号并非是定指，而是有模糊的情绪指向，任何简单比附都与绘画实际不相符合，笔情墨趣中展示的是画家对生命的模糊体验。"[4] 这种体验的过程是一种比兴思维的过程，所有的意图都是为了表达情意，塑造形象，但离不开对外在物象的借助。

意象的生成离不开比兴思维。"立象"的过程是比兴思维的过程，这在

---

[1] 索靖：《书势》，欧阳询：《艺文类聚》（下），上海古籍出版社1999年版，第1267页。
[2] 王僧虔：《书赋》，欧阳询：《艺文类聚》（下），上海古籍出版社1999年版，第1267页。
[3] 布颜图：《画学心法问答》，俞剑华编：《中国古代画论类编》（上），人民美术出版社2000年版，第205页。
[4] 朱良志：《中国艺术的生命精神》，安徽教育出版社1995年版，第180页。

意象的创造中一目了然。首先,"立象"的过程是意在象先,意想使象成为一个符合什么标准的象,或者是表达什么情感意趣的象,这由意来决定。意在决定的过程中就存在着一系列的比附的过程,在思维中尽可能找出能够适宜于意的象。其次,"立象"的过程是象的选择和创造过程,从众多的象中进行比较、挑选,最后,确定一种或几种象作为文学艺术作品表现的意象。这个过程,是联想、想象、象征、隐喻的过程,也是比兴思维艺术加工的过程。我们将对这一过程进行具体的论证。

意象虽然是由意和象两部分组成的,但是,这两个部分是不能截然割裂的,而是一个整体。不能离开单纯的意去说象,也不能离开单纯的象去说意。意象毕竟是具有审美特征的艺术形象的一种类型。作为一种类型,其中的所有元素只能是一个个有机体,不能分开。意象是意和象的有机融合,起主导作用的是作家、艺术家之意。是作家、艺术家赋予这象以美的情思,作家、艺术家的作用不能低估。王充之后,再一次重提意象是刘勰。刘勰对意象的讨论与王充就不在一个层面。他是站在文学的角度,采取的是审美视角,多元地来认识意象的。因此,刘勰的观念得到了当今学者的高度认可。究竟刘勰的意象包含着怎样独特的意义?必须联系刘勰言说的上下文进行讨论。《文心雕龙·神思》云:

> 是以陶钧文思,贵在虚静,疏瀹五脏,澡雪精神,积学以储宝,酌理以富才,研阅以穷照,驯致以绎辞,然后使玄解之宰,寻声律而定墨;独照之匠,窥意象而运斤;此盖驭文之首术,谋篇之大端。[①]

在这里,刘勰讨论的是神思问题。神思是文学创作的神妙之思,任何创作都不能缺少。在刘勰看来,神思的开展要保持一种虚静的心态,超越功利。这还不够,还要积学,酌理,广泛阅读,加强语言的训练,然后才能进入创造的过程。"玄解之宰"指人心的主宰,即大脑。"声律"泛指文学创作的语言、技巧,而"意象"则是呈现在作家眼前的形象,即已经进入作家的视野但还没有经过思想情感加工了的形象。显然,这个"意象"并不是我们今天所说的艺术意象。因此,我们认为,对刘勰这里提出的意象概念不宜评价过高。如果说,艺术意象是一个成品的话,那么,刘勰的

---

① 王利器校笺:《文心雕龙校证》,上海古籍出版社1980年版,第187页。

"意象"仅是一个半成品,"是一种艺术表达前的心中之象"[①]。这心中之象只有用语言表达出来,并且真实地、完美地表达了作家、艺术家的思想情感,才能变成审美意象。这样,意象的形成过程必须经受三个环节:第一,客观物象;第二,心中之象;第三,审美意象。刘勰的"意象"属于第二环节。

客观物象之能进入作家、艺术家的创作视野,首先必须经受严格的选择。选择的标准就看它是否符合作家、艺术家之意。只有符合作家、艺术家之意的客观物象才能进入创造的领域,并接受作家、艺术家的改编、创造。在选择物象的过程中,作家、艺术家会调动各种心理因素,诸如感觉、听觉、视觉、触觉、味觉、嗅觉、表象、记忆等。任何一种感觉只要触动了内心的情感,都可促使客观物象进入艺术意象的创造程序。一般来说,作家、艺术家选择客观物象的动机有二:一是这种物象深深吸引了他(她),触动了他(她)的情感神经,这是一种激发;二是他(她)的内心情感骚动,急于寻求并借助某一物象去表达。选择的起点可能是听觉,也可能是视觉、触觉、味觉、嗅觉等,或是表象和记忆。这些情形,我们从古往今来的具体作品中都能看出踪迹。如"春山烟欲收,天淡星稀小"(牛希济《生查子》),这是视觉;"水调数声持酒听,午醉醒来愁未醒"(张先《天仙子》),这是听觉;"伫倚危楼风细细,望极春愁,黯黯生天际"(柳永《凤栖梧》),这是触觉;"纷纷坠叶飘香砌,夜寂静,寒声碎"(范仲淹《御街行》),这是味觉和通觉(通感)。这些感觉都是真切的,生动的,自然的。对客观物象的选择可直接取自眼前的实景实物,也可以取自表象和记忆。但是,大多都取自表象和记忆,因为实景实物的艺术消化可能不会那么快。作家、艺术家的大脑贮存了太多的表象和记忆,供需要时选择使用。一旦这些表象和记忆触发了他(她)的神经,适应了他(她)情感,便派上了用场。这是客观物象或表象、记忆成为艺术意象的第一个阶梯。在这一阶段,比兴思维已经参与其中,并在选择的过程中充当着重要的角色。

选择好物象之后,便进入心理创造阶段。客观物象如何才能更好地表达情感?这是作家、艺术家首先要考虑的。无论是现实的客观物象还是表象、记忆都需要经过重新加工和创造,这是对客观物象或表象、记忆的重新整合过程。在这一过程中,作家、艺术家充分发挥自己的神思和想象功

[①] 顾祖钊:《艺术至境论》,百花文艺出版社1992年版,第59页。

能，使客观物象或表象、记忆能尽可能适应情感表达的需要。这时，作家、艺术家完全进入了创造的角色，在客观物象或表象、记忆中注入了自己的情感、意志、个性和情操等，使客观物象或表象、记忆完全主体化。进入心中的物象已经不是存在于自然或表象、记忆中的客观物象，已是一个艺术意象的半成品。这样，便完成了艺术意象的心理化过程，作家、艺术家也进入了创作的临阵期。整个过程，不仅直觉思维在起作用，抽象思维也加入其中，参与了客观物象或表象、记忆的赋意。比如，如何借助某一物象表达某种情感、意蕴，如何运用比兴寄托、象征、隐喻等表情达意。这时，抽象思维也被纳入了艺术创造之中，成为艺术思维的重要组成部分。

创作过程是以语言或图像的形式显现的。作家、艺术家在运用语言或图像表达情感时，原本已经加工过了的客观物象或表象、记忆又遭到重新审视，面临重新选择，可能会淘汰一些，也可能会补充一些。作家、艺术家在使用这诸多的客观物象或表象、记忆时还应选择好表达的视角，以便能传神地描绘出这些物象，使之更具有审美的意味。一般情况下，图像要求能准确表达艺术家情感化了的知觉，语言特别是诗词语言要求能传神地表达出作家情感化了的客观物象或表象。一旦语言或图像的过程完成，便成就了意象的创造。意象便进入审美的序列，读者会依据自己的生活体验、阅读经验去重新创造。例如，我们上文中所例举的春山、烟、星、水调、风、坠叶等都已是艺术意象。它们都适应了此时此地情感表达的需要，并且被准确、形象地创造出来，给人们以美的回味与享受。

客观物象作为一种客观的存在，本身不具有美的成分，只有进入作家、艺术家的创作视野，经过作家、艺术家的心理加工，才能具备美的素质，成为一个艺术意象。艺术意象虽然是一种形象，但是，在不同的艺术形式和文体中表现出很大的差异。一般来说，在绘画艺术中，它以完整的形象出现；而在语言艺术中却要复杂一些。小说中的艺术意象可以是完整的艺术形象（如人物），可以是不完整的模糊的美的瞬间、人和物的片断；诗词中的艺术意象多以不完整的、模糊的形象出现，给人带来的美感冲击力较强。音乐的艺术意象是一个个优美而富有特征的音符，书法的艺术意象是点画、笔墨和结构。可见，艺术意象的概念内涵非常宽泛，它与艺术形象、艺术意境既有重合之处，又有不同之处。艺术形象是所有文学艺术作品塑造形象的统称，在文学的叙事性作品中是人物形象，抒情性作品中是意象、意境；在书法、绘画、音乐等艺术中可以是形象也可以是意象、意境。可见，意象是艺术形象的一个组成部分，也是艺术意境的组成部分，众多的、集束化的意象构成了艺术形象、艺术意境。因此，艺术形象、艺术意境的外延比艺术意象要大。艺术意象在文学艺术中的表现虽然是群体的、集束化的，但是，单个意象仍有审美价值。我们常常津津乐道的中国古典艺术中的梅、兰、竹、菊，奇松怪石，万岁枯藤，就是张扬单个意象的隐喻或象征意义。当然，这种隐喻或象征意义并不完全固定，可能会有变化。这说明，艺术意象本身具有很强的衍生能力。

艺术意象的加工过程还要经受作家、艺术家此时此地所处情境因素的影响。这一点必须提及。同一客观物象或表象、记忆在不同的作家、艺术家的作品中表现自然不同，但是，在同一作家、艺术家不同的作品中反复出现，表现的审美意义和审美情趣也不相同。这就充分证明艺术意象具有创新的特点。比如月，可以表现思念之情，可以表现忧愁之情，也可以表现欢乐之情，等等。这里就存在着一个情境的因素。同样是月，在不同的情境中，审美素质是不同的。不同的作家如此，同一作家也是如此。不同的作家我们姑且不论，同一作家我们以李白说之。从下面列举的李白的两首诗，我们可以得到情境对艺术意象影响的较完整的印象。

《静夜思》：

> 床前明月光，疑是地上霜。
> 举头望明月，低头思故乡。

《月下独酌》：

> 花间一壶酒，独酌无相亲。
> 举杯邀明月，对影成三人。
> 月既不解饮，影徒随我身。
> 暂伴月将影，行乐须及春。
> 我歌月徘徊，我舞影零乱。
> 醒时同交欢，醉后各分散。
> 永结无情游，相期邈云汉。

前一首诗以月表达对故乡的思念，是歌咏思乡的名篇。月是思念的象征。由月引发时光追忆的情感,这种情感通过一个"霜"字加以表现,顿时给人以凄凉之感。转眼已到了深秋,离家已经很长时间,家里现在究竟会是一种怎样的情形?没有半点音讯,真是令人心忧!月在这首诗里是联想的基点。这种联想乃起因于传统文化对月的隐喻。后一首诗以月表达忧愁。月成为诗人排遣忧愁的借用物。诗人将月拟人化,月能够了解人内心的苦闷,是人的知心朋友,能相伴人欢乐,与人相约在高天云汉。这种奇特的神思生成了月的意象,给人带来的美感冲击力很强。由此可见,这两首诗所表现的月的意象是不同的。这是不同时、地的情境所造成的审美结果。

　　在具体的文学创作中,形成整个作品强烈美感冲击力的并不是单一的意象,而是一个意象群。单一的意象虽然具有审美的功能,但势单力薄,不能够形成立体的效应。只有众多意象齐心协力,才能形成强势的、立体的美感,创造完美的艺术意境。如我们上文例举的李白的两首诗,意象均不止月一个。《静夜思》中的意象除了月之外,还有霜与人(人是以举头和低头的动作加以显现的)。《月下独酌》除月之外,意象就更为丰富了,还有花、酒以及人的一系列的动作如独酌、举杯、歌、舞等。这在诗词的意象群中还不算典型,最为典型的要数屈原的《楚辞》了。我们随意挑出一首屈原的作品,就能看出他意象运用的丰富性。如《山鬼》:

　　　　若有人兮山之阿,被薜荔兮带女萝。
　　　　既含睇兮又宜笑,子慕予兮善窈窕。
　　　　乘赤豹兮从文狸,辛夷车兮结桂旗。
　　　　被石兰兮带杜蘅,折芳馨兮遗所思。

　　我们在这里选录的仅是全诗的一部分,足见其意象出现的密度。薜荔、女萝、赤豹、文狸、辛夷车、桂旗、石兰、杜蘅、芳馨等意象接连不断,共同围绕着一种神秘的旨趣,展现了一个美的氛围。意象群的出现并非随意的,它们必须接受一种统一情感的支配,在比兴思维的调和运作中,赋予每一种意象以相同的意趣和情感基调,只有这样,意象才能发挥审美的作用,才能成为真正的艺术意象。李白借月言愁,相应地出现了"花间一壶酒"的意象。古人往往借酒浇愁,这已是一种文化现象。李白自己就有一些意义明确的诗句:"愁来饮酒二千石"(《江夏赠韦南陵冰》),"举杯消愁愁更愁"(《宣州谢朓楼饯别校书叔云》)。可见，酒也是忧愁的象征。酒和月的意象在审美情趣上实现了和谐。这样，酒和月才能在《月下独酌》中共同出现，共同参与艺术意境的创造。

  比兴思维在意象的生成上还有特别重要的一点必须提及，那就是意象的创造并不拘泥于某种单一的意义和情趣，而趋向多义的"兴象"和"象外之象"。"兴象"和"象外之象"都是唐代出现的审美范畴。在上一节，我们说，"兴象"是指透彻玲珑、不可凑泊的形象，形象、境界与情意紧密结合，是仅凭直觉就可意会的艺术意境。似乎"兴象"就是意境。在那里，我们的立足点是意境的创造，强调意境是在群体意象合力作用下而形成的一个整体的美的氛围。在这里，我们立足于意象创造，又有了一种新的认识："兴象"从基元上说是一种意象，但是，不是普通的意象。殷璠评陶翰诗："既多兴象，复备风骨。"(《河岳英灵集》)"兴象"与"风骨"并举。评孟浩然诗："无论兴象，兼复故实。""兴象"与"故实"相兼。足见"兴象"是一种"言有尽而意无穷"且具有刚健壮大情思的艺术意象。这种艺术意象所表现出来的审美趣味是无穷的，每一个接受者都能从自己的角度找到自己需要的美的意蕴。正像有学者所说："然而殷氏（注：殷璠）兴象说之活力，还在于'兴'与'象'的并列，两端确定，之间关系则不确定，从而留下很大的空间，有很大的容量。于是'兴象'超越了殷氏的原意而获得长生。"[1] 后来，不少作家、理论家沿袭"兴象"概念，多从意象表达情意的无穷和不露痕迹上去发掘它的意涵。何良俊云："世人独推何、李为当代第一，余以为空同关中人，气稍过劲，未免失之怒张；大复之俊节亮语，出于天性，亦自难到，但工于言句而乏意外之趣。独边华泉兴象飘逸，而语亦清圆，故当共推此人。"[2] 胡应麟称："《郊祀》，炼词锻句，幽深无际，古雅有余。《铙歌》，陈事述情，句格峥嵘，兴象标拔。"[3] 又说："东、西京兴象浑沦，本无佳句可摘，然天工神力，时有独至。"[4] "至《十九首》及诸杂诗，随语成韵，随韵成趣，辞藻气骨，略无可寻，而兴象玲珑，意致深婉，真可以泣鬼神，动天地。"[5] 这都是说，"兴象"是一种言有尽而意无

---

[1] 林继中：《文学史新视野》，北京大学出版社2000年版，第55页。
[2] 何良俊：《四友斋丛说》，中华书局1959年版，第234页。
[3] 胡应麟：《诗薮》，上海古籍出版社1979年版，第7页。
[4] 同上书，第26页。
[5] 同上书，第25页。

穷，且具有刚健壮大情思的艺术意象。这种艺术意象用司空图的话表述就是"象外之象"。

司空图的"象外之象"是就深层次的艺术意象而说的。要理解司空图这一观念，必须将之放到司空图言说的具体语境中。《与极浦书》云："戴容州云：'诗家之景，如蓝田日暖，良玉生烟，可望而不可置于眉睫之前也。'象外之象，景外之景，岂容易可谈哉？"[①] 这一段话的核心在所引戴容州的比喻上。由于古籍失传，弄不清戴叔伦这一比喻的来由。蓝田是陕西有名的产玉之地。据说，当此地为日光照射时，玉气冉冉升腾，远远看去，良玉生烟，近观却一无所有，这便是"可望而不可置于眉睫之前"的意义所在。照此来理解"象外之象"可以得知，其中的第一个象已是艺术意象。因为它实实在在地表现在诗歌之中，给人以美感。这种艺术意象可以是具体、客观的物象，有形有神；也可以是虚幻的，不易感知的事象和心象，无形无状。有学者认为，这第一个象是客观物象，大谬！现实的客观物象一旦在文学艺术作品中出现，就已经经过了作家、艺术家的心化，已经成为艺术意象，不同于现实的客观物象。而象外之象的第二个象则是艺术意象，是情韵更为饱满、意涵更加丰富的艺术意象。这是由第一个象衍生出来的。这个象外之象所包含的美的情韵具有极度的不确定性，它就是胡应麟所说的"浑沦"之象，但并非不着边际，仍以第一个象为依据，在很大程度上是与第一个象重叠的，又在第一个象的基础上升华，表现更为空灵。这个象外之象具有更为强烈的美感包容量，它代表了文学艺术创造的极高的层次，是每个作家、艺术家都极力追求并渴望达到的。

象外之象的产生是比兴思维运用的极致。这时，人与物冥合为一，人的审美理想全都灌注于意象之中，无论是创作者还是接受者都能获得强烈的美感享受。一如叶燮所言："诗之至处，妙在含蓄无垠，思致微渺，其寄托在可言不可言之间，其指归在可解不可解之会；言在此而意在彼，泯端倪而离形象，绝议论而穷思维，引人于冥漠恍惚之境，所以为至也。"[②] 文学艺术创造若臻达此境，斯为足矣！

[①] 司空图：《与极浦谈诗书》，郭绍虞集解：《诗品集解·续诗品注》，人民文学出版社1963年版，第52页。
[②] 叶燮：《原诗·内篇下》，丁福保辑：《清诗话》（下），上海古籍出版社1978年版，第584页。

第五节　比兴思维与诗性语言

文学的语言问题是一个极为复杂的问题。它不仅涉及语音、词汇、语法、修辞等语言本身的问题，还涉及具体操持和运用语言的言语问题。瑞士语言学家费尔迪南·德·索绪尔说，"语言是一种表达观念的符号系统"，① "言语却是个人的意志和智能的行为"②。"语言和言语活动不能混为一谈；它只是言语活动的一个确定的部分，而且当然是一个主要的部分。它既是言语机能的社会产物，又是社会集团为了使个人有可能行使这种机能所采用的一整套必不可少的规约。"③语言不仅是社会行为，而且是心理和思维的行为。对语言的诗性特征的考察，离不开对语言整体的考察，也离不开对作家个体言语的研究。这有利于我们更深入地发掘艺术思维和语言的关系，从而，更好地认识比兴思维的理论价值。

意大利哲学家维柯曾经研究了人类的诗性语言，认为人类最初的比喻往往是用有生命的东西替代无生命的东西，用人体喻比所有的事物。他说：

> 一切比喻（都可归结为四种）前此被看成作家们的巧妙发明，其实都是一切原始的诗性民族所必用的表现方式，原来都有完全本土的特性。但是随着人类心智进一步的发展，原始民族的这些表现方式就变成比喻性的，人们就创造出一些词，能表示抽象形式，或包括各个分种的类，或把各部分联系到总体。这就推翻了语法学家们的两种普遍错误：一种认为散文语言才是正式语言，而诗并不是正式语言，另一种认为散文语言先起，然后才有诗的语言。④

人类最早的语言是诗性语言。维柯所言，在中华民族的历史中也得到了证实。现存的我国较早的文献，运用的都是诗性语言，如《老子》《诗经》《左传》《论语》等。其诗性的主要标志就是大量地运用比喻，用鲜明生动的比喻表达抽象的思想意蕴。远古比喻的生命力之强，真是叹为观

---

① 费尔迪南·德·索绪尔：《普通语言学教程》，高名凯译，商务印书馆1980年版，第37页。
② 同上书，第35页。
③ 同上书，第30页。
④ 维柯：《新科学》（上册），朱光潜译，商务印书馆1989年版，第203页。

止！其中很多比喻我们今天仍奉为圭臬。如，《老子》："孔德之容，惟道是从。道之为物，惟恍惟惚。惚兮恍兮，其中有象，恍兮惚兮，其中有物"。（二十一章）《诗经》："淇则有岸，隰则有泮。总角之宴，言笑晏晏。信誓旦旦，不思其反。"（《卫风·氓》）《论语》："鸟之将死，其鸣也哀；人之将死，其言也善。"（《泰伯》）这些比喻都以整齐的句式，优美的音律，超人的智慧，显示了语言的诗性存在。正是在这个诗性浓郁的时代，先秦人提出了比兴这一概念。汉人阐释比兴，将之视为两种比喻之法。无论郑众的"比者，比方于物也；兴者，托事于物"还是郑玄的"比见今之失，不敢斥言，取比类以言之；兴见今之美，嫌于媚谀，取善事以喻劝之"，都是说比和兴是比喻，只不过操持比喻的方式不同，内容也有细微差别。依郑玄之见，就比喻的方式而言，比是打比方，以彼物比此物，兴是借物寓托；就比喻的内容而言，比是说恶事，讽刺，兴是说善事，喻劝。这虽然是儒家对比兴的解说，将之政治化、伦理化了，但是，从中我们仍能看出比兴所具有的诗性内涵。那就是：多极联系，含蓄委婉，言近旨远。正是在此基础之上，比兴才发展演化成为一种艺术思维方式。这本身就说明思维和语言具有极为紧密的关系。

比兴思维脱胎于比喻这一诗性语言。它们之间清晰地呈现出思维与语言的关系，自由、松散且又紧密、无懈可击，各有各的功能，各有各的价值，依然保持形影不离和精神的独立。比兴思维的开展离不开比喻，包括隐喻、显喻（明喻）、转喻等，比喻绝对地控制着比兴思维的语言运用，保持了这一思维方式的诗性特征。

比兴思维是借助于某一（类）事物或受某一（类）事物启发来表达情感，创造美的形象的一种艺术思维方式。这种艺术思维方式虽然是总体性的、综合的，但也常常在局部发挥作用。就像黑格尔在论述象征时所说，象征有独立性象征和非独立性象征两种区分。独立性象征是一个特定阶段的艺术观照和表现类型，是整体的；非独立性象征仅是一种外在形式的表现，是局部的。比兴思维的局部性就体现在语言的运用上，最典型的则是比喻的运用。在比兴思维的浇灌下，比喻就像一朵永远不败的鲜花，怒放在古往今来的文学的天空。

西方关于比喻的研究成就斐然。黑格尔曾经系统地研究过比喻的艺术形式。他称比喻的艺术形式是自觉象征的表现。比喻的艺术形式类似比兴思维创作出来的文学作品，这类作品无论是在思维方式还是在修辞方式的运用上都是比喻，比喻笼罩语言、思维和意义的全部。黑格尔曾论证了作为比喻艺术形式的寓言、隐射语、宣教故事、格言、谜语等所具有的意义，他是把它们当作独特的文体来对待的。在他看来，比喻可分为意义和形象两个部分，意义是前提。黑格尔说：

> 如果要就这一领域进行较确切的分类，我们就会发见在各种比喻之中，意义本身总是前提，和它相对立的是一个与它有关联的感性形象，一般总是意义放在首要地位，而形象则是单纯的外衣和外在因素；不过另一方面也会发现这样一个差别：这两方面之中，有时是这一方面，有时是那一方面首先出现，作为出发点。这就是说，有时是形象作为一种独立的外在的直接的自然的事件或现象摆在那里，要从此见出一种普遍的意义，有时是意义先单独地出现，然后替它从外面挑选一个形象。[①]

在比喻的运用中，意义虽然是前提，但是，也会出现一些特殊情况。黑格尔所言比喻的两种情况，即有时形象独立出现，有时意义独立出现，与我们所论述的比兴思维在方法和现象上有相似之处。比兴思维有"感物兴情"和"托物寓情"两种情形，第一种就类似于黑格尔所说的形象独立出现，第二种类似于黑格尔所说的意义单独出现。可见，中西文艺学、美学思想是能够相互融通的。任何一个事物整体的综合性结构都能从它的组成元素或部分组织结构上显现出共同性。比喻作为比兴思维笼罩下的一种语言手段呈现出与比兴思维的某些相似性是必然的。这正说明它们之间的关系非常亲密。

人类对比喻的运用，其真实用意是让人易于理解，通过对描写对象生动直观的比喻，把握施喻者的真实意图和情感。然而，事情往往与意愿相违背。恰恰是比喻，由于施喻者采用的是迂回曲折的方法，并交换运用隐喻、转喻等，往往使人难以意会，形成理解的真空。这里的关键是意义与意象的衔接，怎样使要表达的意义和选择的意象恰当地连结在一起？这是令人头痛的事。然而，正是这一悖论成就了比喻迷人的诗性，使之魅力无穷。

---

① 黑格尔：《美学》（第二卷），朱光潜译，商务印书馆1979年版，第100—101页。

比喻有两种方式，一种方式是从形象出发，另一种是从情感意义出发。这两者所达到的效果是各有千秋的。从形象出发，笔墨多倾注在形象上，通过对形象的拟人化刻画达到比喻的目的，如人们津津乐道的屈原的香草美人之喻以及神话性的隐喻、寓言等都属于这种比喻。比喻的运用从形象出发，借助于这些形象来表达情思。从情感意义出发的比喻多侧重于情感意义的表达，为达到这一目的，施喻者特意运用隐喻和显喻等具体的手段。如"雨恨云愁，江南依旧称佳丽"（王禹偁《点绛唇·感兴》），"枝上柳绵吹又少，天涯何处无芳草"（苏轼《蝶恋花》）等，这里，江南、佳丽、芳草等意象都是为表达情感意义特意布置的，表现出较为明显的隐喻和显喻痕迹，对这些意象的理解，不需要特别的思量，只须直觉感悟。而从形象出发的比喻往往不易觉察，因为，笔墨开始便定在对这形象的描绘上。如《湘君》："君不行兮夷犹，蹇谁留兮中洲？美要眇兮宜修，沛吾乘兮桂舟。"洪兴祖注"要眇"："要，于笑切。眇，与妙同。《前汉》传曰：幼眇之声。亦音要妙。此言娥皇容德之美，以喻贤臣。"注"桂舟"："桂舟，迎神之舟，屈原因以自喻。"[①]这种理解虽然牵强，但是，有一点可以肯定，它是从形象出发的比喻，比喻的意义却不露痕迹。对从形象出发的比喻，恐怕只能以比兴思维的视角理解才可能透彻一些。因为，这是一种整体性的比喻，单单从字面上和引申意上来把握很难抓到精髓。这是相对于情感意义出发的比喻来说的。当然，任何比喻都必须考虑比喻运用的上下文关系，只有在这种关系中才能准确理解比喻的意义。

比喻作为一个大的修辞类别包括隐喻、转喻、显喻等。就隐喻、转喻、显喻等在文学上的作用而言，人们更多地推崇隐喻。这是因为隐喻不仅囊括了其他比喻所具有的特点，而且更富有诗性。黑格尔和弗莱都说，隐喻在某种程度上就是明喻（显喻），正是认识到隐喻的包容性。在比兴思维中，隐喻更无处不在，在彰显语言的诗性上立下汗马功劳。

隐喻增强了的文学语言的奇异性、新鲜感，使语言永远处于一种鲜活的状态之中，生机勃发。关于这一点，早在亚历士多德就已经认识得很清楚。他说："言语的美在于明晰而不至流于平庸。用普通词组成的言语最明晰，但却显得平淡无奇。克勒俄丰和塞奈洛斯的诗作可以证明这一点。使用奇异词可使言语显得华丽并摆脱生活用语的一般化。所谓'奇异词'，指

[①] 洪兴祖：《楚辞补注》，中华书局1983年版，第60页。

外来词、隐喻词、延伸词以及任何不同于普通用语的词。"① 又说:"但是,最重要的是要善于使用隐喻词。唯独在这点上,诗家不能领教于人,不仅如此,善于使用隐喻还是有天赋的一个标志,因为若想编出好的隐喻,就必先看出事物间可资借喻的相似之处。"② 文学作品的隐喻是作家的创造性之一。在中国古典文学发展史上,凡是能够流传下来的,经得起历史和艺术检验的,具有鲜活生命力的,大都是创造性地运用隐喻的作品。因为这些作品不仅传达了优美的思想情感,而且还展示了新鲜奇异的语言,给人以智慧和美感。孔子有一个绝妙的隐喻:"不义而富且贵,于我如浮云。"(《论语·述而》)这就是说,富贵要看财富得到的途径是否合乎仁义,假如是不仁不义而取得的富贵,孔子是极为鄙夷的。"浮云"的隐喻极为新鲜,提供给人们许许多多诗意化的联想。其隐喻的指归在于浮云的漂泊无根和轻浮无节。无根、无节都不会长久。孔子"浮云"的隐喻具有传统性和社会性基础,以至于"富贵于我如浮云"成为君子孤傲清高的象征。这种语言方式本身包含着相似性和转换性,同时又有因果性。通过浮云与"不义而富且贵"的比附、转换,造成因果式的隐喻效果,使语言神奇而具有美感。

隐喻的魅力表现在它始终处于活的状态之中,不断地更新、替换,补充新的血液。那些僵化的隐喻必然会死亡。黑格尔曾经描述过隐喻在人类语言中的表现:"但是这种字用久了,就逐渐失去它们的隐喻性质,用成习惯,引申义就变成了本义,意义与意象在娴熟运用之中就不再划分开来,意象就不再使人想起一个具体的感性观照对象,而直接想到它的抽象的意义。"③ 隐喻的死亡是语言发展的必然结果。一批老的隐喻死亡,转化成人人都能够意会和理解的明晰的语言和普通词,同时,又有一些新的隐喻诞生。这正是隐喻活的状态的表现。在语言发展的历史上,常常有这种情况,一些古老的隐喻随着时代的发展不仅没有消亡,而且还不断生成,其隐喻的指归是多极的,丰富的。如我们上文所例举的"浮云"的隐喻,孔子的隐喻开风气之先,后来又生成了新的意义。李白的《登金陵凤凰台》有这样的诗句:"总为浮云能蔽日,长安不见使人愁。""浮云"一词再一次出现,却与孔子的隐喻意义截然有别。李白的"浮云"隐喻奸佞小人。奸佞小人整日围在帝王身边,不时献谗,遮蔽了帝王的眼睛,使帝王的圣光

---

① 亚里士多德:《诗学》,陈中梅译注,商务印书馆1996年版,第156页。
② 同上书,第158页。
③ 黑格尔:《美学》(第二卷),朱光潜译,商务印书馆1979年版,第128页。

黯然失色。同一"浮云"在李白诗中还有第二种隐喻意义。他的《送友人》有"浮云游子意，落日故园情"的诗句，这里的"浮云"隐喻的是游子。浮云在天空中漂泊无根，就象征游子到处游荡。李白两首诗对"浮云"的隐喻，隐喻意旨绝然不同。可见，对同一个客观物象的观照可以采用多种视角，从不同的意义出发皆可获得这个物象的创造性的隐喻。任何隐喻的运用都有一个语境，不能脱离具体的语境使用隐喻，否则，隐喻不成为隐喻，而成为难以索解的谜语。从这个意义上说来，隐喻不具有独立的品格。黑格尔说：

> 隐喻的范围和各种形式是无穷的，它的定性却是简单的。隐喻是一种完全缩写的显喻，它还没有使意象和意义互相对立起来，只托出意象，意象本身的意义却被钩消掉了，而实际所指的意义却通过意象所出现的上下文关联中使人直接明确地认识出，尽管它并没有明确地表达出来。
>
> 但是这样用意象比譬的意义既然只能从上下文的关联中见出，隐喻所表达的意义就不能说有独立的艺术表现的价值，而只有次要的或附带的艺术表现的价值，所以隐喻更多的是作为一件本身独立的艺术作品的外在雕饰而出现。①

隐喻的魅力还表现在曲喻和典故的运用上，这也是语言诗性特征的一个重要的标志。和一般的比喻相比，曲喻有更多的诗性意味，主要是它的奇特的联想和对隐喻的高度浓缩，受某一（类）事物的启发或借助某一（类）事物的痕迹全无。而典故则将完整而曲折的比喻完全浓缩，借助于神话或历史来表达思想情感。

曲喻联想的奇特性在于能出人意表地展示事物之间的相似性，使人一下子难以分辨这是在用比喻。曲喻尤其能表现作家丰富的想象力和语言的天赋。"明月不归沉碧海，白云愁色满苍梧。"（李白《哭晁卿衡》）这是李白的曲喻。传说日本友人晁衡在回归日本的途中身溺大海，李白抑制不住内心的悲痛，写下这首诗以示追念。"明月"一句是奇特的曲喻，日月从海上升起，最终又落入大海，这是古人的宇宙观。这里明月隐喻晁衡，隐喻

---

① 黑格尔：《美学》（第二卷），朱光潜译，商务印书馆1979年版，第127—128页。

晁衡光明磊落的品德，联想十分奇特。最善于运用曲喻的要数李贺了，对此，钱锺书有十分精湛的分析：

> 长吉赋物，使之坚，使之锐，余既拈出矣。而其比喻之法，尚有曲折。夫二物相似，故以此喻彼；然彼此相似，只在一端，非为全体。苟全体相似则物数虽二，物类则一；既属同概，无须比拟。长吉乃往往以一端相似，推而及之于初不相似之他端。余论山谷诗引申《翻译名义集》所谓"雪山似象，可长尾牙；满月似面，平添眉目"者也。如《天上谣》云："银浦流云学水声。"云可比水，皆流动故，此外无似处；而一入长吉笔下，则云如水流，亦如水之流而有声矣。《秦王饮酒》云："羲和敲日玻璃声。"日比瑠璃，皆光明故；而来长吉笔端，则日似玻璃光，亦必具玻璃声矣。同篇云："劫灰飞尽古今平。"夫劫乃时间中事，平乃空间中事，然劫既有灰，则时间亦如空间之可扫平矣。他如《咏怀》之"春风吹鬓影"，《自昌谷到洛后门》之"石涧冻波声"，《金铜仙人辞汉歌》之"清泪如铅水"，皆类推而更进一层。古人病长吉好奇无理，不可解会，是盖知有木义而未识有锯义耳。①

曲喻诱使人的直觉趋于复杂化和多样性，使人的联想更加多彩、绮丽，无形中增强了语言的魅力，使之具有无穷的韵味。

典故作为隐喻的一种形式是社会历史文化的积淀，每一个典故的背后都有一个叙事，都包含着神话或历史的记忆。典故能成功比附思想情感，使当下在历史与神话的纵深之中寻求到一个归宿。关于典故在文学中的运用，从古至今有不少争论。早在南朝齐梁时期，以钟嵘为代表，认为诗的创作应绝弃事类："至乎吟咏情性，亦何贵于用事？""观古今胜语，多非补假，皆由直寻。"（《诗品序》）② 刘勰也说："故事得其要，虽小成绩，譬寸辖制轮，尺枢运关也。或微言美事，置于闲散，是缀金翠于足胫，靓粉黛于胸臆也。"（《文心雕龙·事类》）③ 典故运用得当，能增强语言的文采之美，展示语言的微言大义，从而更好地表达思想情感。如果典故运用得过滥，则语意艰涩，不能很好地发挥语用功能。在中国古代诗文中，有很多成功

---

① 钱锺书：《谈艺录》，中华书局1984年版，第51页。
② 陈延杰：《诗品注》，人民文学出版社1961年版，第4页。
③ 王利器校笺：《文心雕龙校证》，上海古籍出版社1980年版，第235页。

的范例，也有许多失败的教训。成功运用典故者如辛弃疾，他的《水调歌头》一词堪称范例：

> 落日塞尘起，胡骑猎清秋。汉家组练十万，列舰耸层楼。谁道投鞭飞渡？忆昔鸣髇血污，风雨佛狸愁。季子正年少，匹马黑貂裘。今老矣，搔白首，过扬州。倦游欲去江上，手种橘千头。二客东南名胜，万卷诗书事业，尝试与君谋：莫射南山虎，直觅富平侯。（加点者为用典处）

这里用了八个典故，皆是精彩的隐喻。依次陈述如下：（1）"组练"典：楚国子重"使邓廖帅组甲三百，被练三千以侵吴"。事见《左传·襄公三年》。以此隐喻南宋威武之师。（2）"投鞭"典：苻坚率军八十万进攻东晋，他曾说："以吾之众，投鞭于江，足断其流。"事见《晋书·苻坚载记》。隐喻军士众多。（3）"鸣髇"典：匈奴头曼单于为其太子冒顿作鸣镝，令部下云："鸣镝所射而不悉射者斩之。"后来冒顿随其父头曼打猎，便和部下一起用鸣镝射杀头曼。事见《史记·匈奴传》。以此隐喻自食其果。（4）"佛狸"典：佛狸（拓跋焘）南侵中原受挫，为太监所杀。隐喻多行不义必自毙。（5）"黑貂裘"典：苏秦（季子）入秦游时，身穿黑色貂裘。隐喻风华正茂。（6）"手种橘千头"典：三国时，吴丹阳太守李衡曾在龙阳县的氾洲种千株橘树，临死时对儿子说："吾州里有木奴千头，不责衣食，岁绢千匹。"事见《水经注·沅水》。以此隐喻归隐之心。（7）"莫射南山虎"典：李广野居蓝田南山时射猎，闻有虎，尝自射之。事见《史记·李将军列传》。隐喻备战之心理。（8）"直觅富平侯"典：汉元帝时，张放幼袭富平侯，得皇帝宠信，斗鸡走马，骄奢淫逸。元帝与他出外游乐，自称富平侯家人。事见《汉书·张汤传》。以此隐喻帝王无能。这些典故的运用，使得这首词具有一种历史的厚重感，情感激昂，且文采灿烂之至，耐人寻味。典故成为这首词曲折委婉表达思想情感的重要手段，也使词的文外之旨、言外之意的趣味成为一种高尚的审美追求。当然，对典故的运用也应报以十二分的谨慎，要以恰当为标准，不可过分。倘若过分，文学作品会变得晦涩，遭人诟病。北宋西崑体诗人杨亿的用典就被后人视为罪恶的象征，教训值得记取。

比兴思维与隐喻的关系至为密切，在上一章我们已从思维的角度作了较为深入的讨论。在本节，我们再一次进入这一话题，讨论隐喻的语用问题，是想说明隐喻的复杂、多元。诗性语言是否仅仅就是指隐喻这一种语言现象呢？或者追问，诗性语言是否能和隐喻划等号？绝然不是。诗性语言以隐喻为主体，还包括象征、音律以及狭义的修辞如明喻、借喻、婉转、夸张、比拟、讽喻、借代等。这些手段都是促成文学言近旨远、抒情性和形象性等诗性特征形成的关键。狭义的修辞如明喻、隐喻、借喻、婉转、夸张、比拟、讽喻、借代等虽然是运用语言的具体手段，但从思维上来说，都是比兴思维的结果。这些手段其实都可以归入隐喻的门类。西方人就是这么看待的。① 而中国则把它们单独归类，认为它们无论是在语言上还是修辞上都具有独立性。陈望道先生认为，譬喻（比喻）包括明喻、隐喻、借喻，它们之间的关系是一层进了一层，一层比一层简洁。② 这已成为中国语言学界的共同看法。实际上，这诸多的"喻"虽有细微差别，但以隐喻作为统领是最为恰当的。因为隐喻不仅涵盖了比喻的特征，而且也囊括婉转、夸张、借代、讽喻、比拟等修辞手段的特征。在对隐喻的语用认识上，西方的观念具备一定的科学性，值得我们借鉴。

　　比兴思维强化了文学语言的诗性，这应归结为比兴思维对隐喻的操纵。同时，隐喻等诗性语言也促进了比兴思维的完善，这正应了语言是思维的基础的论断。诗性语言如隐喻、明喻、借喻、借代、夸张、比拟、讽喻、婉转等都是想象和联想的结果，抒情性、形象性和言近旨远同样是它们的特征。文学在诗性语言的笼罩下深深地打动了读者，给人带来强烈的美感。诗性语言和比兴思维强强联合，更加凸显它的诗性本色。

---

① 参见胡曙中：《英汉修辞比较研究》，上海外语教育出版社1994年版，第318页以下。
② 参见陈望道：《修辞学发凡》，上海教育出版社1979年版，第71页以下。

第六章 比兴思维的现代意义

比兴思维作为一种古老的艺术思维方式，伴随着中国古代文学艺术的发展，走到当下，走到今天。它何去何从？我们必须以清醒的眼光来审视它，给它在当下也寻求一个位置。比兴思维虽然古老，但是，并没有故步自封，处在僵死的状态中。随着时代的发展，它也在文学艺术创作实践的过程中不断地充实，不断地完善，始终保持一种鲜活的本性。20世纪以来，随着西方思潮大量涌进，文化交往逐渐深入；语言由文言向白话的转变业已完成，文学艺术创作进入一个新的时期；而比兴却处于沉睡状态。现代的文艺学、美学话语系统中大量充斥着西方文艺学、美学的概念和范畴，以至于学人们在进行理论言说时操持的基本是西来的话语，中国古典文艺学、美学包括比兴均处于尴尬境地，这给我们自己的文艺学、美学的话语体系建设带来不利。在这种情形下，回归古典，检讨古典便成为当务之急。应当怎样评估中国古典文艺学、美学的地位？它究竟还有没有现代意义？这是当今学人们必须关注的问题。我们不能认为，凡是古老的东西，当死则死，任其生灭。理论的生灭确实是正常现象，但应视其是否正常生灭。倘若是因为外来冲击，改变了原本文化固有的基因所带来的生灭属于非正常生灭，必须采取积极的措施进行补救。中国传统文化在20世纪初期的危机正是外来冲击所造成的，很多精粹已经流失或正在流失。也正是带着这种困惑，带着这样一份责任，我们走进比兴，探讨这一艺术思维方式的现代意义，发掘它的生命价值。通过对这一艺术思维的深入研究，还原中国古典文艺学、美学的生命活力。我们坚信，比兴思维在当下仍有重要的理论意义。建设中国现代的文艺学、美学话语体系，比兴思维是不可缺少的。

第一节 比兴思维的现代运用

文学艺术创作的思维与技艺都是通过心理来传递的。这种传递不可能是全息的，在不同时代的不同作家、艺术家身上，从传递中吸收到的东西均有差异。一个人吸收到的是这一方面的内容，而其他人吸收到的却是另外的东西。这种思维与技艺的心理传递伴随文学艺术作品的传播往往会超越时间和空间的界限，后世作家、艺术家通过对前代作品的学习有所领悟，有所启发，自觉或不自觉地把握了前代作家、艺术家的思维方式和创造技艺，结合自己的发明，便形成了独特的创作风格。比兴思维虽然是古代的一种艺术思维方式，但是，却在不断地更新着、充实着，长期以来，活力不减，保持着旺盛的创造力。我们相信，在当下的文学艺术创造中，比兴思维仍将发挥重要的作用。

早在 20 世纪 20 至 30 年代，顾颉刚先生在研究他收集的现代民歌时就注意到其中的比兴问题，已经涉及比兴思维的现代运用了。他从现代民歌的起兴反推兴的意义，引发了一场关于比兴的大讨论。顾颉刚认为，兴是起头协韵，兴的意象与全诗所表达的思想情感没有关系。钟敬文先生看到的多一些。他认为，兴可以分为两种类型：1. 只借物起兴和后面关系了不相干的，可以叫"纯兴诗"；2. 借物以起兴，隐约中兼略暗示后面歌意的可以叫它"兴而带有比意的诗"。钟敬文也例举了现代民歌的例子："门前河水浪飘飘，阿哥戒赌唔戒嫖，讲着戒赌妹欢喜，讲着戒嫖妹也恼。"依钟先生的理解，这是一首纯兴诗。"桃子打花相似梅，借问心肝那里来，似乎人面我见过，一时半刻想唔来。"依钟先生的理解，这是一首"兴而略带比意的诗"。钟敬文在考察了起兴的运用后说："起兴与双关语（或曰廋语）等，乃古今民歌中所特有而价值极大的表现法，在一般诗人词客的作品是没有踪迹可寻的。因民间的歌者，他纯迫于感兴而创作，诗人们则不免太讲理解和有事于饰作了。且口唱的文学与纸写的文学的区别，也是一个很有关系的要因。"[①] 且不管这些关于兴的看法有理还是无理，就兴的创作方法来说，顾颉刚、钟敬文都认为兴在当今仍是适用的。这就是思维的传递。这种传递不仅表现在民歌中。从中国现代文学很多作品中，我们仍能看到比兴思维活跃的痕迹。

宗白华在《我和诗》一文中写道："黄昏的微步，星夜的默坐，大庭广众中的孤寂，时常仿佛听见耳边有一些无名的音调，把捉不住而呼之欲出。

[①] 钟敬文：《谈谈兴诗》，顾颉刚编著：《古史辨》（第三册），上海古籍出版社 1982 年版，第 682—683 页。

往往是夜里躺在床上熄了灯，大都会千万人声归于休息的时候，一颗战栗不寐的心兴奋着，静寂中感觉到窗外横躺着的大城在喘息，在一种停匀的节奏中喘息，仿佛一座平波微动的大海，一轮冷月俯临这动极而静的世界，不禁有许多遥远的思想来袭我的心，似惆怅，又似喜悦，似觉悟，又似恍惚。无限凄凉之感里，夹着无限热爱之感。似乎这微渺的心和那遥远的自然，和那茫茫的广大的人类，打通了一道地下的深沉的神秘的暗道，在绝对的静寂里获得自然人生最亲密的接触。我的《流云小诗》多半是在这样的心情中写出的。"① 诗的产生是诗人心灵与自然、现实人生的神秘应和，是受自然和现实启发的结果。宗白华用诗表达了他的创作思维：

啊，诗从何处寻？
在微雨下，点碎落花声，
在微风里，飘来流水音，
在蓝空天末，摇摇欲坠的孤星！（《流云小诗》）

诗人的创作是受自然现象的启发，将自然与人生的玄想结合起来，赋予自然以情感，然后，借助于这些自然物象再把这种情思表达出来，整个创作过程就是"会景而生心，体物而得神"②，这就是比兴思维。这种古老的艺术思维方式在新诗中的运用是一个创造。这是因为，新诗，作为一种新兴的文学样式，并不是中国的土产，而是西方语言和文学的移植。这在新诗探源的研究中是一目了然的。"新诗，实际就是中文写的外国诗。"③ 这几乎是关于新诗产生之源的共同声音。

新诗向中国传统诗歌靠拢需要假以时日。纵观中国现代文学史，最早一批新诗创作实验者最先引入了西方观念，从胡适之的《尝试集》中可以找出最为典型的西方观念先入为主、以抽象理念入诗的诗作。穆木天说胡适之是新诗运动"最大的罪人"。闻一多指责《女神》失去"地方色彩"，恐怕都是就新诗远离传统而言的。这就提出了一个非常严峻的问题，既然人们都来作新诗，不作旧体诗了，那么，是否意味着中国诗歌的传统从此就断裂了？文学创作有它自己的调控能力。新诗在中国文学史上的出现虽

---

① 宗白华：《美学与意境》，人民出版社1987年版，第177页。
② 王夫之：《姜斋诗话》卷下，丁福保辑：《清诗话》，上海古籍出版社1978年版，第14页。
③ 梁实秋：《新诗的格调及其他》，《诗刊》（创刊号），1931年1月20日。

然是一个突发事件，但是很快又与中国传统衔接起来，将传统的比兴思维植入其中，为新诗成为我们民族的文学样式打下基础。正像诗人卞之琳所说："现在，在白话新体诗获得了一个巩固的立足点以后，它是无所顾虑地有意接通我国诗的长期传统，来利用年深月久，经过不断体裁变化而传下来的艺术遗产。"①他评价戴望舒的诗是"倾向于把侧重西方诗风的吸取倒过来为侧重中国旧诗风的继承"②。新诗对中国传统诗风的继承主要表现在对比兴思维的运用上，对此，有学者进行了敏锐的考察，将目光聚焦于新诗与"兴"的关联上。李怡将中国新诗的发生分为两次，第一次是外来的启示，第二次则是兴的作用。他特别推重第二次发生的意义。他说："有意识开掘物我间的一致性，通过对'象下之意'的寻觅，'言在于此而意寄于彼'（南宋罗大经语），这一'兴'的艺术在反拨'五四'诗艺取向中逐渐显示了自己的价值，并最终形成了中国新诗史上的第二次发生。新诗的第二次发生包含了'第一次'的外来启示，但又十分自觉地不甘认同于这种启示，它努力从中国诗歌传统内部寻找养分，发掘'兴'的诗学价值，所以，从整体上看，本来包含着'第一次'营养的'第二次'发生倒是自觉地反拨了前人的若干追求。"③可见，比兴思维的运用成为现代诗人们自觉的行为，借助于外物或受某一外物的启发产生创作冲动创造出的优秀诗歌远远超越了从纯粹抽象与理念出发或纯粹写景、写实的西方创作模式创作的诗歌。中国新诗才真正地向传统回归。

比兴思维在新诗中的运用表现在"感物兴情"和"托物寓情"上。"感物兴情"是受外物感发而产生了创作欲望和情感，物是艺术思维产生的触发点。物不仅触发了情感，而且自然地融入到表情的意象之中，形成了人与物的谐合。如徐志摩的名诗《再别康桥》：

> 轻轻的我走了，
> 正如我轻轻的来；
> 我轻轻的招手，
> 作别西天的云彩。

---

① 卞之琳：《人与诗·忆旧说新》，生活·读书·新知三联书店1984年版，第64页。
② 同上书，第63—64页。
③ 李怡：《中国现代新诗与古典诗歌传统》，西南师范大学出版社1994年版，第19—20页。

> 那河畔的金柳，
> 是夕阳中的新娘；
> 波光里的艳影，
> 在我心头荡漾。
>
> 软泥上的青荇，
> 油油的在水底招摇，
> 在康桥的柔波里，
> 我甘做一条水草！

　　康桥是触发诗人情感的物象。诗人对康桥景致的描写带有温暖的爱意。河畔的金柳，软泥上的青荇，都成为爱的情丝，在诗人的精彩演绎中，具有了人的灵性。这是一首带有古典色彩的抒情诗。这首诗虽然借助的是西方诗歌的形式，但是，却是典型的中国式的抒情。同样的艺术思维在戴望舒的《雨巷》、李金发的《雨》、冯乃超的《残烛》、舒婷的《致橡树》等作品中均有表现。比兴思维的植入增添了现代新诗的活力。

　　"托物寓情"作为比兴思维的另一种类型也被现代新诗广泛采用，情思是一种莫名其妙的怪物，它的发生是没有时间和空间的限制的，在任何时间、任何地点都可发生，对任何物象都有可能借助。在托物寓情的诗歌中，物是情感借助的对象，物必须展示情感的实质。如闻一多的《死水》：

> 这是沟绝望的死水，
> 清风吹不起半点漪沦。
> 不如多扔些破铜烂铁，
> 爽性泼你的剩菜残羹。
>
> 也许铜的要绿成翡翠，
> 铁罐上锈出几瓣桃花；
> 再让油腻织一层罗绮，
> 霉菌给他蒸出些云霞。
>
> 让死水酵成一沟绿酒，

飘满了珍珠似的白沫；
小珠笑一声变成大珠，
又被偷酒的花蚊咬破。

诗人的激愤之情是借助于死水表达出来的。死水俨然成为绝望的象征，象征着旧中国的污浊和不可挽救。托物寓情由于情感在先，往往呈现出理性化的倾向。闻一多恰恰在这一点上回应了古人。他提倡新诗的格律化，其内在的原则是"理性节制情感"。从这首《死水》中，我们可以清楚看出闻一多较为理性的思维痕迹。中国传统的比兴思维在闻一多等新月派诗人的努力下在新诗的创作中占有一席之地。

比兴思维在新诗创作中的另一个表现是意象比譬的传统复归。在西方的诗歌中，抽象的比喻是诗人运用比喻的通常行为，特别是象征派诗歌，比如波德莱尔的活的柱子、象征的森林等。在早期的新诗中，自然免不了这种状况的出现。但是，随着比兴思维在新诗创作中的介入，在意象的比譬上逐渐复归传统，使新诗的生存根基又牢固了许多。如闻一多《忆菊》中对菊花的描写：金底黄，玉底白，春酿底绿，秋山底紫，自然美的总收成，祖国之秋的杰作等。再如徐志摩《再别康桥》中的金柳、青荇、榆荫下的潭，戴望舒《雨巷》中的青鸟、丁香等。这些意象比譬都打上传统的色彩，并且很多就是从传统直接拿来并加以意义的改造。即使是新创造的意象也能自觉地融入传统中，在比譬中更多地考虑了中国人的阅读、欣赏习惯，不作过分地超越。如徐志摩的《快乐的雪花》：

假如我是一朵雪花，
翩翩的在半空里潇洒，
我一定认清我的方向，
——飞扬，飞扬，飞扬，
这地面上有我的方向。

雪花是自由的象征，它表现了诗人飘逸的个性。这是一种昂扬奋斗精神的展现。意象比譬作为比兴思维的一个组成部分在新诗中的运用能够强化比兴思维的创造作用。比兴思维对新诗由胆怯到逐渐亲近表明新诗的民族化加强，新诗之所以能够成为人们广泛认可的文学样式，就表明它接纳了传统的艺术思维，并在意象比譬上有新的创造。这恐怕依然是新诗今后的发展方向。

对于比兴思维在新诗中的运用，李怡用了一个"物态化"的概念加以描述。他称之为"物态化"的思维方式。他说："古典诗学里，兴和比常常并举（'比兴'），用来描述诗的艺术特色，并举的基础就在于它们都体现了中国诗歌的物态化追求。"①何谓物态化？李怡有自己的解释。他说："诗人放弃唯我独尊的心态，拒绝旁若无人的抒情，转为'体物'，转为捕捉外物对心灵的轻微感发。于是，诗人仿佛另换了一副心灵，它无私忘我，化入一片清虚之中，通过对象的存在而获得自身的存在，物即我，我即物，物化于我心，我心化于物，这就是所谓的'物态化'。"②这个所谓的"物态化"其实就是中国古典文艺学、美学所说的"物化"，它是比兴思维的一种境界，亦即情景交融、感物兴情的状态，但是，用"物态化"来统领新诗的比兴思维恐怕力不胜任。在中国古代，庄子就曾经提出了"物化"的概念。物化早已成为一种艺术思维的方式，我们可称之为物化思维。那就是人与物为一体，人化于物，物化于人的思维方式。这种思维方式虽与比兴思维有关联，但是差异很多。这种思维方式与西方美学上的移情观念有较多相似之处。这种物化现象又确实是比兴思维在新诗运用中的一种表现特征。当诗人受某一（类）外物的启发产生情感时，首先经过物化的阶段，即认定这个物是人，具有人的情思、态度，只有在这种情形下，才能张开思维的翅膀，在新诗的王国中飞翔。如艾青的诗："饥馑的大地，/朝向阴暗的天，/伸向乞援的颤抖着的两臂。"（《雪落在中国的土地上》）李金发诗："疾流穿过小石，窸窸作响，/晴春露出伊的小眼，/正倪视着，/我的脊背和面孔，/我觉得孤寂的只是我。/欢乐如同空气般普遍在人间。"（《幻想》）自然的、形象的事物可以物化，抽象的、心灵的东西也可以物化。如马丽华的诗："千里迢迢，万里迢迢，/苦苦地，将你寻找，/从心灵的国度出发，/直寻到天涯海角。"（《我说，我爱，但我不能……》）爱作为一个抽象的东西，也被形象化、物化了。由此可见，物化在比兴思维中的重要地位。它使诗人与物永远保持着一种亲和关系，物与我水乳交融，合为一体。诗的审美价值也正体现在这里。

---

① 李怡：《中国现代新诗与古典诗歌传统》，西南师范大学出版社1994年版，第42页。
② 同上书，第44—45页。

比兴思维作为一种艺术思维方式并不仅仅适用于现代新诗创作，在现代小说创作中也是适用的。受某一（类）事物的启发或借助于某一（类）事物表达思想情感，塑造美的形象，在中国古典小说中已有良好的实践。运用比兴思维创作的中国古典小说，如《西游记》《金瓶梅》《红楼梦》等都以其深刻的隐喻与象征赢得了在中国乃至世界文学史上的地位。这本身就证明了比兴思维的巨大创造价值。孙悟空、猪八戒、潘金莲、李瓶儿、春梅、贾宝玉、林黛玉等都是运用比兴思维创造出来的艺术形象，在他们身上都有深刻的象征和隐喻。这一点，学者们已经说了很多，我们不再重复。但是，就整个故事本身来说，《西游记》《金瓶梅》《红楼梦》都有现实或虚构的依据。《西游记》本于玄藏取经的传说；《金瓶梅》是受《水浒传》中西门庆和潘金莲故事的启发；《红楼梦》借助于太虚之境中的顽石意象生发开去（这是一个虚幻的形象），至于是否有曹雪芹本人或者别人的其他因素的启发，则另当别论。比兴思维在这些小说中的运用又是十分复杂的，复杂至每个具体人物和细节描写。在现代小说创作中，作家艺术思维的开展也有所借助或启发，通过对所借助或启发的故事、物象的附会，实现创作目的。这一点我们从老舍《骆驼祥子》创作的缘起中可以看出，比兴思维正是在这种情形下展开的：

> 记得是在一九三六年春天吧，"山大"的一位朋友跟我闲谈，随便地谈到他在北平时曾用过一个车夫。这个车夫自己买了车，又卖掉，如此三起三落，到末了还是受穷。听了这几句简单的叙述，我当时就说："这颇可以写一篇小说。"紧跟着，朋友又说："有一个车夫被军队抓了去，哪知道，转祸为福，他乘着军队移动之际。偷偷的牵回三匹骆驼回来。
> 这两个车夫都姓什么？哪里的人？我都没问过，我只记住了车夫与骆驼。这便是骆驼祥子的故事的核心。①

在这两个极简略的故事的启发下，作家张开了神思的翅膀，充分发挥想象，经过认真比附，终于创作出了《骆驼祥子》这部现代小说名著，塑

---

① 老舍：《闲谈引出的小说》，郑恩波选编：《中国名著诞生记》，时事出版社1996年版，第21页。

造了祥子、虎妞等栩栩如生的人物形象。

同样，李国文写《花园街五号》也是"文革"期间受两个插队知识青年对话的启发。那是他下放贵州后的一天所发生的事。有一天，他去赶场，偶然间偷听到两个插队女知青的谈话：

> 突然，两个插队女知青的谈话声，飘进了我的耳朵。
> "侬屋里落啦啥地方？"
> "徐汇区！"
> "啥路？"
> "迈尔西爱路！"
> 天哪，都啥年头啦，还记得殖民地时代的旧路名！我顺着声音传来的方向看去，一个身材娟秀的姑娘，正瞪着双惊奇的眼睛，注视着似乎刚才结识的同伴。她问："门牌号头？"
> 那个胖胖的、毫不在乎的姑娘，讲出了门牌号以后，根本没有注意到听话对方突然变异的脸色，还在继续讲："阿拉刚刚搬进去的，老早一家到安徽乡下头落户去了！"①

这一场景在李国文的心头萦绕多年，后来，便成为启发他创作《花园街五号》的重要因素。今天看来，《花园街五号》与这个故事毫无关联。可见，启发作家进行创作的事物并不一定就是作品表现的对象，它有时只不过充当一个引子而已。

车夫的生活和花园街五号的高贵生活都不是作家所经历的，是作家受车夫和房子的启发虚构的结果。然而，在创作活动开展的过程中，更多的作家描写的是自己所经历的生活，自己熟悉的风情，如巴金创作《家》，孙犁创作《荷花淀》，周立波创作《暴风骤雨》。巴金反复强调《家》不是他家的自传，但受他的家庭生活影响很大。《家》的产生得益于他对传统封建礼教的认识，将传统的封建礼教和家庭生活相比譬。孙犁的《荷花淀》写的是他的家乡家家户户平常的故事。"它不是传奇故事，我是按照生活的

---

① 李国文：《花园洋房与沧桑巨变》，郑恩波选编：《中国名著诞生记》，时事出版社1996年版，第230页。

顺序写下来的，事先并没有什么情节安排。"[1]周立波创作《暴风骤雨》是对他所经历的土改生活的虚构与加工，人物事件都有模特儿。这些也是比兴思维，将自己的生活体验作为比附对象，并加以虚构、想象。

启发作家、艺术家创作的事物就是这么简略！它可能是友人三言两语对一个事件的不经意的描述，可能是自己亲眼目睹的一个现象，也可能是自己亲身经历的一个细节。但是，就是这么一个极其微小的事情却有神奇的触发力量。它能在作家、艺术家的心里多年不散，能使作家、艺术家充分发挥自己的想象，最终成就一部伟大的作品。比兴思维所造成的创造效果就是这么神奇！

当然，要真正地成就一部优秀的作品，有时单单运用一种单一的思维方式并不能成功，必须是多种思维共同参与，通力协作。艺术思维就是诸种思维活动的集合。

由此观之，比兴思维并没有因时过境迁而落伍，在当今，它仍然活跃在文学艺术创作之中。这种创作心理和思维现象在当下的语境下并不称比兴思维，而有许许多多的雅称。如灵感、艺术创作的动机、内觉体验、审美体验等，实际的表述有很多是中国传统比兴思维的那一套理论内容，只不过这些概念是外来的，或经现代加工改造的，具有严密的理论内涵和逻辑层次，适用范围更为广泛，延伸的长度更长而已。这是西方文化熏陶的结果。我们并不反对吸取西方先进的文学艺术理论，只是强调，在吸取西方先进的文学艺术理论的同时，不要忘却我们传统的有用的理论。人为地制造与传统的隔离，势必会对传统的文学艺术理论构成威胁，最终使那些尚有生命的理论因长期弃置而死亡。这才是一个民族的悲剧！

第二节 比兴思维的现代追求

比兴思维所经历的从古典到当下的风风雨雨，使得它不得不面对这么一个现实：以不变应万变的姿态并不能长久，反而会很快腐朽、消亡。任何理论要想生存，都必须适应当下而进入现代社会的发展程序。比兴思维的当务之急就是迅速地适应当今心理学和思维学的发展，以新的姿态投入

---

[1] 孙犁：《那个时代的平常故事》，郑恩波选编：《中国名著诞生记》，时事出版社1996年版，第70页。

到文学艺术的创造之中，保持其永久的生命活力。

比兴思维产生于中国古代心理学和思维学相对发达的先秦，那时，感性和理性并重，直觉与逻辑并存。儒家追求理性，强调仁义、道德、伦常、秩序；道家追求直觉，注重心斋、坐忘、逍遥、齐物；墨家追求名辩，崇尚逻辑、推理、坚白、诡辩。在比兴思维中，我们随处都能发现这些思想浇灌的痕迹。比兴思维所蕴含的感物兴情和托物寓情从根本上说是直觉思维，因为情与物的关系是直觉关系，物表情、情附物的过程均找不到符合逻辑的缘由，只能是直觉的感发。现代心理学的研究表明，直觉是一种含括性非常广泛的思维活动，它并非与理性绝然对立，直觉中也有推理的成分。阿恩海姆在研究视觉思维时，就得出了这么一个结论："知觉的思维趋向于可视的，而且，事实上视觉是唯一的可以在其中以足够的精确性和复杂性表现空间联系的感觉样式。空间联系提供类比，人们通过类比，把诸如奥伊勒表现的逻辑关系或弗洛伊德研究的心理关系等等那种抽象关系视觉化。"[1] 在阿恩海姆看来，知觉的思维主要是视觉思维，它能将抽象的关系视觉化。从这种新的思想观念出发反观比兴思维，我们就会理解，比兴思维所操持的隐喻、象征以及意象比譬何尝又不包含理性的成分呢？儒家对之所做出的理性设定符合人类思维发展的需要，只不过是，儒家的理性设定过于僵化、片面而已。

比兴思维既然是直觉中包含着理性，说明它已是一种较为完善的艺术思维理论。然而，需要指出的是，由于比兴与儒家的关系至为密切，这种理性必然经过了儒家政治伦理道德的浸染，并不完全符合艺术思维的规律。从中国古代的文学艺术创作中可以看出，它给传统艺术思维带来了一些负面的东西，也曾一度危及艺术思维的成长。

首先，在情与理的关系上，儒家重理甚于重情，喜好以外物比譬仁义礼智之理，甚至将理看作是情，情理同一，及至最后灭情。这是儒家文学理论、美学的一个致命缺陷。如此以来，所产生的直接后果就是促使文学艺术消亡。儒家情理同一的观念几度笼罩文坛，中唐以后，韩愈、柳宗元所倡导的文以明道，宋代理学家崇尚的文以载道，都是强调文学要表现儒道。以至于在理学家眼里，文学家描写的风花雪月都是无聊的表现，"存天理，灭人欲"成为一个响亮的宣言。文学的全部就是表现儒家的伦理道德，

---

[1] 鲁道夫·阿恩海姆：《艺术心理学新论》，郭小平、翟灿译，商务印书馆1994年版，第195页。

那么，文学何异于政教论说？如此一来，文学自身的价值也就消亡了。这种思想指导下的比兴思维当然是僵死的、程式化的思维，完全失去了艺术思维的灵活性与个性。

幸好，总体来说，比兴没有朝着儒家所设定的理路发展。虽然早在汉代，儒士们就教导人们："比见今之失不敢斥言，取比类以言之，兴见今美嫌于媚谀，取善事以谕劝之。"（郑玄《周礼注》）但是，作家、艺术家们并不完全买账。他们在进行创作时仍是从自己的情感出发，表达自己的真性情，真感受。尽管这些性情和感受也打上浓厚的儒家伦理色彩，但那也是真诚的，不虚伪的。再说，儒家的伦理思想中的确包含着很多人情化的内容，蕴含许多美的成分。不能一说起儒家的伦理道德，似乎都是虚假的。那也不切实际。儒家思想作为中华民族智慧的结晶，有许多真理性的内容，是人生的重要财富。高明的作家、艺术家们在创作的过程中往往巧妙地避开了儒家那些拘束人性的东西，表现了人的合理情感和欲望。因此，当我们读屈原、杜甫、白居易那些具有深刻道义感的作品时，不感到他们是在机械地运用比兴，而是自然而然地化用比兴。这是比兴思维能够始终保持旺盛创造力的原因。

比兴思维还有一个貌似缺陷的现象，那就是理论和应用脱节，说的是一套，做的又是一套。在我们看来，这恰恰是一种好的现象。之所以会出现这种情形，是因为比兴思维的理论内容和实际的创作情形有违，不符合艺术创造的规律。恰恰是作家、艺术家成功的创作实践拯救了比兴，并且不断完善，才使得比兴思维作为一种艺术思维方式能够完整流传下来，发挥作用。

其次，物原本是生动活泼的自然现象，往往被不适当地赋予僵化的内容，使物失去了其原本的鲜活与生动。这倒在其次。重要的是，这种观念引导人们的阅读思维，使人们一读到文学作品的描写之物，自觉地往人伦道德上深挖，试图发现这一物象背后深刻的人伦道德隐喻。这便是比兴思维的又一弊端。我们看看唐代成伯玙对《诗经》的解说。他说："然物类相从，善恶殊态，以恶类恶，名之为比；《墙有茨》，比方是子者也。以美拟美，谓之为兴，咏叹尽韵，善之深也。听关雎声和，知后妃能谐和众妾；在河洲之阔远，喻门壸之幽深；鸳鸯于飞，陈万化得所，此之类也。"[①]《关

---

① 成伯玙：《毛诗指说》，文渊阁四库全书本。

雎》一诗，原本是描写爱情的纯真之诗，就这样给糟蹋了，以至于人们长时间很难拨开这种比兴的阴影，还《关雎》本来的面目。当然，这不是成伯玙一人造成的。比兴思维确实有这么一个硬性比附的特点，它全然不顾作品纯真的自然之美，硬是置入僵死的人伦道德。这种思维方式将人们的思维往僵化的、程式化的路途上引，以至于失去美的创造能力。

由此观之，比兴思维理论有其固有的弊端。这种弊端是与比兴理论同步形成的。自比兴理论产生之初，硬性植入、强行赋意就有泛滥的迹象，从孔子、孟子、荀子、韩非子以至《毛诗》，对比兴的认识都表现出了这种弊端。这说明，比兴理论确实有先天不足。然而，如何弥补这种先天不足？人们一直在努力寻求着。比兴思维理论本身也在寻求着，一直在追寻着现代化的脚步。

第一次从纯粹文学艺术的角度对比兴作出阐释的是齐梁时期的钟嵘。他超越了儒家对比兴的牵强附会，以全新的、本真的姿态阐发了比兴，发掘它的纯文学的意义。这是比兴现代追求第一步。钟嵘说："文已尽而意有余，兴也；因物喻志，比也；直书其事，寓言写物，赋也。"（《诗品序》）尔后，李仲蒙又加以细微发挥："索物以托情谓之比。情附物者也。触物以起情谓之兴，物动情者也。"（胡寅《致李叔易书》引）一直到明代黄子肃，依然在关注比兴的纯文学意义。他说："意在于假物取意，则谓之比；意在于托物兴词，则谓之兴。"[①]这就基本摆脱了僵死的伦理道德比附，将情、意、物三者有机地融合在一起。索物托情，触物起情，假物取意，托物兴词，等等，还物一个鲜活的、生动的面目，从而，使物成为具有审美意义的形象（意象）。自此，比兴思维理论才和创作的实际真正地衔接，比兴思维理论才真正摆脱了那些虚假的艺术思维的束缚，朝着学理化的方向发展。这是比兴思维理论二千多年来得以延续的重要原因。

进入现代以后，比兴思维又面临着一个更为严峻的冲击。不管怎样，在儒家思想统治的时代，僵死的比附也好，纯艺术的隐喻也好，比兴毕竟还被常常提起，有远见卓识者如钟嵘等还能独立发表自己的理论见解。但是，进入现代以后，随着西方文化的强烈冲击，文艺学、美学的语境发生了变化，比兴又面临着被遗忘的危机。人们口头操持的都是西方话语，而对中国本土古老的话语缺乏足够的研究与认真的吸纳。这就提醒传统文化

[①] 黄子肃：《诗法》，《诗学指南》，乾隆敦本堂刊本。

的研究者，不能一味地死抱辞章与考据，认为那才是真学问、大学问，发挥义理就不是学问或假学问。其实，将古代义理加工改造之后再进行现代嫁接才是真正有用的学问。从中国学术的发展包括文艺理论和美学的发展历史中可以看得很清楚，这种改造然后嫁接的情形随处可见。当然，嫁接必须得体。这需要嫁接者有渊博的学识，宽广的视野。比兴思维作为一种艺术思维方式在当今的文学艺术创作中一直在运用着，并没有消失，只不过因为它的形态发生了改变，使得人们难以觉察而已，并不像有些故作惊人之语的学者所说，比兴已经消亡。作家、艺术家有意或无意地操持这一艺术思维方式，使之焕发青春，但是，光是实践是不够的，理论的研究也要跟得上。实践和理论的双轨并行才能使比兴思维真正进入现代序列。这是比兴思维现代追求的第二步。

艺术思维属于艺术心理学的范畴，对此，西方文艺学、美学关注的比较多，研究也比较细致、深入。西方现代文艺学、美学曾经详细研究了创作动机问题。作家、艺术家为什么要创作？是什么因素推动了他们创作？这其中也包含着比兴思维的内容。童庆炳先生说："艺术家创作任何作品，都有一个足以激起他的创作欲望的第一个直接的动机。艺术家对周围的世界有独特的感受、体验和理解，他们的心里储存了许多原料，他们为创作某部艺术品的意向甚至已酝酿了多年，但他或她总是不能激起一种强烈的创作欲望，获得一种足以推动他进入创作过程的驱力。然而在艺术家毫无准备的时间和空间里，他或她目睹、耳闻了一件意外的或大或小的事情发生，或一个什么别的东西偶然拨动了他或她的心弦，于是像一个女人受了孕不能不孕育并生下孩子的过程在艺术家那里发生了。这就是被艺术家所说的艺术触发。这种艺术触发的随机性很强，专门求之而不可得，无意寻觅倒不期然而至，正是它成为了艺术创作的可以意识到的第一个直接的动因。"[①] 这说的不就是比兴思维吗？艺术触发其实就是比兴思维。比兴思维理论所说的"索物以托情""触物以起情"都是在强调物的引领和触发作用，强调抓住创作开始的一瞬间、一刹那。其实，无论是索物还是触物，在此之前都有一个漫长的心理准备过程，在索物和触物之前，作家、艺术家的创作意向已经成熟。物仅仅是一个导火线，引导作家、艺术家把它创作出来，呈现出一个实实在在的作品。这倒是一个带有规律性的内容。任

---

① 童庆炳：《艺术创作与审美心理》，百花文艺出版社1992年，第25—26页。

何创作总要有一些激发的因素，或主动去寻求能够适合自己情感的事物，或无意识地受某种事物的激发。至于何以产生某种创作的动机，只能依据个人的生活际遇、情感意向、审美修养而定，反而没有什么规律可循了。

西方文艺学、美学在论及文学艺术创作的思维时还经常涉及无意识的问题，肯定无意识在文学艺术创作中的作用。这一研究从德国哲学家莱布尼兹开始，巴甫洛夫、弗洛伊德、荣格等人的贡献最为突出。巴甫洛夫通过对动物的实验论证无意识心理现象的存在。弗洛伊德通过对精神病患者的研究，认为人的无意识是性欲的作用，是白日梦，"一篇创造性作品像一场白日梦一样，是童年时代曾做过的游戏的继续和代替物"[①]。荣格提出了集体无意识和个人无意识的观念。这些对深化无意识的研究产生了重大的影响。意识体现了人们反映客观现实的自觉性，无意识则是一种潜在的不自觉的心理活动。文学艺术创作应该是有意识和无意识的统一。在比兴思维中，这种有意识和无意识相统一的思维特点表现得很突出。"索物以托情"表现为有意识，即有意识地寻求能够寄托自己情感的物象。"触物以起情"表现为无意识，即人的情感是由于受到外物的激发自然而然产生的，没有经过人为的因素。古人还强调"兴在有意无意之间"（王夫之《姜斋诗话》），单单依靠无意识并不能引起创造的发生。可见，古人对无意识在比兴思维中的作用也是给以高度重视的。至于意识在比兴思维中到底发挥怎样的作用，是我们应该深入探讨的。这必须要和现代的心理学结合起来才能深入下去。

对比兴思维的研究，不能够因为它是古人提出的观念，是古人创造、发展起来的一种艺术思维方式，就仅仅在古人的语言材料和文学批评材料中绕圈子，还应有一种开阔的视野。必须将这种艺术思维方式置入当今的艺术思维中加以考察，才能丰富它的内涵，弥补它的不足，使之更好地为当下的文学艺术创作服务。

当今，人们普遍地对来自苏俄的形象思维问题提出了疑虑，那可是在我国的文艺学、美学领域一度走红的问题。以至当今，仍有不少学者自觉或不自觉地沿用这一概念，并用这一概念来言说文学艺术的创作问题。足见这一理论影响的广泛。我们在上文中花了一定篇幅也论证形象思维是一

---

① 弗洛伊德：《作家与白日梦》，《弗洛伊德论美文选》，张唤民、陈伟奇译，知识出版社1987年版，第36页。

个不科学的概念。既然形象思维不科学,有没有一个能取代形象思维而又科学的概念呢?有学者提出用意象思维取代形象思维。其理由是"形象"的意义在当前理论界和艺术界比较明确,"它是指艺术作品所表现出来的具有一定思想内容和审美属性的具体生动的人物或生活图画"[①]。也就是说,形象是已经创造出来的,可供人们观赏的;而"意象"则是指"在艺术创作过程中通过艺术思维和艺术想象最后构思成熟了的艺术蓝图这一构思成果的环节和层次"[②],或者说,意象是一个成熟的艺术胎儿或艺术蓝图。由此断定,文学艺术创作中的思维活动应以意象思维为主。这种分析显然比形象思维进了一步。然而,在我们看来,这种对意象的诠释不一定抓住意象的实质,符合意象的实际。意象应该不像他们所理解的那样,不具有普遍的认同性。比兴思维是受某一(类)事物的启发或借助于某一(类)事物所产生的一种艺术思维活动,事物是比兴思维依靠的对象,它有时成为文学作品的意象,有时与文学作品貌似没有关系。当它成为文学作品的意象时,就是所谓的"意象思维"。当它与文学作品貌似没有关系而又确实对作品的生成起着思维上的推动作用时,如何称呼呢?是艺术的蓝图吗?若是,怎么没有一个确定的形态?这确实让人头痛。艺术思维是一个极其复杂的心理活动,即使运用意象思维,这些意象在思维中的表现也不好把握,想把这个问题讲得很清楚确实很难。比兴思维作为一种整体的、综合性的艺术思维活动集直觉与抽象于一身,同时,它又能充分调动想象、象征、隐喻、灵感等思维的手段共同参与文学艺术形象的创造。要想进一步弄清比兴思维的思维特点,必须着眼于比兴思维的心理研究。这要结合作家、艺术家具体的创作情境及审美心理来考察,同时还要充分运用神经科学和脑科学的研究成果来证明。这些手段都不是古人能够运用的。这成为我们今后努力的方向,可视为比兴思维的现代追求。因为我们今天已经具备了这方面的条件,一是脑神经科学在不断进步,二是认知科学正在崛起。科学、心理学与文学艺术交叉,不再是天壤之隔。比兴思维要生存,要以其特异的理论品格屹立于世界艺术思维之林,必须接受现代科学的训练、解剖。否则,将无立锥之地。

在世界文艺学、美学发展史上,任何一种有生命力的理论都经过了现

---

① 吕景云、朱丰顺:《艺术心理学新论》,文化艺术出版社1999年版,第110页。
② 同上。

代化的过程，都接受过现代科学的训练、解剖。比如西方的灵感和想象理论，它们都产生古希腊时期，科学技术的发展并没有淘汰它们，反而越来越强烈地认识到它们在文学艺术创作乃至科学发明中的作用巨大。它们都经受了现代科学如神经科学、脑科学、生理解剖学的检验。想象被称之为"一切功能中的女皇陛下"，灵感被称之为思维皇冠上的明珠。它们的理论内容也是随着现代科学的发展被不断充实和修正的，并且仍然面临着现代追求的漫漫征程。20世纪以前，中国现代科学的实验手段远远不如西方，随着现代科学的日新月异，对人的思维机能的探索愈来愈深刻，一些新的科学研究成果必然会运用到比兴思维的解释中，赋予它以科学的品性。这需要我们认真整理比兴思维的理论成果，有效地归纳出这一民族的艺术思维与其他艺术思维的特异之处。这样，方能适应并接受现代科学的检验。

比兴思维是一种综合性的艺术思维方式，在这种思维方式身上，必然深深地烙下了中华民族的特点。它不同于西方的想象、灵感、象征、隐喻等，但又与它们有着千丝万缕的联系。在西方，是否也存在着比兴思维这种艺术思维方式呢？我们可以肯定地说，存在。但是，即使存在，也只是在具体应用中存在，或者是部分存在，不可能像中国那么完整。即使比兴思维在西方存在，西方人在认识它的时候也会把它拆分得很零碎，依据想象、灵感、象征、隐喻在其中占有不同的分量分别给以不同的称谓。因为西方人不像中国那样注重整体。这是中西文化的根本差异。

杨守森在探讨艺术想象的现代变革时说，想象经历了从工具到目的功能的变革过程。这种过程在比兴思维理论身上也有极为明显的表现，只不过，比兴思维的变革非常缓慢而时有反复。先秦两汉时期，比兴是作为工具使用的，意图很明显，就是为了借助于诗文表现儒家的伦理道德。魏晋南北朝时期，钟嵘等人力求摆脱传统的教化束缚，想让比兴成为一种纯粹的审美手段。后世时有反复，比兴思维理论总是在工具和目的之间摇摆。比兴在创作中的表现已经显示它开始向目的倾斜。而今，比兴作为一种目的已经没有太多的异议，但是，这并不表明它的现代追求已经到此止步。比兴思维的现代追求路途依然漫长。

比兴思维的现代追求还表现在，它应保持一种开放的姿态，也就是说，不能老是在中国传统设定的区域中打转，应超越这个区域，要充分借鉴西方的艺术思维理论以丰富自身的内涵。在我们看来，借鉴的主要方面应是西方的思维态度、审美态度，注重逻辑的阐发，自由、开放而不受政治伦理的限定。比兴思维有一个致命的缺陷，就是过于注重思维的程式化，这对文学艺术创作是不利的。通过对西方自由开放的思维态度和审美态度的借鉴，彻底打破僵死的、程式化的思维模式，只有这样，才能保证文学艺术创作的自由，从而，显现文学艺术创作独立的品格。

第三节 比兴思维与中国现代文艺学、美学话语体系

中国现代文艺学、美学已经经历了一个多世纪的发展历程，但是，始终没有建立起自己的话语体系。这有其深刻的历史和现实原因。何以会出现这种情况？怎样才能摆脱这种困境？这是人们一直在思考的问题。对此，钱中文先生有一段中肯的分析：

> 要建设有中国特色的文学理论，必须融合古代文论，这是一项十分艰苦的工作。有几个方面的困难需要克服。一是表现在最近几十年来，自引进了苏联的文学理论体系后，文学理论的研究始终是与我国古代文论的阐释相分离的；在人才培养方面，也是各选专业，不相往来，形成各自一套。二是由于几十年来对我国古典遗产一直持警惕、轻视、批判态度，所以在很长时期内古代文论研究几乎无甚进展，直到80年代它才又复兴。古代文论蕴含十分丰富，关于文学、创作动因、心理、鉴赏、批评、接受等方面，有它自己的一套主张，如何清理古代文论中的一些至今具有生命力的系列概念，使其获得大致公认的共识，使这些具有独创性的范畴与当今没有被简单化的文学理论融合起来，整合成一个既具有我国民族特色的传统范畴又具有科学性的当代形态的文艺理论体系，是令人十分向往的事。目前，有的古代文论研究工作者正在进一步探索古代文论的范畴与理论体系，古代文论的科学化、系统化、体系化，必然会推动与当代文论的结合。[①]

长期的盲目的引进和对古典遗产的弃置造成了我们今天的文艺学、美学如此尴尬的局面。解铃还须系铃人，想要打破这一局面，必须正本清源，从古代文论、美学研究开始做起。当然，这确实不是一件容易的事，而是

---

① 钱中文：《文学理论：走向交往对话的时代》，北京大学出版社1999年版，第186—187页。

十分艰难。因为这涉及扭转一代甚至是两代人的思维问题，将他们的注意力引导到中国传统之中，以便真切地回到古典的语境。

建设有中国特色的文艺学、美学话语体系，必须以古代文艺学、美学为主，以那些鲜活的、有着旺盛生命力的理论范畴为骨架，融合世界各国优秀的而且又适应中国实际的文艺学、美学观念，只有这样，才能真正建立有中国特色的文艺学、美学话语体系。比兴作为鲜活的、有旺盛生命力的核心范畴无疑会成为一块基石。

那些鲜活的、有着旺盛生命力的古代文艺理论与美学范畴在成为现代文艺学、美学骨架的过程中必须经历一个现代化的过程。这个环节十分艰难。古代的文艺理论、美学范畴并不是拿来就能用的，因为任何一种理论、范畴都有其产生的现实语境，时过境迁，当下的创作环境、文学观念、审美观念都发生了变化。古代的任何一个文艺理论、美学范畴都带有这一理论、范畴发明者（提出者）个人和时代的色彩，都有一定的局限，必须加以现代性的改造、整合。比兴就是一个突出的例子。比兴在先秦是教诗的方法（我们姑且也这么看），那时，文学创作尤其是诗的创作还不是普遍的行为。两汉时期对之进行大规模阐释，明确将它作为政治伦理道德教化的手段。直到魏晋南北朝时期，才将之视为一种美学观念，将之作为一种艺术思维方式，尔后又不断充实。但是，进入现代，这些又显得不够了，必须探求它的心理依据。不少学者已经做了一些具体的工作，从语言上、心理上探索了比兴的美学意义。这些都是在为比兴进入现代做准备。比兴的现代化虽然未最后完成，但是，它已经有资格进入现代文艺学、美学话语体系之中，成为具有民族特色的现代文艺学、美学不可缺少的内容。

在一个民族的理论中，最能凸显其理论特色的往往是思维方式。思维方式是一个民族对问题思考的方法与角度，带有民族的心理特点，是民族创造性的典型表征。艺术思维尤其如此。中国古代文学为什么叙事文学落后而抒情文学发达，与西方形成如此巨大的反差？这是有原因的。并不能简单认定中国人的情感比西方人丰富，中国人崇尚直觉而西方人崇尚理性，中国的抒情文学就发达。其实，这是思维方式所决定的。确实，中国人崇尚直觉，西方人崇尚逻辑与理性。诗是直觉的艺术形式，而叙事文学（如小说、戏剧等）相对地比较注重客观和理性，思维方式的不同决定了文学样式的不同。即使是同一种文学样式，也因思维方式的原因而具有不同的特点，如中国诗纯粹抒情的所占比重极大，而西方诗哲理意味相对较为浓郁。

这些特征只能从思维上去寻找原因。我们不能不承认民族思维的差异性。

比兴思维表现了民族艺术思维的个性，民族性的特征尤为突出。它注重直觉，又注重整体，是一种综合性的艺术思维方式。比兴思维首先是诗的思维，早先是用来阐释《诗经》的，尔后扩及《楚辞》及后代不断涌现的诗歌样式，最后又扩展到小说、戏剧、绘画、音乐等，成为一种普遍适用的艺术思维方式。这本身就说明，这种艺术思维方式有极强的普适性和衍生力，完全能适应现代文艺学、美学话语体系的需要。

比兴思维之能进入现代文艺学、美学话语体系在于它具有极强的驾驭寓意的能力。它能够灵活运用文学艺术中的意象与意境，给文学艺术以深刻的寓意。诗的寓意自不待言，小说中的寓意却是我们要关注的。在中国古典小说理论中，人们也常常讨论小说的寓意问题，其实，这很大程度上是在探讨比兴思维在小说中的运用。如张竹坡评论《金瓶梅》的几篇文字，《冷热金针》《金瓶梅寓意说》《苦孝说》《第一奇书非淫书论》等，其着眼点都是小说的"寓意"。"故《金瓶梅》一部，有名人物不下百数，为之寻端竟委，大半皆属寓言。庶因物有名，托名摭事，以成此一百回曲曲折折之书。"① 在这里，张竹坡谈论的就是这部小说的艺术思维问题，而这种艺术思维就是比兴思维。张竹坡将解诗的一套理论拿过来解释小说，仔细分析了金、瓶、梅包所含的名物意义，牵强附会如儒家解诗。比兴思维的那种程式化在小说批评中再一次呈现，这虽然不一定符合作者创作的原本意图，但是，却适应小说意象的需要。杨义在阐释《金瓶梅》中的金莲意象时说："由于明人有恋小脚癖，'金莲'在这里几乎成了女性美及其情欲和命运的象征，可见意象的选择是具有时代性的。"② 这便回应了张竹坡的分析，作者的创作及《金瓶梅》的命名确实有一番寓意。这种寓意之法可以说完全是受比兴解诗的影响，是诗歌寓意对小说文体的渗透。在今天的艺术思维中，优秀的、符合时代和人物性格的寓意也是文学艺术创作中必不可少的艺术技巧。这只能靠艺术思维来完成。比兴思维的这种高超的寓意能力仍是当今文学艺术创作所需要的，它必然会成为现代艺术思维的一个组成部分。

比兴思维的寓意包含着隐喻与象征的运用。这些我们上文已有较大篇

---

① 张竹坡：《金瓶梅寓意说》，兰陵笑笑生：《金瓶梅》（上），齐鲁书社1991年版，第13页。
② 杨义：《中国古典小说史论》，中国社会科学出版社1995年版，第352页。

幅的论证，在这里不再重复。我们要说的是，随着文学艺术的发展，隐喻和象征也在适应文学艺术的要求而发展，因此，比兴思维必须做好这方面的调适。由于比兴思维具备类比、比附的本领，进入这一状态并不太难，只要加以切实的引导就能够实现。

比兴思维之能进入现代文艺学、美学话语体系还在于它独特的语言运用技巧。它能够娴熟驾驭语言，顺利进入现代文学艺术创作的领域，最大限度发挥语言的创造性，并不失时机地维护民族语言的独特性。这是我们通过对比兴两千多年发展历史的考察所得出的结论。如果说，比兴在《诗经》中的表现是质朴的，那么进入《楚辞》之后，就以瑰丽多姿的语言展现了它的华采。而在唐诗宋词中，语言的华艳和精警独胜前代。这功劳中的很大一部分应归功于比兴思维。无怪乎有人这样说："唐诗最盛，唯兴、比、赋不违乎《骚》而已。"[1] "唐人诗宗《风》《骚》，多比兴。"[2] 比兴的语言能使诗意、文意婉转详尽，味之者无极，闻之者动心。这是它最为显著的特征之一，也是比兴思维赋予诗文语言的美的品格。

语言的婉转详尽是为了适应表情达意的需要，增强表达的艺术性。文学语言的婉转含蓄不仅在古代有较高要求，进入现代也同样会有新的要求，不会因为时代的变化，比兴的语言便失去了审美的价值。这在古代有着深刻的教训。古人常常将唐诗和宋诗作一比较，褒唐贬宋，其着眼点多从比兴入手。如吴乔云："唐诗有意，而托比兴以杂出之，其词婉而微，如人而衣冠。宋诗亦有意，唯赋而少比兴，其词径以直；如人而赤体。"[3] 唐诗独出机杼，广泛为后人推崇，是因为杂用比兴；宋诗由于少用比兴，语言"径以直"，缺少婉转的意味，故多为后人贬抑。吴乔说宋人的"径以直"就好比一个人赤身裸体，话说得虽然难听，但也足见比兴的语言在古人心中的分量。然而，单纯从语言角度分辨唐诗与宋诗，并以此评判优劣，多有偏差。对此，钱锺书有评论："不知格调之别，正本性情；性情虽主故常，亦能变运。岂曰强生区别，划水难分。直恐自有异同，抟沙不聚。"[4]

---

[1] 吴乔：《围炉诗话·自序》，郭绍虞编选：《清诗话续编》（上），上海古籍出版社1983年版，第469页。
[2] 纳兰性德：《渌水亭杂识四》，《通志堂集》，上海古籍出版社1979年版，第698页。
[3] 吴乔：《围炉诗话》卷一，郭绍虞编选：《清诗话续编》（上），上海古籍出版社1983年版，第472页。
[4] 钱锺书：《谈艺录》，中华书局1984年版，第5页。

可见，对一种概念范畴的具体应用应随时代的变化而变化，不能仅停留在一个僵死的标准上。应密切注意比兴的发展动向，作为一个活的范畴，它不可能处在僵化的状态中。但是，无论对唐宋诗的审美价值如何评估，唐诗在语言的兴象玲珑和活泼婉转上应胜过宋诗，将之归功于比兴的运用，大致不误。

比兴思维对语言的驾驭在语言进入现代白话语境之后也经受住了时代的考验。经历翻译阶段而进入创造阶段的中国新诗在比喻等修辞的运用上贴近古典，出现了一些新的气象。例如，运用了令人倍感亲切、新鲜但不新奇的比喻，注重喻象之间的相互协调，注重喻象的文化传承，同时又有自己的创新。[1]比兴思维已经进入了现代创造的序列，这也是它能融入现代文艺学、美学话语体系的重要资本。

比兴思维之能进入现代文艺学、美学话语体系还在于它整体思维的特点，适应了文学艺术创作的整体需要。任何文学艺术创作首先都会有一个整体的蓝图，设想从什么角度切入，表现什么样的思想情感。这是作家、艺术家在创作前都已充分考虑过的，可是，具体的思维过程却难以预料。西方文艺学、美学往往将之解剖得特别细致，并从心理上加以区别，如感觉、知觉、表象、记忆、想象、感情等，而比兴思维是受某一（类）事物的启发或借助于某一（类）事物，运用想象、联想、象征、隐喻等手段进行创造的艺术思维方式，它不顾及一些细枝末节，只注重整体的运思。在整体的运思之中，包含着联想、想象、象征、隐喻、灵感等手段，这就使得整个思维过程是整一的，并不是零碎的。中国古代的文学理论家对这种整体性思维的解说虽然纷杂，但大致有一个理论的指向，并不深刻。实事求是地说，它不如西方对某一理论问题比如想象、灵感等探讨得深刻、细微，然而，却具有很强的实用操作性。如朱熹解说比兴："比是以一物比一物，而所指之事常在言外。兴是借彼一物以引起此事，而其事常在下句。但比意虽切而却浅，兴意虽阔而味长。"（《诗一》）[2]清人冒春荣给合汉魏的诗歌作品作了进一步分析，具体讨论了兴的应用：

五言古诗，或兴起，或比或赋，须寓意深远，托词温厚，反复优

---

[1] 参见李怡：《中国现代新诗与古典诗歌传统》第一章第二节，西南师范大学出版社1994年版。

[2] 黎靖德编：《朱子语类》（六），中华书局1986年版，第2069—2070页。

游，含蓄婉转，推人心之至情，写感慨之微意，潜玩汉、魏诸诗自得。有感时入兴者，如"凛凛岁云暮，蝼蛄夕鸣悲。凉风率以厉，游子寒无衣"。有先叙事后入兴者，如陆士衡"远游越山川，山川修且广"。有直入比兴者，如"郁郁涧底松，离离山上苗，以彼径寸茎，荫此百尺条"。有直入兴者，如陆士衡"顾侯体明德，清风肃以迈"。有托兴入兴者，如"青青河畔草，绵绵思远道"。有把情入兴者，如刘公干诗"秋日多悲怀，感概以长叹"，江淹诗"远与君别者，乃至雁门关"。此寄人怀人，皆自此起兴。有把声入兴者，如"淼淼三峡水，别怨流楚辞"，此耳闻也。"白杨多悲风，萧萧愁杀人"，此心闻也。有景物入兴者，如曹子建诗"明月照高楼，流光正徘徊"，此诗格高，不极辞于怨旷而意自彰。有景物兼意入兴者，如王正长诗"朔风动秋草，边马有归心"是也。有怨调入兴者，如阮籍诗"独坐空堂上，谁可与叹者"，又曹植诗"端坐苦愁思，揽衣起四游"，此哀而不伤者也。①

　　冒春荣的分析极为细微，因针对具体作品，操作性很强，人们很容易理会，但毋庸讳言，理论性较为微弱。如果将西方的抽象与中国古代的具体实用结合起来，重新阐发比兴，使之既具有理论的品性又具有实际的操作意义，也不失为发展了这一艺术思维理论。在我们看来，这是比兴思维进入现代文艺学、美学话语体系必须经过的环节。中国古典文艺学、美学的研究，应该加速这一环节的进程。

　　比兴思维之能进入现代文艺学、美学话语体系还在于它蕴含着极其细微的创作心理内容，迎合了现代文艺学、美学发展的实际需要。当今的文艺学、美学，对作家、艺术家创作心理的探讨成为研究的重心之一，因为创作心理蕴藏着众多的创作之谜，人人都想解开这一谜底。对创作心理的研究，我们今天运用的多是西方理论。中国古代的创作心理研究明显滞后，多数情形下，古人只是描述现象，很少实质性分析，即便分析，也充满玄妙。比兴思维所涉及的感物兴情和托物寓情虽然论述的是心物交融，但是，由物至心或由心至物是一个怎样的心理发展历程？应该说，古人的揭示不够，尚需深入发掘。我们上文对由心至物和由物至心的剖析只是初步的，

---

① 冒春荣：《葚原诗说》卷四，郭绍虞编选：《清诗话续编》，上海古籍出版社1983年版，第1615—1616页。

限于学识，理论的力度可能不够。但是，我们深信，这一理论所蕴含的巨大的思维价值恐怕只有在洞悉中国古典哲学和现代心理学的基础之上才能给予科学的阐释。比兴思维要进入现代文艺学、美学的话语体系，必须完成这一心理阐释的任务。

比兴思维的种种表现表明，它完全有资格进入现代文艺学、美学的话语体系之中。中国现代文艺学、美学话语体系不能缺少这一艺术思维方式。作为中国古典文艺学、美学最有生命活力并且内涵最为丰富的艺术思维方式之一，它的思维特征极为典型地表现了中华民族的思维特点，注重整体，注重直观，不忽略理性。我们相信，经过现代化的整合之后，比兴思维必将放射出耀眼的光彩，成为中华民族奉献给世界文学艺术创作的一颗艺术思维的明珠。

参考文献

一、中国古代典籍

[1]《十三经注疏》,中华书局影印1980年版。
[2]李道平:《周易集解纂疏》,中华书局1994年版。
[3]朱熹:《诗集传》,中华书局2011年版。
[4]杜预集解:《春秋经传集解》,上海古籍出版社1997年版。
[5]朱谦之:《老子校释》,中华书局1984年版。
[6]刘宝楠:《论语正义》,中华书局1990年版。
[7]焦循:《孟子正义》,中华书局1987年版。
[8]郭象注、成玄英疏:《南华真经注疏》,中华书局1998年版。
[9]陈鼓应:《庄子今注今译》,中华书局1997年版。
[10]王先谦:《荀子集解》,中华书局1988年版。
[11]洪兴祖:《楚辞补注》,中华书局1983年版。
[12]林尹:《周礼今注今译》,书目文献出版社1985年版。
[13]向宗鲁:《说苑校证》,中华书局1987年版。
[14]苏舆:《春秋繁露义证》,中华书局1992年版。
[15]黄晖:《论衡校释》,中华书局1990年版。
[16]班固著、颜师古注:《汉书》,中华书局1982年版。
[17]赵幼文:《曹植集校注》,人民文学出版社1984年版。
[18]陈伯君:《阮籍集校注》,中华书局1987年版。
[19]向新阳、刘克任:《西京杂记校注》,上海古籍出版社1991年版。
[20]楼宇烈:《王弼集校释》,中华书局1980年版。
[21]逯钦立校注:《陶渊明集》,中华书局1979年版。
[22]杨明照:《抱朴子外篇校笺》,中华书局1991年版。
[23]严可均辑:《全晋文》,商务印书馆1999年版。

[24] 萧统编、李善注：《文选》，上海古籍出版社1986年版。
[25] 严可均辑：《全宋文》，商务印书馆1999年版。
[26] 严可均辑：《全梁文》，商务印书馆1999年版。
[27] 王利器校笺：《文心雕龙校证》，上海古籍出版社1980年版。
[28] 范文澜：《文心雕龙注》，人民文学出版社2000年版。
[29] 詹锳：《文心雕龙义证》，上海古籍出版社1999年版。
[30] 陈延杰：《诗品注》，人民文学出版社1961年版。
[31] 陈子昂：《陈子昂集》，中华书局1962年版。
[32] 赵殿成：《王右丞集笺注》，上海古籍出版社1961年版。
[33] 瞿蜕园、朱金城：《李白集校注》，上海古籍出版社1980年版。
[34] 仇兆鳌：《杜诗详注》，中华书局1979年版。
[35] 王利器：《文镜秘府论校注》，中国社会科学出版社1983年版。
[36] 顾学颉校点：《白居易集》，中华书局1979年版。
[37] 冯浩：《玉谿生诗集笺注》，上海古籍出版社1979年版。
[38] 叶葱奇疏注：《李贺诗集》，人民文学出版社1959年版。
[39] 殷璠等：《唐人选唐诗》（十种），上海古籍出版社1978年版。
[40] 郭绍虞：《诗品集解·续诗品注》，人民文学出版社1963年版。
[41] 欧阳询等：《艺文类聚》，上海古籍出版社1999年版。
[42] 郭若虚：《图画见闻志》，人民美术出版社1978年版。
[43] 邵雍：《伊川击壤集》，四部丛刊影明本。
[44] 程颢、程颐：《二程集》，中华书局2004年版。
[45] 黎靖德编：《朱子语类》，中华书局1981年版。
[46] 陈应行编：《吟窗杂录》，中华书局1997年版。
[47] 陆游：《陆游集》，中华书局1976年版。
[48] 洪迈：《容斋随笔》，中华书局2005年版。
[49] 陈骙、李涂：《文则·文章精义》，人民文学出版社1960年版。
[50] 杨万里：《诚斋易传》，上海古籍出版社1990年版。
[51] 郭绍虞：《沧浪诗话校释》，人民文学出版社1983年版。
[52] 方回：《桐江集》，宛委别藏本。
[53] 李治：《敬斋古今黈》，中华书局1995年版。
[54] 苏天爵辑：《元文类》，清光绪十五年江苏局刊本。
[55] 胡应麟：《诗薮》，上海古籍出版社1979年版。

［56］胡应麟:《少室山房类稿》,明刻本。

［57］袁黄:《诗赋》,古今图书集成本。

［58］徐渭:《徐渭集》,中华书局1983年版。

［59］归庄:《归庄集》,上海古籍出版社1984年版。

［60］何良俊:《四友斋丛说》,中华书局1959年版。

［61］胡震亨:《唐音癸签》,上海古籍出版社1981年版。

［62］黄子肃:《诗法》,诗学指南本,乾隆敦本堂刊本。

［63］王士禛:《带经堂诗话》,人民文学出版社1963年版。

［64］何文焕辑:《历代诗话》,中华书局1981年版。

［65］丁福保辑:《历代诗话续编》,中华书局1983年版。

［66］丁福保辑:《清诗话》,上海古籍出版社1978年版。

［67］郭绍虞编选:《清诗话续编》,上海古籍出版社1983年版。

［68］唐圭璋编:《词话丛编》,中华书局1986年版。

［69］纳兰性德:《通志堂集》,上海古籍出版社1979年版。

［70］李渔:《闲情偶寄》,上海古籍出版社2000年版。

［71］邵长蘅:《青门賸稿》,青门草堂本。

［72］袁守定:《占毕丛谈》,光绪重刻校本。

［73］马瑞辰:《毛诗传笺通释》,中华书局1989年版。

［74］俞剑华:《中国古代画论类编》,人民美术出版社2000年版。

［75］沈子丞编:《历代论画名著汇编》,文物出版社1982年版。

［76］王国维:《王国维文学论著三种》,商务印书馆2010年版。

［77］胡经之主编:《中国古典文艺学丛编》,北京大学出版社2001年版。

［78］郭绍虞主编:《中国历代文论选》,上海古籍出版社1979年版。

二、外文译著

［1］柏拉图:《文艺对话集》,朱光潜译,人民文学出版社1963年版。

［2］亚里士多德:《诗学》,陈中梅译注,商务印书馆1996年版。

［3］黑格尔:《美学》(第一——三卷),朱光潜译,商务印书馆1979年版。

［4］黑格尔:《小逻辑》,贺麟译,商务印书馆1980年版。

［5］康德:《判断力批判》,邓晓芒译,人民出版社2002年版。

［6］列维-布留尔:《原始思维》,丁由译,商务印书馆1981年版。

［7］列维-斯特劳斯:《野性思维》,李幼蒸译,商务印书馆1987年版。

［8］维柯:《新科学》,朱光潜译,商务印书馆1989年版。

［9］克罗齐:《美学原理·美学纲要》,朱光潜等译,外国文学出版社1983年版。

［10］费尔迪南·德·索绪尔:《普通语言学教程》,高名凯译,商务印书馆1980年版。

［11］保罗·利科尔:《解释学与人文科学》,陶远华等译,河北人民出版社1987年版。

［12］恩斯特·卡西尔:《人论》,甘阳译,上海译文出版社1985年版。

［13］恩斯特·卡西尔:《语言与神话》,于晓译,生活·读书·新知三联书店1988年版。

［14］波德莱尔:《波德莱尔美学论文选》,郭宏安译,人民文学出版社1987年版。

［15］诺思洛普·弗莱:《批评的剖析》,陈慧等译,百花文艺出版社1998年版。

［16］艾·阿·瑞恰慈:《文学批评原理》,杨自伍译,百花洲文艺出版社1997年版。

［17］韦勒克:《近代文学批评史》(1—4),杨岂深、杨自伍译,上海译文出版社1997年版。

［18］韦勒克:《批评的诸种概念》,丁泓等译,四川文艺出版社1988年版。

［19］鲁道夫·阿恩海姆:《艺术与视知觉》,滕守尧、朱疆源译,四川人民出版社1998年版。

［20］鲁道夫·阿恩海姆:《视觉思维》,滕守尧译,四川人民出版社1998年版。

［21］鲁道夫·阿恩海姆:《艺术心理学新论》,郭小平、翟灿译,商务印书馆1994年版。

［22］弗洛伊德:《弗洛伊德论美文选》,张唤民、陈伟奇译,知识出版社1987年版。

［23］卫姆塞特·布鲁克斯:《西洋文学批评史》,颜元叔译,中国人民大学出版社1987年版。

［24］特雷·伊格尔顿:《二十世纪西方文学理论》,伍晓明译,陕西师

范大学出版社 1987 年版。

［25］伍蠡甫主编：《西方文论选》，上海译文出版社 1979 年版。

［26］伍蠡甫主编：《现代西方文论选》，上海译文出版社 1983 年版。

［27］胡经之、张首映主编：《西方二十世纪文论选》，中国社会科学出版社 1989 年版。

［28］刘若愚：《中国文学理论》，杜国清译，台湾联经出版事业公司 1981 年版。

［29］刘若愚：《中国诗学》，杜国清译，台湾幼狮文学公司 1977 年版。

［30］青木正儿：《中国文学概论》，隋树森译，台湾开明书店 1977 年版。

［31］张隆溪：《道与逻各斯》，冯川译，四川人民出版社 1998 年版。

三、现代著述

［1］顾颉刚编著：《古史辨》（第三册），上海古籍出版社 1982 年版。

［2］朱自清：《诗言志辨》，华东师范大学出版社 1996 年版。

［3］朱光潜：《诗论》，生活·读书·新知三联书店 1998 年版。

［4］朱光潜：《朱光潜美学文集》，上海文艺出版社 1982 年版。

［5］宗白华：《美学散步》，上海人民出版社 1981 年版。

［6］张西堂：《诗经六论》，商务印书馆 1957 年版。

［7］罗根泽：《中国文学批评史》，上海古籍出版社 1984 年版。

［8］梁宗岱：《诗与真》，中央编译出版社 2006 年版。

［9］卞之琳：《人与诗·忆旧说新》，生活·读书·新知三联书店 1984 年版。

［10］闻一多：《闻一多全集》，生活·读书·新知三联书店 1982 年版。

［11］钱锺书：《谈艺录》，中华书局 1984 年版。

［12］钱锺书：《七缀集》，上海古籍出版社 1996 年版。

［13］钱锺书：《管锥编》，中华书局 1996 年版。

［14］徐复观：《中国艺术精神》，华东师范大学出版社 2001 年版。

［15］徐复观：《中国文学精神》，上海书店出版社 2006 年版。

［16］陈望道：《修辞学发凡》，上海教育出版社 1979 年版。

［17］张岱年、成中英等：《中国思维偏向》，中国社会科学出版社 1988 年版。

[18] 王元化:《文心雕龙创作论》,上海古籍出版社 1984 年版。

[19] 叶嘉莹:《王国维及其文学批评》,河北教育出版社 1997 年版。

[20] 叶嘉莹:《叶嘉莹说词》,上海古籍出版社 1999 年版。

[21] 李泽厚:《美学论集》,上海文艺出版社 1980 年版。

[22] 李泽厚、刘纲纪:《中国美学史》,中国社会科学出版社 1987 年版。

[23] 李泽厚:《美的历程》,中国社会科学出版社 1984 年版。

[24] 王文生:《论情境》,上海文艺出版社 2001 年版。

[25] 王运熙、顾易生主编:《中国文学批评通史》,上海古籍出版社 1996 年版。

[26] 胡经之:《文艺美学》,北京大学出版社 1999 年版。

[27] 胡经之:《文艺美学论》,华中师范大学出版社 2000 年版。

[28] 钱中文:《文学理论:走向交往对话的时代》,北京大学出版社 1999 年版。

[29] 童庆炳:《艺术创作与审美心理》,百花文艺出版社 1992 年版。

[30] 叶维廉主编:《中国现代文学批评选集》,台湾联经出版事业公司 1979 年版。

[31] 周英雄:《结构主义与中国文学》,台湾东大图书公司 1979 年版。

[32] 罗宗强:《隋唐五代文学思想史》,上海古籍出版社 1986 年版。

[33] 罗宗强:《魏晋南北朝文学思想史》,中华书局 1996 年版。

[34] 黄霖等:《原人论》,复旦大学出版社 2000 年版。

[35] 张少康:《中国古代文学创作论》,北京大学出版社 1983 年版。

[36] 陈良运:《中国诗学批评史》,江西人民出版社 1995 年版。

[37] 陈良运:《中国诗学体系论》,中国社会科学出版社 1992 年版。

[38] 杨义:《楚辞诗学》,人民出版社 1998 年版。

[39] 杨义:《中国叙事学》,人民出版社 1997 年版。

[40] 杨义:《中国古典小说史论》,中国社会科学出版社 1995 年版。

[41] 赵沛霖:《兴的源起》,中国社会科学出版社 1987 年版。

[42] 滕守尧《审美心理描述》,中国社会科学出版社 1985 年版。

[43] 汪裕雄:《意象探源》,安徽教育出版社 1996 年版。

[44] 顾祖钊:《艺术至境论》,百花文艺出版社 1992 年版。

[45] 萧华荣:《中国诗学思想史》,华东师范大学出版社 1996 年版。

［46］王一川:《审美体验论》,百花文艺出版社1992年版。

［47］王昆吾:《中国早期艺术与宗教》,东方出版中心1998年版。

［48］叶舒宪:《诗经的文化阐释》,湖北人民出版社1994年版。

［49］朱良志:《中国艺术的生命精神》,安徽教育出版社1995年版。

［50］张首映:《西方二十世纪文论史》,北京大学出版社1999年版。

［51］耿占春:《隐喻》,东方出版社1995年版。

［52］尚学锋等:《中国古典文学接受史》,山东教育出版社2000年版。

［53］吕景云、朱丰顺:《艺术心理学新论》,文化艺术出版社1999年版。

［54］杨守森:《艺术想象论》,山东文艺出版社2016年版。

［55］俞建章、叶舒宪:《符号:语言与艺术》,上海人民出版社1988年版。

［56］哈尔滨师院编:《形象思维资料汇编》,人民文学出版社1980年版。

［57］陶伯华、朱亚燕:《灵感学引论》,辽宁人民出版社1987年版。

［58］《文史》(第二十二辑),中华书局1984年版。

［59］吴晓东:《象征主义与中国现代文学》,安徽教育出版社2001年版。

［60］林继中:《文学史新视野》,北京大学出版社2000年版。

［61］李怡:《中国现代新诗与古典诗歌传统》,西南师范大学出版社1994年版。

［62］郑恩波选编:《中国名者诞生记》,时事出版社1996年版。

［63］李儒义:《无的意义》,人民文学出版社1999年版。

［64］胡曙中:《英汉修辞比较研究》,上海外语教育出版社1994年版。

［65］季广茂:《隐喻视野中的诗性传统》,高等教育出版社1998年版。

后　记

　　这是我的博士论文，从构思到完成大约经历了三年的时光。但是，我对这一问题的思考就不止三年了。如果详细追究起来，恐怕要算到20世纪90年代初期。那时，我虽然为人师长，但总有一种自卑的感觉，主要是我难以完美解答比我小不了几岁的学生所提出的各种各样的问题。于是，只有私下里用力，以勤补拙。在阅读古籍的过程中，我发现了不少难以理解的问题，比兴就是其中之一。我发现，比兴在《周礼》中称"六诗"，在《毛诗序》中称"六义"。"六诗"的意义是什么？是不是意味着六类诗？若是，赋、比、兴指的是哪些诗？"六义"为什么后人理解为"三体三用"？"三体"指的是风、雅、颂，是诗的体裁；"三用"指的是赋、比、兴，是诗的表现方法；它们怎么能包容在一个逻辑框架之中？这些问题都让我百思不得其解。它们也诱惑着我，促使我不断地探索。由于资料所限，研究时断时续，一直到1999年我做了胡经之先生的博士研究生。

　　其实，这些问题不只是困扰我，而且，还困扰着学界的众多学人。我密切地关注着"六诗"（六义）研究的发展，亲眼目睹了学界对这一问题研究所做出的努力。入学之后，恩师胡经之先生鼓励我继续思考这一问题，他特别强调在研究的过程中应注意方法的更新，要有西方视野。为此，他专门让我接受了较为全面的西方文艺学、美学方法论的训练，督促我阅读了不少西方文艺学、美学的经典著作，希望我在这种训练之下能够打开思路，介入问题的实质。可能我天生愚钝，不能领会西方文艺学、美学方法的精义，因此，在写作的过程中总是出现种种幻觉，产生了极度的不自信。在打印的供答辩所使用的博士论文后记中，我曾经真实地记录了我的感受："写完博士论文，心中自然轻松许多，同时，又平添了几分忐忑。'文章千古事，得失寸心知。'老杜对文章写作是那么自信！原本也是崇拜老杜的我，现在却变得这么不自信，对自己论文的写作产生诸多怀疑。这是不是刘勰所说的'暨乎篇成，半折心始'的状态呢？我茫然不知。文章的'是也''非也'由贤智者评判。我问心无愧的是：我已经做出了我自己的努力。"无奈的心情溢于言表。

直到现在，这种不自信依然存在我的心里。好在，评阅专家和答辩委员会给予我很大的鼓励。他们认为我在充分借鉴前人研究成果的基础上，将比兴作为一种艺术思维研究，在适度时空中建构了"比兴"的思维理论，有所突破，并说我的研究没有西方理论中国化的痕迹，体现出中国学术特色。这让我诚惶诚恐。我难忘参加我博士论文评阅和答辩的专家们，他们是我终生的老师。他们是：严绍璗教授，赵一凡教授，吴承学教授，杨匡汉教授，杜大恺教授，饶芃子教授，蒋述卓教授，程文超教授，林岗教授。

我要特别感谢我的恩师胡经之先生，没有他的严格训导，我写不出这个样子。在学三年，我自我感觉读书比较勤奋，很大程度上是为导师而读。这样说并非危言耸听，而是真实心态。导师学识渊博，因开拓文艺美学学科而享有盛名，这样的名师理应带出不俗的弟子。何况，先生已经培养出了一批弟子，现在很多已成为文艺美学研究的中坚力量。不好好读书，何以面对恩师？我正是抱着这种心态去读书的。从师三年，最令我难忘的是恩师宽容豁达的心态和平易随和的人格魅力。他从不将自己的意志强加给学生，为学生圈定一个不属于他自己的活动范围，而是鼓励学生广泛阅读，打开思路，有自己独立的思考和见解，而他则着重从方法上引导。正是这种既宽松又严谨的教育态度，使他能够培养出一批能自我创新的弟子。我梦寐以求地希望自己也能忝列这类弟子之列。

我还要特别感谢我的妻子和女儿，没有她们的支持，我无法按时完成学业。在我攻博期间，妻子不仅要完成自己的本职工作，而且还要承担起繁重的家务，独自担负起抚育女儿的重任，无怨无悔。女儿也表现得空前懂事，学习比较自觉和刻苦。最令我难忘的是，她在写给我的一封信中画了一幅父女爬山的漫画，父亲在山坡上爬，扎着小辫子的女儿在后面紧追，鼓励我奋力拼搏。当时还是小学生的女儿有这份心思，着实让我感动。她们对我的支持是无私的。

我还要感谢阜阳师范学院对我学业和研究的支持。在我攻博期间，中文系给我提供了不少教学上的方便，学院领导经常问寒问暖，帮助我解决学习和生活中的许多问题。母校对我的重视令我十分感动，我当然有义务以高水平的科研和高质量的工作来报答母校，给母校增添光彩。

　　最后要感谢的是安徽教育出版社，她为本书提供了出版的机会。万直纯、徐敏二先生在百忙中认真审阅、校对了全稿，纠正了不少错误，也是我要衷心感谢的。

李　健
2003 年春
北京师范大学中国语言文学
博士后流动站

修订版后记

这本书初版于2003年，至今已经十多年过去了。期间，承蒙海内外学人的厚爱，不少相关研究及硕士、博士论文征引此书，或以此书为参考。"比兴思维"这一概念逐渐被认可、普及，被古典文学、诗学、美学研究领域不时提及，成为言说中国古代文学创作与艺术思维且带有现代气息的典型话语之一。这十多年间，我的学术志趣并没有太大的变化，依然执着于中国古典文艺学、美学的范畴研究，希望能做一点力所能及的事情。我深挖"感物"，先后出版了《魏晋南北朝的感物美学》，主持并完成了国家社科基金项目"中国古代感物美学研究"。由于感物时时关联着比兴，我会经常回眸我这篇博士学位论文，不止一次地产生过修订和延续这一话题研究的冲动。我之所以放不下这篇论文，是因为放不下比兴。我认定这一中国古代原创性的理论价值很高，在当下仍有意义，尤其是在建构有中国民族特色的文艺学、美学话语体系的今天，更不可缺少。与其说这是一种执着，不如说这是一种担当。也许我喜欢杞人忧天，一直忧虑中国当下的文艺学、美学研究，希望能摆脱对西方的崇拜与依赖心态，更摆脱西方的问题与思路，找准我们自己的问题与方法，走出一条属于我们自己的路，不再去咀嚼西方咀嚼过的东西，不再步西方之后尘。我真诚希望中国在不久的将来能出现一批世界级的文艺理论家、美学家，提出一系列令世界瞩目的理论观念，展示出我们自己的理论发明，只有这样，才能与我们五千年文明古国的身份相适应。而要做到这些，离开中国古代的文艺学、美学，怎么可能？！

现在，我终于下定决心修订这部旧著，想通过它抛砖引玉，引发同行更多地关注中国古典文艺学、美学，深入思考中国古典文艺学、美学的当代价值。重新仔细阅读此书，不少地方令我汗颜。汗颜的主要不是本书的思路和提出的观点，而是本书的论述与语言。明明提出了问题，为什么论述得这么笨拙，词不达意？记得初版时我和编辑都做了认真校对，为什还会出现这么多文字错误？现在回想起来，有几分苦涩，更有几分甘甜。

在我写作这篇博士论文的 2001 年，电脑还是稀罕物，尚未普及。那时，因囊中羞涩，没有能力买一台在当时来说价格算得昂贵的电脑用于研究和博士论文的写作，只能手写。因此，这篇论文是我一个字一个字手写出来的，写满了整整两大教案本，其中补页、加页无数，一翻开，真像我小时候在农村见过的小孩的尿布。然后交给打印店的小姐打印，我再校对。打印我论文的小姐不可能理解我的论文，也不可能全部认识我写的字。她们最头疼的是我的补页、加页，往往搞不清哪接哪；其次头疼的是其中所征引的古代文献。记得她们不止一次地向我抱怨，这么多奇奇怪怪的字，字库里根本没有，只能拼造，而拼造一个字要花很多时间，很麻烦。那时，我充满歉意，真的感觉我给她们带来了麻烦。可是，每次初稿出来，我校对时都会产生一种抓狂的感觉。离谱的错误真是让我哭笑不得，而且非常多，远不如我抄写一遍省力。第二校、第三校依然错误连篇，在改正老错误的同时，又出现新的错误。那时我就在想，为什么学校规定要提交打印稿，工工整整的手抄稿再复印岂不更好！虽然我尽了很大的努力，打字小姐留下的很多错误文字仍没校对出来，这给本书留下了遗憾。在这里，我并没有责怪打字小姐的意思，主要的责任还在我，是我心不细，眼不尖，没能看出诸如"第"和"第"、"己"和"已"之类的差别，理当接受读者的批评。甚至我还要感谢为我打印论文的小姐们，那时，她们都正处花季年华，是她们帮助我完成获得博士学位的大业。

至于问题论述则是我个人的问题了。文章中的有些论述没有展开，甚至词不达意，现在思考起来，究其实，还是识见问题。那时的眼界、识见都有局限，这些局限注定不能很好地讨论并解决这些问题。此次修订，主要完善了某些论述的缺陷，力争意思表达得更准确、周全一些。至于核心内容，我并没有大动，这可能是因为我自我批判的意识不够，就像曹丕所说的那样："家有敝帚，享有千金。斯不自见之患也。"（《典论·论文》）我认为，人不应用谦虚来掩盖虚伪，对比兴思维，我至今仍坚守我原来的观点。

这次修订还对初版时的引文作了全面校订，有所增删。所引文献后来又重版或修订的，或者同一部著作新译新出而较胜的（如康德《判断力批判》，宗白华等先译，后邓晓芒又译，邓译较宗译为胜），在力所能及的范围以重版、修订或重译较胜的版本为依据。因此，有些文献的出版年代可能是 2016 年，与博士论文的写作年代和初版年代相差甚远。这是要特别说明的。

　　将比兴作为一种艺术思维对待只是比兴研究的一个视角，而且是一个极其重要的视角。我的这篇博士论文并没有把问题说全、说透，因此，仍有深入探究的必要。这个问题我以后还会做。我也希望有更多热爱中国古典文艺学、美学的同仁一起来做，可以把触角延伸得更广、更长，把比兴放到世界文艺理论、美学的平台加以展示，探讨其理论的独特性；同时，结合当下的文学艺术创作，发掘比兴与当代文学艺术创作的实质性关联，以显示比兴的当代价值。我想，这是我们研究中国古典文艺学、美学必须要做的，是我们研究中国古典文艺学、美学的终极目的。

李　健
2017 年 6 月
深圳大学美学与文艺批评研究院